2006
이효석문학상
수상작품집

2006 이효석문학상 수상작품집

초판 1쇄 인쇄 2006년 5월 25일
초판 3쇄 발행 2007년 1월 15일

지은이 정지아 외
펴낸이 고찬규
펴낸곳 도서출판 해토
등 록 2003년 4월 16일(제10-2631호)

ⓒ 2006 해토

주 소 서울시 마포구 서교동 375-24 그린홈 201호 (우 121-839)
전 화 02)333-6127
팩 스 02)333-6120
이메일 goodhaeto@empal.com

값은 표지에 있습니다.
잘못 만들어진 책은 바꾸어 드립니다.

ISBN 89-90978-48-3 03810

2006
이효석문학상
수상작품집

정지아 외

| 차례 |

수상작
정지아 | 풍경 ·· 07

수상작가 자선작
운명 ·· 29

추천 우수작
김경욱 | 게임의 규칙 ·· 51
김도연 | 꾸꾸루꾸꾸 빨로마 ·· 81
김중혁 | 악기들의 도서관 ·· 109
박민규 | 비치 보이스 ·· 135
윤성희 | 저 너머 ·· 159
정영문 | 브라운 부인 ·· 183
조선희 | 김분녀의 일생 ·· 211
한수영 | 구리 연 ·· 243

기수상작가 자선작
정이현 | 위험한 독신녀 ·· 271

수상소감 ·· 309
심사평 ·· 312
정지아의 작품세계 ·· 314

| 제7회 수상작 |

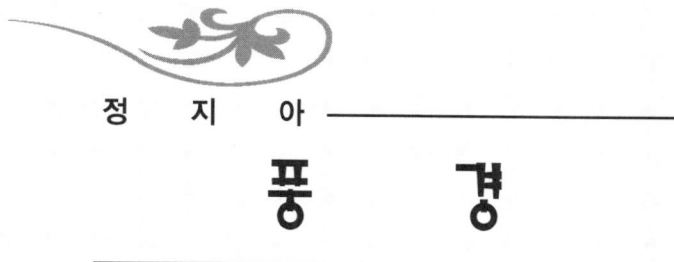

정 지 아

풍 경

정지아 1965년 전남 구례에서 태어나 중앙대 문예창작학과와 동 대학원을 졸업했다. 1996년 조선일보 신춘문예에 단편 〈고욤나무〉로 당선하여 등단했다. 주요 작품으로는 장편소설 《빨치산의 딸》, 소설집 《행복》이 있다. 2006년 제7회 이효석문학상을 수상했다.

아침 안개가 걷히면서 봄빛에 젖은 골짜기가 모습을 드러냈다. 습기를 듬뿍 머금은 골짜기로 햇살이 폭탄처럼 퍼붓고 있었다. 시시각각 해는 높아지고 새순을 막 피워낸 초목들이 앞 다투어 봄빛을 빨아들였다. 산 중턱에 위치한 그의 집으로도 새순처럼 보들보들한 햇살이 발을 딛기 시작했다. 나무 울타리조차 없는 집 둘레에 어느샌가 새싹들이 뼘가웃 자라 있었다. 기억조차 흐릿한 아주 오래전 누이들이 심어놓은 과꽃이며 봉숭아였다. 누가 돌보지 않았건만 꽃은 누이들이 이 집에 떨어뜨리고 간 한 조각 마음처럼 해마다 점점 더 무성히 자라났다. 다섯 명의 누이와 세 명의 형들이 아직 이 집에 머물고 있던 시절에는 마을에서 근 십 리나 떨어진 외딴 산집에도 떠들썩한 활기가 넘쳐흘렀다. 누이와 형들이 집을 떠나기 시작했을 때 그는 막냇누이의 등을 오줌으로 적시던 어린아이였다. 그 시절의 기억이 실제로 있었던 일인지 아니면 평생이 집을 떠난 적 없는 그가 한 줌의 기억을 이리저리 매만지고 궁굴린 끝에 빚어낸 환상인지는 분명치 않았다. 다 큰 누이와 형들이 어느 여름 오후 소낙비 끝의 초목처럼 싱싱한 몸뚱이를 벌거숭이로 드러낸 채 집 바로 옆을 굽이져 흐르는 계곡으로 풍덩풍덩 뛰어들던 장면은 사실이라기엔 아무래도 민망했지만 물속으로 뛰어들 때 출렁이던 큰누이의 사발만한 희디흰 가슴은 환상이라기엔 또 너무나 생생했다. 앵두만하던 분홍빛 유두며 젖판에 돋아 있던 소름 같은 작은 알갱이까지 눈앞인 양 생생한데 그것이 누이의 것이 아니라면 그는 도대체 여자의 알몸을 사진으로라도 본 적이 없었다.

그리하여 한창 때의 그가 밤마다 눈앞에 떠올리며 용두질친 것도 저 젊은 날의 누이의 모습이었으며, 사정 끝의 허탈보다 더 무서운 죄책감으로 멍석 깔린 방바닥에 이마를 짓이기다가 끝내는 조금의 욕정도 담겨 있지 않은 누이에 대한 순전한 그리움으로 긴 밤을 지새우곤 했던 것이다. 깊어진 그리움은 많지도 않은 몇 개의 기억에 끈끈히 달라붙어 기억을 괴물처럼 부풀리고는 기억 그 자체로 화했다. 평생을 하루같이 해가 뜨고 해가 지고 때로는 비가 내리고 바람이 불고 순환하는 사계 속에서 기억만이 계절의 순환을 이탈하여 저 홀로 종유석처럼 자라났다. 태고의 정적을 먹고 자라는 깊은 동굴 속 종유석처럼 그 또한 기억을 먹으며 늙어가고 있었다.

겨우내 뒤꼍에서 바싹 마른 장작은 고작 낙엽송 몇 줌으로 쉽게 불이 붙어 이내 기세 좋게 타올랐다. 활활 타오른 불길이 아궁이 안팎으로 넘실거렸다. 아이, 참말 이상하지야. 아궁지 속을 들에다보고 있으면 세상 근심이 다 없어져야. 옛날 어른들이 눈보라가 사람을 홀린다등만 불도 그런갑서. 아궁지 앞에 앉아 있으면 시간이 훨훨 날아간당께. 꼭 멋에 홀린 것맨치로. 어머니는 눈 가득 불길을 담은 채 어린 그에게 속삭이곤 했다. 그럴 때의 어머니는 화전 밭에서 돌멩이를 치마폭에 담아 나르거나 형과 누이들을 떠나보내며 옷고름으로 눈물을 찍던 어머니와는 사뭇 달랐다. 발그레 상기된 얼굴로 불에 홀린 어머니는 어쩐지 옛날얘기 속에 나오는 꼬리 아홉 달린 여우 같기도 했고, 아홉 폭 치맛자락 고운 손에 거머쥐고 궁둥이를 실룩실룩, 큰형이 읍내 장터에서 보았다는 화월옥 기생 같기도 했다. 어머니의 겨드랑이 밑에 곧 날개가 돋아 하늘로 날아갈 것만 같아서 어린 그는 야가 성가시럽게 왜 그런다냐, 얼둥 애기맨치로, 다정한 타박을 들으면서도 어머니의 치맛자락을 꼭 붙든 채 아궁이 앞을 떠나지 않았다. 홀린 듯 아궁이 속을 들여다보는 어머니 옆에서 애를 태우던 어린아이는 여전히 어머니의 치맛자락을 휘어잡은 채 죽음 같은 시간의 강을 건너는 중이었다.

그는 활활 타오르는 장작 두어 개비를 끄집어내고 물을 끼얹었다. 치지직, 솔향기가 피어오르며 붉은 혀를 날름거리던 불길이 잦아들었다. 가마솥에 뜸이 들기를 기다리는 동안 그는 숯불을 아궁이 앞으로 끌어냈다. 숯은 발갛게 불이 붙어 투명할 지경이었다. 제 몸의 속까지 드러낸 채 사위어가는 숯을 볼 때마다 그는 뜬금없이 가슴이 먹먹해지곤 했다. 그는 숯불을 동그랗게 모아 그 위에 검게 그은 스테인리스 밥주발을 얹었다. 짠 된장 내가 부엌 그득히 퍼졌다. 지난겨울 내내 어머니는 강된장에만 밥을 먹었다. 그가 기억하는 한 겨울 동안 그의 집에서 강된장이 떨어진 적이 없었다. 강된장은 일종의 양념처럼 긴 겨우 내내 밥상 위에 올려져 있었다. 매일 물을 조금 더 붓고 된장을 풀어 다시 끓여낸 강된장은 봄이 다가올 즈음이면 아무리 솜씨 좋은 사람도 솜씨만으로는 흉내 낼 수 없는 깊은 맛이 났다. 모든 기억을 다 잃어버린 뒤에도 어머니의 몸은 강된장의 그 맛만은 잊어버릴 수 없는 듯했다. 어쩌면 어머니는 온 식구가 밥상 앞에 둘러앉아 강된장에 꽁보리밥을 비벼 먹던 그 시간을 살고 있는지도 몰랐다.

　삼십 년 전, 어머니가 맨 처음으로 잃은 기억은 바로 그였다. 욕정처럼 온몸에 그득 고인 세상에 대한 그리움을 어쩌지 못해 밤봇짐을 몇 번이나 쌌던 그를, 읍내를 목전에 둔 채 강 건너 휘황한 불빛을 훔쳐보며 애꿎은 담배만 몇 대 축내고 새벽이슬 축축이 젖은 신작로를 되짚어 돌아왔던 그를, 홀로 남은 어미를 끝내 버리지 못한 그를, 어머니는 가장 먼저 잊어버렸다. 늦은 밤 요의를 느낀 그가 마당에서 시원하게 물줄기를 뿜어내고 돌아섰을 때 기척도 없이 뒤에 서 있던 어머니가 불안한 눈동자로 사방을 휘 둘러보며 그의 손을 끄집었던 그날 밤을 그는 아직도 선연히 기억한다. 호롱불도 켜지 않아 달빛 한 점 스며들지 않은 어둔 방 안에서 그의 손등을 어루만지며 어머니는 말했다.

　밥은…… 묵었냐? 조금 지둘려라. 쪼깨만. 그만헌 시간은 있지야?
　엄니. 왜 그요? 먼 소리요?
　그의 목청이 터무니없이 높았던 것인지 어머니는 화들짝 놀라며 그의 입을 틀어막았다. 칠순의 나이를 믿을 수 없는 다부진 힘이었다.
　암만 산중이래도 이런 밤중에는 소리가 십리를 간단다. 아랫말에 순사가 와 있는디 야가 시방 잡혀가먼 어쩔라고.
　뭔가 심상치 않은 기색에 그는 꿀 먹은 벙어리로 앉아 있었고, 어머니는 치맛자락을 휘날리며 식은 보리밥 한 덩이를 내왔다. 봄이 다가올 무렵이라 그때도 찬이라고는 강된장에 묵은 김치뿐이었다. 밥상 앞에 묵묵히 앉아 있는 그의 등을 자꾸만 어루만지며 어머니는 눈물을 찍어냈다.
　어쩌끄나. 묵을 것이라고는 요것빼끼다. 어쩌끄나, 내 새끼.

어머니는 그날 쌀 두어 되와 곶감, 계란 등속을 책보에 싸 기어이 등에 묶어주며 어둔 산길로 그의 등을 떠밀었다. 그날 이후 걸핏하면 어머니는 그를 여수 14연대를 따라 입산한 큰형이나 작은형으로 착각하곤 했다. 정신을 놓아버린 어머니에 대한 안타까움이나 그때 겨우 서른 줄에 들어섰던 자기 미래의 암담함 따위보다 그는 어머니가 가장 먼저 잃은 기억이 하필이면 가장 오래 어머니의 곁을 지킨 자신이라는 사실에 가슴이 홧홧하게 달아올랐다. 참담이라기보다 분노에 가까웠던 감정은 시간이 지나면서 숙어들었지만 그의 얼굴을 어루만지는 어머니의 손길이, 그 손끝의 다정함이, 그가 아니라 고작 열여덟, 열다섯에 집을 떠난 큰형이거나 작은형을 향한 것임을 느끼는 순간마다 눈 코 입은 말할 것도 없고 몸에 뚫린 온갖 구멍으로 찬바람이 스며들어 뼛속까지 시리는 것은, 오래도록 어쩌지 못했다.

두어 해 전부터 밥을 찾지 않게 된 어머니는 오늘도 밥 몇 숟가락을 겨우 받아먹고는 여느 때와 다름없이 마루 끝에 나와 앉았다. 산 중턱을 휩쓰는 북풍이 처마 밑에 긴 고드름을 맺거나 뚝뚝 낙숫물 듣는 소리가 춘정을 돋우거나 사시사철 어머니는 마루 끝에 나앉아 신작로를 보았다. 마루 깊숙이 스며든 봄 햇살에 눈이 부신지 갸르스름 눈을 뜨고 먼 신작로를 바라보는 어머니는 반쯤 졸고 있는 듯도 했다. 여자의 손길이 미치지 않아 부연 먼지 때가 켜켜이 앉은 마룻장은 새치처럼 탁한 회색빛을 뒤집어쓰고 있었다.

연 이틀 봄비가 내려 마당 한구석에 내던져 놓은 고추모종이 햇볕에 말라가고 있었지만 그는 도무지 일할 마음이 나지 않았다. 자라 등처럼 딱딱해진 늙은이의 가슴으로도 봄바람은 스며드는 모양이었다. 그는 양반다리를 하고 어머니 곁에 앉았다. 햇볕이 노곤노곤, 그의 늙은 몸뚱이를 간질였다. 여인의 손길 한 번 닿은 적 없는 순결한, 제 안으로 욕망을 삼키고 이제 그 서푼어치의 욕망마저 잃어버린, 순결하다 하여 두고 볼 것도 없는, 그저 어쩔 수 없는 세월을 견뎌온, 고목처럼 볼품없는 몸이었다. 살갑게 어루만지는 햇살에 그는 무심히 제 몸을 내맡겼다.

구불구불 이어진 길이 문득 끊기고 나면 제법 폭이 넓은 계곡이었다. 너나 할 것 없이 나무를 때던 시절에는 집 마루에 앉으면 계곡의 물거품까지 보일 듯했다. 언제부턴지 산에 나무가 늘고 이제 계곡은 보이지 않았다. 평지랄 게 없는 산중마을이라 아랫마을의 집들은 언덕바지에 빼곡히 들어차 있었고, 그곳은 마치 길이 끊겨 다시는 갈 수 없는 곳처럼 보였다. 두어 장 건너 한 번씩은 다니러 가는 곳인데도 마을은 멀기만 했고, 계곡에 삼켜진 길은 아무런 욕망도 불러일으키지 않았다. 몸의 욕망, 혹은 알 수 없는 무엇에 대한 욕망이 아직도 그를 사로잡고 있던 시절에는 제 안에서 치밀어 오르는 불덩이 같은 것을 삭이지 못해 노망든 어머니를 남겨둔 채 저 길을 달려가곤 했다. 숨이 턱에 닿도록 달려간들 30호 남짓의 작은 마을, 제 안의 욕망이 무엇인지도 잘 몰랐던 그가 할 수 있는 일이라곤 고작 친구라고도 할 수 없는, 그러나 간간이 얼굴을 보고 자란 비슷한 연배의 집을 찾아들어 막걸리 몇 사발로 급한 불길을 추스르고, 반가울 것 없는 손님 시중에 짜증이 역력한 친구 아내에게나 슬금슬금 능구렁이 혓바닥 같은 시선을 보내고 있는 자신에 화들짝 놀라, 내려올 때보다 더한, 뭐라 말할 수 없는 꿉꿉하고 서글픈 심정으로 왔던 길을 밟아 되돌아오는 것뿐이었다. 돌아오는 길, 그는 술이 아니라 아낙의 등에 업힌 어린것의 젖비린내, 혹은 빗자국 선명한 곱게 쓸린 마당이나 반들반들 윤이 나는 검은 마루 같은 것들에 취해 길바닥의 질경이보다 나을 것 없는 제 인생을 짓밟듯 달빛을 밟았다. 때로 울기도 했을런가. 그러나 그런 기억은 남아 있지 않다. 마을을 그렇게 오가는 동안 그의 한 생을 산 중턱 외딴 집에 붙든 어머니나 학교 문턱도 밟아보지 못하게 한 가난, 자신의 볼품없는 삶을 아홉 자식에게 똑같이 남겨준 채 일찍 세상을 떠난 아버지, 제 꿈을 향해 달려가버린 형들, 미련만 이곳에 남겨두고 제 삶에 붙들린 누이들도 그가 그 길에 흩뿌린 시간과 땀방울처럼 아득해졌다. 원망도 미움도 그리움도 죄 시간과 더불어 흘러가버린 것이다. 그의 평생은 이 집과 마을을 오가는 길에 오롯이 순정하게 고여 있었다. 마음을 길바닥에 점점이 떨어뜨려 놓은 채 그는 허깨비가 된 것 같기도 하고 때로는 바람이나 되어버린 것 같기도 하였다.

한때는 젊은 그나 나무꾼들이 바삐 오가던 길에 이제는 잡초만 무성했다. 늘 그 길을 다니지 않은 사람이라면 잠시 한눈을 팔았다가는 산중으로 접어들 지경이었다. 그 길에 작은 점만한 무엇이 느릿느릿 집을 향해 다가오는 것을, 그는 길을 보고 있으면서도 오래도록 눈치 채지 못했다. 숨을 거두기 직전의 동물이나 내뱉을 만한 가쁜 숨소리가 가까워진 후에야 그는 초점을 모았다. 상수리 숲에 가려 사람은 보이지 않았지만 누군가 오고 있는 것이 분명했다.

가뭄에 콩 나듯 드문드문 그의 집을 찾는 것은 면사무소 사회과 직원들뿐이었다. 생활보호 대상자라 나라에서 무상으로 배급하는 쌀자루를 짊어지고 산 중턱 외딴집을 찾은 그들은 냉수 한 사발을 들이켜고는 횡하니 산을 내려갔다. 산 중턱, 다 쓰러져가는 귀신 나올 것 같은 집에 발조차 딛고 싶지 않은 모양이었다. 백 살을 바라보는 노망든 할망구와 벌써 환갑을 지난, 세상과 섞여본 일 없는 늙다리 아들이라니, 기이하기도 했을 것이다. 시키지도 않았건만 걸레를 들고 온 집을 헤집어놓은 착한 친구도 없지 않았다. 그 친구는 언젠가 제 아내를 데리고 와 이불까지 죄 빨아 놓고, 김치며 나물이며 부엌을 그득 채워놓기도 했다.

근처의 큰 바위에 이불을 널며 아낙은 물었다.

할아버지, 평생 여그서 살았담서요? 외롭지 않으셔요?

일곱 살 때부터 그의 옆에 있었던 것은 어머니뿐이었다. 다섯 살 차이 나는 막내형이 있었지만, 형은 홀연히 집을 떠났다가 돌아와 잠시 머물렀고, 그럴 때도 집에 있는 시간보다는 마을에 내려가 있는 시간이 더 많았다. 어머니가 밭일을 하면 어린 그는 밭 가장자리에서 꼬물거리는 벌레와 놀았고, 어머니가 밥을 하면 치맛자락을 붙들고 아궁이 속을 들여다보았으며, 몸이 여물기 시작하면서는 어머니와 함께 일을 했다. 그리고 늙은 뒤로는 그가 일을 하는 동안 노망든 어머니가 밭 가장자리에 멍하니 앉아 그를 기다렸다. 어머니는 늘 곁에 있었고, 외롭지는 않았다. 그렇다면 젊은 날 그는 무엇을 찾아 밤길을 내달리곤 했던 것일까. 어둔 강둑에 앉아 읍내의 불빛을 바라보면서 무슨 생각을 했었는지 아낙이 빨래를 너는 내내 기억해내려 애썼지만 별다른 것은 떠오르지 않았다. 다정하고 따스한 주황색 불빛의 느낌만이 손에 잡히도록 생생할 뿐이었다. 대답 없는 그를 바라보는, 어머니와 함께 마루에 나앉은 그를 바라보는 아낙의 눈이 촉촉이 젖어들었고, 그것은 그가 평생 본 중에서 가장 기이한 것이었다.

그가 아무리 빨아도 지워지지 않던 늙은 내, 노망든 어머니의 오줌내를 어찌한 것인지 아낙이 빨아놓고 간 이불에서는 이상한 향기가 났다. 가을볕에 바삭바삭하게 마른 이불은 평소와 달리 사각거렸고, 몸을 뒤챌 때마다 낯선 향기를 피워 올렸다. 며칠 밤 그는 잠을 설쳤다. 어머니 또한 마찬가지였다. 지린 오줌이 영역 표시라도 됐던 것인지 다시 자기 냄새가 밸 때까지 이불을 거들떠보지도 않았다.

낯선 냄새를 끌고 몇 차례 집을 찾았던 그들은 어느 순간 뚝 발길을 끊었다. 근무지를 옮긴 것인지, 자비를 베풀어도 고맙다는 말 한마디 하지 않는, 구원의 손을 내밀어도 감사히 그 손을 잡지 않는 그에게 오만 정이 떨어진 것인지는 분명치 않았다. 어느 쪽이든 상관없었다. 그들이 잠시 휘저었던 그와 어머니의 삶은 오래된 일상으로 편안히 복귀했다.

숨소리는 잦아들었다 커졌다 하면서 점점 가까워졌고, 상수리나무 숲을 통과해 모습을 드러낸 것은 뜻밖에 하우댁이었다. 뜻밖일 것은 없었다. 하위라는 마을에서 이곳으로 시집왔다는 하우댁은 그가 어린 시절 옆집에 살던, 그러니까 유일한 이웃이었다. 하우댁의 집은 진작 허물어져 기둥이며 문짝은 그의 아궁이 속에서 한 줌의 재가 되었고, 집터는 텃밭으로 바뀐 지 오래였다.

여든쯤 되었을 하우댁은 집 바로 가까이까지 와서는 가쁜 숨을 몰아쉬며 털썩 주저앉았다. 그는 그제야 고무신을 찾아 신었다. 하우댁의 겨드랑이 밑에 손을 집어넣고 힘을 주어 일으켰을 때 물컹한 살집이 느껴졌다. 앙상한 뼈만 남은 어머니에게서는 오래도록 느껴본 적 없는 이상한 감촉이었다. 그건 살이라기보다 생명의 감촉인 듯했다. 탄력이 없긴 했으나 손에 감겨드는 살의 느낌에 그는 왠지 눈시울이 뜨끈거렸.

하우댁이 마루에 엉덩이를 걸칠 때까지 어머니는 미동도 하지 않았다. 어머니의 시선은 여전히 먼 신작로를 향해 있었다.

인자 산송장이 되부렀그마이. 전번에는 날 붙들고 좋아서 어쩔 중 모르등만. 그거이 폴세 한 십 년 됐능가? 우리 큰아 갔을 땐께.

그때만 해도 정정했던 하우댁이 산길에 모습을 드러내자 어머니는 신발도 신지 않은 채 달려 나갔다. 이미 말을 잃었던 어머니는 하우댁을 끌어안고 눈물을 한바탕 쏟고 나더니 햇살 환한 마루를 두고 기어이 어두침침한 방으로 손을 끄집었다. 하우댁이 갈 때까지 어머니는 하염없이 하우댁의 얼굴과 머리와 등을 쓸어내렸다.

하이고, 성님. 그래도 나는 안 잊어부렀소? 고깟 놈의 정이 뭐라고이.

하우댁은 어머니가 자신을 알아본다고 생각한 모양이었지만 어머니는 큰형이나 둘째형을 만나고 있는 것이었다. 그 무렵 어머니는 누군가 나타나기만 하면 맨발로 뛰쳐나가 안방으로 데려왔다. 어머니에게 손잡혀 안방으로 끌려온 사람 중에는 마을에 다니러 갔던 그도 있고, 약초꾼도 있고, 나물 캐러 온 타지 아낙네도 있었다. 그렇게라도 세상을 향해 열려 있던 어머니의 마음이 완전히 닫히게 된 게 언제인지는 기억나지 않는다. 어느 겨울을 지나고 난 후 어머니는 더 이상 맨발로 달려 나가지 않았다.

하우댁이 어머니의 손을 부여잡았다. 손등의 살집만큼이나 두툼한 눈물이 두어 방울 뚝 떨어졌다.

성님, 암만해도 이것이 마지막인 성 불르요. 그래 인사라도 할라고 왔소.

지난번과 달리 하우댁의 눈물은 이내 그쳤다. 십 년의 세월이 몸 안의 수분을 죄 증발시키기라도 한 것처럼, 두어 방울의 눈물이 마지막 수분이기라도 한 것처럼. 시간이 지났는데도 하우댁은 여전히 숨을 헐떡이고 있었다.

워디가 아프신 게라?

하우댁은 눈물 떨어진 살진 손등으로 이마의 땀을 훔치며 고개를 흔들었다.
　모리제. 이래 놓고도 자네 어무이맨치 백 년을 채울랑가 모리제만 올 봄을 못 넘길 것 같그마. 그냥 그럴 것맨치여.
　힘드실 텐디 멀라고 오셨어라.
　글씨 말이여. 인자 다시는 못 오겄네. 아침밥 묵고 바로 나셨는디도 지금이긍마. 폴세 점심때가 다 돼가제이?
　하우댁이 마루에 걸린 시계를 보았지만 시계는 아홉시에서 멈춰 있었다. 언제 멈춘 것인지 모르겠으나 해 뜨면 일어나 아침 먹고 해 지면 자리에 눕는 생활이라 굳이 시계를 볼 이유도 없었다. 달력조차 보지 않은 지 오래였다. 날이 풀리고 개구리가 뛰어다니면 곡식을 심었고, 그것이 쑥쑥 자라 땡볕에 열매가 익으면 따 먹었으며, 날이 추우면 군불을 지피고 방에 들앉았다. 평생을 그렇게 살았다. 삼면이 산으로 둘러싸인 궁벽한 산촌, 그중에서도 마을과 동떨어진 외딴 집에서 하늘과 바람과 태양과 비와 안개와 더불어. 어머니와 함께 세상을 향해 열린 한 줄기 신작로를 바라보며.
　가쁜 숨소리가 차츰 잦아들더니 하우댁은 폭 한숨을 내쉬었다.
　궁께 그때게 마을로 내려갔어야 하는 것이여. 그랬으면 험헌 일도 다 비켜갔을랑가 모리제.
　그가 두어 살 무렵 아랫마을 최씨 집에서 그의 아버지를 머슴으로 데려가려 한 적이 있었다. 아버지의 사냥 솜씨를 높이 사서 열이나 되는 식구를 다 먹여주겠다는 꿈같은 조건을 내걸었는데도 아버지는 기어이 마다한 모양이었다. 얼마 뒤 아버지는 멧돼지에 받혀 세상을 떠났다. 느그 압씨가 쓸데없는 고집을 부리듬만 기언치 목심을 잃었다고, 어머니는 두고두고 원망이 많았다. 날짐승을 잡아 생계를 연명했던 아버지와 달리 어머니는 제비들이 안방에까지 집을 지어도 그것들을 내쫓지 않았다. 제비들이 돌아오지 않으면 한밤중까지 방문을 활짝 열어놓고 기다렸다. 다 살라고 태어난 목심 아니냐. 느그 압씨가 고로코롬 일찌그니 시상을 뜬 것도 이녁 손에 죽은 목심들의 원이 맺혀서 그란 것이여. 개미 새끼 한나라도 그냥 ?아뿔지 말그라이. 그래야 내 새끼는 복 받고 오래오래 살제. 그 복을 스스로 다 받아 어머니는 백 살을 바라보고 있었다.

개명천지에 자석새끼꺼정 종놈으로 맹글 수는 없다고 자네 아부지가 일언지하에 짤라뿐 모양인디, 성님이 나를 붙잡고 종놈이든 뭣이든 굶게 죽이는 것보담은 안 낫으냐고, 울메불메 하던 것이 눈에 선하그만은, 자석들 종 안 맹글라다가 겔국은 산사람 맹글어서 다 죽인 꼴이 되부렀으니 자네 아부지, 저승서도 편들 안 헐 것이여.

그때 그는 다섯 살이었다. 그날 그와 막내 누이를 제외한 가족들은 모두 남의 집 가을걷이에 품을 팔러 갔다가 해가 저문 뒤에야 집에 돌아왔다. 어머니는 품에서 식은 고추전 서너 장을 꺼냈고 형은 막걸리 한 통을 호기롭게 마당에 쿵 내려놓았다. 큰형이 그 술을 막 사발에 따르려 했을 때 소리도 없이 군복을 입은 청년 몇이 어깨에 긴 총을 맨 채 마당으로 들어섰다. 큰형과 속닥이며 무슨 이야기를 나눈 끝에 그들은 다시 산으로 돌아갔고, 잠시 후 백 명도 넘어 보이는 군인들이 집으로 몰려왔다. 큰형과 어머니는 닭을 잡는다, 마당에 가마솥을 내건다 부산을 떨었다. 가마솥에 물 끓는 소리, 닭 우는 소리, 군인들의 웃음소리, 얼굴을 발갛게 물들인 누이들이 쫑쫑 달리던 소리, 달그락거리며 부딪는 총소리. 그는 괜히 흥이 나 고래고래 소리를 지르며 마당을 뛰어다녔다. 그날 큰형과 작은형은 군인들 틈에 끼어 무슨 이야긴가를 열심히

주고받았고, 누이들과 어머니는 종종거리며 전을 지져 날랐으며, 어린 그도 밤늦도록 잠들지 못했다. 다음 날 아침 일찌감치 밥을 먹은 그들은 어머니에게 두 끼 밥값으로 적잖은 돈다발을 안기고 떠났다. 그 행렬의 끝에 큰형과 작은형도 끼어 있었다. 세상일을 잘 알지 못했던 그의 가족들은 큰형과 작은형이 무슨 좋은 구경이라도 가는 줄 아는 양 웃으며 손짓해 보냈다. 그것이 큰형과 작은형을 본 마지막이었고, 외딴집이 세상의 중심처럼 활기찼던 유일한 날이었다. 형님들이 왜 산사람들을 따라갔는지 그는 알지 못했다. 산사람을 따라간 두 형이나 세상으로 날아가 버린 막내형이나 어쩌면 날이 새도록 읍내의 따스한 불빛을 바라보던 젊은 날의 그와 같은 심정이었는지 모른다고 막연하게 짐작할 뿐이었다.

성님들 제사는 어짜고 있는가?

아부지 제삿날 항꾼에 모시고 있구마요.

노망들기 전까지 어머니는 두 형의 제사를 지내지 않았다. 그가 제삿밥이라도 먹게 해주자고 하면 어머니는 불덩이가 이글거리는 눈으로 그를 노려보았다. 그 불덩이가 어머니의 몸을 여기저기 기웃거리고 다니다 끝내 머릿속을 새까맣게 태워버린 것이다. 노망든 어머니가 이십 년 넘게 붙들고 있던 집 떠난 자식들의 기억조차 이제는 까맣게 태워졌기를 그는 간절히 바랐다.

막둥이성은?

그는 고개를 흔들었다.

거그 제사도 지내줘야제. 테레비를 보믄 지 이름 석자도 모리는 사램도 부모헹제 잘만 찾아쌓대. 요로코롬 소식이 깜깜헌 것은 필시 죽었다는 뜻이여. 서른 넘어 집 나간 사램이 동네를 몰라서 못 찾아오겄능가 머시 맺힌 것이 있다고 역부로 안 찾아오겠능가. 배운 것이 승질만 고약헌 놈이 승질 부리다 고약헌 일이라도 당했지맹.

철든 후로 걸핏하면 집을 나가 바람처럼 세상을 떠돌던 막내형과 연락이 끊긴 것은 어머니가 정신을 놓기 몇 년 전이었다. 여느 때처럼 아랫마을에 내려가 청년들과 노름을 하던 형은 그 무렵 걸핏하면 노름단속을 나오던 공무원들에게 걸려 한바탕 싸움을 하고는 집을 나갔다. 나라서 나한테 해준 것이 멋이 있가니 노름꺼정 허라 마라 허냐고 대들었던 형은 즈그 허는 짓거리는 생각도 않고 꺼떡허먼 나라 핑계부텀 댄 것 봉께 역시 뽈갱이 피는 못 속인갑다고 받아친 한 공무원의 머리통을 돌멩이로 내리치고는 내뺀 것이었다. 삼 년이 지나도 사 년이 지나도 형은 돌아오지 않았다. 동네 누구 집으로 잘 있다는 편지 한 장 보낼 법도 하건만 일체 연락이 없었다. 그렇게 삼십몇 년이 흘렀다. 그러나 그는 막내형이 예전처럼 얼큰히 술에 취한 채 비틀거리며 지금이라도 나타날 것만 같았다. 찌든 담배 냄새와 술 냄새, 그리고 뭐라 설명할 수 없는 바깥세상의 공기가 섞인 기묘한 막내형의 냄새가 아직도 코끝에 맴도는 듯했다.

태양이 벌써 집 바로 위를 지나고 있었다. 두어시쯤 된 듯했다. 골이 좁은 이곳에는 느지막이 해가 떠서 일찌감치 해가 졌다. 한 뼘 하늘에서 비추는 짧은 햇빛으로도 사람이 살고 나무가 살고 온갖 산짐승들이 그 볕에 기대어 살아가고 있었다. 마루를 비춘 햇살도 짧아지기 시작했다. 하루해는 짧아도 세월은 길었다. 그날이 그날 같은 세월이 벌써 육십 년. 살았달 것도 없는 인생이 그리 편하지는 않았다. 그렇다고 어려웠던가. 휘영청 달빛 아래 꿈틀거리며 읍내로 이어진 신작로가 젊은 날에는 그를 손짓해 부르는 듯도 하였지만 언젠가부터 그저 굽이진 길로

밖에 보이지 않았고, 밤마다 죄책감에 베갯잇을 적시게 하던 욕정도 점차 뜸해지더니 다시 찾지 않은 지 오래였다. 숲도 계곡도 때로는 땡볕에 마르고 폭우에 젖으며 살아가는 것이다. 편하기로 하자면야 낡고 외딴 집일망정 집을 지키고 살아온 그가 형제자매들 중 개중 편했으리라. 어머니는 곁에 있는 그 때문에 운 적은 없어도 누이들과 형들 때문에 노망들기 전까지 날이면 날마다 옷고름을 적시고 살았다.

하마 그때가 원젤랑가. 성님이랑 용허다는 무당을 찾아갔제. 멋이라고 입을 떼도 안 했는디 방에 들어선 당장 무당이 글드라고. 다 살아 있어. 두 놈은 북쪽에 있고 한 놈은 서울에 있구마. 원젠가는 다 돌아올 것잉께 두 발 쭉 뻗고 자드라고이. 성님은 그 말을 참말로 믿었어야. 안즉도 그 무당말을 믿고 있을 것잉마. 그랑께 저라고 안 죽고 있는 것이여. 자석 새끼들 지달리니라고.

처음에는 그도 그런 줄 알았다. 하우댁의 말대로 기다림이 원(怨)이 되어 어머니의 발목을 붙들고 있는 것이라고. 그러나 십여 년 전부터 어머니는 기다림마저 버린 듯했다. 그를 형들로 착각하여 어루만지지도 않았고 집에 찾아든 손님을 형들인 양 반기지도 않았다. 그리움도 원망도 모두 잊고 어머니의 머릿속은 백지처럼 하얗게 비었다. 마지막까지 버리지 못했던 먹을 것에 대한 탐도, 배설의 본능도 어머니는 잊었다. 그런 어머니의 목숨 줄을 질기게 붙들고 있는 것이 대체 무엇인지 그는 때로 궁금하기도 하였다. 어쩌면 그것은 하나의 습관이리라. 먹고 싸는 본능마저 사라진 후에조차 버릴 수 없는, 기다림이라는, 평생의 서러운 습관. 노망든 어머니의 삼십 년은 기억을 쌓아가는 시간이 아니라 잃어가는 시간이었다. 먹고 자고 싸는 몸의 습관을 모두 잊은 어머니는 기다림이라는, 마음의 습관마저 모두 버린 어느 날, 비로소 이승의 문턱을 넘어 한생 빌려 입은 고단한 육신을 편히 누일 수 있을 터였다.

끊임없이 주절거리는 하우댁의 말이 바람처럼 귓가를 스쳐 사라졌다. 하우댁의 젊어 별명은 벙어리였다. 어쩌다 그가 마을에 내려가면 자기 집에 데려가 기어이 따뜻한 밥을 한 끼 지어 먹이고는, 성님은 잘 계시제, 라는 한마디 말조차 끝내지 못하여 성님은, 하고 말끝을 사리던, 아들 연배의 그를 보고도 내외를 하며 수줍어하던, 머리에 희끗한 새치가 생기도록 새댁 같던, 고운 사람이었다. 쉬지 않고 말을 쏟아내는 늙은 하우댁이 그는 노망든 어미보다 더 낯설었다.

앞마당에서 햇살이 반 넘게 빠져나간 후에야 하우댁은 굼뜨게 엉덩이를 일으켰다. 불어난 몸집 때문에 숨이 차 그렇지 걷는 것은 아직 정정해 보였다. 그러니 여기까지 와볼 생각도 했으리라.

성님, 잘 계시씨요. 성님이나 나나 빨리 가야 쓸 것인디……. 펭상을 살믄서 멋 하나도 내 마음대로 돼는 것이 없등만은 죽는 것도 맘대로 안 돼요이. 인자 저세상에나 가서 보겄소, 성님. 원제가 될랑가는 몰라도 잘 계시씨요이.

하우댁은 소맷자락으로 눈물을 훔쳤고, 어머니의 시선은 제 것이 아닌 양 여전히 먼 신작로에 던져져 있었다. 인자 가실라냐는 인사도 없이 그는 하우댁의 뒤를 따라나섰다. 그냥 들어가라고 손짓을 하던 하우댁이 길에 우뚝 서 계곡을 굽어보았다. 이틀 내린 봄비 탓에 제법 실한 물이 계곡을 감돌아 흐르고 있었다. 흰 속살을 드러낸 채 부서지는 달빛에 밤 미역 감던 젊은 어느 한때로 하우댁은 잠시 돌아간 듯했다. 아랫마을 계곡은 십여 년 전부터 거의 말랐지만 집 옆 계곡은 산에 나무가 들어차면서 외려 물이 불었다. 형들과 누이들이 미역 감던 너럭바위

옆의 소도 여전히 시퍼렇게 깊었다. 불 지핀 아랫목처럼 따끈따끈 데워진 너럭바위 위에서 소의 물이 밴 듯 입술이 퍼렇게 변한 아홉 남매가 빨래처럼 몸을 말리곤 했었다. 모두가 아직 이 집을 떠나지 않았던 시절에는. 아침나절 햇살을 콩 볶듯 튀겨냈을 너럭바위는 오후의 시든 햇살을 삼키며 검은, 제 본래의 색으로 되돌아가고 있었다.

지난 시절의 기억이 잠시 젊은 하우댁을 불러낸 것일까. 고개를 왼쪽으로 살짝 돌린 채 두어 번 끄덕이는 것으로 인사를 대신한 하우댁은 분명 수줍음 많던 저 젊은 날의 그녀였다. 하우댁은 젊은 그의 마음인 양 산길을 따라 무성히 돋아난 질경이를 밟아 내려갔다. 내려가는 길은 올라온 길보다 훨씬 힘들 터였다. 하우댁은 상수리 숲을 돌아 사라졌다.

아직 해는 중천에 떠 있었지만 아침나절의 온기는 느껴지지 않았다. 산골의 밤은 빨리도 찾아올 것이다. 어두워지기 전에 저녁밥을 지어야 했다. 그는 해가 뜨면 일어나 밥을 짓고 밥을 먹고 곡식을 심고 거두고 해가 서산에 걸리면 밥을 짓고 밥을 먹고 그리고 잠을 잤다. 어머니가 노망든 이후 그의 삼십 년은 하루같이 그러했다. 그 전이라고 크게 다르지도 않았다. 다른 사람과 똑같은 시간을 보냈으나 그의 시간을 압축하면 고작 몇 줄에 불과할 것이다. 먹고 자고 농사를 짓는 것 외에 그는 다른 삶을 알지 못했다. 읍내의 주황색 불빛 속으로 끝내 발을 딛지 못한 것은 홀로 남은 어머니가 뒷덜미를 당긴 탓이 아니었다. 강나루에서 끝나는 신작로까지가 어머니의 품이며 그의 세계였던 것이다. 다른 삶을 기웃거렸던 형들은 죽고, 외딴 집에 머문 그만 살아남았다. 다행일 것도 불행일 것도 없었다. 집 앞 상수리 숲이 큰 바람을 껴안고 요동칠 때 질경이는 땅바닥에 납작 엎드려 죽은 듯 바람을 피했고, 키 큰 포플러가 환희에 들떠 온몸으로 햇살을 튕겨낼 때 민들레는 한 줌의 햇살로 그 빛을 닮은 샛노란 꽃을 피워냈다. 길바닥의 질경이도, 키 큰 주목도, 아름드리 느티나무도 꼭 저만큼의 바람과 햇볕과 비를 끌어안고 태어나 죽는 것이다. 어머니와 반평생을 마루에 나앉아 그가 본 것은 세상이 아니라 그런 것이었다.

긴 세월을 견뎌온 낡은 집이 제 키보다 큰 긴 그림자를 앞마당에 드리웠다. 골 굵은 주름마다 세상의 그늘을 죄 끌어안은 듯 어두운, 그래 더 이상의 어둠을 끌어안을 수 없을 것 같은 어머니의 얼굴에도 그림자는 어김없이 덮여 있었다. 미동조차 없이 그늘과 하나가 된 어머니는 집을 버티는 낡은 기둥 같기도 하였다. 살랑살랑 노곤하던 봄바람도 그늘을 품어 제법 선뜩하였다. 담요라도 걸쳐주려고 어머니를 향해 다가가던 그는 너무 어두운 탓이었는지, 아니면 그의 소망이 빚어낸 환상이었는지, 가면처럼 굳어 있던 어머니의 얼굴이 기이하게 움직이며 하나의 형상을 만들어내는 것을 보았다. 얼굴 전면을 뒤덮은 주름 때문에 명확하지 않았으나 그것은 웃음이 분명했다. 어머니가 그를 향해 마지막으로 웃어 보인 것이 언제인지 기억조차 가물거렸다. 어머니는 웃음을 아주 빨리 잊어버렸던 것이다. 말보다 먼저.

내 새끼, 그래 한시상 재미났는가?

그의 귀에 와 닿은 것은 분명 어머니의 음성이었는데, 순간 놀랄 시간도 없이 묵은 기억 하나가 기억의 어두운 심해에서 전기뱀장어처럼 하얀 불빛을 반짝이며 의식의 표면으로 꿈틀꿈틀 솟아났다.

어매, 나가 왜 세상에 나왔는 중 안가?

바삭바삭, 경쾌한 소리가 좋아 멍석에 깔린 콩대 위를 팔짝팔짝 뛰어다니던 그가 어머니에게 물었다. 어머니는 멍석 한켠에서 콩대를 두드리는 중이었다. 낭자한 머리에 허옇게 먼지를 뒤집어쓴 어머니는 일손을 놓고 그를 바라보았다.

왜 나왔는디?

어매 뱃속에 있는디 되게 심심허잖애. 시상에 나가먼 먼 재밌는 일이 있능가 글고 얼릉 나와부렀제.

아직 젊었던 어머니는 땡볕에 까맣게 그을긴 했으나 지금과 달리 윤기 흐르는 얼굴 가득 웃음을 피워 올리며 물었다.

내 새끼, 그래 시상에 나와봉께 재미난가?

이.

그는 자글자글 타오르는 한여름 태양처럼 숨이 넘어갈 듯 웃어젖히며 땀에 젖은 채 마른 콩대 위를 팔짝팔짝 뛰었던 것이다. 그래, 한세상 재미났는가, 하고 어머니는 물었다. 혹은 그의 마음이 물었는지도 모를 일이었다. 아궁이 속의 불길에 홀린 듯한 세상이 휠휠 날았으니, 재미있었다고 할 수 있을 것인가. 정신을 차리고 다시 본 어머니는 언제나처럼 가면 같은 얼굴이었고, 좀 전의 기이한 미소는 흔적조차 남아 있지 않았다.

그는 담요 한 장을 어머니의 어깨에 덮어주었다. 얇은 담요조차 이겨낼까 싶게 어머니의 어깨는 앙상했다. 그림자는 시시각각 짙어지는데 그는 밥할 생각도 잊고 어머니 곁에 다시 앉았다. 노망든 어머니가 하루 빨리 가기를 바란 적도 없었고, 오래 살기를 바란 적도 없었다. 해가 뜨면 새로 주어진 하루를 살아내듯 곁에 있는 어머니와 함께 살아왔을 뿐이다. 어머니는 어머니였고 세상이었으며 유일한 동무였다.

영원처럼 느리게 그러나 쏜살같이 빠르게 시간이 흘렀다. 아랫마을부터 기어올라 온 어둠이 어머니와 그를 집어삼키고 산 정상을 향해 달려갔다. 낡아 부스러질 듯한 두 개의 기둥처럼 어머니와 그는 세월을 버티고 있었다. 아직 달은 떠오르지 않았다. 잠시 후면 손톱 끝만한 그믐달이 어둠 속으로 스며들 것이었다.

| 수상작가 자선작 |

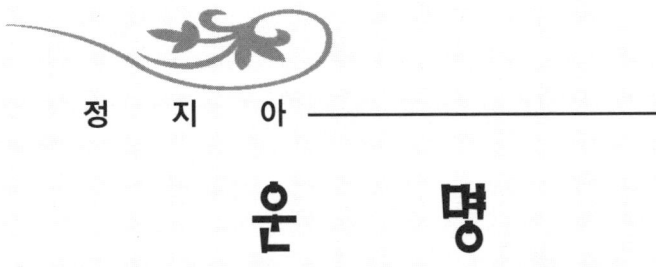

정 지 아

운 명

태종대는 십수 년 사이 놀랍게 변하여, 변하는 것이 세상의 이치이니 놀라울 것도 없긴 하지만, 여하튼 간에 처음 온 곳인 양 낯설었다. 묵은 기억을 되짚어 찾아간 자살바위 위에는 우람한 전망대가 들어서 있었다. 전망대가 대부분을 차지한 널찍한 바위는 그때 내 곁에 있던, 지금은 이름조차 까맣게 잊은 부산 사람 말로 인생에 마음 둘 곳 없는 인간들이, 미련은 또 무에 그리 많아 신발 고이 벗어두고 뛰어든다는 자살바위 같았는데, 쇠 난간이 사방을 가로막은 데다 전망대를 찾아온 북적이는 인파로 예전의 고적을 찾을 길 없어 그곳이 아닌 듯했고, 다만 바다만이 예전처럼 감청색으로 짙푸르렀다. 쇠 난간이 이승에 대한 미련을 질기게 붙들어 미(美)를 해치면서까지 들어선 제 임무를 제대로 수행할 수 있을 것인지 생각하다가 내 기억은 이 바위 밑 어딘가에 작은 부처상 하나 모실 만한 크기로 뚫려 있던 동굴에 미치었다. 촛농이 켜켜이 흘러내린 동굴 앞에는 고기밥이 된 불쌍한 혼령들을 위한 것인지 밥알이며 과일들이 놓여 있었는데, 폭염에 썩은 그것들은 살아 있는 벌레를 유혹하여 손마디만한 파리들이 들끓었고, 나는 일행이 코를 싸쥐고 한참 앞서 간 뒤에도 죽은 자를 향한 산 자의 미련, 혹은 죽은 자의 삶에 대한 미련인 양 천연덕스럽게 끈끈한 그 풍경을 오래도록 바라보았던 것이다. 나는 어쩐지 부산에서 보낸, 운명이나 열정, 낭만 따위를 신앙처럼 믿는 사람이라면 천국과도 같았다고 말할 수도 있을 지난 이틀이 십수 년 전 보았던 자살바위 밑 동굴처럼 느껴졌다.

뜬금없는 충동에 이끌려, 혹은 운명의 손길이 이끄는 대로, 서울발 부산행 고속열차에 올랐노라고 말할 수 있다면 좋으리라. 그러나 그것은 보통의 여행에 지나지 않았다. 일상에서 벗어난다는 약간의 흥분이 전혀 없지는 않았으나 대개의 여행이 그렇듯 나의 부산행은 일상으로 복귀하기 위한 막간의 숨쉬기일 뿐이었다. 그러한, 결론이 빤한 여행이란, 어쩌면 본연의 여행은 아닐지도 모르지만. 금요일 오후였음에도 드문드문 빈 좌석이 많았는데 하필이면 한 남자가 내 옆자리에 앉았고, 계속 내 쪽을 힐끔거리던 그 남자가 대전을 지날 즈음 드디어 말을 붙여왔다는 것이 문제였다. 그 남자에 관해서라면 약간의 할 말도 있기는 했다.

편의상 K라고 해두자. 사실 나는 그의 이름 외에는 아는 게 없다. 그러나 이름 석 자 겨우 아는 처지치곤 꽤 깊은 사연이 있었다고밖에 말할 수 없는 관계기는 했다. K는 교정에서 단연 눈에 띄는 존재였다. 그때만 해도 올망졸망하던 평균의 남자들보다 목 하나는 더 있었고, 인물도 제법 반듯한 데다 야전잠바에 청바지나 입고 다니던 당시의 패션감각으로는 도무지 따라갈 수 없을 정도의 멋쟁이였다. 여자들은 누구랄 것 없이 그를 돌아보았다. 그는 남자들에게도 꽤 알려진 존재였는데 그건 순전히 그가 달고 다니는, 자기 못지않은 미모의 소유자인 애인 때문이었다.

  그를 처음 만난 것은 입학식 다음 날이었다. 그는 나를 닳고 닳은 고학년 선배로 보았는지 헐레벌떡 다가와 미대가 어디냐고 물었다. 물론 내가 찾아가야 할 인문대의 위치도 몰랐으므로 나는 땅을 향해 있던 시선 그대로 고개를 저었다. 그날의 만남으로 나는 그를 기억했다. 고개 들어 그를 바라보지도 않았으니 출중한 외모 때문은 아니었다. 내가 나고 자란 촌에서는 한 번도 맡은 적 없던 인위적이고 자극적인 향수가 그 새로움으로 인하여 각인된 것이었다. 다음부터 나는 솔 내음처럼 톡 쏘는, 그러나 마음으로 침잠하는 솔 내음과 달리 하늘로 솟구치는 종달새처럼 가벼운, 그 냄새로 그의 존재를 느꼈다. 나는 하루에도 몇 차례나 그 냄새를 맡았다. 버스 안에서, 전철 안에서, 도서관에서, 식당에서. 학교 부근에서만 부딪치는 게 아니었다. 비 오는 날 수업을 빼먹고 혼자 동물원에 가면 그가 내 앞에서 표를 끊고 있었고, 시내 서점에 나가면 그가 바닥에 쭈그리고 앉아 책을 읽고 있었으며 하다못해 지리산에 가도 그가 옆자리에서 버너에 불을 붙이고 있었다. 학교 진입로를 휘적휘적 걸어가는 그의 뒷모습이 보이면 한참 노닥거리다 올라가 보기도 했다. 그러면 이번에는 도서관 앞에서 책을 빌려 나오는 그와 마주치는 식이었다. 입학 초부터 여자와 붙어 다녔던 그가 특이하게도 그때마다 혼자였다. 그렇게 무수히 마주치는데도 그는 내가 마치 바람이나 먼지인 듯 눈치조차 채지 못했다. 하기야 한 학기가 지난 후까지 같은 과인지도 모르는 동기들이 적지 않았을 만큼 나는 생김새나 하는 짓이나 눈에 띄지 않는 존재였다.

  K가 나를 의식하기 시작한 것은 우연이 1년이나 반복된 후였다. 하

루에도 몇 번씩, 참으로 뜻밖의 곳에서 마주치는 인연에 놀란 그는 가급적이면 학교와 멀리 떨어진 곳에서 놀기로 한 것 같았다. 그런데도 우리는 만나졌다. 점차 시간이 지나자 그는 나를 뚫어지게 쳐다보기 시작했다.

  1학기 기말고사 기간이었다. 공부하기가 지겨워서 일찍 학교를 나왔는데, 환장하도록 햇살이 맑았다. 플라타너스가 늘어선 길에는 햇살이 땡땡이 무늬로 얼룩지고, 고개를 들면 나뭇잎 사이의 빈틈마다 별 모양의 햇살이 반짝거렸다. 햇살에 취해 걷다 보니 땀이 흘렀다. 싸구려 영화관의 퀴퀴한 서늘함이 그리워졌다. 학교 근처의 영화관으로 가려던 나는 혹시나 싶어 우리 학교 애들이 거의 가지 않을 것 같은 영등포행 버스를 탔다. 영등포역 근처의 동시상영관에서는 별로 보고 싶지 않은 영화들만 상영하고 있었다. 좀 낯 뜨거운 영화였는데 다행히 사람은 거의 없었다. 영화가 끝나고 불이 켜지자 9급 공무원 시험을 준비하고 있을 것 같은, 영등포 시장에서 샀음이 분명한 후줄근한 양복 차림에 삶에 찌든 50대의 얼굴을 한 젊은이들 서넛이 무료하게 몸을 일으켰다. 좀 더 시간을 보내고 싶었지만 일어선 남자들이 힐끔 나를 보았던 터라 조금 겁이 나기도 해서 별 수 없이 자리에서 일어났다. 막 돌아섰을 때 뒷줄에서 한 남자가 거의 공포에 가까운 눈빛으로 나를 응시하고 있는 걸 발견했다. 물론 K였다. 그를 제외하고는 내 평생 우연히 누군가를 만난 적은 다섯 손가락에 꼽을 정도였으니까. 무시하고 나는 걸어 나갔다. 솔 내음과 비슷한 향기가 멀어졌다 싶을 무렵 타다닥 달려오는 소리가 들렸고, 저기요, 하고 그가 나를 불러 세웠다. 이제부터 무슨 이야기를 해야 하는 것일까, 잠시 생각했지만, 아무리 생각해 봐도 별로 할 말이 없었다. 내 앞에 선 그는 정확하게 이렇게 말했다.

"저기요. 혹시……"

세 박자쯤 쉰 후에,

"혹시 나 미행해요?"

무슨 뜻인지 해독하느라 역시 세 박자쯤의 시간이 흘렀고, 이해와 동시에 쿡 웃음이 터져 나왔다. 어려서부터 모든 이의 시선을 집중시켰을 잘생긴 외모와 외모를 더욱 빛나게 하는 도회적이고 냉소적인 분위기가 감히 그렇게 말하도록 한 원흉이었음을 이해하면서도 나는 제 것도 아닌, 하늘에서 뚝 떨어진 우연을 제 것인 양 뽐내는 그의 오만을 웃지 않고는 견딜 수 없었다. 그 순간 무시하려고 노력했으나 거듭되는 기이한 만남에 묶이지 않을 수 없었던 마음의 한 자락이 가뿐해졌다. K는 좀 무안했던 듯싶다. 그날 이후에도 우리는 계속 만나졌고, 그는 다소 움츠러든 채 나를 관찰하는 것 같았다.

그 해의 마지막 날이었다. 군대 간 과 친구가 꼭 보내달라는 책을 사러 종로에 나간 후에야 그날이 12월 31일이라는 것을 알았다. 초저녁이었는데도 보신각 주위에는 벌써부터 타종을 구경 나온 젊은 연인들로 발 디딜 틈이 없었다. 그 무수한 연인들 중 적어도 반 이상은 조만간 헤어질 것이고, 어찌어찌 결혼으로 이어진다 해도 현재의 가슴 뜨거운 사랑은 세월 앞에 화석처럼 굳어갈 것임이, 내 눈에는 시간이 흐르는 것만큼이나 명료해 보였는데, 그러나 정작 팔짱을 끼거나 허리를 끌어안은 그들에게서는 조금의 두려움이나 안타까움도 느껴지지 않았다. 황홀한 어느 한때가 영원하지 않다는 것을 깨닫고 난 후에도 그 순간이 언제든 다시 찾아올 거라고 굳게 믿을 것 같은, 죽기 전에는 도무지 그 착각을 버리지 못할 것 같은, 순진하다고 해야 할지 용감하다고 해야 할지, 아무튼 나는 행복해요, 라고 얼굴에 써놓은 연인들이 점차 짜증스러워서 나는 고개를 푹 숙인 채, 착각도 환상도 없는, 지난 시간을 냉정하게 기록하고 있는 사람들의 신발이나 보면서 걷고 있었다. 흰 운동화가 내 앞에서 멈추어 섰다. 막 빨아 신은 듯 새하얀 운동화의 코 부분에 누군가의 발자국이 찍혀 있었다. 잠시 기다려도 운동화는 움직일 생각을 하지 않았고, 나는 이런 날 누가 새 운동화를, 그것도 흰 것을 신고 나온담, 속 좀 상하겠다, 뭐 그런 정도의 생각으로 몸을 틀었다. 순간 내 앞에 멈춰선 흰 운동화의 주인이 두 손으로 내 양 어깨를 짚었다. K였다. 그는 불쑥 내 손을 잡고 성큼성큼 걷기 시작했다. 뿌리치려고 했으나 부드러운 손가락은 뜻밖에 강했다. 내 손을 잡고 그는 근처의 지하 다방으로 들어갔다. 주문한 커피가 나오기 전에, 그는 일어섰다.

"잠깐만 기다려요. 친구에게 말하고 올게요. 헤어지고 올게요. 조금 늦더라도 기다려줘요."

무슨 뜻인지 나는 이해하지 못했다. 그리고 물론 기다리지 않았다. 그날 밤, 나는 고향으로 내려갔고, 방학 내내 방 안에 틀어박혀 뒹굴었다. 간혹, 헤어지고 올게요, 그의 말이 떠올랐다. 사실은 자주. 한 번 떠오른 생각은 거미줄처럼 머릿속에 엉겨 붙었다. 그러면 나는 아궁이에 불을 지폈다. 장판이 검게 변하도록 불을 때고 노골노골한 장판에 누워 있으면 생각도 흐물흐물 녹는 듯했다.

개학 첫날, K를 만났다. 이번에는 우연이 아니었다. 그가 과 사무실 앞에서 기다리고 있었던 것이다. 여러 여자들의 시선이 그를 향해 있었고, 그가 또 내 손을 잡아끌기라도 할까 봐 나는 좀 긴장한 상태였다. 내가 그를 무시하고 문을 열려 하자 그가 저기요, 하고 불러 세웠다.

"아무래도……"

주변의 여학생들이 모두 그의 입을 주시하고 있는 것을, 나는 느꼈다.

"우리는, 운명 같아요."

주변에서 아쉬움인지 비아냥인지 숙덕이는 소리가 들려왔지만 이번에는 나는 웃지 않았다. K의 운명은 대체로 그의 편이었을 것이다. 외모도 그렇거니와 적어도 예술을 이해하는 고매한 정신의 소유자인 부모, 혹은 자식이 원하는 것이라면 무엇이든 하라고 할 수 있는 너그러운(돈이든 정신이든) 부모 밑에서 성장했음이 분명했다. 선의의 운명 속에서 성장하여, 새로운 무엇이 다가오든 일단 운명의 선의를 믿고 다가서는 그런 인간도, 운명은 만들어내는 것이다. 그러나 그 운명이란 것이 내게는 지극히 가혹했다. 이를테면 이런 식이었다. 우리 아버지는 내가 아주 어렸을 때 공장에서 일을 하다 오른손 손가락 네 개를 잘린 뒤 먹고 살 방법이 없어 고향으로 돌아갔다. 고향에서 아버지의 삶은, 동네 사람들의 표현에 의하면 '개망나니'였다. 죽을 때까지 그랬으면 차라리 좋았을 것을, 내가 열 살 무렵, 무슨 바람이 불었는지 독하게 마음을 먹고 아버지는 술을 끊었다. 그 후 몇 년 동안 아버지는 아버지란 이런 것이구나 싶게 아버지다웠고, 우리 집은 꿈같은 평화를 누렸는데, 누구나 짐작했을 테지만 행복은 길지 않았다. 운명은 참으로 모질게도 잠깐의 온기를 맛보게 한 뒤에 영원히 그 따스함을 거두어버렸던 것이다. 그 방법 또한 사채업자처럼 모질었다. 손써볼 틈도 없이 늦게 발견하여 수술 한 번 하지 못하고 죽었더라면 남은 자의 가슴에 회한이 남아 아버지라는 존재를 영원히 행복했던 짧은 순간에 박제해놓을 수도 있었으리라. 그러나 위가 좋지 않아 병원에 갔던 아버지는 뜻밖에 간암 초기였다. 아직도 희망이 창창하다고 하여 논 몇 마지기를 팔아 간을 잘라냈는데, 그 일 년 뒤에는 암세포가 간은 놔둔 채 위로 멀리뛰기를 하여 전이되었고, 이번에는 집을 팔아 위를 잘라냈다. 알코올 중독으로 세상을 포기한 바 있던 아버지가 이번에는 어쩌자고 아직 젊은 아내와 어린 것들을 두고 이대로 죽을 수는 없다며 죽어도 살아야겠다는데야, 죽을 자는 죽더라도 남은 자는 살아야겠으니 이쯤에서 포기하라고, 누군들 그토록 잔인해질 수 있었겠는가. 우리 중의 누구도 운명처럼 잔인하지는 못했다. 그 뒤로도 수술을 한 번 더 하고, 병원에서 등 떠밀려 집에 와서는 온갖 민간요법을 두루 거치고, 죽는 그날까지 살겠다고 발버둥치면서 산삼 한 뿌리를 씹어 먹다가 아버지는 죽었다. 누구도 입 밖에 내지는 않았지만, 그리고 그런 생각을 하게 된 지점은 조금씩 달랐겠지만, 우리 가족은 어디쯤에서 내심 아버지가 그만 포기하기를 간절히 바랐고, 반쯤 남은 산삼을 포기할 수 없는 희망인 양 한 손에 움켜쥔 채 쓰러진 아버지 앞에서, 다시는 눈 뜰 수 없는 아버지 앞에서, 비로소 안도의 한숨을 내쉬었다. 어머니는 아버지가 유일한 유품으로 남긴 반쯤 남은 산삼을 야멸치게 빼냈다. 채 식지 않은 아버지 시신 앞에서 오빠는 무표정한 얼굴로 어머니가 강제로 쑤셔 넣다시피 한 산삼을 오래도록 씹었다. 우리 집안에 닥친 불운한 운명의 상징과도 같은 산삼을 우물우물 씹고 있는 오빠에게서는 냉정한 항전의 자세가 느껴졌고, 그 모습이 어쩐지 비장하게 아름다워서 나 또한, 어디 한번 덤벼봐라, 얼마든지 상대해주마, 이길 수 없는 싸움이라 할지라도 고분고분 져주지는 않겠다, 라고, 결사항전의 결의를 다졌던 것이다.

 K가 그날 여러 학생들 앞에서 읊었던 우리는 운명 같아요, 라는 신파조의 대사는 신파의 지상명령답게 다소 감동적이긴 했다. 그러나 설사 K의 말대로 우리의 만남이 운명이라 할지라도, 나에 대한 운명의 처사가 그러하였으므로, 나는 길 잃은 착한 양처럼 운명 앞에 고분고분할 수 없었다. 게다가 운명은 다시 한 번 나를 시험대 위에 올리기로 작정

한 것 같았다. 운명의 시험대라는 것은, 풍뎅이 한 마리를 잡아 뒤집어 놓은 후 몇 바퀴 맴을 돌리다가 싫증이 나면 날개를 뜯고 다리를 뜯어 기어이 죽음에 이르게 하는, 순진무구하게 잔인한 어린것들의 장난과 다를 바 없다는 것을, 고작 스물 몇의 나이긴 했지만 나는 명징하게 깨닫고 있었다.

K 덕분에 나는 일약 유명인사가 되었다. K가 운명의 상대인 나를 만나기 위해 정리한 여자가 우리 학교뿐 아니라 주변 대학까지 널리 알려진, 요즘으로 치면 '얼짱' 쯤 되었을, 남자들의 동경의 대상이었던 탓에, 그런 여자를 차게 만든 나라는 인간에 대해 세간의 관심이 집중되었던 것이다. 쌀밥만 먹던 사람이 잠시 꺼칠꺼칠한 보리밥에 한눈을 팔았을 것이라는 지극히 현실적인 분석에서부터 보조개 들어간 여자는 색을 밝힌다는 근거 없는 속설에 기인하여 잠자리가 끝내준다더라는 상스러운 소문에 이르기까지, 나는 내 뜻과는 무관하게 저 풍뎅이 꼴이 되고 말았다. 잠자리가 끝내준다는 소문 덕분이었는지 난생 처음 내 뒤꽁무니를 따라다니는 남자도 두엇 생겨났으니, 좋게 생각하면 인생의 봄날이라고 말할 수도 있을지 몰랐으나, 남의 풍뎅이를 뺏고 보려는 유치한 호기심의 발로인 줄을 아는 나로서는, 하루하루가 치욕이었다.

반년 남짓 나를 따라다니던 K는 군대에 갔고, 그가 제대하기 전 나는 사회인이 되었다. 밥 벌어 먹고 산다는 것이 그리 만만하지는 않아서 나는 이내 그를 잊었다. 하기야 잊을 만한 추억도 없기는 했다. 마주치지 않으니 자연스레 잊혀졌을 뿐이다.

사회는 운명만큼이나 비정했으나 운명과 달리 특별한 행운을 바라지 않는 한 내 하기 나름으로 예측 가능했고, 운명의 마수에서 벗어났다는 안도감마저 들었으므로, 나는 대개의 젊은이들과 달리 직장생활에 아주 순조롭게 안착했다. 운명이었는지 뭐였는지 끈질기게 따라붙던 K의 그림자를 떨쳐버리고 나는 마침내 연애라는 것을 해보기도 하였다. 이쯤이면 당연히 눈치 챘겠지만 나라는 인간은 애당초 이성 간의 사랑은 고사하고 세상에서 가장 고귀하다는 모성애조차 믿지 않는, 말하자면 좀 삭막한 인간이었다. 사랑을 믿지 않는 것은 아마 천성이라기보다 환경의 영향일 터인데, 우리 부모는 인근에 소문이 자자한 열렬한 연애담의 주인공이었다. 내림종이었던 집안의 자식과 야반도주했을 만큼 사랑에 목숨을 걸었던 어머니가 운명의 시험 앞에서 어떻게 변하였는지는 이미 말한 바 있다. 부모를 버리고 도망치게 할 수 있었던 사랑이란 것이 그 사랑하는 이의 식지도 않은 시신에서 산삼을 꺼내 자식에게 먹일 수 있도록 야멸치게 변할 수도 있는 것이며, 반 남은 산삼이라도 먹이고 싶어 했던 자식에 대한 애정이라는 것도, 끝없는 실망 앞에서는 남편에 대한 사랑과 마찬가지로 돌변할 수 있는 것임을, 냉혹한 운명 덕분에 나는 일찌감치 깨달았던 것이다. 그래서 나는 오빠가 이런저런 산전수전을 겪은 후 별것 아닌, 그러나 어머니에게는 청천벽력이었을 폭력사건으로 감옥에 간 뒤, 대학 나와 번듯한 직장에 취직한 내게로 전이해온 어머니의 지극정성을 암세포의 전이나 되는 양, 차갑게 내칠 수 있었다. 사랑이란 내게 그런 것이었다.

 사랑을 기대하지 않는 내가 굳이 연애라는 형식에 발을 담근 것은 아마 외로운 탓도 있었겠지만 호감을 보인 이가 K와 달리 지극히 평범한 사람이었기 때문일 것이다. 같은 직장에 다니는, 나만큼 평범했던 그 선배는 삼십 줄에 들어서고 있었고, 석 달 만에 손을 잡고, 여섯 달 만에 키스를 한 후, 마음이 급했던 것인지 결혼을 하자고 했다. 첫 키스의 추억은 시인의 표현대로 날카로웠으나 살을 벨 듯 날카로운 추억이라도 생활 속에서 무뎌져 무 한 조각 벨 수 없는 무용지물이 될 것을 아는 나로서는 연애는 몰라도 수많은 책임이 뒤따르는 결혼이라는 현실 속으로 뛰어들 용기가 아무래도 나지 않았다. 머뭇거리는 나를 이 년이나 기다려주었던 선배는 결국 떠났다. 함께 시간을 보내던 사람의 느닷없는 실종, 아니 그보다는 그로 인해 주체할 수 없이 남겨진 시간을 견디는 일이 쉽지는 않았지만 연애한 만큼의 시간이 흐르자 그럭저럭 나는 예전의 단조로운 일상으로 복귀할 수 있었다. 남은 시간을 오롯이 일에 투자한 덕분에 또래의 남직원보다 일찍 승진도 했다. 사랑을 기대하지 않았듯 나는 더 이상의 성공도 기대하지 않았다. 불행은 언제나 행복 속에 도사리고 있는 법이니까. 성공이나 행복을 꿈꾸지 않는 것, 모든 기대를 버리는 것, 그것이 운명에 가할 수 있는 최고의 복수라고 나는 생각했던 모양이다. 욕망을 버리는 것이 욕망하는 것만큼이나 어려운 일이며, 설사 버리는 척 위장하며 버틴다 하더라도 잔혹한 운명의 집요한 시선에서 벗어날 수 있을 것인가 하는, 더 본질적인 문제에 봉착하고야 만다는 사실을, 나는 불행히도 알지 못했다. 욕망을 지움으로써 가급적 운명과의 불쾌한 조우를 회피하고 있었지만, 운명이 언제 어디서 그 섬뜩한 손길로 내 발목을 붙들지도 모른다는 불안감이 아주 없지는 않았다. 그 불안은 끝내 현실로 다가오고야 말았다.

  자신의 미덕은 타인의 미덕보다 제 자신의 악덕에 가깝다는 옛 성현의 말을 굳이 빌려올 필요도 없을 것이다. 공평무사한 처신이라기보다는 무심의 결과로 누구의 편에도 서지 않고 누구의 미움도 받지 않음으로써 나는, 현실적으로 공간화하자면 한 평도 되지 못할, 회사에서의 내 자리라는 것을 지켜올 수 있었는데, 결국은 바로 그 점, 그러니까 누구의 편도 아니라는 것 때문에 두 번이나 승진에서 누락되고 말았다.

내가 부산행 고속열차에 올라탈 때의 정황이라는 것은 이러하였다. 그렇다고는 해도 내게는 아직 선택의 기회가 남아 있었다. 사표를 내거나 퇴직을 당하는 것, 자존심의 문제일 뿐 결과는 별다를 바 없는 가장 명료한 길 외에 구원의 밧줄도 있기는 하였던 것이다. 구원의 밧줄을 내려준 것은 회사의 실세로 알려진 김 이사였다. 김 이사는 몇 년째 내게 자신은 '구원'이라고 표현한, 실제로도 구원일, 그러나 본질적으로는 추파에 지나지 않는 끈끈한 눈길을 보내고 있었다. 그 시선의 정체는 다름 아닌 정복욕이었다. 김 이사가 왜 하필이면 아무리 후한 점수를 준다고 해도 평범 이상일 수 없는 나를 목표로 설정한 것인지는 정확히 알지 못한다. 다만 집안 좋고 성격 좋고 능력 뛰어나 모두의 관심 속에 살아왔을 김 이사에게 남자로든 상사로든 가까이 닿으려 하지 않는 나라는 존재가 요령부득으로 보이지 않았을까, 그리하여 어디 한번 해보자는 오기를 불태우게 된 게 아닐까, 막연히 짐작할 뿐이다. 참으로 사소한 일에 정복욕을 불태우는 김 이사가 우습기도 했지만 사실을 말하자면 나는 간혹 식사를 해주고 2차는 냉정하게 거절함으로써 그 정복욕을 적당히 이용하고 있었는데, 김 이사의 정복욕은 아마 내 생각보다 강하지 않았던 모양으로, 몇 년의 줄다리기 끝에 최후의 승부수를 던진 것이었다. 내 판단착오일지도 모르겠으나 이번 주말엔 뭐하나, 별일 없으면 나랑 같이 부산 출장이나 가지, 라던 김 이사의 은밀한 제안은 마지막 구원의 밧줄임이 분명했다. 내 승진누락에 김 이사의 입김이 크게 작용했으리라는 것을 눈치 채지 못할 만큼 어리석지는 않았다. 나락으로 등 떠민 뒤 구원의 밧줄을 내미는 김 이사에게 분노를 느끼지 않은 것도 아니었다. 그러나 적어도 구원의 밧줄을 먼저 내민 뒤 가까스로 그 줄을 붙잡고 안도의 한숨을 내쉬며 한참 오르는 중도에 자신이 내민 밧줄을 잘라버리는 저 운명의 잔혹보다야 낫지 않은가.
　우연을 가장하여 김 이사와 마주치기를 바랐던 것인지 반대로 절대 마주치지 않기를 바란 것인지는 나 자신도 명료하지 않다. 다만 나는 좀 억울하였다. 남들은 어떻게 보았을지 모르지만 내 딴에는 운명과의 숨 막힌 줄다리기 끝에 겨우겨우 버텨온 삶의 평화를 고작, 한 남자의 사소한 정복욕으로 짓밟으려는 운명―김 이사가 아니라―때문에 다시 한 번 창창한 오기가 솟았고, 아마 그 때문에 부산행 열차에 오르긴 하였을 것이지만, 내가 김 이사 앞에서 냉큼 그러겠노라고 대답하는 대신 어떤 결정도 없이 혼자 기차에 오른 것은 김 이사의 정복욕 앞에 무릎을 꿇는다고 해서 운명이 내 편으로 돌아서줄지 아무래도 확신할 수 없는, 냉정한 분석의 결과였다. 김 이사 앞에 무릎을 꿇으면 아마도 몇 년쯤은 보잘것없는 내 자리를 지킬 수 있을 것임이 분명했다. 그러나 정복함으로써 정복욕은 사라질 것이고, 그때가 되면 나는 무엇으로 운명에 대항할 것인가, 라는 생각을, 김 이사의 우스꽝스러운 제안을 받는 그 순간 나는 이미 하고 있었던 것이다. 몸은 허락하되 끝까지 냉정을 유지하는 것으로 명 다한 정복욕을 기신기신 연장시키거나 불륜 사실을 폭로하겠다는 위협으로 꽤 오래 내 자리를 연장시킬 수 있을지도 몰랐다. 그러나 그것은 잔혹한 운명에 대항하여 어떻게든 살아보겠다고 집안 말아먹고 산삼 씹어 먹다 죽은 내 아버지와 다를 바 없는, 가장 참담한 몰락에 다름 아니었다. 운명이 비정한 칼끝을 들이댈 때, 거기 머리 디밀어 산뜻하게 베어지는 것이 도망치고 또 도망치다 결국은 제 영혼을 파괴시키는 것보다는, 적어도 욕망하지 않는 그 산뜻한 포즈로서 최소한의 복수나마 될 수 있는 것은 아닐까. 기차에 올라탔을 때 이미 나의 오기는 한풀 꺾여 있었고, 그러니까 나의 부산행은 심정은 다소 복잡했으나 앞서 말했듯 일상적인 여행에 지나지 않았던 셈이다. 그런데 참으로 오지랖 넓은 운명은 김 이사가 아니라 K를 비장의 복병으로 등장시킨 것이었다.

예전과 똑같은 향수를 쓰고 있어서 서울역에서부터 낯익은 향기를 풍겨오고 있었음에도 나는 그 향기를 기억해내지 못할 만큼 K를 까맣게 잊었거나 혹은 내 생각에 골몰해 있었던 모양이다. 대전역에 잠시 정차했던 차가 다시 속도를 높이기 시작했을 때 나는 결론 나지 않는 생각을 털어버리려 앞좌석의 등받이에 꽂혀 있는 잡지를 꺼내기 위해 몸을 숙였고, 순간 기억을 환기시키는 아릿한 향기를 느꼈다. 익숙한 향기가 미처 하나의 형상을 불러오기도 전에, 옆좌석에 앉아 있던 K가 물었다.

"이번에도 도망칠 건가요?"

마지막으로 도망친 것은, 그러니까 십수 년 전의 일이었다. 직장 생활 삼사 년 만에 약간의 돈을 모은 나는 그 무렵 유행이던 오피스텔에 전세나 들어볼까 하고, 방을 보러 다녔다. 내가 처음 찾아간 곳은 마포대교를 건널 때마다 보았던 강변의 오피스텔이었다. 내가 찾는 작은 평수는 나와 있는 게 없다고 하여 막 돌아서려는 찰나 전화가 울렸고, 복덕방 주인은 운이 좋다며 지금 막 임대를 내놓은 방으로 나를 데려갔다. 익숙한 향기와 함께 문틈으로 얼굴을 내민 것은 K였다. 왜 그랬는지 모르겠다. 나는 아무 생각 없이 돌아서서 달렸다. K에게 거의 붙잡힐 뻔했을 때 마침 택시가 내 앞에 와 섰고, K는 닫힌 문을 두드리다가 차도로 한참이나 택시를 쫓아왔다. 그 후 K는 내 인생에서 사라졌다. 인생의 갈림길에 선 순간 또 한 번의 우연으로 맞닥뜨린 K는 세월조차 그의 편이었던 듯 예전과 조금도 다르지 않은 모습이었다.

"그때 나는 유학을 떠나려던 참이었어요. 그리고 오늘은 이혼서류를 접수했죠."

똑바로 내 눈을 응시하는 그의 시선에는 뭐랄까, 원망이라고밖에 해석할 수 없는, 비난 같기도 한, 석연치 않은 감정이 담겨 있었다. 아마도 K는 내가 운명이라던, 그 옛날의 생각을 여전히 갖고 있는 듯했다. 그의 말이 사실이라면, 그는 이혼서류를 접수하고, 나는 상사와의 불륜을 잠시나마 각오한 하필이면 바로 그날, 우리는 또다시 마주친 것이다. 부산역에서 그가 손을 내밀었을 때 나는 말없이 그 손을 잡았다. 순간 운명에 대한 복수라는 것이 가능하기나 한 것인지, 결사항전이든 투항이든 결국은 마지막 결과까지도 운명 속에는 내포되어 있는 것이 아닌지, 내 머릿속에 그런 생각들이 꿈틀거렸는데, 만일 그렇다면 항전이든 투항이든 무슨 의미가 있을 것인가.

K와 나는 함께 밥을 먹고 술을 먹었다. 그러나 별로 할 말은 없었다. 기이한 운명을 공유하고 있긴 했지만 우리는 서로에 대해서 너무 무지했으며, 그렇다고 호구조사부터 시작하기에는 또 너무 가까웠다. 다섯 시간 가까이 술을 마시는 동안 우리는 고작 의미 없는 몇 마디의 말을 나누었을 뿐이다. 어색함 탓이었는지 결정적 순간에 나를 만난 흥분 탓이었는지 그는 급하게 술을 마셨고, 술기운을 빌려 옆자리로 옮겨서는 내 손을 꼭 잡았다. 그는 호텔에 투숙할 때까지 내 손을 놓지 않았다. 엄밀하게 말하면 처음 만난 것이나 다름없는 남자를 따라 호텔까지 간 것은 아마 세월 속에서 체득한 뻔뻔함 덕이었을 것이다. 혹은 운명과의 일전(一戰)에 두 손 들기 직전의 자포자기거나 마지막 앙탈 같은 것인지도 몰랐다. 흰 시트 위에 선명하게 남은 혈흔을 보고 그는 다소 감동을 받은 듯했다. 사정할 때보다 더 격한 떨림으로 나를 안으며 이렇게

물었던 것이다.

"이럴 걸 왜 그렇게 도망쳤어요?"

아마도 그는 내가 운명의 상대를 위해 처녀를 지켜온 것이라고, 그러니까 나 역시 자신을 운명으로 여긴 것이라고 확신하는 모양이었는데, 어디까지나 그의 착각에 불과했다. 그 순간 나는 처음 사귀었던 남자를 떠올리고 있었다. 시트 위의 혈흔은, 이렇게 표현하는 것이 가능할지 모르겠으나, 그 남자의 몫이어야 했다. 오래전에 헤어진 그 남자에게 나는 어쩐지 미안하였다. 사랑까지는 아니었다 할지라도 내 마음에 가장 가까이 다가온 것은 그 남자였고, 운명이건 뭐건 기차 옆자리에 우연히 앉은 K와 나눌 수 있는 일이라면 그것은 당연히 오랫동안 나와 세월을 공유한 그 남자의 것이어야 했던 것이다. 어쩌면 K는 나의 첫 남자로서 운명 속에 점지된 것이어서 스무 살에 겪고 지났어야 할 운명을 이제야 겪는 것은 아닐까. K의 말대로 도망치지 말아야 할 때 도망침으로써 미성숙의 상태로 그 남자를 만났고, 그로 인해 어쩌면 결혼으로 이어졌을지 모를 그 남자와의 운명조차 실패로 끝난 것은? 나는 뭐가 뭔지 모르게 부끄럽고 미안하고 혼란스러웠으나 십칠 년 전에 점지된 운명과 행복하게 조우한 K는 부력과 액체 사이의 관계를 발견하고 알몸으로 욕조를 뛰쳐나간 아르키메데스처럼 흥분해 있었다. 그 이상한 열정이 나를 잠시 붙들었다. 좀 더 솔직해지자면 농밀한 세월의 흔적 속에 뭔가 핵심적인 것을 결여한—아마도 나로 표상되는 운명이었을 것이지만—, 원숙하면서도 소년처럼 앳된 K의 얼굴을 바라보는 것만으로 가슴이 두근거렸음을 고백하지 않을 수 없겠다. 나와 하룻밤을 보내고 난 다음 날 아침부터 결여를 대신한 것은 이상한 열기였는데, 그 열기가 불과 몇 시간 사이에 전신의 세포를 사로잡은 듯, 과음 후였음에도 그는 초여름날 잔바람에 온몸을 뒤채는 포플러 잎사귀처럼 햇살을 튕겨내는 것 같았다.

듬성듬성한 그의 말을 종합하자면 그의 인생은 실패랄 것도 성공이랄 것도 없이 무난하게 흘러온 모양이었다. 그러나 그는 자신의 삶에 만족하지 못했고, 그 불만족은 운명을 거부한 내게서 기인한 듯했다. 이혼으로 끝이 난 결혼생활도 상식적으로 아무 문제가 없었다. 결혼이라는 현실이 사랑의 환상을 무너뜨린다는 것쯤이야 미혼남녀도 아는 상식 아닌가. 그럼에도 사람들은 절반쯤의 환상을 붙든 채 결혼을 하고, 반쪽의 환상이 완전히 무너진 다음에는 자식에 대한 책임감이나 어떤 인생을 택해도 별다르지 않을 거라는 비정한 현실에 무릎을 꿇는 것이다. 그는 비정한 현실을 직시하는 대신 오래전에 도망쳐버린 운명에 집착했다. 그리고 결정적인 순간 그야말로 운명처럼, 도망쳤던 운명의 상대를 만난 것이다. 그럼으로써 그는 맹맹했던 자기 인생의 화룡점정을 완성할 수 있다고 믿는 모양으로 느닷없는 창작열에 불타 피난지의 이중섭처럼 닥치는 대로 그림을 그리기 시작했다. 문외한인 나로서는 뿜어져 나오는 창작열의 결과를 평가할 수 없었지만, 설령 가히 천재적이라 할지라도 한순간의 우연으로 불타오르는 그의 열정을 나는 도무지 신뢰할 수 없었는데, 제 스스로 점화하지 않은 열정의 불꽃은 누군가 불을 붙였듯 한줄기 바람에도 꺼질 수 있을 터이기 때문이었다. 사랑이든 욕정이든 창작열이든 나로 인해 무언가 불타오른다는 사실이 제법 매혹적이기는 했다. 내가 가뭄 끝의 한줄기 소낙비라도 되어 K라는 목마른 대지를 적시는 느낌이었고, 세상의 일이란 상호적이어서 비에 젖어 충만해진 K라는 대지로 인해 나 또한 오뉴월 초목처럼 싱싱하게 되살아나는 느낌이었다. K는 오직 나만을 바라보았다. 그리하여 그의 붓 끝에서 피어난 것은 이 세상 어디에도 없는, 내가 아닌, 그러나 또한 나인 낯선 존재였다. 한 남자의 오롯한 시선을 받고 적어도 그에게만은 우주가 될 수 있다는 사실을, 나는 처음 알았고, 그의 은밀한 시선이 펌프처럼 내 몸에 공기를 주입하여 하늘로 둥둥 떠오를 것도 같았는데, 떠오른 나는 번번이 천장에 부딪쳐 추락하고 마는 것이었다. 선의의 운명 속에 살아온 그는 다른 모양이었지만, 운명의 비정을 일찌감치 조우한 적이 있는 나로서는, 지금은 내 편인 듯한 운명이 언젠가 저 천장처럼 내 앞을 막아설 것이라고밖에 생각할 수 없었다. 그래서 나는 운명에 대해서건 나에 대해서건 한 점의 의혹도 불안도 없이 잠들어 있는 그의 곁을 조심스레 떠나온 것이다.

부산역에 내렸어야 할 것을, 나는 택시를 세우지 못했다. 태종대에서 내린 것은 달리 아는 지명이 없었던 까닭이었다. 오래전, 아찔한 절벽 아래로 끊임없이 밀려와 흰 포말로 사라지는 파도를 망연히 내려다보던 나는 불현듯 뛰어들고 싶은 충동을 느꼈고, 나도 모르게 그때는 난간도 없던 절벽 쪽으로 몇 발 내디뎠는데, 곁에 있던 부산 친구가 내 팔을 붙들고는 저만치 서 있는 팻말을 가리켰다. 팻말에는 한 번 더 생각하세요, 라고 적혀 있었다. 자살바위는 굳이 죽기를 작정한 사람이 아니더라도 누구의 마음속에서나 죽음을 끄집어 올리는 이상한 마력이 있는 듯했다. 내가 십수 년 전의 기억을 더듬어 기어이 자살바위를 찾아간 것은 그때와 같은 죽음의 충동을 기대한 것은 결단코 아니었다. 그저 택시를 타고 오는 동안 K 몰래 도망쳐 나온 내 모양새가 모든 것을 버리고 뛰어들거나 아니면 또다시 누추한 현실로 복귀해야 하는 저 자살바위와 다를 게 없다는 생각이 들었을 뿐이었다. 그러나 다시 찾은 자살바위는 바위 전체를 짓누르다시피 들어선 전망대로 인하여 이전의 비장미가 씻은 듯 사라져 그저 하나의 바위에 지나지 않았다. 쇠 난간이 가로막은 바위 끝 풍경이야 달라질 바도 없건만 전망대를 등지고 내려다본 절벽 아래는 예전처럼 까마득하게 현기증을 불러일으키지도 않았고, 부서지는 포말 또한 예전처럼 막막하지 않았다. 이런 곳에서는 누구도 죽음을 떠올리지 않는 것인지 다시 한 번 생각해보라는 팻말도 사라지고 없었다. 쇠 난간에 기대고 서서 나는 막막하지도 않고 아찔하지도 않은, 그저 깊고 쓸쓸한 검푸른 바다를 오래도록 바라보았다. 바닷바람이 니트의 올 사이로 스며들었지만 초가을의 따가운 햇살 탓에 그리 춥지는 않았다. 지금쯤 느지막이 눈을 뜬 K는 또다시 자기를 등진 운명 앞에 통탄하고 있을 것인가.

예전과 똑같은 황금색의 똥파리 몇 마리가 난간 너머 잡풀 숲으로 날아들었다. 그것들의 종착지는 망초 꽃 흐드러진 잡풀 숲 입구에 누군가 토해놓은 허여멀건 오물이었다. 그제야 짭조름한 갯내에 섞여 시큼하게 쉬어가는 음식 냄새가 느껴졌다. 난간 앞에 선 사람들 중 누구도 코앞의 오물을 바라보고 있지 않았다. 그들의 시선은 먼 바다나 쪽빛 바다를 배경으로 더욱 두드러진 하얀 망초 꽃을 향해 있었다. 나는 왠지 덜 삭은 콩나물 대가리 몇 개 삐죽 솟은 오물에서 시선을 떼지 못했다. 누군가는 난간에 기대 괴로운 삶의 찌꺼기를 토하고, 꽃은 그 오물을 거름 삼아 무성히 자라나고, 누군가는 그렇게 자란 꽃과 바다를 바라보고, 누군가는 오물을 바라본다. 바다와 꽃과 오물이 어우러진 똑같은 자리에서. 이것이 바로 운명이라고, 득도의 순간인 양 감탄했으나, 생각해보니, 그 자세 또한 운명이거나 운명에서 비롯된 것일 터, 아무것도 달라진 것은 없었다. 자살바위에 선 인간이 무슨 생각을 하든 초가을의 햇살은 널리 골고루 비쳐, 먼 바다도, 바람에 살랑대는 망초 꽃도,

파리 떼 들끓는 오물도 반짝거리며 햇살을 빨아들여, 익어가고 썩어가는 중이었다.

| 추천 우수작 |

김 경 욱

게임의 규칙

 **김경욱** 1971년 광주에서 태어나 서울대 영문과를 졸업하고, 동 대학교 국문과 박사과정을 수료했다. 1993년 작가세계 신인상에 당선하여 등단했다. 주요 작품으로는 소설집 《베티를 만나러 가다》《누가 커트 코베인을 죽였는가》《장국영이 죽었다고?》, 장편소설 《아크로폴리스》 등이 있다. 2004년 한국일보문학상을 수상했다.

 "남은 문제는 단 하나! 지역 민방 창사 10주년 기념으로 개최한 생방송 내 고장 퀴즈왕 선발대회의 최종 승자는 이 한 문제로 결정됩니다." 분위기를 고조시키려는 듯 사회를 맡은 왕년의 인기가수의 목소리가 점점 가팔라졌다. 방청객의 시선은 접전을 펼치는 퀴즈대결의 당사자들보다는 단 하나의 히트곡으로 20여 년을 버티고 있는 왕년의 인기가수에게 집중되곤 했다. '인기가수 아무개가 다녀간 식당'이라는 플래카드를 심심치 않게 볼 수 있는 도시였다. 그런 플래카드가 붙기 며칠 전에는 '인기가수 아무개 전격 출연'이라는 나이트클럽 광고 전단이 전봇대에 기왕 붙어 있던 구인 전단을 밀어냈다. 사회자가 입을 열 때마다 방청객이 한마디도 놓치지 않으려는 듯 미간을 모으며 귀 기울이는 것도 무리는 아니었다. "마지막 문제는 스포츠 분야 50점짜리입니다. 결선에 오른 두 분의 점수 차는 20점! 이 문제를 맞히는 쪽이 대망의 퀴즈왕이 됩니다. 제 손에 땀이 날 지경입니다만 이 순간 누구보다 긴장하고 있는 사람은 무대 위의 두 분이겠죠. 잠시 숨을 돌리는 의미에서 두 분의 심경을 들어보겠습니다. 박빙의 리드를 지키고 있는 박순영 씨부터 한마디 해주시죠!" 방청객의 시선이 호명된 여자를 향했다. "예까지 올라온 기 아까워서라도 꼭 우승할 거라예. 파이팅!" 짬짬이 작성한 퀴즈노트가 도합 일곱 권이라는 결혼 8년차의 전업주부는 방청석 맨 앞줄에 앉아 있는 남편과 세 명의 어린 딸들을 향해 주먹을 불끈 쥐어 보이며 전의를 다졌다.

"우승자에게는 제주도 3박 4일 여행권과 42인치 벽걸이 텔레비전이 주어집니다. 우승하게 된다면 여행권은 어떻게 하실 건가요?" 사회자가 물었다. "솔직히 저희 부부는 신혼여행을 변변히 못 갔거든예. 마이 늦었지만 신혼 기분으로 고마 다녀올랍니다." "듣자 하니 시댁에서는 여태 아들에 대한 미련을 버리지 못하고 있다던데 제주도 여행에서 아이를 갖게 되면 허니문 베이비가 되겠군요." 방청석에서 웃음소리가 터져 나왔고 전업주부의 남편은 얼굴을 붉혔다.

"이번에는 김광수 씨의 심경을 듣도록 하죠." 방청객의 시선이 이번에는 무대 위의 한 사내를 향했다. 조명의 열기 때문인지 사내의 이마에는 식은땀이 송골송골했다. 그는 선뜻 대답하지 않았다. 지나치게 긴장한 탓에 단단히 화가 난 사람처럼 보였다. 방송 시작 전에 화장실에 쭈그리고 앉아 깨물어 먹은 우황청심환 약발이 절정에 달해 그의 정신이 혼곤하다는 사실을 방송국 스튜디오에 있는 사람들 중 누구도 알지 못했다. 진짜 승부는 이제부터였다. 그에게 세상의 모든 승부는 언제나 잔혹한 것이어서 가급적 피하고 싶었다. 당장 화장실로 달려가 찬물에 손을 씻고 싶은 충동을 억누르기 위해 그는 이를 악물어야 했다.

승부를 즐기지 않고 오히려 혐오하기까지 하는 그가 뜬금없이 퀴즈왕 선발대회에 참가하게 된 것은 그의 아버지 때문이었다. 자신을 따라 연고도 없는 낯선 도시로 이사한 후 부쩍 오락가락하는 아버지의 정신은 그의 마음을 무겁게 짓눌렀다. 왜 하필 바닷가냐고 이사를 극구 반대하던 아버지였던 터라 더욱 그랬다. 새 출발을 도모했던 이곳에서조차 고객이 떼먹고 달아난 자동차 할부금 때문에 카드빚의 올가미에 걸려든 그 자신과 습관이 된 우울 속에 삶을 방기한 아버지를 위해 인생 역전까지는 아니더라도 인생의 전기(轉機)라고 부를 만한 사건이 필요했다.

불어터진 라면으로 때늦은 끼니를 때우며 텔레비전을 무심히 보던 그의 눈을 움찔하게 한 것은 퀴즈대회 우승자에게 주어지는 부상이었다. 그의 아버지에게 텔레비전 시청만이 적막한 삶의 유일한 위안이라는 것을 그는 잘 알고 있었다. 이 도시로 이사 온 직후 중고가게에서 산 14인치 텔레비전의 화면은 나날이 어두워졌다. 피부가 뽀얗기로 소문난 여배우의 얼굴에는 거뭇거뭇 기미가 내렸고 일몰 후의 야외 신에서 출연자의 실루엣은 배경과 구분되지 않았다. 어두워진 화면을 뚫어져라 쳐다보는 그의 아버지 미간에 세로로 팬 골은 텔레비전을 시청하지 않을 때도 펴지지 않았다.

열, 아홉, 여덟, 일곱…… 그는 어린아이가 셈을 하듯 손가락을 놀리며 숫자를 거꾸로 헤아렸다. 그것은 긴장할 때면 어김없이 나오는 그만의 버릇이었다. "김광수 씨?" 사회자가 다그치는 소리에 그는 마지못해 입을 열었다. "여서엇……" 겨우 쥐어짜낸 그의 말을 제대로 들은 사람은 아무도 없었다. 방송 중의 돌발상황에 단련된 사회자조차 어눌한 그의 말을 온전히 알아듣지 못해 당황했다. "네! 뜸들이지 말고 어서 문제를 내라는 말씀이시군요. 마지막 문제입니다. 문제를 끝까지 잘 듣고 신중하게 답하시기 바랍니다. 1982년 우리나라 프로야구가 출범한 이래 숱한 진기록이 만들어졌습니다. 그중에는 앞으로도 깨지기 어려워 보이는 것들도 있습니다. 얼마 전 자신이 운영하는 마작하우스에서 사망한……"

사회자가 문제를 끝까지 읽기 전에 버저 소리가 날카롭게 울렸다. 버저를 누른 장본인은 그였다. 문제를 읽다 만 사회자와 승부를 지켜보던 방청객은 물론 심지어 버저를 누른 당사자조차도 놀란 표정이었다. 뒤지고 있는 그로서는 상대보다 버저를 먼저 누르는 것이 정답을 찾는 것보다 더 화급했을 것이다. 더구나 일단 버저를 누르면 틀리는 법이 거의 없는 상대였다. 승리든 패배든 자신이 결정하고 싶었을 것이다. 그러나 이 모든 것을 감안하더라도 그의 버저 소리는 지나치게 일렀다. 긴장을 감당하지 못해 실수로 버저에 손을 댔다고 해도 이상하지 않을 정도였다. 모든 시선이 자신에게 쏠리는 것을 느끼고 나서야 그는 무슨 짓을 저질렀는지 깨달았다.

땀에 젖은 손가락을 꼼지락거리며 그는 마음속으로 다시 숫자를 헤아리기 시작했다. 열, 아홉, 여덟…… 숫자를 헤아리면서 그는 방청석을 바라보았다. 그곳에 자신을 주시하는 사람들이 있다는 사실을 그제야 깨달았다는 듯. 언제부턴지 맨 뒷줄에 그의 아버지가 서 있었다. 양복에 넥타이까지 갖춰 입은 채였다. 깃이 넓고 어깨선이 과장된 낡은 양복은 9년 전 그의 대학 입학식 때 장만한 것이었다. 유행과는 거리가 먼 양복은 입었다기보다는 걸쳤다는 표현이 적합할 정도였다. 여느 때처럼 둘둘 말아놓은 이불을 베개 삼아 드러누운 채 하릴없이 텔레비전을 바라보다 아들을 발견하자마자 택시를 잡아타고 부리나케 달려온 것이리라. 그의 추측은 절반은 맞고 절반은 틀렸다. 둘둘 말아놓은 이

불을 베개 삼아 드러누운 채 하릴없이 텔레비전을 바라보다 아들을 발견한 그의 아버지는 아들의 대학 졸업식 이후 입어본 적 없는 양복을 걸치고 집을 나서려다 수중에 한 푼도 없다는 사실을 깨달았다. 만일의 경우에 쓰라고 아들이 쥐어준 비상금은 어디에 숨겨뒀는지 기억할 수 없었다. 119에 전화해서 거동이 불편한 응급환자가 있으니 구급차를 보내 달라고 했다.

그는 아버지의 얼굴을 물끄러미 바라보았다. 아버지는 지금 온전한 정신일까? 아버지가 정신을 놓을 때면 한창 시절 호기롭게 내기를 걸 때 그랬듯 동공이 커진다는 것을 그는 알고 있었다. 자신의 이름도 기억해내지 못하는 아버지의 부푼 동공을 들여다보며 그는 생각하곤 했다. 아버지는 지금 일생일대의 내기를 하고 있는 것이라고. 지나온 생의 기억과 남은 생에 대한 회한을 건 내기에 전력투구하느라 자신의 이름 따위 안중에도 없다고. 노름꾼에게 절박한 것은 이름이 아니라 승리이니. 그의 시선은 아버지의 동공을 쫓았다. 그러나 방청석 맨 뒤에 서 있는 아버지는 너무 작아 보였다. 14인치 텔레비전 화면 속의 난쟁이처럼 작았다. 42인치 HD텔레비전은 얼굴의 땀구멍도 보여준다고 했다. 그는 마른침을 삼켰다.

대회 참가신청서를 제출할 때만 해도 자신이 없었지만 이제 승리는 손을 뻗으면 닿을 듯했다. 우승 확률은 2분의 1이었다. 인생에 관한 한 불확실성과 가능성을 구분하지 못하던 시절 그는 숫자를 사랑했다. 그는 숫자의 형이상학적 단순성을 사랑했고 기하학적 질서를 경배했다. 그러나 이제 그는 숫자를 믿지 않았다. 그에게는 좀 더 유력한 확률이 필요했다. 불운마저도 이겨낼 압도적인 확률. 그는 태어나서 처음 승자가 되기로 했다. 심장을 데우고 폐를 찢을 듯 부풀리는 돌연한 열기에 그는 진저리 쳤다. 그것은 난생 처음 맛보는 승부욕이었다.

그의 아버지는 아들에게 이런 말을 하곤 했다. "야구는 9회 말 투 아웃부터가 시작인께. 진짜배기 승부는 그때부터지. 그전까지 암만 삽질을 혔어도 정신 바짝 챙겨 죽기를 각오하고 뎀비믄 거시기 할 수 있지만 한순간 삐끗하믄 말짱 물거품이 돼버린단 말이여. 인생도 한가지랑께. 매 순간 지금이 9회 말 투 아웃이다 생각하고 에미 젖 물던 힘까지 쥐어짜낼 각오로 거시기 혀야 쓴다. 니는 머리가 좋은께 무신 뜻인지 알긋제?" 그의 아버지는 그가 태아였을 때부터 그 말을 들려주었다고 했다. 자신의 좌우명을 읊어주면 알아들었다는 듯 뱃속의 아기가 톡톡 발길질을 했다며 미소를 지었다. 그럴 때면 그의 어머니도 거들고 나섰다. "너는 뱃속에서도 참말 얌전했단다. 임신한 지 여섯 달이 되도록 까맣게 몰랐응께. 미련해서 뱃속에 애가 들어선 것도 몰랐다고 니 아부지한테 얼마나 지청구를 들었는지 아냐? 그만치 얌전했다는 것이제. 주위에서 모다 딸일 거라고 입을 모은 것도 당연했제. 니 아부지가 줄줄이 딸만 넷인 쌀집 박씨랑 내기했는디 박씨가 질 거라고 생각헌 사람은 한 명도 없을 정도였응께. 근디 더 희한한 것은 뱃속에서 막 나온 애기가 울지도 않더란 말이지. 이상하다 싶어 겁이 덜컥 날 정도였응께. 우짜쓰까 고민하고 있는디 핏덩이였던 니가 고물거리는 손으로 내 볼을 쓰다듬는 것이 아니겄냐. 걱정하들 마라는 것맹키로 참께 겉은 눈을 끔벅거림서."

부모의 말이 사실인지 꾸며낸 것인지 그로서는 확인할 수 없었다. 그의 부모들조차 어디까지 사실이고 어디서부터 덧칠해진 것인지 장담하지 못했으니까. 기억의 연금술에 의해 사실과 허구는 시간이 흐름에 따라 몸을 섞어 하나가 됐다. 분명한 것은 40을 넘긴 나이에 얻은 그들의 아이가 태어날 때부터 남달랐다는 점이다.

　부모의 과장된 기억 속에서 비범하게 태어난 그는 주머니를 갑갑해하는 송곳처럼 금세 두각을 드러냈다. 사랑하는 자는 자신이 누군가를 사랑한다는 사실을 감출 수 있지만 사랑받는 자는 자신이 누군가에게 사랑받고 있다는 사실을 감출 수 없다. 정말로 신의 각별한 사랑을 받고 태어난 것인지 그는 글자를 배우기도 전에 읍내 상점 간판의 글자를 줄줄 읽었다. 그가 맨 처음 읽은 단어는 읍내 대폿집 미닫이문 유리에 칠해진 글귀였다. 안주일절. 자전거를 몰던 그의 아버지는 아들이 옹알이하는 줄 알았다. 그러나 옹알이라고 하기에는 발음이 너무 또렷했다. 그의 아버지는 자전거를 멈추고 아이의 천진한 시선을 좇았다. 아이의 눈길이 머물고 있는 곳에는 자신의 귀에 들린 글자가 어김없이 적혀 있었다. 일단 입이 트이자 거침이 없었다. 형제상회, 길다방, 대성포목, 전주식당, 파리양장, 만리장성, 독일제과. 지금은 멸망한 왕조가 일찍이 번성하던 시절 유배지로 널리 알려졌던 고장의 읍내 간판을 그는 막힘없이 주워섬겼다.

　그의 아버지는 귀신에 홀린 기분이었다. 예사롭지 않게 자랄 것이라 짐작은 했지만 아들의 남다름이 그 정도일 줄 상상도 못했던 것이다. 자신이 천재를 낳았다는 사실을 인정하지 않을 수 없었다. 처녀보살의 권유대로 아이에게 평범한 이름을 지어준 것에 새삼 안도했다. "태양과 흙과 불이 다투어 하나가 되니 제왕의 성을 바꿀 운이다. 쇠를 녹여 천군과 만마를 무장시키고 흙을 일궈 만인의 배를 불리니 태양이 기울 날이 없구나. 그러나 자태가 고운 꽃은 일찍 꺾이는 법. 마른하늘에 벼락이 치면 사방의 비구름이 몰려드니 재주가 무섭구나. 모쪼록 물을 멀리

하고 나무를 가까이할 일이다." 처녀보살이 지어준 평범한 이름이 악귀의 질투와 범인(凡人)들의 시샘으로부터 아들을 지켜줄 것이라고 그의 아버지는 철석같이 믿었다. 읍내 가게의 간판을 읽었을 때 그의 나이 겨우 세 살이었다.

그가 세 살 때 최초로 읽은 글자는 맞춤법에 어긋난 것이었다. '안주일절'이 아니라 '안주일체'가 옳은 표기였다. 자신이 최초로 읽은 글자가 잘못 표기된 것이었다는 사실을 알게 되었을 때 그는 비범한 재능이 과연 축복일까 하는 형이상학적 의문에 사로잡혔다. 그러나 고민을 누구에게도 털어놓을 수 없었다. 부모라고 사정이 다르지는 않았다. 그는 부모에게조차 속내의 토설을 망설이게 되었다. 부모가 그의 말을 이해하는 데 어려움을 호소했기 때문이다.

다섯 살 때 그는 한 달 동안 장티푸스를 앓았다. 자전거를 타고 한 시간을 달려가야 만날 수 있는 보건소의 의사는 진찰 후 고개를 절레절레 저었다. 식수는 어떻게 조달하냐고 의사가 물었을 때만 해도 "집 앞 우물에서 길어 먹는디 그건 왜 물어본다요?"라고 그의 아버지는 반문할 수 있었다. 장티푸스는 수인성 전염병, 그러니까 물을 잘못 먹어서 나는 탈이라고 의사가 설명하자 그의 아버지는 눈앞이 캄캄했다. 결국 물이 화근이었다. 처녀보살의 당부가 뼈아프게 심장을 후볐다. 그의 아버지는 새파란 공중 보건의를 붙들고 아이를 살려내라고 자신의 아들이 어떤 아이인 줄 아느냐고 울부짖었다. "선상님 지발 이 아이를 살려주십쇼. 이 아이는 보통 아이가 아니당께요. 세 살에 글자를 깨치고 네 살에 거시기…… 천자문을 외아분 애랑께요. 무슨 일이 있어도 이 아이를 살려주쇼." 그의 자그마한 몸뚱이는 죽음의 문턱에서 시득시득 시들어가고 있었지만 그의 비범함은 아버지의 절규 속에서 어느 때보다 더

찬란히 타오르고 있었다.

처음에는 반신반의하던 의사였지만 하루도 거르는 법이 없는 호소가 못이 되어 귀에 박히자 불잉걸 같은 아이의 몸을 진찰하고 돌아서면서 자신도 모르게 탄식을 내뱉게 되었다. "미인박명이라더니!" 히포크라테스 정신에서 우러나왔을 것이 분명한 젊은 의사의 안타까운 탄식은 그러나 법정 전염병 치료에 전혀 도움이 되지 못했을 뿐 아니라 경이로운 재능을 타고난 어린 환자의 보호자를 불쾌하게 만들었다. '박명'이라는 계집이 얼매나 반반하기에! 읍내 하나뿐인 중학교의 소사였던 그의 아버지는 사선을 넘나드는 환자를 진찰하면서 여색을 갈급하는 의사를 마음속으로 저주했다. 그러니 아들에게 무슨 일이라도 생기면 의사도 끝장이라며 그의 아버지가 입술을 깨물었다고 해서 놀랄 일은 아닐 것이다.

투병 한 달째 되던 날 병상에서 조속조속 졸던 그가 벌떡 일어나 다음과 같이 말했다. "신이 존재한다면 내가 신이 아니라는 사실을 어떻게 참을 수 있겠는가! 그러니 신은 존재하지 않는다." 그의 부모는 자신들의 귀를 의심했다. 40도에 육박하는 고열에 시달린 나머지 정신이 상한 모양이라고 끌끌 혀를 찼다. 저러다 영영 정신을 놔버리는 것은 아닌지 더럭 겁이 나기도 했다. 그러나 손으로 짚어본 그의 이마는 거짓말처럼 서늘했다. 갑자기 그가 뒷간에 가고 싶다고 말했다. 뒷간에 웅크리고 앉아서도 그는 부모가 알아들을 수 없는 괴상망측한 말을 씨부렁댔다. "이 세계는 엉덩이를 뒤에 갖고 있다는 점에서 인간과 다를 바 없다." 핏기 없는 얼굴로 볼일을 보던 그에게 부모는 입을 모아 물었다. "거시기 된똥이냐 묽은 똥이냐?"

그는 자신의 언어와 부모의 언어 사이에 놓인 심연에 소스라쳤다. 때

마침 알궁둥이를 후리고 지나간 서늘한 바람에 그는 몸을 부르르 떨었다. 심연은 자신의 엉덩이 밑에만 존재하는 것이 아니었다. 그는 부모의 언어가 뻔뻔하다고 생각했다. 그는 대답했다. "된똥!" 결코 우아하다고 할 수 없는 표현이었지만 의학적인 관점에서 그것은 쾌유의 부인할 수 없는 증거였다. 그의 부모는 서로를 껴안고 환호했다. 그의 아버지가 반색한 이유 중에는 호색한 의사를 죽이지 않아도 된다는 사실도 포함되어 있었다. 후들거리는 다리로 힘겹게 뒷간에서 걸어 나왔을 때 심연은 그의 일부가 되어 있었다.

사선을 넘나든 한 달의 병치레로 그의 아버지는 뼈아픈 교훈을 얻었고 그는 유년의 무구(無垢)를 잃었다. 그의 아버지는 처녀보살이 당부한 경계의 말 한마디 한마디를 자신의 뼈에 새겼다. 그 후로 그는 언제나 끓인 물을 먹어야 했으며 바닷가는 물론 공중목욕탕 근처에도 갈 수 없었다. 언제부턴가 마당에는 온갖 나무들이 들어차기 시작했다. 동백나무, 후박나무, 소철나무, 앵두나무, 종가시나무, 굴참나무…… 그의 아버지에게 그것들은 고귀한 영혼을 지키는 정예의 근위대, 물의 수상쩍은 준동을 제압하는 늠름한 수호천사였다. 그러나 그의 아버지는 알지 못했다. 세상의 모든 나무를 마당에 옮겨 심어도 그의 영혼에 들어앉은 심연을 메울 수 없다는 것을. 그의 아버지가 몰랐던 것은 그뿐이 아니었다. 그가 병상에서 일어나자마자 내뱉었던 괴상한 말과 뒷간에 쭈그리고 앉아 씨부렁댔던 망측한 소리의 출처는 문간방 구석에 쌓여 있던 책이었다.

그 수상쩍은 책의 주인은 문간방에 세 든 대학생이었다. 대학생은 그의 아버지가 근무하던 중학교 국어선생의 동생이었다. 서울의 대학에서 철학을 전공하는 학생인데 폐가 나빠져 요양차 내려왔다고 했다. 굳이 그곳에 묵게 된 것은 조카가 셋인 형 집에는 여분의 방이 없었을뿐더러 산자락에 자리한 입지가 상한 폐를 달래는 데 도움이 될 거라는 기대 때문이었다. 항간에는 말술로 불리는 국어선생과의 막걸리 마시기 내기에서 져 떠맡게 된 거라는 설도 있었지만 방세를 꼬박꼬박 받는다는 사실을 근거로 그의 아버지는 괴란쩍은 소문을 일축했다. 그의 아버지에게는 나름대로 속셈이 있었다. 서울의 내로라하는 대학교의 학생을 한지붕 아래 두면 아들의 학습에 도움이 될 거라는 계산이었다.
　아버지의 기대대로 그는 대학생의 방에 드나들며 새로운 언어를 습득했다. 넋 나간 얼굴로 밖으로만 도는 대학생의 방에는 깨알 같은 글자가 빼곡히 적힌 두꺼운 책이 많았다. 근원을 짐작할 수 없는 슬픔과 대상을 가늠할 수 없는 분노를 검은 뿔테안경 너머에 감춘 대학생은 태양이 떠오를 무렵 집을 나섰다가 화단을 가득 메운 나무들의 그림자가 담 너머로 목을 뺄 때야 돌아왔다. 그는 내킬 때면 언제나 대학생의 방에 들어가 낯설고 강렬한 언어의 용광로에 기꺼이 영혼을 담갔다. 또래 아이들 입에서 튀어나오는 유치한 언어나 주위의 어른들이 내뱉는 속된 언어와는 격이 다른 언어가 이 세상에 존재한다는 것을 알게 되었을 때 그는 안도했다. 더러 요령부득의 문장도 있었지만 그 방에서 그가 맛본 경이의 감정에 비한다면 그 정도는 걸림돌이 될 수 없었다.
　그는 일독만으로도 많은 문장을 자신의 것으로 만들 수 있었다. "적을 갖되 증오할 가치가 있는 적을 가져야 한다. 경멸스러운 적은 갖지 말도록 하라. 너희들은 적을 자랑스럽게 생각해야 한다. 적의 성공이 곧 너희들의 성공이 될 것이니." 그가 기억하는 문장 중에는 밑줄이 그어진 것도 있었다. "나는 긍지에 찬 사람보다 허영심에 차 있는 사람들에게 관대하다. 상처받은 허영심이야말로 모든 비극의 어머니가 아닌가?" 그 많은 문장의 의미를 그가 온전히 해독했는지는 알 수 없다. 다만 그는 문장을 읊조릴 때 혀끝에 맴도는 알싸한 느낌이 맘에 들었다. 의미가 아득해서 오히려 아름다운 문장을 읊조릴 때면 그는 독주를 삼킨 듯 가슴이 뜨거워지는 격렬한 흥분에 몸을 떨었다.

그의 영혼에 들어앉은 심연은 문장을 닥치는 대로 집어삼켰다. 터질 듯한 분노를 장전한 문장도 냉혹한 분석이 번뜩이는 문장도 가리지 않았다. 책갈피 사이에 끼워진 빛바랜 편지에 박힌 문장도 예외일 수는 없었다. "한때 당신을 사랑했던 나 자신을 용서하지 않기 위해 내내 당신을 사랑할 것입니다. 나의 사랑은 당신에 대한 사랑이 아니라 당신의 사랑에 대한 사랑입니다. 그러니 모든 사랑은 이루어질 수 없는 사랑이지요. 샬롬." 이런 문장도 있었다. "마테오의 배 위에서 요분질하는 사만다의 등이 시위가 당겨진 활처럼 휘어졌다."

그는 고독했다. 괴이한 문장을 중얼거리는 그를 사람들은 신기해할 뿐 이해하지 못했다. 그들이 원하는 것은 천재가 아니라 광대였다. 동네 어른들은 사탕이나 아이스크림을 미끼로 그에게 천자문이나 구구단을 외워보라고 주문했다. 천자문이나 구구단에 만족하지 못하는 날에는 다른 건 없냐고 채근했다. 그는 자신이 기억하는 아름다운 문장을 듣고 동네 어른들이 보이는 반응에 놀라움을 금할 수 없었다. 그들은 문장의 아름다움을 느끼지 못하는 듯 요령부득의 문장을 씨부렁대는 그의 조그만 입만 바라봤다. 그 누구에게도 이해받지 못할수록 그는 더 난해하고 긴 문장을 탐했고 점점 한 마리의 원숭이가 되어갔다.

원숭이가 되지 않기 위해 그는 침묵을 선택해야 했다. 소리를 얻지 못한 문장은 빛을 잃고 떼로 죽어갔다. 날이 갈수록 눈빛에 짙게 드리워진 그늘 때문인지 그는 문간방의 대학생을 닮아갔다. 그의 부모는 남들보다 2년이나 일찍 아들을 학교에 보내기로 결심했다. 아들에게 친구가 필요하다고 생각했던 것이다. 낙향한 대학생의 짐은 단출해서 그가 읽지 않은 책의 목록은 오래지 않아 바닥을 드러냈다. 그에게 필요한 것은 또래의 친구가 아니라 새로운 문장이었다.

애당초 취학 대상이 아니었던 터라 그의 입학은 순조롭지 못했다. 급기야 그의 부모는 교장과의 면담을 요구했다. 원칙주의자였던 교장도 국민교육헌장을 한 자도 틀림없이 암송하는 조숙한 천재의 입학을 마냥 거부할 수는 없었다. 배정받은 교실로 향하는 그의 뒷모습을 바라보며 교장은 이렇게 중얼거렸다. 예외 없는 규칙은 없으니까.

때 이른 취학은 그의 예외성을 더욱 도드라지게 했다. 반 아이들은 두 살이나 어린 데다 툭하면 괴상한 말을 내뱉는 아이와 굳이 우정을 나누고 싶어 하지 않았다. 그와 상대하는 것은 다른 아이들과 쌓고 있거나 장래에 쌓을지도 모를 우정을 헌신짝처럼 내던지는 행위였다. 애당초 친구에 대한 기대 따위는 품지 않았던 그를 절망하게 한 것은 학교에서 가르치는 문장이었다. 철수야 놀자. 영희야 놀자. 자신보다 두 살 많은 학생들이 입을 모아 외는 문장은 그의 영혼에 아무런 영감도 불어넣지 못했다. 학교에서 그의 고독은 점차 돌이킬 수 없는 것이 되어갔다. 반 아이들이 죽은 문장을 앵무새처럼 복창할 때 그는 자신만의 문장을 중얼거리는 게임에 골몰했다. 그는 대학생의 방에서 읽었던 모든 문장을 기억했다. 그것이 화근이었다.

그가 고안한 게임의 규칙은 칠판에 적힌 것과 글자 수가 같은 문장을 기억해내 발음하는 것이었다. 많은 사람들 앞에서 자신이 기억하는 문장을 떠드는 것은 짜릿한 모험이었다. 지루하기만 한 학교가 선사하는 유일한 선물이기도 했다. 그날 칠판에 적힌 문장은 다음과 같았다. 바

둑아 이리 와 나하고 놀자. 그가 떠올린 문장은 이런 것이었다. 자본은 노동을 소외시킨다. "철수도 영희도 다 함께 이리 와 놀자"라는 문장을 반 아이들이 소리 높여 복창할 때 그는 이렇게 떠벌렸다. 소외된 노동은 자본을 전복시킨다. 교사는 학생들에게 다시 한 번 복창할 것을 지시했다. 그는 별다른 경계나 의심 없이 그때까지 해왔던 게임에 몰두했다. 자본은 노동을 소외시킨다. 소외된 노동은······.

뭔가 잘못되었다는 것을 깨달았을 때는 이미 엎질러진 물이었다. 무엇 때문인지 아이들은 모두 입을 다물었고 그 혼자 떠들고 있었다. 그가 해괴한 말을 종알거린다는 것을 알게 된 반 아이들이 불경한 장난에 제동을 걸기로 모의했다는 사실을 모르는 사람은 교실에서 그와 담임 교사뿐이었다. 음모에서 소외된 두 명 모두 당황하기는 마찬가지였다. 한 사람은 자신만의 게임을 지속할 수 없게 되었다는 것에 당황했고 다른 한 사람은 자신이 들은 말의 불온함에 당황했다. 수업을 중단한 교사는 그를 교무실로 데리고 갔다. 벌렁거리는 가슴을 애서 진정시키며 교사는 누구에게서 들은 거냐고 물었다. 자신이 암송한 문장의 출처를 묻는 질문을 받기는 처음이었던 그는 반색하며 사실대로 대답했다.

그날 이후 그는 문간방의 대학생을 볼 수 없었다. 그의 아버지도 경찰서에 불려가 사흘 낮과 밤 동안 조사를 받아야 했다. 세상에는 입에 올리지 말아야 할 문장도 존재한다는 사실을 그는 납득할 수 없었다. 읽어서는 안 되는 문장이 애당초 어떻게 존재할 수 있었을까. 그것은 풀리지 않는 수수께끼였다. 수수께끼를 풀 수 없었으므로 그는 자신이 기억하고 있던 모든 문장을 버렸다. 문장은 위험하고 불결한 것이었다. 문장을 버린 대가로 그가 얻은 것은 자기모멸이었다.

대학생을 잡아간 사람들은 그 방에 있던 모든 것을 쓸어갔다. 고독한 그의 영혼을 비추던 한줄기 빛은 사라졌다. 발자국만 어지러이 찍혀 있던 문간방에서 그는 길 잃은 어린 양처럼 두리번거렸다. 세상에 혼자 내동댕이쳐진 느낌이었다. 그것은 대부분의 인간이 어머니의 자궁에서 밀려 나올 때 느끼는 감정이었다. 황량해진 그 방에서 그가 발견한 것은 구겨진 종이 한 장뿐이었다. 구겨진 종이를 펼치자 비키니 차림의 젊고 아름다운 여자가 가지런한 치아를 드러내며 활짝 웃고 있었다. '넌 혼자가 아니야'라고 속삭이는 것 같은 흠잡을 데 없는 미소였다. 여자의 머리 위로 큼지막한 글자가 찍혀 있었다. 선데이 서울.

유난히 무덥고 태풍이 잦았던 그해 여름이 끝나갈 무렵 그의 아버지는 이사를 결심했다. 그의 아버지는 중학교 소사 직을 버렸고 그의 어머니는 읍내의 국숫집을 정리해야 했다. 수입이 쏠쏠한 국숫집에 대한 미련을 버리지 못하는 아내에게 그의 아버지가 말했다. "망아지는 제주도로 보내고 사람은 서울로 보내라고 안 했능가!" 남다른 아들의 장래를 위해서라면 그의 부모에게 못할 일은 없었다.

전학 서류를 떼던 날이었다. 무더위에도 넥타이로 목을 바투 조른 교장이 헛기침을 하고서 그에게 말했다. "서울로 전학 간다니 군에게 몇 가지 당부하고 싶다. 군은 남들이 갖지 못한 재능의 소유자다. 군이 가진 특별한 재능을 부디 국가의 안녕과 민족의 번영을 위해 쓰기 바란다." 그렇게 시작된 교장의 '몇 가지 당부'는 서울 어디어디에 살고 있다는 자신의 일가친척의 근황을 자세히 소개하고서야 끝났.

교장이 '몇 가지 당부'를 하는 동안 그는 교장실 한쪽 벽에 붙은 커다란 표를 유심히 바라보았다. 거기에는 숫자들이 촘촘히 적혀 있었고 상단에는 '각 학급 월별 저축 실적'이라는 글자가 보였다. 그는 숫자들이 정연하게 배열된 모습에 매료되고 말았다. 그것은 발자국이 어지러이 찍혀 있던 대학생의 방에서 발견했던 사진 속 젊은 여자의 아름다운 미소처럼 그의 마음을 밝혔다. 불결하고 위험한 문장과 달리 숫자는 그를 안도케 했다. 문장을 읽듯 그는 숫자를 읽어나갔다. 숫자를 묵독하자 그의 머리에는 새로운 숫자가 저절로 떠올랐다. 그의 머릿속에 그려진 숫자는 어김없이 표의 합계란에 기입되어 있었다. 두 개의 숫자는 한 치의 오차도 없었다. 그는 심연을 채울 새로운 언어를 발견한 것이었다.

이삿짐을 싸던 날 저녁, 경찰서에 끌려갔던 문간방 대학생의 사진이 텔레비전 뉴스에 보도되었다. 텔레비전 화면에는 복잡한 가계도가 그려져 있었고 가계도의 말단 구석에 대학생의 사진이 붙어 있었다. 흐릿한 사진 속의 대학생은 검은 뿔테안경에 여전히 그늘이 드리워진 얼굴이었지만 '김치'라고 발음하듯 어색한 미소를 짓고 있는 것 같기도 했다. 텔레비전은 진지하고 심각하게 말했다. "이들은 남파공작원의 지령에 따라 철조한 점조직으로 암약하며 대학가의 시위와 노동자의 파업을 배후 조종해왔습니다. 조총련으로부터 자금을 조달하기도 한 이들 조직은 자유민주주의 체제를 부정하고……." 텔레비전에 따르면 그들은 모두 가족인 셈이었다. 그러나 텔레비전에서 제시한 가계도가 이상하다고 그는 생각했다. 가계를 이루기 위해서는 남자와 여자가 결합해야 했으나 가계도의 맨 위에는 짙은 선글라스를 낀 정체불명의 남자 홀로 자리하고 있었다. 그가 만일 생물학 서적을 읽었다면 무성생식에 의한 번식이라고 이해했을 수도 있겠지만 생물학적 지식이 빈곤했던 그로서는 그 수상쩍은 가계도를 도무지 해독할 수 없었다.

그의 아버지는 신림동(新林洞)에 거처를 정했다. 전에 살던 집 화단에 심은 나무가 소수의 정예 호위대였다면 새로 살게 된 동네는 그 이름만으로도 난공불락의 요새인 셈이었다. 그러나 한자에 까막눈이었던 그의 아버지가 신림동의 뜻을 감안하여 이사했을 가능성은 높지 않았다. 그의 아버지의 판단은 이러했다. 뒤로 산이 있어서 물의 상서롭지 못한 기운을 차단할 수 있거니와 언젠가 아들이 다니게 될 대학교가 가까워서 좋았다. 무엇보다 그들이 쥐고 올라온 돈으로 집을 얻을 수 있는 동네가 많지 않았다.

 동네 이름 때문이었는지 서울로 올라온 그의 재능은 때를 만난 듯 만개했다. 수에 관한 그의 심미안은 탁월했다. 국어 시간에는 병적으로 침묵을 고집하던 그였지만 산수 시간에는 경이로운 암산 실력으로 주위를 놀라게 했다. 그의 가감승제는 전자계산기만큼 정확했고 그보다 빨랐다. 숫자는 문장과 달리 거짓과 음모와 무관해서 순결하고 미더웠다. 간결한 숫자야말로 고독한 자신의 영혼에 대한 시적 은유라고 그는 생각했다. 군더더기 없는 숫자는 바로 그 때문에 그에게 무한한 상상을 불러일으켰다. 숫자 하나는 그가 대학생의 문간방에서 읽었던 백 개의 위험한 문장을 합한 것보다 더 많은 비밀을 함축했다. 6을 보면 그는 1과 2와 3의 합과 곱을 동시에 떠올렸다. 121은 가운데의 2를 감싸고 있는 11을 열한 개 품고 있는 수라고 그는 상상했다.

 무엇보다 그를 사로잡은 수는 0이었다. 없는 것이 존재한다는 패러독스가 그를 매료시켰다. 0은 부재하면서 존재하고 존재하면서 부재하는 신비로운 수였다. 그것은 다섯 살 때 변소 앞에서 자신의 일부가 된 심연과도 닮았다고 그는 생각했다. 그것들은 존재하지 않기 때문에 겨우 존재한다는 점에서 형제이자 자매였다. 부재하기 때문에 존재하는 숫자의 패러독스를 통해 그는 자신이 문장을 버려야만 했던 이유를 어럼풋이 알 것도 같았다. 그는 백 년을 살아버린 것처럼 쓸쓸했다. 숫자에 집착할수록 그는 과묵한 아이가 되었고 학교에서 그의 자발적 침묵은 실어증을 의심케 할 정도였다. 그러나 그가 텔레비전에 출연한 이후 모든 상황이 바뀌었다.

어디서 소문을 들었는지 방송국에서 나와 그를 테스트했다. 그의 경이적인 암산 능력을 확인한 방송국은 그의 출연을 전격적으로 결정했다. 특별한 재주를 가진 사람들이 출연해 마술 같은 능력을 뽐내는 프로그램이었다. 출연자 대기실에서 무대에 오를 순서를 기다리던 그는 벽안의 외국인이 명상하듯 두 눈을 지그시 감고 있는 것을 바라보았다. 벽안의 사내는 입을 열면 우주의 비밀을 말해줄 것 같은 표정이었다. 그러나 벽안의 사내는 호기심 어린 눈으로 자신을 쳐다보고 있던 이방의 소년에게 찡긋 윙크만 남기고 무대 쪽으로 성큼성큼 사라졌다. 사내가 앉았던 자리에는 숟가락 하나가 목이 구부러진 채 뒹굴고 있었다.

방송국에서 마련한 괘도에 적힌 천문학적인 숫자의 연산을 척척 해결할 때만 해도 모든 것은 순조로웠다. 사회자와 방청객은 그의 신기에 가까운 암산 솜씨에 입을 다물지 못했다. 그에게 주어지는 숫자의 단위는 점점 커졌지만 문제될 것은 없었다. 숫자를 읽기만 하면 그의 머릿속에는 다른 숫자들이 저절로 떠올랐기 때문이다. 마치 특정한 문장이 다른 문장을 불러오는 것처럼. 사회자는 그의 암산 속도와 정확성에 혀를 내두르면서 전자계산기와의 시합을 제안했다.

시합이 시작되자 믿지 못할 일이 그에게 일어났다. 숫자를 읽어도 다른 숫자가 떠오르지 않았다. 숫자는 다른 숫자를 불러내지 못했고 고집스런 표정으로 입을 다물었다. 그의 이마에 진땀이 흘렀고 손은 식은땀으로 축축했다. 뭔가와 겨룬다는 사실이 그에게는 낯설고 당혹스러웠으며 급기야 무의미하게 여겨졌다. 즉흥적인 경합의 천박함이 그의 천재성을 무기력하게 만들었다. 그 순간 그는 또래의 평범한 아이에 불과했다. 그에게는 승부욕이라는 것이 완벽하게 결여되어 있었던 것이다. 어찌 보면 그것은 그의 천재성을 돋보이게 하는 낭만적인 결점일 수도 있었으나 세속적인 관점에서는 치명적인 결함이었다. 사회자는 서둘러 다음 출연자를 무대로 불러올렸고 대부분의 사람들은 나이 어린 천재의 과도한 긴장에서 비롯된 해프닝쯤으로 치부했다.

다음 날 등교했을 때 그는 낯선 세계에 발을 들여놓은 기분이었다. 그는 유명인사가 되어 있었다. 그를 촌놈이라고 무시하며 거들떠보지도 않던 급우들이 경이의 눈빛을 숨기지 않은 채 그의 주위로 몰려들었다. 외제 초콜릿을 쥐어주는 아이가 있었고 자기 집에 초대하고 싶다는 글이 적힌 쪽지를 건네는 아이도 있었다. 그로서는 급우들의 돌연한 환대가 어리둥절하기만 했다. 급격한 환경의 변화에 당황한 그는 여전히 말을 아꼈는데 이제 그의 병적인 침묵은 실어증의 징후가 아니라 천재의 징표로 받아들여졌다. 심지어 특별한 재능과는 걸맞지 않아 보이는 그의 평범한 성적조차도 천재의 게으름으로 미화되었다. 교무실에서도 그는 단연 화젯거리였다. 교사들은 채점한 시험지를 그 앞에 잔뜩 쌓아 놓고 성적표 작성에 필요한 각종 통계를 요구했다. 전교 학생들이 순가락의 목을 구부리기 위해 눈을 부릅뜨던 그 즈음 그는 인간 계산기가 되어갔다.

그의 탁월한 암산 실력 덕택에 업무 부담을 던 교사들의 적극적인 건의를 받아들여 이듬해 학교는 그를 위해 수학영재반을 신설했다. 학생은 그 혼자였다. 그는 상담실에 마련된 책상 앞에 쭈그리고 앉아 홀로 미적분 문제를 풀었다. 수학을 전공한다는 대학교수가 보름에 한 번 찾아와 문제를 내주고 풀이 과정을 지켜보기도 했다. 그는 전공자들도 끙 끙대는 난해한 수학문제를 독특한 방식으로 풀어냈다. 그의 풀이 과정은 기상천외한 것이어서 전문가들 사이에서도 논란거리가 되었다. 그의 해법은 체계라고는 찾아볼 수 없는 카오스 그 자체였다. 그러나 혼란스럽기 짝이 없는 그만의 해법은 모방할 수 없는 독창성으로 빛났다. 교수는 그의 부모에게 미국 유학을 권했다. 그에게는 영재를 위한 특별한 교육프로그램이 필요하다는 주장이었다. 그의 재능을 방치하는 것은 죄악이라는 말까지 했다. 그의 부모는 교수가 아들의 재능을 높이 산 것에 감격했지만 유학이라는 말에 가슴이 철렁했다. 유학비용이 얼마나 되는지는 차마 물을 수 없었다. 그의 부모로서는 아들의 남다른 재능이 짐이 될 수도 있다는 사실을 처음 깨닫게 되는 순간이었다. 자신들의 곤궁이 아들의 재능을 질식시킬 수도 있음을 그의 부모는 꿈에도 생각해본 적 없었다. 문제는 돌이 아니라 궁핍이었다.

  아들의 교육을 위해 서울로 이사하면서 그의 아버지가 잃은 것은 정기적인 수입이었고 얻은 것은 좋아하는 야구를 직접 볼 수 있는 기회였다. 그의 아버지의 야구에 대한 열정은 상경과 함께 불이 붙었다. 야구에 대한 경사는 수시로 아들에게 들려주는 좌우명에 그친 것이 아니라 생계에까지 영향을 미쳤다. 포장마차를 연 그의 어머니는 시합이 있는 날이면 잠실야구장 입구에서 김밥을 팔았고 아버지는 소주와 오징어를 팔았다. 빅 경기 때는 암표도 팔았다.
  그는 아버지가 야구에 열광하는 이유가 궁금해 어느 날 물었다. "니 조부가 조선 최강의 야구단 멤버였당께. 거시기 쇼스탑을 맡았는디 수비가 어찌나 물샐틈없었던지 공이 그 짝으로 굴러가면 타자들이 아예 뜀박질을 포기할 정도였응게. 수비만 뛰어난 것이 아니었제. 방망이 실력이라면 전설의 타격왕 이영민하고 막상막하였응게. 메이저리그 올스타 팀이 와서 시합을 했는디 9회 말 2사 만루에 니 조부가 타석에 들어서지 않았긋냐. 근디 코쟁이 포수가 똥구멍에 불붙은 것맹키로 벌떡 일어나더니 거푸 볼을 네 개 던지게 하더란 말이지. 거시기 뭐냐 고의사구였제. 시합이 끝나고 기자가 묻자 양키 투수가 대답하기를 그 상황에서 조선의 그 타자를 거르면 1점만 내주지만 정면승부하믄 최소한 2점을 내줘야 쓴다고 했단 말이제." 그로서는 처음 듣는 이야기였다. "할아버지는 만주에서 독립운동을 하셨다고 했잖아요?" 그가 물었다. "긍께 일제가 야구를 못하게 해서 만주로 가신 것이제." "야구를 하기 위해서라면 만주가 아니라 미국으로 갔어야 하는 거 아닌가요?" 그도 쉽게 물러서지 않았다. "거시기 뭐냐 양키즈에서 느그 조부를 스카우트하려고 했는디 일본 놈들이 훼방을 놓았당게. 그 흉악헌 놈들이 강제징용하려고 안 했냐. 그래서 만주로 간 것이제." 그는 더 이상 묻지 않았다. 그의 아버지의 말에 따르면 취향도 유전이 된다는 것이었다. 자신의 피에도 야구에 대한 열정을 불러일으키는 유전자가 힘차게 돌아가고 있는지도 모른다고 그는 생각했다. 뉴욕 양키스가 사려고 했던 불세출의 재능과 함께.

 그의 아버지가 틈만 나면 반복하는 좌우명 속에서 야구는 9회 말 투아웃부터 시작되는 게임이었지만 현실에서 아버지의 야구는 언제나 6회 초부터 시작되곤 했다. 그의 아버지는 입장권을 내고 경기장에 들어간 적이 없었다. 소주를 홀짝거리며 오징어를 뜯다가 5회가 끝나고 그라운드 정비가 끝나면 어슬렁어슬렁 경기장에 들어가곤 했다. 그때쯤이면 표를 확인하는 직원들도 철수하기 마련이었다. 그도 아버지를 따라 야구장에 자주 갔다. 그의 아버지는 아들을 야구장에 데려가는 것을 즐거워했다. 야구장에서만큼은 아들에게 뭔가를 가르쳐줄 수 있었기 때문이다.

그의 아버지는 빈자리가 많은 외야석에 자리 잡곤 했다. 나중에는 내야에 빈자리가 있더라도 습관적으로 외야에 자리를 잡게 되었다. 모름지기 야구는 외야석에서 봐야 제격이라고 그의 아버지가 말했다. 아버지의 말이 변명처럼 들렸지만 그는 모른 척했다. 외야석에서는 전광판을 볼 수 없었다. 1루 측 내야 스탠드 상단에 설치된 보조전광판으로 겨우 스코어만 확인할 수 있었다. 외야석 의자에는 등받이조차 없었다. 그럼에도 그는 외야석에 앉는 것이 좋았다. 정확히 말하자면 외야석에 앉아서 바라보는 야구가 맘에 들었다. 수비를 하거나 누상에 있는 선수들은 예외 없이 외야석을 등지고 서 있었다. 그들의 뒷모습은 배수의 진을 사수하는 병사들처럼 결연했다.

숫자의 형이상학적 단순함에 매료되어 있던 그의 눈에는 선수들의 등번호만 들어왔다. 그에게 야구는 숫자들의 브라운운동이었다. 숫자들의 움직임은 조직적이면서 산만했고 규칙적이면서 종잡을 수 없었다. 유니폼에 새겨진 숫자들은 햇빛 속을 떠도는 먼지처럼 변덕스럽지만 일사불란하게 이리저리 움직였다. 그라운드 안에서 일어나는 모든 움직임은 놀랄 만한 정교함에 의해 스코어보드에 간명한 숫자로 환원되었다. 그에게 스코어보드는 수많은 몸짓과 표정으로 해독해내야 할 암호문이었으며 부당한 변수나 납득 못할 예외가 있을 수 없는 완벽한 세계였다.

야구장에서 그의 아버지는 승부에 집착했다. 평소와는 다른 사람이 되어 승리에 겸손하지 않았고 패배에 순종하지 않았다. 자신이 응원하는 팀이 이기면 세상을 얻은 듯 기뻐했고 패하면 욕설을 퍼부으며 분통을 터뜨렸다. 자신이 응원하는 팀의 경기가 아니더라도 사정은 크게 다르지 않았다. 그의 아버지는 매 경기마다 가상의 적과 내기를 걸었고 특정한 팀을 골라 응원했다. 그의 아버지의 야구에 방관이나 여유라는 단어는 발붙이지 못했다. 그의 아버지만의 다이아몬드에서 선수들은 세계의 존망을 걸고 다투는 전사였다. 그것은 그의 아버지 나름대로의 관전법이었지만 그로서는 승부에 대한 과도한 집착을 납득할 수 없었다. 그에게 야구는 육체의 불완전한 움직임으로 숫자의 완전한 질서를 구현하는 게임이었다. 스코어보드를 메워가는 숫자의 우연한 조합이 증명하는 삶의 무의미에 비하면 승부란 한낱 허깨비놀음에 불과했다. 그는 승부가 끝나고 선수들이 빠져나간 텅 빈 그라운드를 사랑했다. 출발했던 곳으로 돌아가려는 주자들의 도발의 흔적과 그것을 막으려는 수비들의 필사적인 항전의 자국이 고스란히 남아 있는 그라운드를 말없이 굽어보고 있는 스코어보드의 숫자들, 그리고 그 모든 것을 감싸고 있는 불가해한 적막을 사랑했다.

 아시안게임을 치른다고 온 나라가 들썩이던 해 여름날의 경기를 그는 생생히 기억했다. 검표원들이 철수하기를 기다리다 장외로 날아온 파울볼을 주웠던 그날도 그의 아버지의 야구는 여느 때와 마찬가지로 6회부터 시작되었다. 청룡과 이글스의 시합이었다. 이글스가 6대 5로 리드하고 있었다. 그의 아버지는 이글스를 응원하기로 결정했다. 그의 아버지가 응원할 팀을 예측하는 것은 어려운 일이 아니었다. 야구장에 입장했을 때 이기고 있는 팀만이 그의 아버지의 열렬한 응원의 대상이 될 수 있었다. 동점 상황이라면 그때까지 안타를 많이 때려낸 팀을 응원했다. 이글스는 83년 시즌 슈퍼스타즈 소속으로 믿을 수 없는 괴력을 발휘해 30승을 거뒀던 투수를 마운드에 새로 올렸다. 그의 아버지가 외쳤다. "너구리 파이팅!" 너구리는 그 선수의 닉네임이었다. 특정한 시기에 지나치게 빛난 사람들의 나머지 삶은 모두 내리막처럼 보이듯 데뷔 시즌에 놀랄 만한 승수를 쌓았던 그 투수는 다음 시즌부터는 상대팀의 타자들이 아니라 한물갔다는 세간의 혹평과 싸워야 했다. 그 시합 전까지 이미 14연패를 기록하고 있던 그 투수는 2이닝 동안 1점 차의 리드를 지켜냈으나 8회 말에 동점을 허용하고 말았다. 승부는 원점으로 돌아갔고 승패는 고스란히 바뀐 투수의 몫이 되었다.

이글스의 바뀐 투수는 9회 말 선두 타자와 두 번째 타자에게 거푸 안타를 허용했다. 그의 아버지는 연신 혀를 찼다. "젠장 밥만 묵고 야구만 하는디 그거밖에 못하냐?" 그때 2루에서 소동이 벌어졌다. 베이스에서 떨어져 3루 쪽으로 어슬렁거리며 걸어 나오던 주자를 유격수가 태그했다. 투수와 유격수의 공 감추기 작전을 짐작도 못한 주자가 방심한 채 베이스를 떠났다가 한 방 먹은 것이다. 관중석 곳곳에서 실소와 야유가 터졌다. "동네 야구 집어치워라!" 돌발적인 상황 앞에서 어리둥절해진 심판진은 회의 끝에 주자 아웃이 아니라 투수 보크를 선언했다. 그의 아버지는 기다렸다는 듯 보크에 대해 그에게 설명했다. "보크라는 것은 투수가 속임수 동작으로다가 타자와 주자를 기만하는 것인디…… 근디 니미럴 그게 무슨 얼어죽을 보크여?"

승패에 무관심했던 그에게도 그 소동은 미묘한 파문을 일으켰다. 숫자들로 구현되는 완전한 질서가 뒤틀리는 느낌. 그것은 미묘한 위화감이었다. 보크 선언으로 주자들은 3루와 2루로 각각 진루했다. 이글스 측에서 어필했지만 심판진은 요지부동이었다. 투수는 타자를 고의로 걸러 보냈다. 1점만 내줘도 경기가 끝나는 상황이니 만루작전을 쓸 법도 했다. 그는 조마조마한 마음으로 투수를 지켜보았다. 투수는 왼발을 타자 쪽으로 향하며 투구동작을 취하는가 싶더니 돌연 3루 쪽으로 공을 던져버렸다. 고의적인 보크였다. 심판은 보크 판정을 내렸고 3루 주자가 주뼛거리며 홈으로 걸어 들어갔다. 그것으로 경기는 끝이었다. 14연패를 기록 중이던 왕년의 다승왕은 자발적으로 연패의 숫자를 15로 늘리면서 판정에 항의한 것이다. 관중석에서는 야유와 함께 술병이 날아들었고 승자도 패자도 그리고 심판진도 서둘러 경기장을 빠져나갔다. 그는 한동안 자리에서 일어나지 못한 채 망연히 스코어보드를 바라보았다.

```
00006
00117
```

그가 관전했던 6회부터 9회까지의 점수와 경기의 최종 스코어였다. 완전한 질서를 구현한다고 믿었던 숫자는 그러나 그날의 해프닝에 대해 아무것도 설명하지 못했다. 긴박했던 순간 그라운드를 떠돌았던 긴장과 탄식과 분노와 번민을 스코어보드는 1이라는 숫자로 기록할 뿐이었다. 숫자가 표현하는 것은 고작 결과로서의 승패에 불과했다. 진실은 그 어디에도 없었다. 아무것도 해명하지 못하면서도 침묵을 모르는 숫자가 그에게는 뻔뻔하게 여겨졌다. 그는 속은 기분이었고 화가 났다. 분노의 감정이 정확히 무엇을 겨누고 있는지 자신할 수 없었지만 영혼에서 뭔가 스러지는 느낌만은 분명했다.

문장이 위험하고 불결했다면 숫자는 뻔뻔하고 가증스러웠다. 그는 문장을 버린 것과 같이 숫자를 버렸다. 숫자를 버린 그는 자신만의 새로운 언어를 발견하지 못한 채 시나브로 평범해져갔다. 심연은 그를 삼켜버렸고 그 자신 하나의 심연이 되었다. 평범해진 그는 영재들을 위한 맞춤식 교육을 받기 위해 미국에 갈 필요도 없었고 부모의 궁핍에 짐이 되지도 않았다.

그가 경기도 소재의 대학에 떨어지고 노량진의 재수학원을 드나들게 되었을 때 그의 평범함을 의심하는 사람은 그의 아버지를 제외하면 세상에 단 한 명도 없었다. 그의 남다름을 확신했던 또 한 사람 그의 어머니는 서울에서 올림픽이 열리던 해 교통사고로 사망했기 때문이다. 올림픽을 앞두고 포장마차를 대대적으로 단속하자 그간 모은 돈으로 분식집을 열 점포를 계약하고 간판을 주문하러 가는 길이었다. 술 취한 사내가 몰던 차에 치어 아스팔트에 쓰러진 그의 어머니 손에는 여러 번 접힌 쪽지가 꼭 쥐어져 있었다. 쪽지에 적힌 글자는 다음과 같았다. '광수네 분식. 천재 분식.' 간판가게를 바라보며 도로를 횡단하는 순간까지도 그의 어머니는 분식집 이름을 결정하지 못한 채 고심하고 있었던 것이다.

……넷, 셋, 둘, 하나. 그는 더 이상 대답을 미룰 수 없었다. 사회자가 대답을 재촉했다. 그는 기왕에 들은 불완전한 정보를 바탕으로 답을 유추했다. 최근 자신이 운영하는 마작하우스에서 사망한 선수는 그 여름날 보았던 경기의 패전투수였다. 그날 시합이 끝나고 경기장을 빠져나가던 그는 그 선수와 마주쳤다. 그 선수는 그가 쥐고 있던 야구공을 스스럼없이 가져가 다음과 같이 사인했다. 無二一球 張明夫.

'이 세상에 하나뿐인'이라는 말을 그는 두려워했고 사랑했다. 그는 망설였다. 고인이 된 그 선수가 남긴 기록에는 승리의 영광과 패배의 좌절이 공존했기 때문이다. 한 시즌 30승, 한 시즌 25패, 한 시즌 15연패. 그 선수가 남긴 승패에 관한 대극의 기록이 그의 머릿속에 두서없이 떠올랐다. 승리를 택할 것인가, 패배를 택할 것인가. 그는 42인치 텔레비전을 위해 이번만큼은 승리하고 싶었다. 그러나 자신이 택한 것이 승리든 패배든 독창적이어야 했다. 마침내 그가 입을 열었다. "정답은 15연패입니다." 잠시 침묵이 흐른 뒤 사회자가 말했다. "안타깝군요. 틀렸습니다. 최근 자신이 운영하는 마작하우스에서 사망한 이 선수는 한 시즌 30승으로 최다승 기록을 세운 바 있습니다. 이 선수의 이름은 무엇일까요 하는 것이 문제였습니다." 그는 상투적인 승리 대신 독창적인 패배를 택했다. 난생 처음 느낀 승부욕이 그에게 일깨운 것은 승리에 대한 강박이 아니라 오랫동안 잊고 지내던 독창성에 대한 열정이었다.

그가 독창적인 패배를 선택한 대가로 그의 아버지는 앞으로도 14인치 텔레비전의 작고 어두운 화면을 보기 위해 미간을 찌푸려야 할 것이다. 그는 자신의 아버지를 쳐다보았다. 그의 아버지는 일견 슬픔에 잠긴 듯했다. 그러나 찬찬히 살펴보니 미소를 짓고 있는 것처럼 보이기도 했다. 그것은 이 세상 누구도 흉내 낼 수 없는 하나뿐인 미소였다. 쓸쓸해서 더욱 눈부신. 어쩌면 쓸쓸해서 눈부신 그 미소 속에서 그는 오래전 떠나왔던 어떤 거리의 간판을 천재적인 명민함으로 또랑또랑 읽고 있는지도 몰랐다. 형제상회, 길다방, 대성포목, 전주식당, 파리양장, 만리장성, 독일제과. 그리고 무엇보다 안주일절.

김 도 연

꾸꾸루꾸꾸 빨로마

 **김도연** 1966년 강원도 평창에서 태어나 강원대 불문과를 졸업했다. 1991년 강원일보 신춘문예에 당선하여 등단했다. 주요 작품으로는 소설집 《0시의 부에노스아이레스》《십오야월》이 있다. 2000년 중앙신인문학상을 수상했다.

　전나무 꼭대기에서 까마귀가 울었다.
　장작을 패던 그는 시간을 확인하고 인상을 찌푸렸다. 아직 정오도 되지 않은 시간이었다. 패지 않은 통나무가 남았지만 어쩔 수 없었다. 그는 장작개비들을 서둘러 아궁이 옆에다 쌓았다. 땀에 젖은 등허리에서 쉰내가 풍겼다. 아궁이에다 장작 몇 개를 더 넣고 돌아앉아 등을 말렸다. 담배 생각이 불쑥 떠올랐지만 주머니에서 은단 통을 꺼내 몇 알 입에 넣는 걸로 대신했다. 까마귀는 확실히 전과 다르게 울었다. 그 소리에 귀 기울이며 등에 달라붙은 속옷을 떼어냈다. 은단 향이 입 속에서 피어났다. 그는 얼굴만 내밀어 약수터로 올라오는 눈길을 살핀 뒤 삐걱거리는 부엌문을 안에서 걸어 잠갔다.
　"형씨가 기르는 까마귑니까?"
　며칠 전 약수터를 찾아와 부엌문을 두드렸던 낯선 사내는 그의 허락 따윈 구할 것도 없다는 듯 태연하게 큰 가방을 메고 들어오며 까마귀에 대해 물었다. 그는 벌써 자리를 잡고 앉은 방 안의 사내를 못마땅한 얼굴로 바라보았다.

"신기하네! 사나운 발바리새끼처럼 짖어대더니 형씨 말 한마디에 조용해졌으니."

그는 방으로 들어가지 않고 부엌에서 버텼다. 졸지에 주인과 객이 뒤바뀐 것 같았다.

"……무슨 일로?"

"아, 밖에 있는 자판기가 고장 났더라고! 너무 추워 그러니 차나 한 잔 얻어 마십시다."

사내는 앉은뱅이 탁자 위에 놓인 커피포트와 책들을 제 물건인 양 만지작거렸다. 그는 목덜미가 달아오르는 걸 느꼈다.

"난 관리인이 아니라 여기 투숙객이오!"

"아! 난 그것도 모르고. 이거 미안하게 됐습니다. 너무 추워서 머릿속까지 얼어버린 모양입니다."

그러나 사내는 방에서 일어나지 않았다. 처음 방바닥에 붙인 엉덩이를 조금만큼도 움직이지 않은 채 얼굴만 좌우로 돌려 반들거리는 눈으로 방을 살폈다. 그는 결국 방으로 들어갔다. 서둘러 커피 한 잔을 먹여 보내는 게 더 빠를 것 같아서였다. 한 잔이 채 나올까 싶을 정도의 물을 커피포트에 넣고 삼류 모사꾼 같은 인상의 사내를 살폈다. 그가 가장 싫어하는 유형의 얼굴이었다. 게다가 심한 발 냄새까지 풍겼다. 커피포트를 이리저리 흔들었지만 물이 끓는 소리는 피어나지 않았다. 그는 뚜껑을 열고 시위하듯 안을 들여다보았다.

"어디…… 아파서 요양차 오셨소?"

사내도 그를 살핀 모양이었다. 그는 대답하지 않았다. 물도 쉽게 끓지 않았다.

"예전엔 이곳이 얼굴 누리끼리한 폐병쟁이들로 득시글거렸지. 꽤 유명한 요양소였다오. 그 사람들 상대로 하는 장사가 쏠쏠했었지. 몸에 좋다면 돈 같은 건 안 아꼈거든! 약초꾼들이며 땅꾼들이 하루가 멀다 하고 찾아왔지. 지금이야 폐병이 병도 아닌 세상이 됐지만. 하여튼 그때가."

"내가 좀 바쁩니다. 마시고 일어나시죠."

그는 미지근한 물을 부은 커피를 사내에게 내밀었다. 사내는 두 손으로 잔을 잡고 그의 눈치를 살폈다. 그는 아예 자리에서 일어나 문 옆에 서서 사내가 커피를 다 마시길 기다렸다. 긴장을 하자 어깨가 콕콕 쑤셨고 더구나 사내의 발 냄새 때문에 머리가 멍해졌다. 사내도 만만찮았다. 한 손으론 커피 잔을 움켜잡고 다른 손으론 재빨리 큰 가방을 앞으로 끌어당겼다. 초등학생이 들어가도 될 만한 가방이었다. 방에서 더 오래 머무를 수 있는 그 무엇이 가방에 들어 있다는 확신에 찬 표정으로 입을 열었다.

"선생님, 이런 외진 곳에 혼자 있다 보면 불편한 게 한두 가지가 아니지요. 해서 제가 선물 하나 드리겠습니다."

그는 벌어진 입을 다물지 못한 채 사내가 꺼내놓은 다양한 성행위 보조기구들을 내려다보았다. 건전지로 작동되는 남녀의 인조 성기를 포함한 각종 자위 기구들이 야릇한 빛을 뿜어냈다. 사내는 그중 하나를 내밀었다.

"이게 꽉꽉 조여주고 풀어주면 홀딱 까무러칩니다!"

"당장 나가!"

그는 부엌에서 방으로 들어오는 문도 잠갔다. 창의 커튼까지 치자 방

안은 저녁처럼 어둑해졌다. 약수터로 올라오는 사람들이 왁자하게 떠드는 목소리가 까마귀 울음을 지워버렸다. 고작 장작 한 아름을 팼는데 기운이란 기운은 모두 빠져나간 것처럼 힘이 없었다. 그는 며칠 전 큰 가방을 메고 온 사내가 놓고 간 남자 성기를 작동시켰다. 소음을 내뱉는 성기는 방바닥 위에서 저 혼자 요동치며 맴을 돌았다. 왜 그 물건을 놓고 갔는지 도무지 알 수가 없었다. 내쫓은 사내의 얼굴이 낯설지 않은 것도 이상했다. 성기는 그의 몸에서 빠져나간 기운을 모두 빨아들이기라도 한 듯 분기탱천했다. 그는 그 소리를 들으며 눈물이 흘러내리는 눈을 감았다. 구들장은 따스하게 데워져 있었다. '교선(膠仙)에 이르기를, 심(心)은 신명(神明)의 사(舍)가 되니 가운데 빈 곳이 1치 정도에 불과해도 신명이 그곳을 수거(守居)하여 사물의 변화와 치란(治亂)의 분잡(紛雜)과 파도의 심험(深險)한 것을 충분히 치료하는데 심(心)이란 것은 놀라고, 조망(燥妄)하고, 사려(思慮)해서 하루에도 잠깐 사이에 방촌(方寸)의 지역에서 염염(炎炎)하기가 불과 같다.' 그는 《동의보감》에 적혀 있는 내용을 눈물이 그칠 때까지 반복해서 암송했다. 좁디좁은 땅에서 활활 타오르는 마음이란 걸 다스려보려고. 그동안에도 인조 성기는 계속해서 윙윙거리며 맴을 돌았다.

"계시우?"

대답이 없으면 가리라 여겼던 손님은 좀처럼 포기하지 않았다. 방 안에 그가 있다는 걸 안다는 눈치였다. 빛이 들어오지 않는 방은 더 어두워져 있었다. 약수를 마시거나 떠 가려고 찾아온 사람들이 왜 매번 엉뚱한 방문을 두드리는지 알 수 없었다. 이번엔 나이 든 여자의 목소리였다. 그가 묵묵부답을 고수하자 아예 쪽마루에 자리를 잡고 앉아 한없이 게으르게 내리는 눈송이를 연상시키는 목소리로 〈정선아리랑〉을 나직하게 불렀다. 시작은 있지만 끝이 없을 것 같은 노래였다. 아니 읊조림이었다. 그는 커튼 뒤에서 한숨을 내뱉었다.

"안에 기셨구만. 옷 구경 좀 하시우."

"옷이라구요?"

옷장수는 분명 머리에 이고 왔을 큼직한 보따리를 풀었다. 그는 별 관심이 없다는 듯 저만큼 떨어져 앉아 옷장수가 꺼내놓은 옷들을 건성으로 기웃거렸다. 대충 보아도 하나같이 촌스러웠다. 70년대에나 어울릴 법한 조잡한 색과 디자인이었다. 옷장수가 권하는 털옷을 입으면 온몸에 두드러기가 날 것 같았다. 그는 은단 세 알을 입 속으로 던져 넣었다.

"이런 옷들이 요즘 팔립니까?"

"옛날 같지 않아요. 그저 푼돈이나 버는 거지 뭐. 그러지 말고 하나 골라봐요. 아직 마수걸이도 못했어요."

"옷을 팔려면 사람들 많은 곳에 가서 팔아야지, 아무도 없는 약수터에 와서 팔아요!"

"보따리 이고 걷다 보니 여까지 와 버렸소. 옛날 생각도 나고."

"옛날 생각이라뇨?"

옷장수는 입고 있던 몸뻬 주머니에서 담배를 꺼내 물었다. 없어진 지 오래된 '청자'라는 이름의 담배였다. 성냥도 그가 어렸을 적에 보았던 상표의 그 성냥이었다. 그는 옷장수 여자를 자세히 들여다보지 않을 수 없었다. 튀어나오려는 의문들을 진정시키려고 은단 세 알을 더 삼켰다. 옷장수는 폼 나게 담배를 피웠다.

"그 담밴 어디서 구했습니까?"

"맘만 먹으면 못 구할 게 어디 있어. 다 구하지."

틀린 얘기는 아니었다. 옷장수의 콧구멍에서 담배 연기가 술술 빠져 나왔다. 하지만 아무도 구입하지 않을 것 같은 옷을 보며 그는 고개를 끄덕일 수 없었다. 옷장수는 그의 생각을 읽었는지 마지막으로 볼을 힘껏 오므려 담배를 맛있게 빨곤 눈 위에 꽁초를 던져버렸다.

"예전엔 강릉에서 물건 한 번 떼 오면 남은 건 여기서 다 팔았소. 아픈 사람들일수록 새 옷 욕심이 많았지. 자기 건 물론이고 떨어져 사는 식구들 옷도 한꺼번에 샀다오. 그거 다 입어보기나 하구 저 세상으로 갔을라나……."

"연세도 지긋하신 듯한데 옷 보따리 이고 다니려면 힘이 안 부칩니까? 이제 그만 자식들 효도 받으며 쉬지 그래요."

"늙으면 고뱅이하고 잔뎅이 아픈 건 당연한 거고, 혼자 사는 처지니 놀면 우떠하오. 한 푼이라도 벌어야 입에 풀칠이라도 하지."

"자식들이 없습니까?"

"낳은 자석은 없어도 이 고라뎅이 저 고라뎅이에 정 준 자석은 많소. 옷 팔러 댕기며 가끔 그 애들 만나는 재미에 산다오. 그나저나 이 옷이 맘에 안 드시우? 내 보기엔 딱인데."

"……줘요."

그는 촌스럽기 그지없는 스웨터를 건네받았다. 옷장수는 펼쳐놓았던 옷들을 보자기에 다시 쌌다. 흡족한 얼굴로 새 담배에 불을 붙인 옷장수는 어둑어둑해지는 약수터의 전나무들을 둘러보았다. 대견하다는 눈빛으로.

"……한 이십 년 만에 왔는데 많이 자랐어, 많이. 남그가 사람보다 나아. 암!"

옷장수가 그만 가 주길 바라며 그는 먼저 일어나 집 안으로 들어가 소리 나지 않게 부엌문을 잠갔다. 아궁이 불은 꺼져 있었다. 하루 두 번씩 빠뜨리지 않고 아궁이에 불을 때는 일도 그에겐 세 끼니를 거르지 않고 먹어야 하는 것만큼이나 고역이었다. 시간이 흐르자 처음 약수터로 민박을 정했을 때 잔잔하게 일렁거렸던 흥취는 온데간데없이 사라졌다. 방엔 그 흔한 텔레비전도 없었고 또 약수터 일대는 휴대폰마저 통하지 않았다. 불편한 게 한두 가지가 아니었지만 오직 아궁이에 불을 땔 수 있다는 점 때문에 흔쾌히 결정한 민박이었다. 하지만 믿었던 아궁이는 그의 흥취를 오래 지켜주지 못했다. 따끈따끈하던 구들장은 새벽이 되기 무섭게 차갑게 식어 오히려 그의 온기를 달라고 할 정도니 없던 병도 새로 생길 지경이었다. 머리맡의 물주전자를 얼지 않게 하려면 매일 새벽 세네시에 일어나 아궁이에 불을 피워야만 했다. 장작이야 운동 삼아 팬다고 하지만 새벽의 기상은 곤욕이 아닐 수 없었다. 아직 새벽잠이 없을 나이에는 다다르지 않았기 때문이다. 민박과 매점, 식당 관리를 하던 주인 할머니는 눈이 퍼붓는 혹독한 겨울이 시작되면서 손님이 뚝 떨어지자 별로 미안할 것도 없다는 표정으로 그에게 양해를 구했다.

"몸도 아픈데 혼자서 겨울을 날 수 있겠소?"

겨울 동안은 가까운 진부(珍富)에 있는 아들 집에서 지내기로 결정했다는 통고였다. 추우면 원 없이 장작을 패서 때도 된다는 선물을 그에게 던져주곤 손님처럼 약수터를 떠나버렸다. 오랜만에 들어온 장기 투숙객에게 얼씨구나 하고 약수터 부대시설 관리를 떠맡긴 거나 다름없었다.

"계시우?"

까마귀가 울었다. 불이 붙느라 아궁이에서 나오는 연기에 눈물을 찔끔 흘릴 때 옷장수의 목소리가 그를 다시 찾았다. 무슨 볼일이 또 남았기에 되돌아왔는지 그로선 알 방법이 없었다. 문을 열자 부엌 천장 아래에 몰려 있던 연기가 어두컴컴한 바깥으로 뭉실뭉실 빠져나갔다. 옷장수는 머리에 보따리를 인 채 서 있었다.

"무조건 쉬어야 합니다."

그가 만난 마지막 의사도 똑같은 말을 했다. 사람들은 그에게 할 말이 그게 전부인 것 같았다. 다소 강단이 있어 보이는 어느 의사는 딱 한 마디만 더 보탰다.

"쉬지 않음 죽을 수도 있습니다."

이 병(病)은 어디에서 왔을까. 이 병을 내보낼 방법은 무엇일까. 이 병은 나를 어디로 데려갈까. 이 병과 함께 평생 살아야 한다면······. 이 병은 내 안에서 흐르는 저 붉은 피를 타고 왔을까. 아니면 내가 뛰어들어 헤엄치던 세상의 웅덩이에서 들어온 것일까. 혹······ 나도 모르게 내가 이 병을 불러온 것은 아닐까. 모르겠다. 대체 이 병의 진짜 이름은 뭘까. 내게 무슨 말을 하고 싶은 건 아닐까. 하지만······ 내가 이해할 수 있는 건 아무것도 없다. 단지 내 안 어디에, 의사들도 길을 잃고 헤매는 미궁 속에 이 병이 똬리를 틀고 앉았다는 것뿐. 정체를 숨기고 있지만 조금씩 내 몸과 마음을 누에처럼 갉아먹고 있다는 것뿐.

아프다고 신음하면 온몸이 극심한 피로에 휩싸인다. 머릿속에서 작은 쇠공들이 제멋대로 부딪치는 것 같다. 아파! 하고 신음을 뱉으려다가 삼키면 온 밤을 잠들지 못하고 뒤척거려야 한다. 귓속에서 낯선 목소리들이 들끓는다. 살을 비집고 무수한 벌레들이 꼬물대며 기어 나오는 것 같다. 날카로운 죽창 같은 것이 명치 바로 앞에서 금방이라도 뚫고 들어올 듯 파르르 떨고 있다. 피가 날 정도로 입술을 깨물면 죽은피가 몸 곳곳에서 검푸른 꽃을 피운다.

"야야, 입때껏 뭘 했기에 몸이 이 모양이냐, 응? 불쌍한 것······."

"······누구?"

"어미다, 어미! 삼복 더우도 아닌 한겨울에 뭔 땀을 이러 흘려."

그는 누워 꼼짝 못한 채 물수건으로 땀을 닦아주는 여자를 올려다보았다. 이 세상에 없는 어머니가 돌아올 리 없었다. 막차를 놓쳤다고 다시 찾아온 옷장수였다. 할 수 없이 그는 옆방을 내주고 말았었다. 그런데 어머니라니?

"을매나 끙끙거리는지 옆방에 있는 내가 더 겁나더라니까. 열은 많이 내려갔네."

옷장수는 땀에 전 베개 대신 그의 머리를 자신의 허벅지에 올려놓고 손부채질을 해주었다. 마흔이 넘은 낯선 사내의 땀내 풍기는 머리를 식혀주다니. 그는 죄스럽고 미안했지만 세상 어느 것보다 편안한 베개에서 머리를 뗄 수 없었다. 산속 나무들을 쓸고 가는 바람이 강물 소리처럼 쏟아지는 밤이었다. 그의 눈이 스르르 감겼다.

"근데······ 니는 아무래도 내가 생각 안 나는 모양이다. 하기사 세월이 흘러도 한참 흘렀지. 똘똘하던 꼬맹이가 하며 이러 커서 나랑 똑같이 늙어가고 있으니······."

"옛날에······ 우리 집에도 옷을 팔러 왔었습니까?"

"그럼! 니는 내가 골라준 옷만 입었다."

"······그랬군요."

"날 따라가서 내 아들이 되겠다고 온 동네가 떠나가도록 울어댔단다. 닐 낳아준 부모가 서운할 정도였지. 쬐끄만 놈이 고집은 을매나 센지 수수빗자루에 얻어맞으면서도 내 다릴 안 놓더라. 그때나 지금이나 나는 가진 게 옷밖에 없는데. 정말 기억 안 나냐?"

"……산골에 살아서 바깥세상이 궁금했었나 봐요."

감은 그의 눈에서 눈물이 그치지 않았다. 거칠게 흘러가는 밤의 강물에 실려 약수터의 허름한 민박은 정처 없이 떠가는 것만 같았다. 옷장수는 그가 잠든 걸 확인하고 소리 없이 방을 나갔다. 바람 소리가 잦아들면 부엌에서 장작 타는 소리가 가느다랗게 피어났다.

발자국은 그가 머무는 방 앞에서 망설였다가 약수가 솟는 샘으로 이동했다. 쇳내가 나면서 톡 쏘는 약수를 한 바가지 들이켠 발자국은 밖으로 나가는 길로 방향을 바꿨다. 그는 눈 위에 찍힌 발자국을 따라 아침 산책을 나섰다. 코끝을 얼얼하게 만드는 시린 공기를 조금씩 마셨다가 뱉어내기를 반복하며. '내경(內經)에 이르기를, 오장(五臟)이 간직한 것 중에 심(心)은 신(神)을 간직하고 있으며, 폐(肺)는 백(魄)을 간직하고, 간(肝)은 혼(魂)을 간직하며, 비(脾)는 의(意)를 간직하고, 신(腎)은 지(志)를 간직하고 있다. 또한 비(脾)는 의(意)와 지(智)를 간직하며, 신(腎)은 정(精)과 지(志)를 간직하고 있는데 모두 합하면 칠정(七精)이 되는 것이다.' 그는 머리를 젖혀 눈을 뜨고 하늘로 치솟는 듯한 전나무들을 쳐다보았다. 마음 줄기에서 뻗어 나간 무성한 가지들이 제멋대로 뒤엉켜 있었다. 시작은 보이는데 끝을 찾을 수 없었다. 이게 저것 같고 저게 이것 같았다. 아니 모두가 다 헛것으로 보였다. 자그마한 몸뚱이 안에서 독기를 품은 뱀들이 갈 곳을 몰라 우글거리고 있었다. 《의설(醫設)》이란 책에선 오장(五臟)의 기가 끊기면 신(神)이 집을 못 지키고 밖에 나타난다고 하였다. 신은 무엇인가? 귀신인가,

영혼인가, 마음인가, 정기인가……. 겨울엔 직원이 출근하지 않는다는 매표소 옆에서 그는 곱은 손가락을 주무르며 옷장수의 발자국이 찍혀 있는 눈길을 오래 바라보았다. 눈길을 헤치고 또 누가 올라올지 알 수 없었다.

약수터의 하루 일정은 단순했다. 특별한 일이 없는 한낮에는 간단한 운동을 하는 게 전부였고 밤엔 한방과 관련된 책을 읽었다. 금단 증세가 완전히 사라진 건 아니지만 술과 담배에 더 이상 손대지 않아도 견딜 만했다. 하루 한 번 밥하고 국만 끓이면 식사 문제도 해결됐다. 열흘에 한 번 꼴로 찾아오는 아내가 만들어놓은 반찬은 늘 남아서 약수터에서 사는 까마귀와 멧비둘기에게까지 돌아갈 정도였다. 의사의 권유대로 나무랄 데 없이 잘 쉬고 있었다. 얼굴조차 알 수 없는 병만 업고 있지 않다면 누가 보더라도 부러워할 만한 자연 속에서의 소요음영(逍遙吟詠)하는 삶이었다. 오랜만에 만난 의사는 진심으로 부러움을 드러냈다.

"좋은 곳에 가셨네요. 시간 나면 저도 한번 가서 눈 구경 좀 실컷 하고 싶네요. 병을 업고 있다고 생각하면 그 무게감 때문에 힘들어집니다. 사람은 태어나면서부터 크고 작은 병과 관계가 생깁니다. 병은 인류와 역사를 같이하고 있습니다. 함께 가는 것이라고 여기는 게 어쩌면 마음 편할지도 모르죠."

그렇다고 하더라도 의사가 할 말은 아닌 것 같았다. 그는 이불 속에서 빠져나왔다. 까마귀가 울고 있었다. 또 누군가가 약수터를 찾아오는 모양이었다. 스키 파카를 입고 털모자를 찾아 썼다. 숨는다고, 피한다고 될 일이 아니란 걸 옷장수가 다녀간 뒤에야 비로소 알아차린 것이었다.

울울한 전나무 가지 사이로 눈송이가 내려왔다. 잿빛 하늘이 숲의 우듬지를 덮고 있었다. 그는 볼이 넓은 플라스틱 삽으로 눈을 치며 약수터로 내려갔다. 주인이 떠나간 매점과 식당 마당은 치우지 않은 눈 위에 찍혀 있는 발자국들로 어지러웠다. 매점의 침침한 유리창 너머엔 빈 물통들이 가득 쌓여 있었다. 사람이 살지 않는 집은 피가 돌지 않는 몸처럼 을씨년스럽게 보였다. 더구나 약수터는 공원으로 지정돼 있어 건물의 증축과 개축이 일체 불가능했다. 민박집과 매점, 식당 건물은 처음 지은 이후로 한 번도 옷을 갈아입지 못한 채 다만 서서히 낡아갈 뿐이었다. 길눈이라도 내리면 모든 게 흔적도 없이 사라질 것 같았다.

그는 약수터로 건너가는 다리 위에서 걸음을 멈췄다. 약수터의 정자 안에는 한복을 입은 두 여자가 앉아 있었다. 주전자에 물을 받는 여자는 젊었지만 쭈그리고 앉아 담배를 피우는 여자는 노파였다. 그를 바라보는 두 여자의 검게 팬 눈매에서 만만찮은 기운이 뿜어 나왔다. 그는 가볍게 목례를 하고 다리 난간에 걸터앉았다. 여자들의 정체를 얼추 짐작할 수 있었다. 추운 듯 볼이 발갛게 상기된 젊은 여자가 주전자를 다 채우자 바가지의 약수를 노파에게 건넸다. 노파는 물 한 모금을 입에 담고 한참을 음미하다가 넘겼다.

"맛이 변했어! 옛날 같지 않아."

노파는 물맛이 변한 게 그의 탓이기라도 한 것처럼 노려보았다. 노파의 눈언저리는 약수가 솟는 돌확처럼 어두웠는데 눈동자만 빛을 발했다. 그는 노파의 시선을 피해 삽으로 눈을 퍼서 얼어붙은 개울에 버리며 약수 대신 변명을 했다.

"……약수도 나이가 들었으니 그렇겠죠."

"웬 할망구가 돈만 밝히고 기돌 게을리 해서 그런 거야. 사람 안 찾아온다고 객한테 집을 떠맡기질 않나. 쯧쯧!"

"주인 할머닐 아세요?"

"다 담았으면 날래 산신당으로 가져가서 상 차리지 않고 뭘 해! 쇳때 여기 있다."

노파는 그의 말엔 대꾸도 않고 젊은 여자에게 열쇠 꾸러미를 건넸다. 약수터 뒤편 산자락에 자리한 산신당에서 제를 지내려는 모양이었다. 그곳으로 가려면 무릎까지 빠지는 눈을 쳐야 했다. 그는 손에 쥐고 있는 삽을 보며 스스로 대견해했다.

"조금만 기다리세요. 눈을 쳐야 갈 수 있습니다."

"그 몸으로 눈이나 지대루 치겠나……."

주인 할머니를 통해 노파는 그의 상태를 알고 있는 것 같았다. 그는 다른 세상으로 통하는 문처럼 보이는 노파의 눈을 훔쳐보며 웃음을 흘렸다. 가을부터 약수터에 기거하고 있었지만 못 들어가본 곳이 산신당이었다. 문고리에 매달려 있는 주먹만한 자물쇠는 어떤 열쇠도 받아들이지 않을 것처럼 완강했다. 눈이 내리기 시작하자 방문객들의 발길마저 아예 끊겨버린 곳이 산신당이었다. 사오백 년은 족히 살았을 것 같은 참나무 아래에 자리 잡은 산신당은 흰 눈을 잔뜩 인 채 약수터를 내려다보고 있었다.

"저 안에 뭐가 있습니까?"

배낭을 메고 주전자를 든 채 졸졸 따라오는 젊은 여자에게 그는 물었다. 여자는 그의 얼굴에서 흘러내리는 땀을 보고 배낭에서 수건을 꺼내 건넸다. 향내가 배어 있는 수건이었다.

"산신령님이 호랑이와 함께 계십니다."

짐작했던 그대로였다. 언젠가 다른 곳에서 산신도를 본 적이 있었다. 그는 눈 위에 올려놓은 주전자를 들어주려고 했지만 여자는 정색을 하며 손을 내저었다. 부정을 탄다는 듯한 눈빛이었다. 화가 났지만 애써 참았다. 노파는 그렇다 치고 젊은 나이에 할 일이 그렇게 없냐는 힐난을 눈과 함께 삽에 꾹꾹 눌러 담아 아무데나 던져버렸다. 여자는 그런 그의 속내를 아는지 모르는지 태연하게 서서 길이 뚫리길 기다렸다.
 "고상했소. 우리 신령님이 흡족해하시네!"
 그는 댓돌에 걸터앉아 땀을 식히며 산신령의 표정을 살폈지만 노파의 말대로 흡족한 표정을 짓고 있는지 잘 알 수 없었다. 다소 애매한 표정의 산신령은 호랑이를 애완견 다루듯 옆에 앉힌 채 문밖을 내다보고 있었다. 산신당 청소를 끝낸 젊은 여자는 상을 차리느라 바빴다. 촛불과 향불이 켜지고 배낭에서 나온 과일들과 알록달록한 과자들이 제단 위에 자리를 잡았다. 약수와 술, 찹쌀도 올려졌다. 어둠만 고여 있던 산신당이 순식간에 잔칫집으로 변한 듯했다. 전나무 숲의 까마귀들과 멧비둘기들이 이 나무 저 나무에서 하나둘 울기 시작했다. 준비가 끝나길 기다리며 담배를 피우던 노파가 눈을 찌푸리며 전나무 위를 살폈다. 그는 약수터로 올라오는 눈길을 내려다보았다.
 "까마귀가 울면 손님이 옵니다."
 "체장수 영감이겠지. 하이간 냄새 하난 기맥히게 잘 맡는다니까."
 "체장수요?"
 "눈 치느라 고상했는데 부탁 하나 더 합시다. 쥔 할망구한테 얘기했으니 빈방에 불이나 좀 때 주시게. 밤새우려면 따스한 방 하난 있어야지. 체장수 영감도 젯밥만 먹고 가진 않을 테고."
 "……할머니, 저는 여기 손님입니다."
 "그러니까 부탁하는 거지. 내 특별히 아저씨 병도 낫게 해달라고 기도할 거야."

졸지에 약수터의 불목하니가 된 기분이었다. 산신당에서 징 소리가 흘러나왔다. 두 여자가 제를 올리고 기도하는 모습을 구경하고 싶었지만 노파가 말한 체장수가 분명할 사내가 그가 머무는 집을 좀도둑처럼 기웃거리고 있어 서둘러 내려오지 않을 수 없었다. 징 소리는 게으르게 지상으로 떨어지는 눈송이를 다른 생명체로 변신시키는 주문처럼 은은하게 전나무 숲을 떠다녔다.

"여기서 뭐 하는 겁니까?"

"이 방 주인이오? 불러도 대답이 없기에 염치 불구하고 들어왔소. 이십여 리를 걸었더니 불알까지 다 얼었소. 산신당에 가봤자 더 추우면 추웠지 따스할 린 없고. 마침 아궁이에서 타는 불을 보고, 에라 용서는 나중에 구하자, 이렇게 나 혼자 결정하고 들어온 거외다."

그는 부엌문 앞에 서서 말문이 막힌다는 얼굴로 체장수 영감의 너절한 사설을 들었다. 다행히 방에는 들어가지 않은 것 같았다. 쪽마루 위에는 체장수가 가져온 체들이 노끈에 줄줄이 묶인 채 놓여 있었다. 세상에…… 쳇바퀴라니. 이걸 대체 누가 쓴단 말인가. 그는 쪽마루 끝에 걸터앉아 오랜만에 보는 체를 만지작거렸다. 어린 시절로 돌아가 맷돌질을 하는 기분이었다.

"이게 다 내 손으로 직접 만든 거라오."

체장수는 그가 관심을 보이는 줄 알고 부엌에서 나와 자랑을 늘어놓았다. 건너편 산신당에선 징 소리가 그치고 요란한 방울 소리가 그 뒤를 이었다. 조용한 약수터가 아니라 시골 장거리였다. 체장수가 먼저 산신당을 향해 투덜거렸다.

"저 할망구가 마침내 산신령 약발을 받은 모양이구만!"

"아시는 분이세요?"

"알고말고! 지겨울 정도로 잘 알지."

"유명한 무속인인 모양이죠?"

"유명하긴. 죽을 뻔했던 몇 사람 어쩌다가 살려낸 거 가지고 호들갑 떠는 거지. 아무리 그래 봤자 다 다람쥐 쳇바퀴 도는 인생에서 벗어날 수 없어. 그게 불변의 진리야."

"근데…… 요즘에도 쳇바퀴 쓰는 사람이 있습니까?"

"많지. 농삿집 치고 쳇바퀴 없는 집이 없지. 그리고 이게 보기엔 단순하지만 만들기 쉬운 게 아냐. 허공에다 대고 징 치고 방울 흔드는 것보다 생활에 필요한 체 하나 만드는 게 훨씬 유익한 일이지. 안 그런가?"

"뭐…… 생각하기 나름이겠지요. 근데…… 혹시 예전에 절 본 적이 있습니까?"

"글쎄. 쳇바퀴 짊어지고 몇 십 년을 이 집 저 집, 이 골짜구니 저 골짜구니 돌아다녔으니…… 봤을까, 못 봤을까?"

"어디선가 영감님을 만났던 것 같습니다. 아, 맞아! 우리 집 사랑에 살던 친구 아버지도 체장수였어요. 성이 안씨였는데. 아닙니까?"

"세상에 체장수가 어디 나 하나뿐이겠는가."

쪽마루에 체들을 남겨둔 채 체장수는 술이나 얻어먹겠다며 산신당으로 건너갔다. 그는 촘촘한 쳇불을 손으로 쓰다듬었다. 여전히 게으르게 내리는 눈송이는 쳇불을 빠져나가지 못했다. 마당에 쌓인 눈을 담아 체를 흔들자 마루 위에 설탕 같은 눈가루가 내려앉았다. 어렸을 적에 체장수를 아버지로 둔 친구와 많이 했던 놀이였다. 그러고 보니 친구의 아버지는 일찍 돌아가셨다는 사실이 새롭게 떠올랐다. 그런데도 체장수는 친구와 많이 닮아 있었다. 그는 손가락으로 눈가루를 찍어 맛을 보았다. 달지 않았다. 소금처럼 짜지도 않았다. 체장수가 건너간 뒤로 산신당에선 더 이상 방울 소리가 건너오지 않았다. 산신령과 호랑이가 마신 술을 음복하는 모양이었다. 그는 쳇바퀴 안에 얼굴을 넣고 쳇불을 통해 산신당을 바라보았다. 쳇불에 걸린 기억의 부스러기가 요란하게 쳇바퀴를 돌렸다. 그러고 보니 부모를 졸라 오갈 데 없는 친구를 집에서 내쫓은 것도 그의 모난 마음 때문이었다는 사실도 새롭게 떠올랐다.

몹시 피곤했던 모양이었다. 그는 저녁 밥상도 치우지 않고 불도 켜놓은 채 초저녁잠에 빠졌다가 꿈속에까지 들어온 북소리를 듣고서야 벌떡 일어났다. 이불 속에선 땀내가 진동했다. 시계 바늘은 고작 저녁 아홉시를 가리켰다. 징에서 방울, 북까지 동원해서 낮부터 밤까지 계속되는 두 여자의 기도 내용이 대체 무엇일까 궁금했다. 세상의 불치병을 고칠 수 있는 능력을 구하려는 것일까. 그는 방바닥에 펼쳐 놓은 두꺼운 책을 건성으로 넘겼다. 작은 글자들은 그의 눈길이 머무를 때마다 마치 읽혀지기를 거부하는 것처럼 꼼실거렸다. '단계(丹溪)에 이르길, 만약 성을 내서 간(肝)을 상(傷)한 증세는 근심으로 이기게 하고 두려움으로 풀어주며, 기쁨이 마음을 상한 증세라면 두려움으로 이기게 하고 성냄으로 풀어주며, 생각이 비(脾)를 상한 증세라면 성냄으로 이기게 하고 기쁨으로 풀어주며, 근심이 폐(肺)를 상한 증세라면 기쁨으로 이기게 하고 생각으로 풀어주며, 두려움이 신(腎)을 상한 증세라면 생각으로 이기게 하고 근심으로 풀어주며, 놀람이 담(膽)을 상한 증세라면 근심으로 이기게 하고 두려움으로 풀어주며, 슬픔이 심포(心包)를 상한 증세라면 두려움으로 이기게 하고 성냄으로 풀어주어야 한다.' 알 듯 모를 듯한 이야기들이 그의 머릿속에서 제멋대로 엉켰다가 결국 원상회복이 불가능한 상태가 돼버렸다. 병과 약은 너무 먼 거리에서 서로를 그리워하고만 있는 것 같았다. 산신당에서 건너오는 북소리는 얼굴을 바꿔 이번엔 잠을 불러왔다. 그는 퀴퀴한 땀 냄새가 피어나는, 옹관묘 같은 솜이불 속으로 다시 들어갔다. 밤인데 까마귀가 울기 시작했다. 어둠 속을 떠돌던 귀신들이 젯밥을 얻어먹으려고 산신당으로 몰려오는 것인가.

"안에 계세요?"

간절한 소리는 다다르지 못하는 곳이 없는 모양이다. 꿈속에서 울면서 그를 찾던 여자는 꿈 밖에서도 똑같이 그를 찾고 있었다. 단지 울음만 그친 채. 부엌문 밖에 서 있는 여자는 손에 팥 시루떡과 주전자를 든 채 떨고 있었다. 얇은 치마저고릴 입고 산신당에서 겨울밤을 건너가기엔 아무래도 무리였다. 두 사람이 모시는 신의 위용이 얼마나 되는지는 모르겠지만.

"어머니께서 드시랍니다."

문 앞에 앉은 여자는 방 안을 찬찬히 살폈다. 북소리는 그쳤지만 까마귀 울음은 멈추지 않았다. 그는 커피포트의 물이 끓길 기다리면서 물었다.

"체장수 말고 다른 사람들도 와 있습니까?"

여자는 고개를 끄덕이곤 가지고 온 주전자에서 술을 따라 그에게 내밀었다. 그는 고개를 저었다.

"약술입니다."

술 한 잔이 조심스럽게 그의 입으로 들어갔다. 여자는 빈 잔을 채웠다. 장판 위에 쏟아진 팥알처럼 술기운이 빠르게 퍼져나갔다. 모두 세 잔을 마시자 여자는 술 따르기를 멈추고 떡 한 조각을 떼어 내밀었다.

그는 잘 넘어가지 않는 떡을 침과 함께 애써 삼키다가 그제야 생각났다는 듯 여자의 얼굴을 똑바로 바라보았다. 여자는 꿈에서처럼 울었다.

"이제 날 알아보겠어?"

"……어떻게?"

세 잔의 술은 염염(炎炎)히 타오르는 불처럼 그의 머릿속을 뜨겁게 달궜다. 아니, 온몸이 발갛게 달아오른 무쇠난로로 변한 것 같았다.

"어디 아주 멀리 가버린 줄 알았는데, 병들어 고작 여기 숨어 있었네. 개자식!"

"미안해……. 늘 마음 한쪽에 옹이처럼 네가 자리하고 있었어. 여기까지 찾아오다니……."

"나쁜 자식! 찾아오긴 누가 찾아와. 네가 아프니 날 불러낸 거잖아. 아프지 않음 삼십 년이 지나도 넌 날 결코 찾지 않을 놈이야!"

"미안해. 너무 아파서 나도 모르게 널 부른 모양이야."

"그래, 그래! 넌 원래 그런 놈이야. 니 몸이 아프다고 삼십 년 전에 죽은 사람을 불러낸 놈이야!"

약수터를 덮고 있는 어둠에 깊은 굴을 뚫으며 징이 천천히 세 번 울렸다. 누군가를 부르는 듯한 징 소리였다. 여자는 징 소리가 넘어오는 창을 향해 인상을 찡그렸다. 그녀가 신경질적으로 방문을 걷어차자 부엌에서 찬바람이 왈칵 들어왔다. 하지만 달아오른 그의 몸은 쉽게 식지 않았다. 알 수 없는 두려움이 그를 꼼짝 못하게 만들었다. 갑자기 저고리를 풀어헤친 여자는 어조를 바꿔 누가 엿듣기라도 하는 듯 작은 소리로 제안을 했다.

"사실 널 데리러 왔는데, 나도 가기 싫네. 우리…… 문 닫아걸고 오랜만에 사랑이나 할까? 지금 밖엔 온통 널 괴롭히려는 치들뿐이야."

"날? 왜? 누가?"

"니 입으로 얘기했잖아. 너무 아파서 불렀다고. 나만 부른 게 아냐. 어떻게 할 거야?"

징 소리가 다시 밤의 전나무 숲을 건너왔다. 그는 여자가 가져온 약술을 몇 잔 더 마시고 스키 파카를 걸쳤다. '강목(綱目)에 이르기를, 두려움과 놀라움이 서로 같은 것 같으나 놀라움은 스스로 모르는 사이에 일어나고 두려움은 자신이 알면서도 억제를 못하는 것이다. 예를 들면 놀라움은 큰 음향을 들어도 놀라는 것이고, 두려움은 마치 남이 자기를 잡으려는 것 같고 혼자 앉아 있지도 누워 있지도 못하고 반드시 반려가 있어야 공구(恐懼)하지 않고 또한 밤에 반드시 불을 밝혀야 안심되고 불이 없으면 두려워서 못 견디는 것을 말한다.' 손전등을 찾아 든 그는 징 소리를 따라 방을 나섰다. 삼십 년 전과 조금도 달라진 게 없는 여자가 주전자를 부엌으로 내던졌지만 그는 놀라지 않았다. 그러나 그가 불렀다는 것들을 찾아가는 걸음의 앞과 뒤는 여전히 두려웠다.

"이 나쁜 놈아, 호랑이한테 확 물려가라!"

약수터를 희미하게 밝히는 두 개의 외등 불빛 속에서 눈송이는 여전히 게으르게 내렸다. 손전등 빛기둥이 아름드리 전나무 사이를 재빠르게 쏘다녔다. 나타났다가 사라지는 나무들의 검은 그림자는 귀신들의 그림자인 것만 같았다. 그는 좁은 눈길 밖으로 벗어나지 않으려 했지만 오랜만에 마신 술 때문인지 몸이 말을 잘 듣지 않았다. 징과 까마귀 소리는 합쳤다가 헤어지기를 반복했다. 밤에 까마귀가 울면 반란이나 살인사건이 난다고 했던가. 우는 까마귀의 위치나 방향에 따라서도 길흉이 갈라진다고 이 땅의 사람들은 믿고 있었다. 그는 손전등으로 까마귀를 찾았지만 눈송이만 다투어 들어왔다. 매점과 식당은 변함없이 캄캄

했다. 두꺼운 얼음장에 금이 갈 정도의 징 소리가 어둠을 가르며 긴 여운을 남긴 뒤부터 방울 소리가 피어났다. 징 소리에 금이 가고 조각조각 깨어진 어둠을 위무하려는 소리 같았다. 그는 눈길이 갈라지는 곳에서 손전등을 껐다. 산신당에서 사람들이 웅성거리는 소리가 들렸다. 언덕길을 달려 내려가 약수터에서 그만 도망치고 싶었다. 자가용은 매표소 바로 옆에 주차돼 있었다. 그는 한참 동안 갈림길의 눈더미에 기대앉아 고민에 잠겼다.

몇 달 만에 마신 술은 몸과 마음을 모두 장악해버린 듯했다. 까마귀 울음을 들으며 눈길을 내려가는 걸음은 허공에 붕 떠오른 것처럼 가벼웠다. 숨 가쁘지도 않았다. 눈 덮인 전나무 숲을 한 마리 나비로 변해 날아가는 기분이었다. 그동안 온몸을 누르고 있던 그 무엇인가가 모두 어디론가 감쪽같이 사라진 듯했다. 기뻤지만 동시에 두려웠다. 하지만 두려움이 그의 걸음까진 막지 못했다. 어두운 전나무 숲을 뒤지며 그를 찾는 징 소리도 위력을 잃고 있었다. 울고 있는 여자의 얼굴이 떠올랐지만 냉정하게 잘라버렸다. 할 수만 있다면 그를 괴롭히는 모든 것들을 단지 속에 담아 영원히 봉인해버리고 싶었다.

"에구머니!"

스키 선수처럼 속도를 늦추지 않고 휘어진 길을 유연하게 돌려다가 그는 무엇인가와 부딪쳐 그만 눈 속으로 꼬꾸라졌다. 비린내가 확 풍겼다. 얼굴에 묻은 눈을 털고 일어나려다가 그는 섬뜩한 감촉에 엉덩방아를 찧고 말았다. 손전등을 찾아 불을 켜니 눈 위 여기저기에 고등어가 널려 있었다. 그는 생선장수와 함께 나자빠져 있는 밤색 고무 대야를 이해할 수 없다는 눈으로 멍하니 바라보았다. 손전등 조명을 받은 생선장수가 마침내 쭈글쭈글한 입으로 포문을 열었다.

"아이고, 이를 우째! 귀한 고등얼 팔아보지도 못하고 다 베렸네! 이를 우째, 우짼다냐!"

 "몸은 괜찮으세요?"

 "갠찮긴 이놈아, 이게 갠찮아 베키는 거냐! 아이구 잔뎅이야—, 고뱅이야—!"

 생선장수는 깊은 산중에서 봉을 잡았다는 듯 그악스럽게 요란을 떨었다. 죽은 고등어들이 슬픔 가득한 눈으로 그를 바라보았다.

 그는 한 손에 검은 비닐봉지를 세 개나 든 채 눈길을 터덜터덜 걸었다. 고등어가 든 봉지는 눈으로 채웠지만 비린내는 사라지지 않았다. 매표소 옆에 세워둔 차까지는 멀고 멀었다. 손전등 불빛은 사타구니에서 덜렁거리는 불알처럼 흔들렸다. 밤의 눈길에는 생선장수만 있지 않았다. 김이 피어나는 찐빵을 양동이에 담아 이고 올라오는 찐빵장수도 만났다. 심지어는 엿장수도 있었다. 어린 시절에나 만날 수 있었던 봇짐장수들이었다. 그의 기억에서 가장 멀리 있는 추억 속의 사람들이 찾아와 물건을 내미는 것 같았다. 그는 거의 강매당한 물건들을 어떻게 할까 망설이다가 길옆의 눈을 파고 한꺼번에 묻어버렸다. 개장수와 소장수에게 개와 소를 사지 않은 것만 해도 천만다행이었다. 눈발만 날리던 조용한 약수터가 갑자기 시골 장터로 뒤바뀐 것 같았다. 지겨웠던 장거리를 떠나 가장 멀고 조용한 곳으로 숨었는데 그곳이 다시 장거리가 되다니……. 그것도 단 한 명밖에 없는 손님을 놓고. 그는 잠들지 못하는 까마귀를 찾아 그 까닭을 물어보려고 불빛과 함께 허공을 건너 다녔지만 보이는 것은 정처 없이 떠도는 눈송이들뿐이었다.

 "어딜…… 가려고?"

길은 하나인데 방에서 저고리를 풀어헤쳤던 여자가 언제 앞질러 와 차에 타고 있는지 알 수 없었다. 하지만 더 이상 두려움과 놀라움은 자리하지 않았다. 오래전에 죽은 애인을 태우고 아내가 있는 집으로 갈 수 없다는 난처함뿐이었다.

"도망갈 곳은 어디에도 없어. 네가 더 잘 알잖아."

"……모르겠어. 정말 저들을 내가 불렀단 말이야?"

여자는 방에서처럼 저고리를 풀어헤쳤다. 조금이라도 건드리면 젖이 나올 것처럼 젖가슴은 탱탱하게 부풀어 있었다. 여자는 그 젖가슴을 내밀었다. 그는 물러날 수 없다는 걸 알았다. 젖에서는 이루 말할 수 없을 정도로 고약한 악취가 풍겼지만 입을 뗄 수조차 없었다. 그는 여자의 품에 사로잡힌 힘없는 젖먹이일 뿐이었다. 여자는 그의 머리를 쓰다듬으며 나른한 목소리로 중얼거렸다.

"우리 아기 한 방울도 흘리지 말고 다 먹어, 알았지? 옳지 잘한다!"

그제야 그는 오래전에 여자의 몸에 아기가 섰던 일을 기억해냈다. 그의 눈에서 흘러내리는 눈물에선 더 심한 악취가 피어났다. 그는 눈물과 젖을 꾸역꾸역 삼켰다. 그를 쫓아온 사람들이 밖에서 차 문을 두드리지 않았으면 밤새도록 먹고도 남을 것 같은 젖과 눈물이었다. 그를 뺏기지 않으려고 꽉 그러안은 여자의 눈에서 불똥이 튀었지만 점점 힘을 잃고 있었다.

산신당은 온갖 무구들이 내지르는 소리들로 가득했다. 제단을 밝히는 촛불들은 작은 바람에도 흔들거리며 제 몸을 태웠다. 허공으로 치솟은 향은 흔적도 없이 사라졌다. 까옥 깍 까옥—, 하고 까마귀가 울었다. 그는 자신이 어디에 있는지 알 수 없었다. 산신당에서 나오는 술을 마시고 박수를 치는 구경꾼들 사이에 있는가 하면 어느새 산신도 속의 호랑이 발밑에 깔려 버둥거렸다. 고막이 터질 듯한 제금 속에도 갇혀 있었다. 꾸꾸루꾸꾸—, 하고 멧비둘기가 울었다. 훨훨 나는 듯 춤을 추다가 득달같이 체장수에게 달려간 그는 소년의 목소리로 용서를 구하며 두 손을 비볐다. 옷장수의 치맛자락을 붙잡고 아기처럼 칭얼거렸다. 까옥 깍 까옥! 긴 겨울밤 속에서 눈송이는 여전히 게으르게 허공을 서성거렸다. 그는 젖을 드러낸 채 앉아 있는 여자의 옷고름을 정성 들여 매어주었다. 그리고 돌연 표정을 바꿔 개장수, 소장수와 한참을 싸우다가 노파의 중재로 화해했다. 꾸꾸루꾸꾸! 두 사람이 끌고 온 개 소 들이 약수터 마당에서 길게 울었다. 그도 따라서 한참을 울다가 산신당의 나무 바닥으로 힘없이 무너졌다. 온갖 소리들도 눈송이처럼 가만가만 내려앉았다. 겨울밤이 천천히 쳇바퀴를 돌리고 있을 때 예리한 칼날이 어둠을 가르며 산신당 마당으로 날아갔다. '정리(正理)에 이르기를, 몸 밖에는 1만 8천이 되는 양신(陽神)이 있고, 몸 안에는 1만 8천의 음신(陰神)이 있는데, 모두 다 헤아릴 수는 없어도 강궁진인(降宮眞人)인 심군(心君)이 한 몸의 주장(主張)이 되니 만신(萬神)이 그의 명령을 듣기 때문에 충분히 허령(虛靈)하고—마음이 잡념 없이 영묘하고—지각(知覺)이 있어 천변만화(千變萬化)가 된다고 한다.' 하늘이 조금씩 벗겨지고 사람들은 하나둘 제 짐을 꾸렸다. 옷장수는 보따리에서 두툼한 털옷을 꺼내 그의 몸을 덮어주었다. 산신당에 모인 사람들은 이번 나들이는 아쉬움이 많이 남는다고 투덜거리며 그의 몸에 뚫려 있는 구멍이란 구멍 속으로 마치 연기처럼 변해 차례차례 들어갔다.

    산신당은 날이 밝기 직전의 짙은 어둠과 침묵에 잠겼다.

문밖이 시끄러웠다. 그는 눈을 뜨지 않은 채 그 소리를 들었다. 산신당 마당에 떨어진 곡식을 새들이 쪼아 먹는 모양이었다. 손을 뻗어 조심스럽게 문을 열었다. 까마귀와 멧비둘기들이 날개를 퍼덕거리며 가까운 나무 위로 날아갔다. 새들은 목소리를 서로 바꿔서 울고 있었다. 다른 새의 아픔을 위로해주는 것 같았다. 그는 말없이 새소리를 들었다. 눈은 그쳐 있었다.

김중혁

악기들의 도서관

 **김중혁** 1971년 경북 김천에서 태어나 계명대 국문과를 졸업하였다. 2000년 《문학과사회》에 중편소설 〈펭귄뉴스〉를 발표하며 문단에 등단하였다. 주요 작품으로는 소설집 《펭귄뉴스》가 있다.

'아무것도 아닌 채로 죽는다는 건 억울하다.' 자동차에 부딪혀 몸이 허공으로 치솟던 순간, 머릿속에 그 문장이 떠올랐다. 주위 풍경들이 한순간에 이지러졌고, 소리들은 모두 사라져버렸다. 완벽한 단절이었다. 아무것도 보이지 않았고, 들리지 않았고, 생각나지도 않았다. 커다란 캡슐 속으로 머리부터 천천히 빨려들어 가는 느낌이었다. 아무것도 아닌 채로 죽는다는 건 억울하다, 라는 문장이 두꺼운 헬멧처럼 내 머리를 감쌌다. 쿵, 하는 소리를 내며 바닥에 떨어졌을 때 나는 정신을 잃었다.

　죽지 않은 것은 그 문장 덕분이었다. 누구도 믿어주지 않았지만 정말 그 문장이 헬멧처럼 내 머리를 감싼 덕분에 나는 살아날 수 있었다. 때로는 생각의 힘이 몸에다 두꺼운 갑옷을 씌울 수도 있다는 것을, 죽지 않으려고 애쓰면 죽지 않을 수 있다는 사실을 그때 처음 알게 됐다. 히말라야 산맥의 전설 속 설인처럼 나는 온몸에다 하얀색 석고붕대를 두르고 병원에 누워서 온종일 그 문장을 생각했다. 어쩌다 자동차에 부딪히게 되었는지, 어느 정도나 허공으로 치솟았는지는 전혀 기억나지 않았지만 그 문장만큼은 또렷하게 떠올랐다. 눈을 감으면 그 문장으로 가득 채워진 하얀 벽이 나타났다. 눈을 뜨면 벽은 사라지고 머릿속에서 그 문장이 물고기처럼 퍼덕였다. 나는 언제나 그 문장과 함께 살아 있었다. 잠들기 전에는 그 문장을 주문처럼 외웠다. 그렇게 하면 죽지 않을 것 같았다. 나는 눈을 뜰 때마다 살아 있었다.

그때만 해도 나의 여자친구였던 N은 병상 옆에서 계속 음악을 틀어댔다. 머릿속에서 퍼덕대는 그 문장 얘기를 하면 여자친구는 "아무래도 머리에 좀 충격이 있었나 봐"라며 농담을 했다. 그러곤 볼륨을 높였다. 소나타, 콘체르토, 심포니, 다시 소나타로 이어지는 강행군이었다. 누구의 곡인지, 누구의 연주인지도 모른 채 하루 이십사 시간 음악을 들었다. 뼈가 붙는 데 음악만큼 좋은 게 없다니까, 라고 그녀가 말했지만 가끔씩은 뼈가 붙는다기보다 살이 우그러드는 듯한 느낌이었다. 그래도 내가 살아 있다는 느낌은 확실히 들었다. 입원실을 떠돌아다니던 음표들이 내 뼈처럼 느껴졌다.

입원한 지 석 달이 지난 후에야 나는 겨우 걸어 다닐 수 있게 됐다. 왼쪽 정강이뼈가 활처럼 휘었지만 걷는 데는 아무런 지장이 없었다. 걸을 수 있게 되자마자 나는 사고가 났던 곳으로 갔다. 아무것도 잃어버린 게 없고, 확인할 것도 없었지만 꼭 가봐야 할 것 같았다. 마치 바닥에 그 문장이 떨어져 있기라도 한 것처럼 나는 사고가 났던 곳 주변을 샅샅이 훑어보았다. 물론 거기에는 아무런 흔적도 없었다. 하다못해 유리 파편 하나도 보이질 않았다. 지금 생각해보면 그건 일종의 의식 같은 게 아니었나 싶다. 내가 소멸해버릴 뻔한 곳으로 가서 내가 아직까지 살아 있다는 것을 그 장소에게 보여주고 싶었던 게 아니었나 싶다.

사고가 난 후 많은 것이 변했다. 우선, 회사를 그만두었다. 팀장에게만 그 문장 얘기를 했다. 팀장은 "웃기는 소리 하지 말고 푹 쉬었다가 출근해. 억울하기로 따지면 내가 한 수 위야"라며 사표를 받지 않으려고 했다. 그러면서도 나를 부러워하는 눈치였다. 앞으로 뭘 하면서 살 거냐고 팀장이 내게 물었다. 나는 할 말이 없었다. 회사를 그만두고 나서는 술을 마시기 시작했다. 상처가 아물지 않았기 때문에 술만큼 몸에 나쁜 게 없었지만 술에 취하지 않고는 잠을 잘 수 없었다. 아무것도 아닌 채로 죽지 않기 위해서는 뭔가를 해야 했지만 어디서부터 시작을 해야 할지 알 수가 없었다. 나는 대형할인매장에서 가장 싼 백포도주를 세 상자 사서 매일 밤 한 병씩 비웠다. 처음에는 떨떠름한 맛 때문에 좀 더 비싼 포도주를 사지 않은 걸 후회했지만 시간이 지날수록 그 맛에 익숙해져 갔다. 한 병을 거의 다 마시면 온몸이 발갛게 달아오르고 졸음이 몰려왔다. 여자친구에게는, 잠을 자기 위해 몸을 예열하는 것일 뿐이라고, 전혀 걱정할 일이 아니라고 했지만 사실은 내가 보기에도 알코올중독 초기 증상이었다. 하지만 술을 마시면, 내 몸에서 그 문장이 떨어져나갔다. 내일 아침 내가 살아서 깨어날 수 있을 것인지에 대한 불안감도 없어졌다. 그것만으로도 충분히 마실 만한 가치가 있었다.

술을 마시기 시작한 지 한 달이 지난 후 할인매장에서 악기점을 지나지 않았더라면 지금까지도 나는 방 한구석에서 매일 밤 포도주의 코르크 마개를 따고 만취한 상태로 잠이 드는 생활을 반복했을 것이다. 하지만 그 생활이 잘못된 것이라고는 생각하지 않는다. 시간이 지나고 나니 모든 것이 과정이었다는 생각이 든다. 사고 때문에 그 문장이 떠올랐고, 그 문장 때문에 술을 마시게 됐고, 술 때문에 악기점을 발견한 것이다. 전혀 상관없어 보이는 것들이 한 줄로 연결되는 순간, 삶이 바뀐다. 그 줄을 길게 늘인 것이 한 인간의 삶이 아닐까.

한 달 만에 백포도주 세 상자를 모두 비우고, 새로운 포도주를 사기 위해 대형할인매장으로 향했다. 지하로 내려가는 에스컬레이터 정면에는 거대한 거울이 있었기 때문에, 보기만 해도 끔찍한 내 얼굴을 피하기 위해 나는 오른쪽으로 고개를 돌렸다. 난간에서는 크리스마스트리의 장식품들이 요란하게 빛나고 있었다. 크리스마스가 다가오고 있다는 사실을 그제야 알았다. 에스컬레이터를 타고 4분의 1쯤 지하로 내려갔을 때 일층에 있던 악기점의 피아노가 눈에 들어왔다. 피아노 건반 위에 올려놓은 가격표가 아직도 생각난다. 평소 같았으면 엄두도 못 낼 만큼 비싼 가격이라고 생각했겠지만 통장에는 손도 대지 않은 사고 합의금과 퇴직금이 수북하게 쌓여 있었기 때문에 '피아노도 별것 아니군' 하는 마음이 들었다. 피아노 옆에는 기타와 바이올린, 그리고 장난감처럼 생긴 악기들이 나란히 놓여 있었다. 에스컬레이터에 선 채 악기들을 올려다보면서 나는 여자친구를 떠올렸다. 그녀는 친구와 함께 자그마한 바이올린 학원을 운영하고 있었는데 유명한 아티스트들의 음반을 들을 때마다 한숨을 쉬곤 했었다. 연주 실력이 뛰어나서가 아니라 바이올린 소리에 주눅이 든 것이다. 음악은 영혼으로 연주하는 거지 악기로 연주하는 게 아냐, 라고 핀잔을 줬지만 음악에 대해서 쥐뿔도 아는 게 없었던 내가, 할 말은 아니었다. 나는 일층으로 다시 올라와 악기점으로 들어갔다.

바이올린 가격은 터무니없을 정도로 쌌다. 바이올린을 자세히 들여다보고 나서야 그 가격의 의미를 알 수 있었다. 악기점의 바이올린들은, 소리가 날 것이라는 예상은 할 수 있지만 실제로 거기에서 소리가 날 것이라고 장담은 할 수 없는, 그런 종류의 상품들이었다. 나는 바이올린을 포기하고 포도주 한 상자를 사들고 집으로 돌아갔다.

다음 날 여자친구에게 바이올린을 선물하고 싶다는 말을 꺼내자마자 그녀는 곧바로 내 손을 잡아끌었다. 도대체 얼마짜리 바이올린을 고를까 걱정스럽기도 했지만 통장에 들어 있는 돈을 모두 쓴다고 해도 상관없다는 생각이 들기도 했다. 포도주를 마시는 것보다는 그녀를 위해 바이올린을 사는 편이 나을 것 같았다. 그 돈이 모두 사라지고 나면 해야 할 일이 떠오를지도 몰랐다.

악기점 순례를 시작할 때만 해도 대충 아무거나 좀 비싼 걸로 사면 되지 않나 싶었지만 시간이 지날수록 그녀와 함께 악기를 구경하는 게 재미있었다. 악기점을 헤집고 다니기에는 내 다리가 정상이 아니었지만 살아남아서 그녀와 함께 걸을 수 있다는 것만으로도 행복했다. 그녀와 이야기를 하다 보니 어느 순간 못 견디게 악기가 배우고 싶어졌다.

"어떤 악기를 배우게?"

"손이 크니까 피아노가 어떨까?"

"손가락이 긴 건 도움이 되지만 손이 큰 건 별로 도움이 안 될 거 같은데? 건반 두 개를 동시에 누르면 어떡하려고? 어릴 때 피아노 배워 본 적 있어?"

"전혀."

"피아노도 안 배우고 뭘 했대?"

"태권도를 배웠지."

"하긴 사는 덴 태권도가 훨씬 도움이 되겠네."

"꼭 그렇지도 않아."

"하긴."

"난 첼로 소리가 좋던데. 첼로 배우는 거 어렵나?"
"바이올린은 어때?"
"너한테 배우라고?"
"내가 어때서?"
"바이올린은 소리가 별로 마음에 안 들어. 심란하잖아."
"깊이를 몰라서 하는 소리야."
"깊어봤자 더 심란하지 뭐."
"마음대로 하셔, 피아노를 배우든 첼로를 배우든······"

악기를 배우고 싶다는 얘기를 꺼내긴 했지만 사실 그걸 해낼 자신은 없었다. 음악에는 워낙 재능이 없는 데다 도대체 그걸 배워서 어디다 써먹을 수 있을지 가늠이 되질 않았다. 나의 모든 관심은 아무것도 아닌 채로 살아가지 않는 데 있었으니까, 뭔가 내 이름을 후세에 남길 만큼 엄청난 일을 해야 한다고 생각했으니까 그럴 만도 했다.

그날 마지막으로 들른 가게는 그녀가 가장 좋아하는, 그리고 악기도 가장 많은 가게였다. '뮤지카'라는 이름의 그 가게는 악기박물관으로 불러도 손색이 없을 만큼 온갖 종류의 악기들이 잘 정돈돼 있었다. 무슨 기준으로 분류한 것인지는 알 수 없었지만 눈짐작으로 보기에도 정리정돈에 신경 쓴 흔적이 역력했다.

"어이, 아가씨 또 왔네. 중고는 새로 들어온 게 없는데."
"오늘은 중고 손님이 아니에요, 아저씨. 여기 제 후원자 안 보이세요? 교통사고 공갈사기단인데 방금 큰 걸로 한 건 물었거든요. 그 돈으로 끝내주는 바이올린을 사주겠대요."
"그럼 못 팔지. 그런 불량한 돈으로 악기를 사면 쓰나."
"아무래도 불량한 소리가 나오겠죠?"

"바이올린 소리가 더 찌그러지겠지."

"잘됐어요. 그런 소릴 원했거든요."

콧수염 사장과 여자친구는 호흡이 잘 맞았다. 오랫동안 함께 농담을 연구해온 팀처럼 호흡이 정확했다. 갑자기 교통사고 공갈사기단으로 내 직업이 바뀌었지만 그녀가 그렇게 말해주는 게 좋았다. 그런 얘기를 들으면 사실은 내가 아픈 게 아닐지도 모른다는, 교통사고도 모두 꿈이었을지도 모른다는 생각이 들었다.

콧수염 사장은 음악과 상관없는 사람처럼 보이긴 했지만 첫인상이 나쁘지는 않았다. 그를 보는 순간 나는 그의 콧수염에 매료됐다. 음악과 너무나도 상관이 없는 사람이 예술가처럼 보이고 싶은 간절한 바람 때문에 기른 콧수염일지도 모른다는 생각을 하니 어울리지 않는 콧수염이 귀엽게 보였다. 훗날 직접 들은 얘기에 의하면 오십 퍼센트 정도는 내 추측이 맞았다. 그녀와 농담을 하며 싱긋 웃을 때는 산처럼 생긴 콧수염이 편평한 땅의 형상으로 쫙 펴지곤 했는데 그 움직임이 너무 신기해서 처음에는 수축과 팽창을 반복하는 그의 콧수염을 한참 들여다보았다.

"제 남자친구예요."

한참 농담을 주고받다가 그녀가 나를 소개했다. 사장은 다시 콧수염을 일(一)자로 만들면서 웃었다. 그녀와 사장은 바이올린을 보면서 계속 이야기를 나누었지만 대부분 전문적인 이야기뿐이어서 나에게는 또다른 외국어로밖에는 들리지 않았다. 나는 구석에 놓여 있던 피아노의 건반을 슬쩍슬쩍 누르거나 첼로 줄을 한 번씩 퉁기면서 시간을 보냈다. 어느 순간부터 사장은 조금 흥분한 목소리로 얘기를 하고 있었다.

"그건 정말 멍청한 구분이야. 안 그래요?"

"그래도 모두들 그렇게 쓰고 있는걸요. 이제 와서 바꾸기가 쉽겠어요?"

"아가씬 어떻게 생각해? 바이올린을 설명하는 데 현악기라는 말이 어울린다고 생각해?"

"그래도 줄이 있긴 하잖아요."

"그럼 장구도 현악기겠네. 장구에도 죔줄이 있잖아."

"궤변론자 아저씨, 그건 소리를 내는 데 쓰이는 건 아니잖아요."

"무슨 소리야. 그 줄로 소리를 조절하는데……"

"장구는 줄을 울려서 소리를 내는 악기가 아니잖아요."

"장구를 치면 그 줄에서도 무슨 소리가 나지 않겠어? 하다못해 모깃소리 같은 거라도?"

"그게 음악이에요?"

"그러면 피아노는 현악기야 타악기야, 줄이 있으니까 현악긴가? 두드리니까 타악긴가? 그리고 바이올린의 줄을 두드려서도 안 되지. 그럼 현악기가 아니라 타악기가 돼버리잖아?"

내 눈은 피아노의 건반을 향해 있었지만 귀는 스스로 분리돼 그들의 대화에 바싹 다가갔다. 콧수염 사장의 말이 흥미로웠다. 농담연구소 직원 같던 두 사람은 이제 악기토론회의 패널이 되어 얘기를 나누고 있었다. 그때 손님 한 명이 들어와서 수리를 맡겼던 악기를 찾는 바람에 대화는 잠시 중단됐다. 나는 얼마나 멀리 떨어진 건반을 동시에 칠 수 있는지 궁금해져 엄지와 약지를 최대한 벌려 피아노 위에 얹어보았다. 손가락에 너무 힘이 들어가는 바람에 건반을 세게 누르고 말았고 쿠궁, 하는 소리가 조용한 가게에 울렸다. 세 사람 모두 나를 바라보았겠지만 나는 아무렇지도 않은 듯 계속 피아노 건반을 바라보았다. 콧수염 사장과 여자친구는 다행히 아무 말도 하지 않았다. 손님이 가자마자 곧바로 대화가 이어졌다.

"아무튼 타악기, 현악기, 관악기로 악기를 분류한다는 건 말도 안 된다고 생각해. 악기를 직접 연주해보면 거기에 포함시킬 수 없는 게 얼마나 많은데…… 예외가 많다면 분류는 잘못된 거지. 남자친구 분은 어떻게 생각해요?"

내가 대화를 엿듣고 있다는 것을 알고 있었는지 콧수염 사장이 다짜고짜 물었다.

"예? 저야 뭐, 음악에 대해서는 전혀 모르니까요."

"음악에 대해서가 아니라 분류에 대해서 물어보는 겁니다."

나는 피아노의 뚜껑을 내리고 두 사람이 서 있는 악기진열장 쪽으로 걸어갔다.

"얘기를 들으면서 생각해봤는데, 좀 이상하다는 생각이 들긴 했습니다."

"어떤 게 이상해?"

여자친구는 내가 그 대화에 끼어든 게 의외라는 듯한 표정으로 물었다.

"잘 몰라서 그러는데, 관악기의 관은 무슨 뜻이죠?"

"둥글고 속이 비어 있는 관에다 공기를 불어 넣어서 소리를 낸다는 얘기지."

"그럼 관이라는 건 소리를 내기 위한 도구를 뜻하는 거네요. 그런데, 현악기는 줄을 진동시켜 소리를 내는 거죠? 그럼 현에서 직접 소리가 나는 거니까 분류상으로는 관악기와 약간 다른 차원의 문제인 것 같아요. 그리고 타악기의 타는 때린다는 뜻이니까 관악기나 현악기의 구분과는 또 다른 범주인 것 같습니다."

"그렇지. 이 친구가 정리를 제대로 했네."

"듣고 보니 그렇긴 하네. 자기, 의외로 똑똑한 구석이 있다."

여자친구는 입을 삐죽거리면서 고개를 끄덕였다. 악기의 분류 같은 건 태어나서 한 번도 생각해보지 않은 문제였지만 입을 여는 순간 머릿속의 이불들이 차곡차곡 개켜지는 듯한 느낌이 들었다. 두 사람의 칭찬을 듣고 잠깐이나마 우쭐한 기분이 들었던 생각을 하면 지금도 얼굴이 화끈거린다. 그때의 대화는 악기연구자들이 그렇게 멍청한 사람들이 아니라는 사실을 세 사람 모두 몰랐기 때문에 가능한 것이었다. 그로부터 세 달이 지난 후에 이미 학자들이 악기들을 다른 방식으로 분류해놓았다는 사실을 알게 됐다. 악기학자들은 관악기를 공기울림악기로, 타악기를 몸울림악기로, 현악기를 줄울림악기로 분류하고 있었다. 하지만 한 번도 생각해보지 않았던 세 가지 명칭의 잘못된 점을 곧바로 지적해낸 내 자신이 지금도 자랑스럽다. 아직까지도 많은 사람들이 현악기, 타악기, 관악기라는 이름을 아무 생각 없이 사용하고 있다는 점을 생각하면 더더욱 그렇다.

나는 두 사람의 칭찬에 한껏 고무되었다. 지구가 둥글다는 사실을 최초로 알아낸 사람처럼, 뭔가 새로운 진실을 발견해낸 것 같았다. 콧수염 사장과 나와 나의 여자친구는 무려 두 시간 동안 수다를 떨었다. 두 사람이 주로 이야기를 했고 나는 열심히 듣는 입장이었지만 악기들의 분류에 대한 이야기를 한 덕분에 나에게도 대화에 참여할 수 있는 정식 초대장이 발부된 것이다. 음악 이야기가 대화의 팔십 퍼센트를 차지했고 세 사람의 개인적인 이야기가 간간이 나왔다. 콧수염 사장은 '뮤지카'를 운영하기가 갈수록 힘들어진다는 얘기를 했고, 여자친구는 학원생의 부모들이 갈수록 예의가 없어진다는 얘기를 했다. 갈수록 상황이 나빠진다는 푸념 섞인 얘기만 하다가 나의 교통사고 얘기가 나오자 콧수염 사장은 눈을 반짝였다. 다른 사람의 교통사고 이야기는, 게다가 사고에서 살아남은 당사자가 직접 얘기해주는 사고 이야기는 흥미진진하게 마련이다. 하지만 나는 할 말이 별로 없었다. 퇴근하는 길에 횡단보도를 건너다가 자동차에 부딪히고 말았어요. 나머지는 기억이 잘 안 나요. 뭐가 그렇게 시시해. 콧수염 사장이 얼굴을 찡그렸다. 나는 어쩔 수 없이 그 문장 얘기를 꺼냈다. 그리고 매일 밤 포도주 한 병을 마시고 있으며 술을 마시지 않고는 잠들 수 없다는 얘기를 했다.

"그런데 아무것도 아닌 채로 죽는다는 게 어떤 건가?"

"사실은, 저도 그걸 잘 모르겠어요. 어떻게 생각하면 암호 같기도 하고 아무 의미 없는 문장 같기도 하고……"

"그래, 문장이 좀 이상해. 자기 얘기를 들을 때마다 그게 문법에 맞는 문장인가 의심스러워."

"하지만 그 문장이 하나의 덩어리가 돼서 머릿속을 지배하는 순간이 있어요. 그 문장이 물처럼 변해서 머릿속 곳곳에 들어차는 거예요. 그럼 숨을 쉴 수가 없어요. 정말 곧 죽을 것 같고, 다시는 숨을 쉴 수 없을 것 같고, 다시 태어날 수도 없을 것 같고, 태어나도 내가 아닌 다른 사람일 것 같고, 그래요. 물에 빠졌을 때의 기분 같아요. 술을 안 마실 수 없죠."

"술을 마시면 괜찮긴 해요?"

"머릿속에 가득 차 있는 물을 술로 바꾸는 거죠. 뇌를 정지시킬 수 있으니까."

"자기, 병원에 가보면 어때?"

"뇌 속에 물이 찼어요. 물을 빼주세요. 그러란 말이지?"

"아니, 정신과에 가봐야지."

"됐어. 그 사람들이 해결해줄 수 있는 게 아냐."

"회사는 그만둔 겁니까?"

"이런 정신으로 회사를 다닐 수 있겠습니까. 좀 쉬면서 생각해봐야죠."

"바보. 회사를 다니다가 죽으면 아무것도 아닌 채로 죽는 건 아니잖아. 지금 죽으면 정말 아무것도 아닌 채로 죽는 셈이지."

"초면에 이런 제안을 하는 게 이상하게 생각될는지 모르겠는데 말예요, 여기에서 일해보면 어때요?"

"뮤지카에서요?"

"여기 형편이 어려워서 다른 일을 하나 벌이고 있어요. 여길 그만두기도 좀 그렇고, 사람을 한 명 뽑을까 생각 중이었어요. 논다고 생각하고 다녀보는 것도 괜찮을 것 같은데…… 악기를 배우고 싶다면서요? 일주일에 한 번 피아노와 첼로, 비올라, 바이올린 강습을 하는데 그것도 무료로 들을 수 있어요."

"저는 적당하지 않은 사람 같은데요? 아르바이트생치고는 나이가 너무 많고, 악기에 대해서도 전혀 모르고."

"왜요, 타악기, 관악기, 현악기의 비밀을 파헤친 분인데…… 한번 생각해보세요."

"제가 악기를 팔 만한 외모가 될까요?"

"하하, 악기를 얼굴로 팝니까? 재미있으시네. 악기를 팔 만큼은 잘생기셨어요. 걱정 마세요."

다음 날 콧수염 사장에게 일을 하겠다는 전화를 걸었다. 언제 마음이 바뀔지 모르니 월급은 받지 않겠다고 했지만 콧수염 사장의 고집도 만만치 않아서 어쩔 수 없이 최소한의 봉급을 받기로 했다. 대신 악기강습은 무료였고, 어떤 악기를 배울지 선택하면 그 악기를 무료로 빌려주겠다고 했다. 뮤지카에서 일을 하기로 결정한 것은 나를 방치하기 위해서였다. 무슨 일이 생기든 그 흐름에 나를 방치하고 싶었다. 내 삶의 꼬치에 하나씩 새로운 일들이 꿰어지는 모습을 멀찍이 떨어져서 지켜보고 싶었다.

악기점 아르바이트는 의외로 재미있었다. 손님을 상대해야 하는 일이지만 손님이라고는 하루에 두세 명이 고작인 데다 그 사람들도 대부분 악기를 구경하러 오는 것이어서 내가 할 일은 많지 않았다. 간혹 아이들의 손을 붙잡고 온 부모가 어떤 악기가 좋을지 꼬치꼬치 캐묻곤 했지만 사장님이 자리를 비우셔서요, 라는, 매뉴얼에 적힌 그대로의 대사를 되뇔 뿐이었다. 제가 설명할 수 있는 게 없어서 난처합니다, 라고 했더니 콧수염 사장은 상관없다고 했다. 그럴 만도 한 것이 뮤지카의 단골들은 대부분 콧수염 사장에게 필요한 악기를 직접 주문하는 경우가 많아서 배달 온 악기를 잘 보관하고 있다가 그 사람이 오면 잔금을 받고 넘겨주는 것이 내 일의 전부였다. 그래도 최소한 악기를 구별할 수는 있어야 한다는 생각에 짬짬이 《악기도감》을 읽었다. 가끔 기타줄 같은 소모품과 악보를 팔기도 했다.

음악이라면 병상에 누워서 귀가 우그러들 정도로 많이 들었지만 가게에서 듣는 음악은 느낌이 전혀 달랐다. 거기에 악기가 있었기 때문일 것이다. 영화를 만든 감독과 나란히 앉아 보는 시사회 같다고나 할까, 그런 느낌이었다. 바이올린 콘체르토를 들을 때면 바이올린을 물끄러미 바라보았다. 피아노 소나타를 들을 때는 피아노에 누군가 앉아 연주를 하고 있다는 착각에 빠져 음악을 들었다. 하나의 악기로 낼 수 있는 소리는 무한했고 그 소리 하나하나에 반응하는 내 마음의 상태도 매번 다를 수밖에 없었다.

여자친구가 가끔 가게로 놀러와 내 앞에서 바이올린 연주를 해주기도 했지만 이상하게 그때만큼은 그런 감정이 생기질 않았다. 가게에 있는 시디를 집으로 들고 가서 들을 때도 마찬가지였다. 한번은 여자친구의 연주를 녹음해본 적이 있다. 좋은 바이올린이 새로 생겼으니 명연주를 남겨보라는 나의 말에 그녀는 온 힘을 다해, 정말 음반 녹음을 하는 사람처럼 정성껏 바이올린을 연주했다. 가게에서 혼자 그 녹음을 들을 때면 그녀의 감정을 고스란히 느낄 수 있었다.

악기를 배우는 것은 이 주 만에 포기하고 말았다. 악기강습은 가게 구석의 자그마한 방에서 주로 이뤄졌는데, 강습을 받으면서 가게를 본다는 것은 힘든 일이었다. 아무리 손님이 없다고는 하더라도 여간 신경이 쓰이질 않았다. 첼로의 활 켜는 자세를 배우다가 두 손을 들고 말았다. 악기를 보면서 음악을 듣는 것만으로도 행복했다.

두 달이 지나자 다양한 악기들을 구분할 수 있었고, 손님들에게 간단한 조언도 할 수 있었다. 나이만 좀 어렸다면 정식직원으로 채용했을 텐데, 아쉬워, 라고 콧수염 사장이 말할 정도로 적응을 잘해 나갔다. 세 달이 지났을 때는 도서관에서 빌려온 《악기판매상들을 위한 효과적인 악기분류법》을 읽으면서 가게를 어떻게 바꿔야 할지를 생각했다. 현악기, 관악기, 타악기로 악기를 분류하는 게 얼마나 멍청한 짓인지에 대한 이야기도 그 책에서 읽은 것이다. 하지만 학자들의 분류법이 마음에 쏙 들지는 않았다. 악기들을 분류하는 일의 가장 큰 문제점은 새로운 악기의 가능성을 막는 것이 아닌가, 하는 생각이 들었다. 나는 내 방식대로 악기를 분류하고 싶었다. 사장이 악기를 정리하는 방식은 소리가 어떻게 나는지를 기준으로 한 것이었지만 나는 소리의 색깔에 따라 비슷한 악기들을 한 군데 모았다. 바이올린과 첼로가 소리를 내는 방식은 비슷하지만 음색은 전혀 달랐기에, 두 악기를 다른 곳에 배치해두는 식이었다. 그즈음은 콧수염 사장이 벌이고 있는 또 다른 일이 급속도로 진행되던 시기였기 때문에 가게의 전권은 거의 나에게로 넘어온 상태였고, 덕분에 악기들을 이리저리 옮기면서 다양한 방식으로 악기들의 배치를 바꿔볼 수 있었다.

　그러다가 어느 순간부터 악기 소리를 녹음하기 시작했다. 녹음한 소리들은 컴퓨터 프로그램을 이용해 폴더에다 차곡차곡 정리했다. 생소한 악기들이 많았기 때문에 《악기도감》에 나와 있는 연주법을 그대로 따라 하면서 녹음을 해야 했고, 진도도 잘 나가질 않았다. 연주가 아니라 악기 소리를 녹음하는 것도 힘든 일이었다. 모든 악기에는 최소한 서른 개 정도의 다양한 음색이 있었다. 가게에 있는 악기가 육백 종 정도였으니까 최소한 일만 팔천여 개의 다양한 소리를 녹음할 수 있었다. 한 악기가 지닌 모든 소리를 녹음했다고 말할 수는 없겠지만, 적어도 내가 할 수 있는 최대한의 방법으로 악기에서 소리를 뽑아냈다. 긁거나 할퀴거나 두드리거나 뜯거나 쓰다듬거나 꼬집으면서 악기를 연주했다. 내 귀가 지금처럼 예민해질 수 있었던 것은 모두 그때의 작업 덕분이라고 생각한다. 온몸에 널브러져 있는 감각들을 눈과 귀에다 집중해야 그 다양한 소리들을 구분하고 정리할 수 있었다.

　나는 그 일이 너무 재미있어서 악기강습실에다 접이식 간이침대를 두고 거기에서 잠을 잤다. 밤늦게까지 악기 소리를 녹음하고 새벽에야 잠이 들었기 때문에 술을 마시는 일도 자연스럽게 없어졌다. 여자친구는 '치료가 불가능한 편집증 환자'라며 나를 놀렸지만 그만큼 진지한 모습을 본 적이 없었기 때문에 더 이상의 참견은 하지 않았다. 여자친구가 나를 떠난 것이 전적으로 그 이유 때문만은 아니었겠지만 결정적인 요인이 되었을 것이라는 생각을 하곤 한다. 내가 벌이던 일은 무모할뿐더러 세계 평화에 아무런 이득도 되지 않으며 돈을 벌 수도 심지어 영원히 끝장을 볼 수도 없는 목표였다. 내게는 그 일이, 돌아오지 못할 것을 뻔히 알고 출발하는 우주 탐사 같은 것이었고 되돌아올 때 쓸 산소통을 메지 않고 뛰어드는 잠수 같은 것이었다. 하지만 나는 그 일이 불가능하다는 것을 알았기 때문에 더욱 마음이 끌렸다. 그녀가 다른 사람을 사랑하기로 마음먹은 것이 나로서는 안타까운 일이지만 내게는 선택권이 없었다. 그 모든 것이 과정이라고 생각하지만 그것은 나의 과정일 뿐이었으므로, 그녀에게 그 과정을 강요할 수는 없는 일이었다.

통장에 남아 있던 돈으로 녹음장비와 컴퓨터와 소리를 편집할 수 있는 프로그램을 구입했기 때문에 여윳돈이 전혀 없었지만 월급을 아껴서 좀 더 간편한 녹음장비를 추가로 샀다. 나는 악기뿐 아니라 주위에서 들리는 온갖 소리들을 녹음하기 시작했다. 손님들의 구둣발 소리, 기침 소리, 가게 천장에 살고 있는 쥐의 울음소리, 나무탁자를 두드렸을 때 나는 소리, 엘리베이터 문이 닫히는 소리, 세탁기가 돌아가는 소리, 물이 끓는 소리 등 내가 들을 수 있고 녹음이 가능한 소리들만 들리면 무조건 녹음 버튼을 눌렀다. 그때만 해도 그걸로 뭘 하겠다는 생각은 전혀 없었다. 나는 숨을 쉬는 것처럼 녹음을 했을 뿐이다.

그날도 악기강습실에서 가나의 틀북(Frame drum) 소리를 녹음하고 있었다. 이 틀북은 일반적인 북과는 달리 널찍한 사각형 쟁반처럼 생겼는데, 연주를 하기 위해서는 사십오 도 정도의 경사로 북을 누인 다음

발뒤꿈치로 음의 높낮이를 조절하고 손으로 북을 쳐야 하기 때문에 작업하기가 여간 까다롭지 않았다. 나는 발뒤꿈치를 이리저리 옮기면서 다양한 소리들을 녹음하고 있었다. 사장이 악기강습실의 문을 열 때까지도 아무런 인기척을 느끼지 못했던 것은 북소리 때문이었을 것이다.

"이게 다 뭐지? 자네 뭐 하는 거야?"

나는 놀란 나머지 틀북을 바닥에 떨어뜨렸고 바닥에 세워져 있던 마이크가 넘어지면서 요란한 소리를 냈다. 콧수염 사장에게 뭐라고 말을 해야 했지만 온갖 소리 때문에 정신이 쏙 빠져서 나는 아무 말도 하지 못했다. 사장은 문을 연 채로 방 안을 휘둘러보았다. 간이침대와 온갖 녹음장비와 자신의 순서를 기다리고 있는 몇 개의 악기들이 강습실을 가득 채우고 있었다.

"바쁜 것 같네? 다음에 들를까?"

그 와중에도 사장은 농담을 했다.

"죄송합니다. 들어오시는 줄도 몰랐네요."

"방금 공항에 도착했거든. 집에 들어가는 길에 잠깐 들러본 거야. 이 추위에 악기들은 잘 있나 궁금하기도 해서…… 와인 한잔 하겠나?"

나는 근처 편의점에서 백포도주 두 병과 크래커 한 통 그리고 종이컵을 사왔다. 어쩔 수 없이 사장에게 그동안의 일을 얘기할 수밖에 없었다. 설명을 하면 할수록 내가 지금 무슨 일을 하고 있는지, 왜 녹음을 하게 됐는지 그 이유가 불분명해지는 것 같았다. 그래서 아주 길고 재미없는 농담처럼 들릴지도 모르겠다는 생각이 들었다.

"재미있겠는데?"

"시간이 금방 가긴 합니다. 이걸로 뭘 할 수 있을지는 모르겠지만요."

"꼭 뭘 해야 하나?"

"지금까지 녹음해놓은 파일이 팔천 개 정도 됩니다. 팔천 개나 되는 파일을 단순히 재미로 만든다는 게 좀 이상하지 않습니까?"

"재미만 있다면 그보다 더한 일도 할 수 있을 것 같은데?"

"그런가요?"

날씨가 추워서인지, 아니면 편의점 냉장고의 상태가 훌륭해서인지 백포도주는 너무 차가웠다. 나는 두 손으로 종이컵을 감쌌다. 백포도주에 젖은 종이컵이 말랑말랑해져 있었다.

"일 년 동안 여길 좀 맡아줄 수 있을까?"

콧수염 사장이 내 잔에 포도주를 따르면서 말했다.

"뮤지카를요? 어디 가시게요?"

"외국에 좀 오래 나가 있어야 할 일이 생겼어. 여길 처분해야 할 텐데 그럴 시간도 없고, 자네가 맡아주든지 아니면 나 대신 처분을 해주면 좋을 것 같아. 가게운영비와 자네 월급을 뽑아낼 자신이 있으면 계속 운영을 해주는 게 나로선 더 좋지만 말야."

"그만두든지 아니면 일 년 동안은 절대 그만두지 못하든지, 둘 중의 하나군요?"

"그런 셈이지. 그만두더라도 이 가게가 팔릴 때까지는 좀 있어줬음 좋겠군. 대신 퇴직금은 두둑하게 챙겨줄게."

"제가 맡아서 해보겠습니다."

일 분도 지나지 않아서 그런 중요한 결정을 내릴 수 있다는 데 나 역시 놀랐다. 이유는 많았다. 그때까지 해온 작업이 중단되는 게 싫어서이기도 했고, 내 방식대로 마음껏 악기를 분류해볼 수 있다는 기쁨 때문이기도 했고, 아무튼 머릿속에서 여러 가지 생각이 아른댔다.

"너무 자신만만하니까 자네답지 않은데? 글쎄요, 제가 일 년 동안이

나 악기를 팔 만한 외모가 될까요? 이럴 줄 알았는데……"

사장이 내 목소리를 흉내 내는 바람에 웃음이 터져나왔다.

"그런데 제가 이 비싼 악기들을 들고 도망이라도 가면 어떻게 하시려고요?"

내가 웃으면서 물었다.

"그러라고 자리를 비우는 거야. 자네가 악기를 들고 튀면 보험금을 받아먹을 수 있거든. 제발 그래줘. 알았지? 돌아왔을 때 악기가 하나라도 남아 있으면 자넨 해고야."

"진심이세요?"

"자넨 농담을 좀 배워야 돼. 농담이 몸에 배면 살아가는 게 좀 쉬워지거든."

두 번째 포도주는 온도가 적당했다. 나는 무의식중에 종이컵 가장자리를 뜯고 있었다. 아주 오래된 버릇이다.

"들어오다 보니까 악기 위치가 좀 바뀌었던데?"

"제가 심심해서 좀 바꿔봤습니다. 다시 제자리로 돌려놓을게요."

"자네 맘대로 해. 오늘부터 일 년 동안은 자네가 여기 주인이잖아. 그런데 오늘 보니까 자네가 이 가게와 더 어울리는 거 같아. 나야 그냥 장사꾼이지. 장사꾼은 말이야, 삶의 목표가 하나뿐이야. 싼 값에 사와서 비싼 값에 팔아먹는다. 자넨 장사꾼이 아니라서 마음에 들어. 하지만 너무 무리하진 말라고. 금세 지치고 말 테니까. 이렇게 생활하면 육 개월도 못 버틸 거야."

사장은 업무에 대한 인수인계를 해주기 위해 그 다음 날 다시 가게로 나왔다. 악기를 주문하는 곳이며 악기 수리를 대행해주는 사람, 긴급상황이 발생했을 때 도움을 청할 수 있는 사람의 연락처 등을 작은 종이에다 꼼꼼하게 정리해두었다. 그 쪽지 하나로도 콧수염 사장이 어떤 사람인지를 알 수 있었다.

"이 정도면 일 년 아니라 한 삼 년도 버틸 수 있겠지?"

"마치 저를 외딴 섬에다 버려두고 가시는 것처럼 말씀하시네요."

"왜, 무섭나?"

"아뇨."

"자네가 그렇게 얘기하니 좀 미안한 생각이 드는걸. 요즘 잠은 잘 자나?"

"이상하게도 모두 사라졌습니다. 악기 소리들이 뇌 속에서 물을 다 뽑아냈나 봐요."

"다행이야. 술보단 악기 소리가 낫지. 예전에 자네 얘기를 듣고 나도 곰곰이 생각해봤는데, 그 문장 말이야. 정확히 뭐였지?"

"아무것도 아닌 채로 죽는다는 건 억울하다, 였죠."

"그래, 생각을 해보니 맞는 말 같아. 나도 억울하다는 생각이 들더라고. 글을 쓰거나 영화를 만들거나 정치를 하거나 멋진 발명품을 만들거나 작곡 같은 걸 했다면 누군가 나를 기억해줬겠지. 그 문장이 그런 의미겠지? 누군가 나를 기억해줬으면 하는 바람 같은 거 말이야."

"잘 모르겠어요. 그럴지도 모르죠."

"그건 걱정하지 마, 내가 기억해줄게."

"고맙습니다."

어째서 고맙다는 말이 튀어나왔는지 모르겠다. 저도 사장님을 기억하고 있을게요, 라고 농담을 하거나 아니면 그냥 웃는 편이 나았을 텐데 말이다. 사장은 고맙다는 내 말에 콧수염을 일자로 만들면서 환하게 웃었다.

"가게 이름도 한번 바꿔보지 그래? 뮤지카가 뭐야, 촌스럽잖아?"

"괜찮은데요. 단순하고, 외우기도 쉽고, 품위도 있고……"

"억울한 악기점은 어때? 자네나 나나 억울한 인생들이니……"

사장과 나는 그 농담을 마지막으로 헤어졌다. 다음 날부터 나는 가게를 어떻게 바꿔야 할지, 악기들은 어떻게 배치해야 새롭게 보일지를 고민하느라 악기 녹음을 잠시 중단했다. 여자친구와 헤어진 것이 그때쯤이었다. 정말 외딴 섬이 된 것 같은 기분이 들었다. 나는 모든 걸 잊어버리기 위해 일에 매달렸다. 강습실을 새롭게 꾸미고 강습도 늘렸다. 악기들을 모두 새롭게 배치했고 벽면에는 커다란 악기분류도표를 걸어두었다. 한쪽 구석에는 헤드폰으로 음악을 들을 수 있는 청음실도 만들었다. 커피도 무료로 제공했다. 그 모든 일들은 가게의 수익구조를 개선하기 위한 방편이기도 했지만 뮤지카를 외딴 섬이 아닌, 사람들로 북적거리는 장소로 만들고 싶었기 때문이다.

'악기도서관 프로젝트'는 순전히 한 여자아이 때문에 생겨난 것이었다. 중학생이었던 그 아이는 매주 수요일마다 바이올린을 배우고 있었는데 어느 날 계산대로 걸어오더니 내게 말을 걸었다.

"아저씨, 시타르라는 악기 있어요?"

"지금은 없는데…… 시타르를 사게? 주문해줄까?"

"아뇨, 그냥 소리를 들어보려구요."

"그래? 잠깐만 기다려봐. 시타르로 연주한 음반이 여기 어딘가 있을 텐데……"

"아뇨, 연주한 음반 말고요. 그냥 악기 소리요."

"그냥 악기 소리만 듣고 싶다고?"

"책에서 읽은 건데요, 세상에서 가장 쓸쓸한 소리는 아무도 없는 빈

방에서 시타르의 현 하나를 조용히 뜯었을 때 나는 소리래요."

"그래? 그럴 수도 있겠구나."

처음에는 그 아이를 그냥 보내려고 했었다. 하지만 내게는 시타르 소리가 있었다.

"이건 아저씨가 시타르 소리를 녹음한 건데, 이거라도 들어볼래?"

"진짜요? 빌려갈 수도 있어요?"

"테이프에다 담아줄게. 여기에 시타르 현을 뜯는 소리가 있을 거야. 그런데 알아둬야 할 게 있어. 이건 연주한 게 아니고 그냥 소리만 녹음을 한 거야. 알겠지? 대단한 음악 같은 건 없어."

나는 아이가 그 소리를 어떻게 들었을지 궁금했지만 큰 기대는 하지 않았다. 실망할 게 뻔하다고 생각했다. 아무런 음악도 들리지 않고 이상한 악기 소리만 오 분여 가량 흘러나올 테니 말이다. 하지만 결과는 내 예상과 달랐다.

"진짜 좋았어요. 쓸쓸하다는 게 어떤 건지 알 거 같아요."

"진짜?"

"진짜요."

그때부터 '악기도서관 프로젝트'가 시작됐다. 물론 처음부터 그 이름으로 시작한 것은 아니었다. 그리고 일이 이렇게 커질 줄도 몰랐다. 시작은 단순했다. 제일 먼저 떠올렸던 아이디어는 청음실에서 악기 소리도 들을 수 있도록 하자는 것이었다. 나는 옛 회사의 동료에게 전화를 걸어서 내 생각을 얘기했다. 주크박스 같은 거겠네? 라고 동료가 말했다. 대충 비슷하겠지? 내가 대답했다. 동료는 아르바이트 삼아 저렴한 가격으로 간단한 프로그램을 만들어주기로 했다. 동료와 내가 직접 프로그램을 만들었고 프로그램을 장착할 전용 컴퓨터를 샀다. 비용은 내 몫으로 받아가야 할 월급으로 지불했다.

완성된 프로그램을 사람들에게 선보인 후 한 달도 지나지 않아 '악기 소리 주크박스'는 뮤지카의 명물이 됐다. 아니, 악기점 거리의 명물이 됐다. '악기 소리 주크박스'의 가장 큰 장점은 악기 소리를 빌려갈 수도 있다는 것이었다. 원하는 악기 소리를 선택한 다음 내려받기 버튼을 누르면 컴퓨터에 연결된 엠디(Mini Disk)로 그 소리들이 녹음되는 시스템이었다. 한 번에 여러 개의 악기 소리를 담아갈 수도 있었다.

많은 사람들이 다양한 이유로 악기 소리를 빌려갔다. '악기도서관'의 일호 손님이었던 그 아이처럼 악기 소리가 궁금한 사람도 있었고, 아이들에게 악기 소리를 들려주기 위해 빌려가는 사람도 있었고, 그 소리를 듣고 있으면 음악을 들을 때보다 훨씬 집중이 잘 된다는 사람도 있었고, 잠이 오지 않을 때 그 소리를 들으면 곧바로 잠에 빠져든다는 사람도 있었다. 어떤 사람들은 도서관에 책을 기증하듯 자신이 녹음한 소리를 기증하기도 했다. 그 프로그램을 선보인 지 세 달 만에, 사람들은 뮤지카를 '악기도서관'이라고 부르기 시작했다. 문법적으로는 말이 안 되는 소리였지만 나는 그 이름이 마음에 들었다.

악기 소리 주크박스를 만든 것이 과연 잘한 일인지는 아직까지도 판단이 서질 않는다. 나는 그저 모든 일이 흘러가는 대로 내버려두었고, 지금에 이르렀을 뿐이다. 뮤지카는 예전보다 비좁아졌고 사람들이 많아졌다. 악기 소리를 대여하는 사람들 때문에 일도 더 많아졌다. 물론 악기를 사는 사람은 많이 늘지 않았다. 분명한 것은 예전의 뮤지카보다 사람들이 득실거리는 뮤지카가 더 마음에 든다는 점이다.

걱정이 되는 점도 있었다. 콧수염 사장이 과연 이 변화를 어떻게 생각할지 궁금했다. 농담 몇 마디를 던진 다음, "진짜 재미있는 일을 시작했군. 계속 가게를 맡아주겠나?"라고 할 것 같기도 하고, "뮤지카에 이렇게 사람들이 득시글거리는 게 어울린다고 생각해?"라고 할 것 같기도 하다. 가끔 전화 통화를 했지만 '악기도서관'에 대해서는 한마디도 하지 않았다. 설명하기가 어려웠다. 오늘은 악기도서관을 개장한 지 6개월 되는 날이다. 그리고 몇 시간 후면 콧수염 사장이 뮤지카로 돌아올 것이다.

박민규

비치 보이스

 **박민규** 1968년 울산에서 태어나 중앙대 문예창작학과를 졸업했다. 장편소설 《지구영웅전설》로 2003년 문학동네 신인작가상, 《삼미슈퍼스타즈의 마지막 팬클럽》으로 한겨레문학상, 소설집 《카스테라》로 2005년 신동엽창작상을 수상했다.

다큐멘터리하곤 완전 다르네, 재이(材吏)가 중얼거렸다. 그러게, 에릭도 고개를 끄덕였다. 서핑 같은 건 꿈도 꾸지 말아야겠다고 나는 생각했다. 金은 아무 말도 하지 않았다.

그것이 바다를 본 우리의 소감이다. 터벅터벅, 누가 먼저랄 것도 없이 우리는 차로 돌아왔다. 짧은 거리지만 자갈로 덮인 지표였고, 다들 찡그린 표정이어서 어딘가 모르게 피곤한 느낌이었다. 재이와 나는 담배를 물었다. 에릭의 차는 발아래, 저 짧은 우리의 그림자들이 타기에도 비좁은 느낌의 소형차다. 찐다 쪄, 생수통의 마개를 따며 에릭이 중얼거렸다. 시동이 걸린 차가 냉각될 때까지, 우리는 그렇게 자외선에 노출되어 있었다.

힘들다.

이렇게 인간이 많을 거라곤 상상조차 하지 않았다. 피서철이잖아. 金이 그런 얘기를 할 때까지 나는 계속 불만을 늘어놓았다. 그러고 보니 피서철이었다. 나만 몰랐나? 했는데 참 그렇지, 라며 재이가 중얼거렸다. 그러게, 물을 벌컥 들이켠 에릭이 나중에야 고개를 끄덕였으므로, 결국 피서철임을 알고 있었던 건 金뿐이라는 사실이 드러났다. 아멘, 하고 주차요금을 받는 아저씨가 펜스 너머에서 큰 소리를 질렀다.

다른 데도 마찬가지겠지? 꽁초를 휙 던지며 재이가 얘기했다. 재이의 성향은 '강력한 지도자'인데, 아무튼—아무렴, 하고 金이 맞장구를 쳤다. 어딜 가나 마찬가지야. 金은 '온화한 조정자'라 그렇다 치지만, 또 '남다른 몽상가'인 에릭까지 거드는 바람에 나는 그만 김이 팍 새버렸다. 서핑은 그럼 못하는 거네. 재이가 던진 쪽으로 다시 꽁초를 던지며 내가 외쳤다. 나는 스스로를 '신중한 현실파'라 여기지만, 아무튼.

우리는 차로 들어갔다. 그림자까지 따라 탄 듯 비좁은 느낌이었지만, 그래도 에어컨의 시원한 공기가 더할 나위 없이 좋았다. 살았다. 에릭이 중얼거렸다. 밀폐된 소형차 안에서 해변을 바라보며, 우리는 대부분 엇비슷한 감정에 잠겨 있었다. 뭐가 대자연(大自然)이냐? 사람이 훨씬 많은데. 재이가 키득거렸다. 철조망 너머의 백사장에서 순간 눈이 아찔한 정도의 반사(反射)가 일어 나는 어지러웠다. 다시 아멘, 하는 목소리가 귀를 때렸다. 이런 무더위 속에서 아멘이라니, 이유야 어쨌건 '꼼꼼한 노력가'가 아닐 수 없다고 나는 생각했다.

니들이 크라잉넛이냐? 소릴 들을 때만 해도, 실은 아무도 바다 같은 델 올 생각은 하지 않았다. 한동안 그 소리에 줄창 시달렸는데, 이유는 우리 넷이 한날한시에 영장을 받아서였다. 크라잉넛이라, 좋지. 金과 에릭은 쉽게 웃어 넘겼지만 나는 달랐다. 나는 확, 짜증이 일었다. 세상이란 게 그렇다. 동반입대만 하면 크라잉넛을 갖다 붙인다. 잘 알지도 못하면서, 허구한 날 TV만 보다가, 누가 어쩐다 소리만 들으면 브르브러브러브러.

브러브러브러브러

실은 그래서, 그런 느낌이 들었다. 여태껏 살아온 게 순식간에 브러브러브러브러해진 느낌. 나도 그래, 나도 그래, 재이와 金도 고개를 끄덕였다. 에릭은 가글을 하고 있었는데 양치한 물을 브러브러브러브러 하고 난 다음 별다른 말을 하지 않았다. 뭔가 하자는 생각이, 그래서 우리를 지배하기 시작했다. 그 느낌은 아주 생소했지만, 또 모두에게 공통된 것이었다. 초·중·고, 게다가 열여섯 개 학원의 동창인 우리에겐 그런 미묘한 네트워크가 있었다.

입대하기 전에 이런 일을 꼭 해보자―의논 끝에 결정된 것은 먼저 '아보가드로 습격'이었다. 아보가드로는 고등학교 때의 선생인데, 일단 죽이고 법원에서 이유를 설명하면―판사에 따라 무죄판결을 받을 수도 있을 만큼 죽일 놈이었다. 왜 아보가드로인지에 대해선 잘 모르겠다. 아무튼 선배들이 그렇게 불렀으므로, 우리도 아보가드로를 아보가드로라고 불렀다. 패자. 결론은 만장일치였다.

자존심이 병적으로 강한 변태였기 때문에 아마도 고소 같은 걸 절대 할 리 없다고 생각했다. 무릎을 꿇고 우는 모습을 디카로 찍어두자는 얘기도 나왔다. 태엽이라도 감긴 듯 행동반경이 정해져 있는 인간이어서 습격은 결코 어려운 일이 아니었다. 다만 문제가 있다면, 약속장소에 에릭과 슌이 나타나지 않았다는 정도였다. 둘이서 해치우자, 재이가 얘기했다. 꽁초를 끄고 고개를 끄덕이는데 골목 저편에서 아보가드로의 냄새가 풍겨왔다. 위선과 부패, 교만과 교활, 비굴과 비리가 뒤섞인 지옥의 향(香)이었다.

니……들은, 하고 아보가드로는 멈칫했다. 극히 짧은 순간이었는데, 놈의 머릿속에서 쥐 같은 게 빠르게 돌아다니는 소리가 들렸다. 우두둑, 뒷짐을 쥔 상태로 재이가 손가락 마디를 꺾었다. 놈이 도망칠 때를 대비해 나는 언제라도 뛰쳐나갈 준비를 하고 있었다. 니들, 하고 아보가드로가 헛기침을 쿵쿵했다. 머릿속을 돌아다니던 쥐 같은 것이 그 순간 자세를 바로잡는 느낌이었다. 놈은 뜻밖에도 뒷짐을 지더니 고압적인 표정으로 이렇게 말했다.

그래, 취직 준비는 잘들 하고 있냐?

그건 아니고…… 갑자기 재이가 고갤 숙였다. 이상하게 그 말을 듣는 순간, 나도 다리에 힘이 쑥 빠지는 느낌이었다. 찾아와줘서 고맙다. 어깨를 치는 아보가드로를 따라 결국 놈의 집까지 가게 되었다. 고마워요, 말씀 많이 들었습니다. 아보가드로의 사모는 이 죽일 놈과 기꺼이 살아줄 만큼 친절한 여자였다. 함께 밥을 먹고, 하하, 오락프로를 보고,

웬일인지 초등학교 2학년 딸내미의 숙제를 열심히 도와주었다. 그럼 안녕히 계십시오, 하는 우리를 향해 아보가드로는 수제자란 표현을 쓰기도 했다. 지금부터 준비해야 한다, 알겠지? 알겠습니다. 그리고 집으로 돌아왔다. 그 일에 대해, 우리는 아무 말도 하지 않았다. 사실

사람을 때리는 건 힘든 일이다.

방학이 시작되면서 누군가 다른 미션을 생각해냈다. 金인지 에릭인지 그것은 모호하지만, 아무튼 뭐 흔한 내용이었다. 군에 가기 전에 해보는 거야, 진짜 '섹스'를! 우리 넷은 모두 동정이었으므로, 솔깃한 제안이 아닐 수 없었다. 우선 디데이를 잡고 늦은 오후부터 술을 마셨다. 여친이 있는 에릭과 재이는 여친들과 시도를, 싱글인 나와 金은 업소 같은 델 이용하기로 했다. 여친들이 모두 나와 꽤나 활기찬 술자리였다. 뭐야, 클럽 가는 거 아니었어? 에릭의 여친이 갸우뚱했지만, 모르는 척 손을 흔들고 뿔뿔이 흩어졌다. 두 시간이나 거리를 배회한 끝에, 金과 나는 '24시'가 유독 강조된 스포츠마사지 업소에 입장했다.

결론을 말하자면, 실패였다. 입실을 하고 앉아 있으니 내 또래의 여자애가 들어왔다. 안녕하세요 뭐라뭐라 하더니 안마 같은 걸 실컷 해주었다. 그리고 손으로 마구마구 자위를 해주었다. 절차려니 여겼는데 거의 사정할 지경에 이르고 말았다. 잠깐, 하고 내가 물었다. 삽입은 언제 해요? 고개를 돌린 여자애는 깜짝 놀란 표정을 짓고 있었다. 어머, 여긴 손으로만 하는 곳인데…… 몰랐어요? 정말…… 몰랐다. 몰랐지만, 참 그렇지 하고 스스로를 얼버무렸다. 보드랍고 따뜻한 손이 다시 마구

내 성기를 쓰다듬었다. 나는 곧 사정을 하고 말았다.

힘들었다.

어렸을 땐 넷이 함께 목욕을 다니곤 했는데, 舍은 그때, 목욕을 마치고 나온 꼭 그런 얼굴로 소파에 앉아 있었다. 끝났니? 응. 그리고 서로 아무 말도 하지 않았다. 에릭과 재이도 상황은 비슷했다. 에릭의 여친은 길길이 화를 내고 집으로 돌아갔고, 재이는 함께 모텔을 찾긴 했으나 발기가 되지 않았다. 왜, 왜 그랬는데? 몰라, 상황을 일단 그런 식으로 몰고 갔거든. 나 곧 군대에 갈 거라고, 그래서 정말 처음이다, 정말 간절히 원한다고 하니까 그래? 하는 분위기였어. 샤워를 할 때까지도 잔뜩 흥분해 있었는데, 글쎄 개가 전에 사귀던 선배 얘길 하는 거야. 그래서 그 선배는 미국 국적을 가졌는데 군대 안 가도 된다더라, 라고 말이야. 제길 그 얘길 들으니 갑자기 자지가 죽지 뭐냐?

그 느낌을

알 것도 같았다. 어렸을 때 이웃 단지의 47평에 초대된 적이 있었다. 단짝의 생일파티였는데 갑자기 배가 아파 화장실을 찾았다. 볼일을 잘 보고 물을 내리는데 아주 기분이 묘했다. 물, 소리가 너무나 달랐던 것이다. 우리 집에선 콰, 하는 소음과 함께 맹렬한 소용돌이가 변기를 훑어 내리는데 스와, 하는 부드러운 소리와 함께 잔잔히 맴을 돈 물이 변기를 빠져나가는 것이었다. 그 느낌이 너무 묘해 나는 몇 번이고 스와, 를 반복했다. 우와, 탄복을 하며 화장실을 나와서도 그 소리가 귀에서 떠나지 않았다. 그리고 더는 파티를 즐길 수 없었다. 생각할수록, 이상한 일이다.

우리는 '22평 친구'들이다. 말하자면 그렇다. 이런 이상한 단어보다는 확실히 어릴 적 친구나 단짝, 동창생 같은 표현이 쉽게 와 닿겠지만—굳이 이런 단어를 골라 쓰는 이유가 있다. 그것이 가장 '정확한' 표현이기 때문이다. 우리는 같은 단지의 22평 라인에서 함께 살아왔다. 재이의 집이 옆 동네의 36평으로 이사 간 게 재작년의 일이니, 실로 어마어마한 시간을 이웃으로 지낸 셈이다. 단지의 아이들은 평수를 기준으로 뭉쳐 놀았다. 게다가 우리에겐 우리 이상으로 뭉쳐 살아온 엄마들이 있다. 함께 시장을 보고, 정보를 교환하고, 머리를 하고, 사우나를 가고, 전화기를 붙들면 기본이 두 시간이던—엄마들이 있었다. 이는 곧 비슷한 옷을 입고, 같은 학습지를 신청하고, 줄곧 같은 학원을 다니고, 우르르 몰려가 같은 병원에서 포경수술을 받는다는 것을 의미했다. 어디, 누가 제일 잘됐나 보자. 네 명의 엄마 앞에서 넷이 나란히 고추를 내밀던 기억은 아직도 선명하다. 말하자면, 그런데 왜 우리가 크라잉넛이란 말이냐 이 얘기다.

넌 어쩔 건데?

재이가 물었다. 나는 잠시 입술을 깨물었다. 몹시 불안하고 불편한 질문이다. 뭐가? 돌아갈 건지, 아님 입장(入場)을 할 건지, 그것도 싫음 다른 바닷가를 찾아볼 건지. 나는, 하고 나는 말문을 열었다. 니들 의견에 따르겠어. 더는 운전을 못한다, 에릭이 뻗기도 해서 우리는 결국 입장을 결심했다. 주차권을 끊어준 것은 아멘을 외치던 아저씨였다. 예수 믿고 천국 갑시다, 영수증을 건네주며 아저씨가 중얼거렸다. 북적이는 인파만 없다면—높은 하늘과 바닐라스러운 구름, 원경(遠景)의 풍부한 머린블루가 그런대로 볼 만한 해변이었다. 천국에도 이 정도의 사람들이 건너가 있다면, 비슷한 풍경이 아닐까란 생각이 절로 들었다.

년 어쩔 건데? 이런 종류의 질문에는 대책이 없다. 재이와 에릭, 金과 나 사이에선 특히 그러하다. 중2 때였나, 피츠버그에서 온 이모가 잔뜩 바람을 잡아 아무튼 갑자기 바이링구얼(이중 언어)을 배우게 되었다. 학원을 마치고 金이 게임을 하자 그랬는데 갈 곳이 있다고 얘기했다. 넌 어디 가는데? 응, 이런저런 곳이야. 며칠 후 넷이 나란히 바이링구얼 수업을 듣게 되었다. 가타부타 말은 하지 않았지만, 다들 바이링구얼로도 표현 못할 복잡한 표정들이 되어 있었다.

동반입대의 배경도 실은 그런 것이다. 군대를 갈까 해, 라고 말한 것은 에릭인데 며칠 사이에 난리가 났다. 에릭이 군대를 간다면서요? 전화를 건 엄마에게 에릭의 엄마가 놀랄 만한 얘기들을 늘어놓았다. 두 시간의 통화를 요약하면—취업률은 경기(景氣)와 밀접한 관계가 있다, 해서 경기의 흐름과 제대 시기의 조합이 취업의 결정적 요소가 된다는 견해였다. 결국 경제학과를 나와 무슨 경제연구소에 있다는 金의 백부, 또 외국계 컨설팅에서 일한다는 재이의 먼 친척이 엄마들에게 시달려야 했다. 말하자면, 떡하니 金의 백부에게 전화를 걸어—안녕하세요. 누구누구 엄마라고 하는데요, 예예, 말씀 들으셨죠? 하는 엄마를 보며 나는 아, 입대를 곧 하겠구나라고 이미 생각했었다. 나는 힘든 게 싫다.

반론을 제기하고, 싸우고, 그런 건 너무 힘든 일이다. 대체로 재이와 金도, 그런 이유로 입대를 결심했을 것이다. 근처 자판기에서 포카리를 뽑아 마신 뒤 재이와 나는 담배를 피워 물었다. 좋으냐? 그럭저럭. 별 생각 없이 나온 대답이었는데, 갑자기 그럭저럭 좋은 기분이 드는 것이었다. 생각해보면 학원과 학교를 오가는 일에 비해 얼마나 그럭저럭 행복한 일인가.

그래서 좀 통통한 애가 들어왔는데 말이야. 팬티는 입지 않고 그물스타킹만 신은 거야. 보기만 하세요, 만지면 사람 부를 거니까. 그러고는 얼굴 바로 앞에 엉덩일 내밀지 뭐냐? 기분은…… 아무렇지도 않았어, 괜히 왔다 싶기도 하고…… 동영상으로 보는 거랑 똑같이 생겼고, 또 어차피 손으로 해주는 거니까. 그런데 찬찬히 살펴보니 뭔가 좀 느낌이 다른 거야, 그게 그러니까…… 힘을 꽉 주고 있다는 느낌이었어. 왜 잔뜩 오므린 그런 거 있잖아. 그래서 혹시 지금 힘주고 있는 거 아니냐고 물었지. 그걸…… 물었냐? 응, 그런데…… 대답은 안 했는데 말이야, 깜짝 놀라는 눈치는 확실했어. 왜냐면 그게 한순간 벌어졌다가 화들짝 더 작게 오므라들었거든. 짧은 순간이었지만 그걸 또 캐치했지 뭐냐.
바다에 가자는 생각을 한 것은, 어학스쿨에서 그럭저럭 金의 얘기를 듣고 난 직후였다. 이상하다, 난 왜 그런 서비스를 못 받았지? 뭔가 오므린 마음으로 수업을 시작했는데 그날따라 이런 노래가 교재로 채택되었다. 서핑 유에스에이, 비치 보이스. 미국의 광활한 바다 앞에 모두 설 수 있다면/우린 누구나 파도타기를 할 텐데/캘리포니아에서처럼 말이에요/헐렁바지를 입고 브로치샌들을 신고/금발의 부시시 흐트러진 머리로/유월까지 기다릴 순 없어/여름 동안 길을 떠날 거야/파도타기 여행을 떠나 돌아오지 않을 거야/선생님께 우린 파도타기 하러 갔다고 얘기해줘/서핑으로 미국 전역을 돌 거라고

바로 이거라고

나는 생각했다. 섹스도 못했고 아보가드로 습격에도 실패한 마음이, 뭔가 쾌청하게 개는 기분이었다. 입대를 하기 전에 반드시 해야 할 일이 있다면, 그건 바로 바다를 보고 오는 게 아닐까? 얘길 꺼내면서도 모두의 얼굴이 환해진다는 걸 알 수 있었다. 계획은 척척 진행되었다. 무엇보다 엄마들이 쉽게 수긍할 내용이어서 자금을 모으는 데도 어려움이 없었다. 엄마의 성향은 대체로 '친절한 도우미'인데, 나중에 배낭을 뒤지다 몇 개의 콘돔이 들어 있단 사실을 알게 되었다. 엄마는 참, 하고 나는 담배를 피워 물었다. 번갈아 지도책을 펼쳐가며, 우리는 무작정 남쪽으로 달렸다.

바다는 처음이었다. 처음엔 그럴 리가, 싶었지만—곧 그럴 수밖에, 라고 고개를 끄덕였다. 지나온 학원과 방학과 학원과 방학과 학원과 방학과 학원과 방학과 학원과 방학을 떠올리면 언제나 함께 학원을 다니던 친구들이 있었다. 수영이라면 함께 일 년 정도 배운 적이 있지만, 바다는 모두 처음이었던 것이다. 그래서 학원과 방학과 학원과 방학과 학원과 방학과 학원과 방학과 학원과 방학을 떠올리면

그럭저럭

행복한 기분이 드는 것이었다. 나도 그래, 재이도 고개를 끄덕였다. 물론 윌리가 백 명 정도는 숨어 있을 것처럼 사람이 많았지만—높은 하늘과 바닐라스러운 구름, 또 원경의 풍부한 머린블루를 쳐다보며 나는 모든 걸 용서할 수 있었다. 오길, 잘했다. 그래서 숙소를 잡는 데 두 시간, 방이 없다며 바가지요금을 된통 쓰고, 아니 왜 차를 거기다 두셨어요? 그래서 숙소로 차를 옮긴다는데 선납된 하루치 요금을 환불해주지 않고, 그러면서 자꾸 아멘 아멘 하고, 식당에선 도무지 먹을 수 없는 밥을, 젠장 그래서 두 숟갈 뜨고 남겼지만—오길 잘했다는 생각이 드는 것이었다. 마침내 수영복을 갈아입고 우리는 해변으로 달려갔다.

콰

근경의 인파를 싸그리 무시하자, 그런 파도의 포말을 나는 볼 수 있었다. 매직아이를 할 때의 요령으로 파도에 시선을 집중하며 나는 한 발 한 발, 홀린 듯 바다 속으로 걸어 들어갔다. 재이와 金이 정신없이 괴성을 질러댔다. 해수(海水)를 공급받은 네 개의 심장 속에 대규모 수력발전소가 들어선 기분이었다. 에릭과 나도 고함을 지르기 시작했다. 우리는 힘차게 팔을 뻗었고, 조금씩 앞으로 나아갔다. 풀(Pool)에서처럼 몸이 뻗어나가진 않았지만, 그래도 기분은 최고가 아닐 수 없었다. 나는 계속 팔을 뻗었고, 그리고

힘들었다.

쉬자. 그리고 둥실, 몸을 띄운 채 하늘과 바다를 원 없이 감상했다. 바다는 참, 힘들고 아름다운 곳이었다. 으악. 그때 재이가 버럭 소리를 질렀다. 이게 뭐야? 입술이 파래진 재이 앞에 아주 이상한 것이 떠 있었다. 그것은 뭐라 형언할 수 없는 괴물이었는데, 흐물흐물한 느낌의 혹 같은, 아무튼 크기가 좀 더 컸다면 당장 기절을 했을 정도로 기분 나쁜 생물체였다. 가만히 있어, 움직이지 마. 金이 소리쳤다. 놈이 점점 다가왔기 때문에 급기야 재이는 워어우어 하는 이상한 소리를 지르기 시작했다. 이미 누구도 몸을 움직일 수 없었다. 눈앞의 위험과 그 사정권에 들었다는 느낌—워어워어 우어, 재이는 완전 제정신이 아니었다. 뭐야 뭐야, 그 소리에 사람들이 몰려왔다. 촉박한 순간이었다.

해파리네.

아저씨 한 사람이 덥석 손을 얹더니 휙 손목을 돌려 놈을 낚아 올렸다. 그리고 투포환을 하듯 멀리 던져버렸다. 해파리는 작은 물보라와 함께 바다 속으로 스며들었다. 아 씨 뭐야, 해파리 가지고. 워어워어 우어, 金과 에릭이 재이의 흉내를 내며 놀렸지만 나는 그럴 기분이 아니었다. 바로 金과 에릭의 옆에 있었는데, 허리 근처의 수온이 갑자기 확 상승했기 때문이다. 바다 한가운데서 갑자기 온수가 나올 리도 없고 해서, 나는 열심히 친구들의 곁을 벗어났다. 거의 해안에 다다랐을 즈음 손목에 뭔가 미끄덩한 게 걸렸다. 흠칫 놀랐지만 나는 천천히 손을 들어올렸다. 아마도, 미역이었다. 미역은 의외로 길고, 큰 다발과 같은 것이었고 게다가 끈적임이 대단했다. 그 미끈한 거품을 손으로 매만지며

야생은 무섭구나

라는 생각을 나는 했다. 물 밖으로 나오니 모든 것이 따뜻했다. 모래와 자갈이 그랬고 수많은 인간의 훈훈한 체온이 또 그렇게 반가울 수 없었다. 이래서 인간은 모여 사는구나. 모래를 파고 몸을 묻으며 나는 그만 코끝이 찡해왔다. 여기 있었네? 에릭과 솦이 차례로 도착해 우리는 나란히 모래찜질을 하기 시작했다. 재이가 온 것은 한참 뒤였지만, 대체로 우리는 삼십 분 정도 낮잠을 잤다는 생각이다. 재이는 심하게 코를 골았다.

무섭지 않냐?

에릭이 속삭였다. 뭐가? 군대 가는 거 말이야. 왜? 응, 그냥…… 왜 뉴스에도 나잖아, 사고 같은 거. 누가 총을 쏘고 터지고…… 그런 거…… 재수 없음 강간도 당한대더라. 설마? 예비역들이 그러더라고. 유독 설사가 잦은 예비역은 그걸 당해서 그런 거라고. 그건…… 장(腸)이 나빠서 그런 게 아닐까? 아무튼 그런 걸 하려 드는 놈이 있으면 난 쏴 죽여버릴 거야.

어렴풋이, 논술대비 때 읽은 책의 한 토막이 떠올랐다. 이런 해변에서의 일인데 태양이 너무 눈부셔 그만 아랍인을 쏴 죽인다는 내용이었다. 어렴풋한 그 내용을 나는 에릭에게 들려주었다. 잘은 모르겠지만 그 사람도 뭔가 당한 게 있겠지. 그랬던 거 같진 않아. 그런데 그 얘길 왜 하는 거지? 왜 하는지 나도 알 수 없었다. 하지만 그 순간 그럴 수도 있다는 생각이 강하게 들었다. 아랍인들도 군대 가냐? 잘 모르겠어. 유럽인들은? 글쎄…… 안 가지 않을까? 안 가, 거의 우리만 가는 거야. 어느새 일어난 金이 안경을 찾아 쓰며 상체를 일으켰다. 이상하게도 그리고 우리는 아무 말도 하지 않았다. 심장 속의 발전시설에서 서서히 해수가 빠져나가는 느낌이었다.

스와

누워 있으니 파도소리가 그렇게 들렸다. 해는 이미 기울어 주위도 많이 한산해진 느낌이었다. 모래에서 나와 우리는 기지개를 켰다. 어둑한 노을을 배경으로, 일렬의 모래더미가 해마다 방수공사를 하는 22평 단지처럼 솟아 있었다. 그 더미들을, 나는 차례차례 무너뜨렸다. 참, 재개발 소식 들었냐? 소문만 무성하지 아직 확정된 건 없대더라. 구청도 이랬다저랬다 일관성이 없나 봐. 입대하기 전에 재개발 소식이나 들었음 좋겠다. 그럼 난 충성할 거다. 나도. 웃, 부재중 전화가 열 개나 있네. 나 참 전부 집이다, 집. 야야, 빨리 사진이나 찍어 한장 보내주자. 자자, 붙어. 재이야 니 폰으로 찍어서 엄마들한테 다 돌려라. 자, 얼굴 각 잡고 하나 둘, 찰칵.

숙소인 모텔에서 샤워를 하고 그나마 깔끔한 식당을 골라 저녁을 시켰다. 밥은, 그래도 열 숟갈 정도는 먹을 만한 것이었고 위생수준도 겉보기엔 괜찮은 편이었다. 식사를 끝낸 우리는 멍하니 뉴스를 보며 커피를 마시거나 종아리의 근육을 풀고 있었다. 동남아에선 진도 7의 강진이 발생했고 중동에선 내전이 일어났다. 수천 명이, 또 수백 명이 사망했다. 팔레스타인에선 폭탄테러가 있었다. 이스라엘은 보복을 다짐했고, 곧 대대적인 반격이 있을 전망이었다. 아프리카에선 흑인폭동이, 이라크에선 미군의 포로학대가 다시 불거져 나왔다. 저런 나라에서 태어나 그냥 죽는 사람들도 많겠지? 그건 재수가 없는 걸까? 글쎄, 그건 개인차가 아닐까 싶어. 미국에서 태어났다고 누구나 서핑을 하는 건 아니잖아. 그래도 가능성이란 게 있지, 편의점도 하나 없는 나라에서 태어나는 것과는 벌써 문제 자체가 다른 거니까. 난 그런 게 싫어, 생각하기도 끔찍해. 전쟁이 나면 편의점이나 그런 게 다 파괴되잖아. 방송제작도 주춤할 거고, 총을 쏘고…… 그런 건 일도 아니라고 생각해. 진짜 힘든 건 그래서 힘들고 짜증나는 그 후의 생활이 아닐까? 예를 들면 막 땅을 파고 그런 일에 동원된다거나, 뭘 좀 마셨으면 하는데 아무리 찾아도 자판기가 없다거나. 아, 그런 건 진짜 짜증나. 헤어숍 같은 것도 없어지겠지? 아무렴.

식당을 나와서는 마냥 시간을 보냈다. 이상하게, 그랬다. 함께 벤치에 앉아 밤하늘을 보긴 했는데, 실은 이어폰을 꽂고 MP3를 들었으므로 각자의 개인시간을 가졌다고 말할 수 있다. 1기가, 195곡의 파일을 뒤져 나는 서핑 유에스에이를 들었다. 델마와 벤추라 카운티, 산타크루즈와 트레슬, 오스트레일의 내러빈, 르돈도 해안과 와이미아 만(灣)…… 노래의 가사에만도 줄잡아 스무 군데의 서핑 지역이 나왔다. 중동과 아프리카에서 전쟁이 일어도, 노래 속의 미국에선 서핑이 계속될 것 같았다. 우리가 전부 군인이 되어도, 트레슬엔 여전히 비치 보이들이 넘쳐나겠지. 어둡고 잔잔한 바다를 바라보며 나는 생각했다.

같이 놀래요?

여자애는 환하게 웃고 있었다. 우리도 넷인데…… 말꼬릴 흐리지 않아도 이쪽을 보며 수군대는 여자애들이 맞은편 벤치에 앉아 있었다. 이럴 수가, 마치 트레슬의 모래사장에 서 있는데 툭, 누가 보드를 던져주며 타보시지 하는 느낌이었다. 이거 혹시 보이 헌팅이란 거 아닐까? 金이 속삭였지만 그래서 보이 헌팅이면, 또 뭐가 어떻단 말인가? 해파리도 미역도 아닌 여자애들이, 지금 같이 놀자는데. 여자애들은 아무튼 당찬 구석이 있었다. 우리는 곧 어울렸고, 주변의 카페를 돌아 단체석을 찾아내고, 둘러앉아 이런저런 얘기들을 늘어놓았다. 그래서 다 함께 입대를 하는 것입니다.

어머, 완전 크라잉넛이다.

그런 셈이죠. 재이가 법석을 떨었다. 크라잉넛이라니. 다소 불편한 감이 없지 않아 있었지만, 별다른 내색은 하지 않았다. 아마 네 명이 함께 입대하는 건 크라잉넛에 이어 우리가 두 번째일 겁니다. 멋있다, 우리도 크라잉넛 왕팬인데. 왜 이름이 에릭이에요? 미국서 살다온 건가? 실은 영어스쿨에서 만든 이름이지만, 또 생활화니 뭐니 에릭의 엄마가 그렇게 불러주렴, 해서 부르는 이름이지만―잠깐 살았었죠, 하고 미역 같은 느낌으로 에릭이 대답했다. 다소 그 느낌도 불편했지만, 나는 역시 내색하지 않았다. 아이, 뭐야? 이제 말 좀 트자 우리! 지수인가, 처음 말을 걸었던 여자애가 소리쳤다. 야야, 그래 너! 그리고 곧 편한 분위기가 되어 개인기 같은 걸 열심히 선보이게 되었다. 재이의 모창과

金의 성대모사에 여자애들은 배를 잡았고, 에릭의 동전쇼에도 와 환호를 쏟아주었다. 나는 마리아 샤라포바의 서브동작과 괴성을 흉내 냈는데 반응이 정말 심상치 않았다. 네 명의 여자애들이 비너스 윌리엄스 같은 눈빛으로 나를 쳐다보았던 것이다.

 망가진 것은 노래방을 가서였다. 아주 맥주를 뒤집어쓰며 난리가 아니었다. 특히 크라잉넛의 〈말달리자〉를 합창할 때가 피크였는데, 날뛰던 에릭이 넘어지면서 마이크와 테이블을 부숴버렸다. 종업원들이 달려왔고, 결국 수리비조로 사십만 원을 물어주었다. 뭔가 자금에 큰 구멍이 생기는 느낌이었다. 깬다, 깨. 그래서 다들 서먹한 분위기였는데 여자애 하나가 춤으로 기분을 풀자고 했다. 나이트 어때? 지수가 물었는데 면전에서 金이 해파리처럼 쏘아붙였다. 니들이 돈 낼 거야? 돈 낼 거냐고? 밤공기가 한순간에 얼어붙는 느낌이었다. 미안해, 이건 정말 아니야. 네 명의 얼음여왕에게 손사래를 치며 나는 근처의 건물 뒤로 金을 끌고 갔다.

 넌 샤라포바가 좋으냐 윌리엄스가 좋으냐?
 샤라포바.
 그래, 잘하자.
 잘하자.

 맥주를 사온 것은 여자애들이었다. 모래사장에 앉아 우리는 맥주를 마셨고 미안합니다, 죄송합니다, 金이 사과를 했다. 어머 귀여워. 지수가 그것을 받아주었다. 그래서 계속 오므리니까…… 왜 힘을 주냐 이 말이었어, 내 말은. 세상이 그렇게, 응? 그럴 필요는 없지 않느냐, 구요. 그리고 金이 울기 시작했다. 뭔 소리야? 그게…… 사실을 도무지 말할 수 없어 나는 지수에게 거짓말을 둘러댔다. 취업의 문이 그만큼 좁다는 얘기야. 金이 쓰러져 잠들자 지수는 말없이 金의 머리를 쓰다듬어주었다. 이 머리도 곧 자르겠네? 잘라야지. 요크셔테리어 같아. 오렌지 브릿지가 들어간 金의 머릿결이, 곧, 착한 강아지처럼 돌아누웠다.

펑.

그 순간 여자애들이 탄성을 질렀다. 폭죽이었다. 화려한 불꽃놀이는 아니었지만, 그럭저럭 지방의 자치단체가 부담 없이 쏠 만한 수수하고 단출한 폭죽이었다. 불꽃은 22평 정도의 허공을 아주 잠깐 점유한 후 시들, 한 모습으로 어둠 속에 용해되었다. 펑. 재이가 담배를 물었다. 나도 한 대 줘. 펑. 보희란 애도 담배를 빌려 물었다. 펑. 에릭의 어깨에 기댄 현정이가 지그시 눈을 감았다. 펑. 국립묘지에 영원히 묻히느니 나이트에서 하루를 살겠다고 나는 생각했다. 펑. 유희라는 아이는 가슴을 보듬듯 지수를 뒤에서 끌어안고 있었다. 펑. 그리고 그것이 마지막 폭죽이었다.

갑자기 다가온 그 고요를 나는 견딜 수 없었다. 나는 뛰쳐나갔고, 바다 속으로 뛰어들었다. 몸은 물에 잠겨 있었지만, 서핑 보드와 같은 그 무엇에 올라선 느낌이었다. 에릭과 재이가 따라 뛰어들어 왔다. 그럭저럭, 그래서 몸이 둥둥 뜬 채 나는 행복하다고 말할 정도의 기분이 되었다. 달빛을 듬뿍 받은 22평 면적의 플랑크톤이 되어, 이대로 흘러 훈련

소까지 가고 싶은 심정이었다. 나는 눈을 감았다.

눈을 떴다. 머리가 아팠다. 여자애들은 보이지 않았다. 시간은 정오를 넘어 있었고, 비록 누워 있는 재이와, 에릭과, 金이 있긴 했어도 나는 고아가 된 느낌이었다. 다시 머리가 아팠다. 숙소까지 어떻게 왔는지는, 아무리 생각해도 기억나지 않았다. 다만 이곳에서 두런거리던 목소리와 누군가 흥얼거리던 노랫소리, 그런 것들이 떠오를 뿐이었다. 우선 소지품을 확인한 후 나는 샤워를 했다. 폰의 액정이 나간 것과 옆구리의 멍을 제외하곤 다른 이상이 없어 보였다. 나는 담배를 물었다.

담배를 껐다. 어떻게 된 거야? 재이도 에릭도 기억이 없기는 마찬가지였다. 나쁘진 않았어. 재이가 중얼거렸다. 토론, 같은 걸 했던 기억이 난다고 에릭은 얘기했다. 토론이라고? 응, 그런데 말도 안 되는 그런 거야. 여자들도 군대를 가야 한다. 왜? 우리는 대신 출산의 고통을 겪지 않느냐, 출산의 고통도 포경수술의 고통에 비하면 아무것도 아니다—특히 재이가 흥분했다니까, 그건 창자를 꺼내서 달고 다니는 것과 같은 거라고.

창자라, 숙소로 배달시킨 밥을 먹고 나서야 다들 조금씩 기운을 차릴 수 있었다. 우리는 멍하니 담배를 피우고, 여자애들에게 전화를 걸었지만 받지 않았고, 해서 기지개를 켠 후 밖으로 나왔다. 아주, 아주 아주 아주 무더운 날이었다. 이런 날 수영을 해도 괜찮을까? 눈을 거의 뜨지도 못한 채 재이가 소리쳤다. 그런 걱정이 절로 들 만큼 아주, 아주 아주 아주 아주 뜨거운 볕이었다. 무작정 길 위에 서 있으면 '켄터키 프라이드

인간' 같은 게 될 것 같은 기분이었다. 아주, 아주 아주 아주 그래서, 우리는 바다로 갔다.

첨벙, 우리는 바다를 향해 뛰어들었다. 그리고 나란히 부표가 있는 곳까지 헤엄쳐갔다. 좋은 기분이었다. 계속 가면 어디가 나올까? 글쎄 제주도나 중국이, 일본이 나올 수도 있겠지. 뉴질랜드가 나올 수도 있어. 뉴질랜드, 그거 좋다. 그런 농담을 하고, 부표와 부표 사이를 경주하고, 또 얼마나 시간을 보냈는지 모르겠다. 무슨 일이지? 金이 중얼거렸다. 돌아보니 멀리 해변에서 큰 소동이 일고 있었다. 거대한 물결을, 해변을 메우고 있던 인파가 집단으로 도망치는 물결을, 우리는 볼 수 있었다. 바람에 쓸리는 모래언덕처럼, 그렇게 급격히 인파는 사라지고 있었다. 무슨 일이지? 글쎄. 그러고 보니 안전요원들도 보이지 않네? 결국 가위바위보를 한 끝에 에릭이 해안을 다녀왔다. 에릭은 계속 손짓을 하더니, 헤엄을 치면서도 열심히 뭐라 외치더니, 결국 포기하고 우리에게 돌아왔다. 하아, 하아, 몇 번이나 숨을 고른 에릭이 새파란 입술을 떨며 얘기했다.

전쟁이 났대.

우리는 서로 얼굴을 쳐다보았다. 어디랑? 몰라, 일단 전쟁이 났다고 피하란 얘기밖에 못 들었어. 하아, 하, 이제 어쩌지? 선뜻 아무도 입을 열지 않았다. 아무튼, 빨리 돌아가자. 땀과 눈물이 섞인 얼굴로 에릭이 소리쳤다. 아아 귀찮아…… 고개를 숙인 채 재이가 중얼거렸다. 짜증난다니까. 불쾌한 표정으로 金도 침을 뱉었다. 어쩔 거야? 에릭이 물었다. 대답 대신 재이가 바다를 향해 헤엄치기 시작했다. 우리는 다시 서로 얼굴을 쳐다보았다. 어쩔려고? 에릭이 소리쳤다.

몰라, 고등어라도 되겠지 뭐.

고개를 돌려 재이가 대답했다. 나와 金도 그 뒤를 따르기 시작했다. 몸 밖으로 삐져나온 창자처럼, 온몸이 뜨겁게 화끈거렸다. 별다른 힘도 들지 않고, 해서 나는 그 느낌이 좋은 것이었다. 나는 뒤돌아보지 않았다.

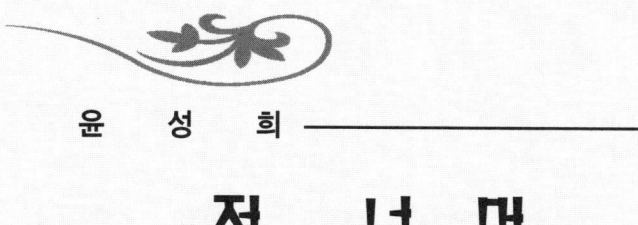

윤성희

저 너 머

 **윤성희** 1973년 경기도 수원에서 태어나 청주대 철학과와 서울예대 문예창작과를 졸업했다. 1999년 동아일보 신춘문예에 단편소설 〈레고로 만든 집〉으로 당선하여 등단했다. 주요 작품으로는 소설집 《레고로 만든 집》, 《거기, 당신?》이 있다.

1

소포가 도착했다. 부모님이 보낸 소포였다. 소포에는 약도 한 장과 카세트테이프가 들어 있었다. 소인을 보니, 부모님은 D시에 있는 모양이었다. 소포를 보낸 게 3일 전이니 어쩌면 다른 곳으로 옮겼을 수도 있겠다. 내가 고등학교를 졸업하던 해에 부모님은 가게를 팔고 그 돈으로 캠핑카를 샀다. 그러고는 전국을 떠돌기 시작했다. 아버지와 어머니는 고향에서 차로 세 시간 정도 떨어진 놀이공원에서 데이트를 했다. 두 분이 그렇게 먼 곳까지 가서 연애를 할 수밖에 없었던 이유는 아버지에게는 부인이 있었고 어머니에게는 남편이 있었기 때문이다. 어머니와 아버지는 그곳에서 바이킹을 즐겨 탔다. 바이킹을 타다 어지러우면 벤치에 앉아 호수에 비친 가로등을 바라보았고, 그 가로등에 불이 켜지면 조심스럽게 서로의 손도 잡아보았다. 아버지와 어머니는 바이킹을 탈 때면 어느 연인들처럼 나란히 앉지 않았다. 어머니는 오른쪽 끝자리에 앉고 아버지는 왼쪽 끝자리에 앉았다. 바이킹을 반으로 접으면 두 분이

겹쳐질 수 있도록. 바이킹의 이쪽 끝과 저쪽 끝에 앉아서 공포로 일그러지는 서로의 얼굴을 바라보는 것이 부모님이 했던 연애의 전부였다. 나는 무서워서 얼굴을 가리는 부모님의 얼굴을 상상해보았다. 부모님이 캠핑카를 몰고 전국을 떠돌고 있는 이유는 어쩌면 흔들리는 바이킹에서 이제 그만 내려오고 싶기 때문일지도 모른다.

요즘 시대에 카세트테이프라니! 나는 다락으로 올라가 오래전에 버려두었던 카세트를 찾았다. 플레이 버튼을 누르려는데 버튼이 떨어져 나가고 없었다. 방바닥에 굴러다니는 볼펜으로 버튼이 떨어져 나간 빈 자리를 눌렀다. 생일 축하한다. 설마, 잊지 않았겠지? 니가 서른이 된 기념으로 근사한 카페를 하나 사주기로 했단다. 스피커를 통해 들으니 아버지의 목소리가 더 멋지게 들렸다. 옆에서 어머니가 끼어들었다. 말은 똑바로 하자. 사주기로 한 게 아니라, 실은 땅값이 오른다는 소문이 있어서 5년 전에 사두었던 건데, 오르기는커녕 팔리지도 않는단다. 그러자 다시 아버지가 어머니의 말을 가로막았다. 그러면 선물 같지가 않잖아. 암튼, 애야. 호수도 있단다. 노을이 지면 멋지단다. 참, 10초 후에 이 테이프는 폭발한다. 부모님의 목소리는 거기서 끝나 있었고, 나는 빈 테이프 돌아가는 소리를 한참 동안 들었다. 뭐야? 왜 폭발 안 해? 나는 혼잣말을 했다. 내 말이 끝나자마자 부모님의 목소리가 다시 들렸다. 두 분은 동시에 말했다. 농담이란다. 10년 후에는 더 근사한 걸 해주마. 우리가 살아 있다면. 나는 약도를 보았다. 거꾸로 보니 호수가 쉼표처럼 생겼다. 그 쉼표의 꼬리쯤에 부모님이 내게 선물로 준 카페가 붉은색 펜으로 칠해져 있었다.

부모님은 10년마다 근사한 생일선물을 해주었다. 놀이공원이 폐장을 할 때까지 바이킹을 타던 어느 날, 부모님은 집으로 돌아가는 마지막 버스를 타는 대신 낯선 도시로 향하는 새벽 기차를 탔다. 그 기차 안에서 아버지는 어머니의 배에 손을 올려놓고 말했다. 이 아이에게 정말 멋진 생일선물을 해줄 거야. 내가 열 살 때는 미술을 전공하는 대학생들을 불러다가 방을 아마존의 정글처럼 꾸며주었다. 천장에 밧줄도 매달았다. 타잔이 타고 다니는 넝쿨이라고 했다. 부모님이 원숭이도 사가지고 올까 봐 나는 마음을 졸여야 했다. 타잔처럼 밧줄을 타고 싶었지만 팔에 힘이 없어서 몇 초도 매달리지 못했다. 어쩌다 우리 집에 와본 친구가 학교에 소문을 내서 한동안 친구들의 방문이 끊이지 않았다. 극성맞은 아이 하나는 밧줄에서 떨어져 다리가 부러지기도 했다. 밤마다 악어에 쫓기는 꿈을 꾸었다. 스무 살 때는 말을 선물로 받았다. 어찌나 늙은 말이었는지 가만히 서 있어도 다리가 흔들리는 것처럼 보였다. 자동차 키보다 더 낭만적이지 않니! 어머니가 콧소리를 내며 말했다. 나는 마구간이 없어요. 마구간은 고사하고 내 집도 없다고요. 그렇게 소리를 지르려고 했는데 어느 사이에 부모님은 트럭을 몰고 사라져버렸다. 나는 결국 말을 팔아 그 돈으로 오토바이를 샀다. 면허증이 없어서 할 수 없이 오토바이를 대문 앞에 세워두었는데 밤사이에 누군가 두 바퀴와 안장을 뜯어 갔다.

부모님이 기차에서 내린 곳은 중·고등학교가 네 개밖에 없는 작은 도시였다. 역 대합실에서 율무차를 마시며 아버지는 어머니에게 말했다. 이 도시가 전국에서 범죄 발생률이 가장 낮은 곳이래. 신문에서 읽은 적이 있어. 그 말을 듣자 등골에 단단히 박혀 있던 추위가 한순간 녹는 것 같았다고, 어머니는 선잠에서 깨어나 칭얼거리는 내 귀에 대고 속삭여주곤 했다.

부모님은 공원에서 풍선을 팔았다. 풍선이 날아가지 않도록 아이들 손목에 풍선 끈을 묶어주며 아버지는 말했다. 이 풍선이 니 소원을 들어줄 거란다. 잘 간직해라. 그 소리를 듣고 있으면 기분이 좋아졌다. 그래서 나는 어머니의 뱃속에서 나도요, 아빠, 내 소원도 들어주세요, 하고 외쳤다. 어린 나는 풍선에 바람을 넣었다가 다시 뺐다가 하면서 놀았다. 풍선에 들어 있는 바람과, 아버지가 사랑한다고 속삭일 때마다 귓등을 간질이는 바람과, 나뭇가지를 흔들어대는 바람이 어떻게 다른지 어린 나는 늘 궁금했었다.

풍선장사를 해서 어느 정도 돈을 모으자 부모님은 공원 입구에다 가게를 차렸다. 〈소원의 집〉이라는 선물 가게였다. 아버지는 가게 입구에 빨간색 우체통을 설치해놓았다. 그 우체통에 소원의 집이라는 가게 이름을 써넣었다. 그런데 언제부턴가 사람들이 그 안에 편지를 넣기 시작했다. 진짜 우체통인 줄 알고 잘못 편지를 넣는 사람도 있었지만, 대부분의 사람들은 자신의 소원을 적은 쪽지를 넣었다. 부모님은 부부싸움이라도 하는 날이면 우체통에 들어 있는 편지를 읽었다. 사연들을 읽으면 저절로 화해를 하고 싶은 마음이 생긴다는 거였다.

아버지의 전 부인과 어머니의 전남편이 석유통을 들고 찾아왔다. 그들은 가게에 석유를 뿌리겠다며 난동을 피웠다. 그때, 어머니가 석유통을 빼앗아 가게를 향해 던졌다. 아버지가 성냥을 꺼냈다. 어머니의 전남편의 눈에서 어찌나 무섭게 불꽃이 튀는지 성냥을 꺼내자마자 그냥 저절로 불이 붙어버렸다. 불이 나는 가게를 보면서 부모님은 말했다. 우리가 죽었다고 생각하세요. 불은 가게에 있는 모든 것들을 다 재로 만들었다. 우체통에 들어 있는 편지들만 빼고.

부모님은 우체통을 빨간색으로 다시 칠했다. 이번에는 가게 한가운

데에다 우체통을 놓았다. 더 이상 선물은 팔지 않았다. 사람들의 소원을 들어주는 가게로 탈바꿈을 했다. 부모님은 소원이 담긴 편지들을 읽었다. 그리고 상, 중, 하로 나누었다. 등급보류로 처리되는 일들도 많았는데, 그건 부모님의 능력으로는 들어줄 수 없는 소원들이었다. 부모님은 그런 소원들을 모아두었다가 절에 가서 태웠다. 재가 되어가는 편지를 보면서 부모님은 기도를 했다. 하로 구분되는 소원들은 주로 아이들이 의뢰자였다. 아이들은 고맙다는 표시로 가게에 연필이나 공책들을 몰래 두고 갔다. 나는 학용품을 사지 않아도 되었다. 아이들의 소원을 들어주고 싶은 부모님들도 많았고, 부모님의 소원을 이루어드리고 싶은 자식들도 많았다. 선물 가게를 할 때보다 수입이 더 많아졌다. 원래 불이 났던 터는 장사가 잘되는 법이란다. 부모님은 덤덤하게 말했다. 한 사람의 소원을 들어주는 일은 오랜 시간을 필요로 했다. 치매에 걸린 어느 노모는 피난길에 몰래 훔쳐 먹었던 동치미 국물 맛을 다시 한 번 맛보는 게 소원이라고 했다. 부모님은 동치미가 맛있다는 식당을 찾아 전국을 떠돌았다. 나는 전국 지도를 사다가 벽에 붙여 놓았다. 그리고 이쑤시개에 종이를 붙여서 깃발을 만들었다. 부모님은 먼 길을 떠날 때면 깃발을 지도에 꽂아두었다. 부모님이 보고 싶으면 나는 지도를 보았다. 깃발 옆에 언제 돌아올 것인지 메모가 적혀 있었다. 부모님이 없는 동안 나는 월요일에는 화요일 시간표로 책가방을 싸갔고, 토요일에는 일요일인 줄 착각해서 학교를 가지 않았다. 내가 고등학교를 졸업하자 부모님은 우체통을 없앴다. 대신 우체국 사서함 번호를 만들었다. 전국을 떠돌더라도 사람들의 소원을 들어주는 일은 멈추지 않았다.

2

부모님이 그려준 지도에 의하면 호수 입구에 작은 매점이 하나 있고 거기서 10분 정도 언덕을 올라가면 카페가 있다고 했다. 이름은 선 라이즈 선 셋. 이제 주인이 바뀌었으니 당장 카페 이름부터 바꿔야겠어. 나는 트렁크를 끌면서 다짐을 했다. 매점은 생각보다 컸다. 매점 뒤로 벤치가 있었는데 거기 앉아서 호수를 바라보는 연인들이 꽤 많았다. 주변의 모든 풍경들이 다 담길 정도로 넓고 깊은 호수였다. 보트가 지나가면서 파문을 만들었다. 그러면 호수 안에 갇힌 풍경들도 따라 흔들렸다. 언덕에 오르니 두 개의 카페가 마주보고 있었다. 하나는 선 라이즈. 하나는 선 셋. 카페를 두 개나 물려주시다니. 나는 무릎을 꿇고 잠시 기도를 했다. 앞으로 평생 부모님을 사랑하겠습니다.

선 셋으로 들어가 전망 좋은 자리를 달라고 했더니 종업원은 두 사람 이상일 경우에만 내줄 수 있다고 말했다. 나는 두 사람 몫의 밥값을 내겠다고 했다. 스파게티는 그다지 맛있지 않았다. 하지만 커피 맛은 좋았다. 나는 수첩을 꺼내 머리를 양 갈래로 묶은 종업원 재교육, 주방장 바꿀 것, 화장실 바닥에 물기가 많음, 따위의 메모들을 했다. 창 너머로 해가 지는 것을 보면서 짤막하게나마 지난 30년을 정리하기도 했다. 솔직히, 막상 정리하려니까 그다지 정리할 것이 없어서 조금 당황스러웠다. 계산서를 들고 카운터로 걸어갔다.

잘 부탁드립니다. 새로 온 사장입니다.

그러자 카운터에 앉아 있던 남자가 엉거주춤하게 자리에서 일어났다.

사장은 전데, 누구시죠?

크림소스 스파게티와 커피 한 잔을 마셨을 뿐인데 이만 오천 원이나 나왔다. 사장은 한 사람 몫만 받겠다고 했다. 나는 사장에게 반으로 접어 지갑 사이에 끼워둔 약도를 보여주었다.
 아! 저기 건너편에 있는 호수입니다. 이렇게 찾아가세요. 걸어서 30분 정도 걸릴 겁니다.
 사장은 내가 내민 종이 뒤에다가 새로운 약도를 그려주었다.
 트렁크 바퀴에 돌이 튕기면서 자꾸만 종아리를 때렸다. 문 닫은 매점이 보였다. 냉장고에 자물쇠가 채워져 있고, 빈 막걸리 병이 여기저기 버려져 있었다. 냉장고를 들여다보니 음료수들이 몇 병 보였다. 나는 트렁크를 들어 냉장고 문을 향해 던졌다. 유리는 깨지지 않고 트렁크 바퀴만 떨어져나갔다. 바퀴가 하나밖에 남지 않은 트렁크 때문에 걷는 속도가 더뎌졌다. 트렁크를 오른손으로 들었다가, 왼손으로 들어갔다가, 등에 짊어졌다가, 머리에 이었다가 하면서 길을 걸었다.
 언덕 중간쯤에 할머니 두 분이 평상에 앉아 막걸리를 마시고 있었다. 한 사람은 주황색 스카프를 두르고 있었고 한 사람은 짙은 색 안경을 끼고 있었다. 나는 트렁크를 내려놓고 평상 귀퉁이에 앉아서 무릎을 주물렀다. 호수는 안개에 싸여 어디쯤 있는지 보이지도 않았다.
 한 모금 마실 테야?
 스카프를 두른 할머니가 말했다. 나는 막걸리 한 사발을 받았다.
 달다.
 나도 모르게 달다, 라는 소리가 나왔다. 입에 묻은 막걸리를 손등으로 닦아냈다.
 혹시, 여기 선 라이즈 선 셋이라는 카페 아세요?
 선글라스를 쓴 할머니가 총각김치를 씹으면서 대꾸했다.
 뭔 라이즈? 암튼 여기 있는 가게는 저것뿐이야. 자매집. 우리 둘이 하는 거지. 오늘 밤 한잔 하고 가.

할머니가 가리킨 곳에는 작은 선술집이 하나 있었다. 나는 두 번째 잔을 받았다. 날파리들이 눈앞을 맴돌다가 잔 속으로 빠졌다.

그냥 먹어, 그것도 다 안주야.

막걸리를 들이켜는데 간판에서 이상한 것을 발견했다. 자, 라고 쓴 글자 바로 위에 붉은 태양이 보였다. 집, 이라고 쓴 글자 옆에 ㅅ자가 언뜻 보이는 것 같기도 했다. 나는 간판을 향해 다가갔다. 자매집이라는 글자 뒤편으로 원래 있던 글자들이 희미하게 드러났다. 나는 마시다 만 막걸리를 바닥에 버리고는 그 자리에 무릎을 꿇었다. 그러고는 조금 전에 했던 기도들을 전부 다 취소했다.

할머니들은 절대 가게를 비워줄 수 없다고 소리를 질렀다. 부모님의 통장으로 꼬박꼬박 월세를 부쳤을 뿐만 아니라, 아무도 찾지 않는 이곳까지 단골손님들을 끌어들인 것은 모두 자기들 공이라는 것이었다. 그런데 정말 단골손님들이 있어요? 그렇게 묻다가 나는 부침개를 부치던 뒤집개로 머리를 얻어맞았다. 할머니들은 가게에 딸린 방을 내주지 않았다. 당신들은 누군가 옆에 있으면 잠을 못 잔다고 했다.

우리가 보기보다 예민하거든.

제가 주인인데요?

그러자 할머니들은 다시 부침개 뒤집개를 집어 들었다. 나는 의자를 붙여서 잠을 잤다. 바람 소리 때문에 제대로 잠을 잘 수가 없었다. 호수에서 어이~ 하는 소리가 들려왔다. 나는 잠결에도 네, 하고 대답했다.

일어나. 운동해야지.

할머니들이 분홍색 트레이닝복을 입고 서 있었다. 나는 눈이 떠지지 않아 엄지와 검지로 눈꺼풀을 억지로 떼었다. 선글라스 할머니는 여전히 선글라스를 쓰고 있었고, 주황색 스카프 할머니는 파란색 스카프를 둘렀다. 나는 기지개를 켜면서, 밤새 누군가 나를 불렀다고 말했다. 그 때문에 제대로 잠을 잘 수가 없었다고.

호수에서 들리는 소리야. 아마 매일 들을걸. 그러니 어서 여기를 떠나라고.

할머니들은 마당에서 줄넘기를 했다. 누가 먼저 천 번을 하는지 내기를 하자고 해서 나는 시작도 하기 전에 기권을 선언했다. 줄넘기를 천 번이나 하고 난 뒤에, 할머니들은 평상에 누웠다. 평상에는 신발 두 켤레가 붙어 있었다. 할머니들은 그 신발에 발을 넣고는 윗몸일으키기를 하기 시작했다. 윗몸일으키기가 끝나자, 훌라후프를 꺼내서는 목으로 돌리기, 가슴으로 돌리기, 배로 돌리기, 무릎으로 돌리기를 각각 50번씩 했다.

도대체 올해 나이가 어떻게 되세요? 혹시 서커스단 출신 아니에요?

내가 박수를 치면서 물었다.

이번에는 달리기다.

말이 끝나자마자 할머니들은 팔을 크게 휘둘러 서로를 견제해가며 달리기를 하기 시작했다. 숨도 차지 않는지 달리기를 하면서도 어제 본 텔레비전 드라마 이야기를 해댔다. 안개는 걷히지 않았다. 안개가 언제쯤 걷히는지 묻자, 할머니들은 어깨를 으쓱하고는 고개를 가로저었다. 할머니들의 말에 의하면, 작년에는 한 달 이상 간 적도 있다는 거였다.

할머니들은 매점 앞에서 달리는 것을 멈추었다. 선글라스 할머니가 냉장고를 채운 자물쇠를 잡아당겼다. 그러자 자물쇠가 열쇠도 없이 그냥 열렸다.

이건 비밀인데 고장 난 자물쇠야.

할머니들이 입술에 집게손가락을 대고는 주변을 살폈다. 선글라스 할머니는 음료수 세 병을 꺼낸 뒤 다시 자물쇠를 채웠다. 그러고는 손으로 나팔을 만든 다음 호수를 향해 잘 먹을게, 하고 소리를 질렀다.

옛날에 매점하던 친구. 술 먹고 길을 걷다가 저 호수에 빠져 죽었지.

나는 마시던 음료수를 바닥에 떨어뜨렸다.

그럼 귀신이?

할머니들은 마주보고 서로의 얼굴에 난 잡티들을 살펴보았다.

아니, 우리가 가져다 놓은 거야. 목마를 때 언제든지 마시려고. 그건 그렇고 건강한가? 우리는 건강한 사람이 필요한데.

나는 바닥에 떨어진 음료수를 밟아 찌그러트리며 중얼거렸다. 주인은 나라고요. 할머니들은 서로의 얼굴에 난 뽀루지들을 짜내느라 정신이 없었다. 할머니들이 엄지손톱에 묻은 피지를 보여주었다.

휴지 있어?

안개 때문인지 온몸이 축축하게 느껴졌다. 나는 호수가 있는 쪽을 바라보면서 입김을 불었다. 없어져라. 없어져라. 주문을 외웠다. 그러자 거짓말처럼, 호수를 가리고 있던 안개가 서서히 움직이기 시작했다. 나는 눈을 감고 거꾸로 된 쉼표 모양의 호수를 상상했다. 세상에! 할머니들이 소리를 질렀다. 나는 눈을 떴다. 안개는 걷혀 있었다. 물이 사라졌어. 스카프 할머니가 중얼거렸다. 나는 호수를 보고는 다시 하늘을 올려다보았다. 호수가 사라진 것인지 하늘이 사라진 것인지 알 수가 없었다.

솔직히 말해봐요. 물이 있긴 있었어요?

3

    단골손님들은 오지 않았다. 할머니들은 모든 걸 내 탓으로 돌렸다. 내가 오기 전까지는 단골손님들도 끊이지 않았고, 호수에도 물이 가득했다는 것이었다. 할머니들은 수십 장의 파전을 부쳤다. 손님도 없는데 그 많은 부침개를 어디다 쓰는지 나로서는 알 수 없는 일이었다. 나는 파전에 달걀을 넣어 달라고 했다. 그러자 부침개 뒤집기로 또 머리를 때렸다. 호수에서 이상한 냄새가 올라왔다. 가스 냄새 같기도 하고 쓰레기가 썩는 냄새 같기도 했다. 바람은 한 방향으로만 불었다. 나무들은 오른쪽으로 몸을 구부렸다. 거울을 보면 내 머리카락도 한쪽 방향으로 쏠려 있었다. 지난 5년 동안 평상에 앉아 호수를 바라보았다는 할머니들은 하도 바람을 맞았더니 머리숱이 줄어들었다고 했다.
    할머니들은 부친 파전을 머리에 이고는 어디론가 갔다. 한참 후에, 낡은 자동차를 몰고 할머니들이 돌아왔다. 언덕을 오르는 자동차 뒤로 검은 연기가 울컥, 하고 쏟아졌다. 와이퍼는 한 짝밖에 없었고, 조수석의 문은 다른 색으로 칠해져 있었다. 선글라스 할머니가 차에서 내리더니 자동차 트렁크를 손바닥으로 두드렸다. 마치 손자의 엉덩이를 만지듯이. 할머니들은 방으로 들어가 옷을 갈아입고 나왔다. 꽃무늬가 그려진 실크블라우스였는데, 유행이 지나도 한참이나 지난 스타일이었다. 할머니들은 서로 손을 잡고 마당을 한 바퀴 돌았다.
    멋지지! 20년 전에 메이시 백화점에서 산 거야.
    갈색 스카프를 매고 나온 할머니가 내게 자동차 키를 던졌다.
    자 운전해!
    저 운전 못 하는데요?

그러자 할머니가 다시 자동차 키를 빼앗았다. 스카프 할머니가 운전석에 앉고 선글라스 할머니가 조수석에 앉았다. 뒷좌석 문을 열려는 순간 자동차가 출발을 했다. 나는 손잡이를 잡은 채 자동차가 달리는 속도에 맞춰 뛰기 시작했다. 며칠 동안 의자를 붙이고 잠을 잤더니 온몸이 뻐근했다. 달리는데 무릎에서 소리가 들리는 것 같았다. 한참 후에 차가 멈추었다.

운전 못 하는 죄야. 어서 타.

혹시 쌍둥이가 아니냐고 묻자 할머니들은 서로 화를 냈다. 할머니들은 열여덟 살 때 고향에서 같이 가출을 한 이후로 늘 붙어 다녔다고 한다. 둘은 극단의 배우가 되었다. 스카프 할머니는 늘 주연을 했다. 선글라스 할머니는 스카프 할머니의 하녀 역을 주로 했다. 스카프 할머니가 극단의 감독과 결혼을 했을 때, 잠깐 떨어져 지낸 적이 있었지만, 그 후로도 늘 함께였다. 결혼생활은 몇 달 가지 않았고, 술에 빠져 있던 스카프 할머니의 집으로 선글라스 할머니가 다시 찾아갔다. 나야. 오랜만이다. 그래, 오랜만이야. 그런데 웬 선글라스니? 그러자 선글라스 할머니가 친구를 부둥켜안고 울기 시작했다. 선글라스 할머니는 쌍꺼풀 수술을 잘못한 탓에 더 이상 하녀 역도 할 수 없게 되었다고 했다.

참, 언제까지 우리를 할머니라고 부를래?

선글라스 할머니가 고개를 돌려 나를 보았다. 부모님은 가족들과 왕래를 끊고 지냈다. 설날이나 추석날이면 우리 가족은 윷놀이를 하거나 카드게임을 했다. 책을 펼쳐놓고 체스를 배우기도 했다. 부모님이 집을 떠나기 전까지 아버지를 상대로 한 전적은 256승 121패였다. 어머니를 상대로 한 전적은 199승 199패. 그래서 짐을 다 싸고 나와 어머니는 체스 한 판을 두었다. 결과는 나의 승리. 중국 영화를 보고 난 뒤로 마작을 배우자고 했지만 식구가 세 명이라 포기하고 말았다. 그때 부모님들은 둘째 아이를 낳아야겠다는 생각을 심각하게 하기도 했다. 어머니에게는 두 명의 언니가 있지만 아직까지 한 번도 이모라고 불러보지 못했다고 나는 할머니들에게 말해주었다.

그러니까, 이모라고 부를까요?

안 돼! 차라리 언니라고 불러.

스카프 할머니가 급브레이크를 밟았다. 나는 앞좌석에 얼굴을 부딪쳤다. 할머니들은 차를 갓길에 세우고 가위바위보를 했다. 이긴 사람이 큰 언니가 되겠다는 거였다. 선글라스 할머니가 가위를 냈고 스카프 할머니가 보를 냈다. 가위바위보에서 진 스카프 할머니가 입을 삐죽 내밀었다. 자기가 키도 더 크고 생일도 더 빠르다고 했다. 나는 할머니들의 눈 밑 주름을 살펴보았다. 차마 언니라는 말이 나오지 않을 것 같았다.

아무리 생각해도 도저히 안 되겠어요.

차는 구불구불한 국도를 달렸다. 할머니는 커브 길에서 제대로 속도를 줄이지 않았다. 마침내 붉은 깃발이 걸려 있는 어느 한옥 집에 도착했을 때 나는 차에서 내려 낮에 먹은 것을 모조리 토해야 했다. 깃발 밑에는 〈박 보살〉이라는 간판이 걸려 있었다. 할머니들은 대문 앞에서 옷을 털었다. 그러고는 두 손을 가슴에 모으고 무엇인가를 중얼거렸다.

박 보살은 허리가 기역 자로 굽은 할아버지였다. 박 보살은 불타 죽은 영혼이 나를 따라다닌다고 했다. 그 영혼이 너무나 목이 말라 호수의 물을 다 마셔버렸다는 것이다. 조상 중에서 불타 죽은 사람이 있다고 했다. 할머니들은 잘 생각해보라며 나를 재촉했다. 박 보살은 여러 개의 막대기가 담긴 그릇을 꺼내더니 그중에서 두 개만 골라내라고 했다. 막대기 끝에는 상형문자 같은 것이 그려져 있었다. 박 보살은 그것들을 한참 동안 들여다보더니 눈을 반쯤 감고 무어라 중얼거렸다. 그러고는 천천히 입을 열었다.

절에 가면 사십구재를 하는 곳이 있을 거야. 가족들 몰래 절을 하고 과일 하나를 훔쳐 먹어.

할머니들은 내 손을 잡고 부탁을 했다. 32년 전, 할머니들은 양녀로 삼았던 아이를 잃은 적이 있었다. 누군가 집 앞에 버리고 간 아이였다. 아이는 만국박람회에 갔다가 어이없는 죽음을 당했다. 행사장 입구에 떠 있는 대형 애드벌룬을 묶어둔 끈이 풀리면서 아이의 발목을 휘감았고, 아이는 애드벌룬과 함께 하늘 높이 날아갔다. 아이의 시체는 찾지 못했다. 할머니들은 제대로 잠을 잘 수가 없었다. 눈을 감으면 몸이 허공으로 떠오르는 것 같았고 늘 멀미가 났다. 그로부터 몇 달이 지난 후, 길에서 한 남자가 할머니들을 쫓아왔다. 아이가 날아갔죠? 하고 남자는 물었다. 그 사람이 바로 박 보살이라는 거였다. 박 보살은 아이의 시체가 저 멀리 북한을 넘어 시베리아 벌판으로 날아갔다고 했다. 박 보살이 아이의 영혼을 달래기 위한 굿판을 벌였고 할머니들은 멀미에서 해방되었다.

그 아이는 우리를 이모라고 불렀지.

어떤 일이 있더라도 꼭 성공하고 오겠어요.

나는 할머니들의 손을 잡고 다짐을 했다.

나는 지도를 한 장 샀다. 그리고 내가 있는 곳에 점을 찍었다. 50원짜리 동전을 그 점에 놓고 동그랗게 원을 그렸다. 동그라미 안에는 세 개의 절이 있었다. 처음 찾아간 절은 예약된 사십구재가 없다고 했다. 두 번째 찾아간 절은 그런 건 왜 묻느냐며 대답해주지 않았다. 나는 점심 공양시간에 맞춰 부엌으로 갔다. 설거지를 돕고 난 뒤 부엌일을 맡아 하는 아주머니에게 살짝 물어봤다. 3일 후에 사십구재를 지내기로 한 신도가 있다는 것이었다. 나는 절에서 3일을 잤다. 새벽 네시에 일어나 예불을 드리고 부엌으로 가서 아침 공양을 도왔다. 그러자 사십구재가 있던 날 아주머니가 나를 법당 뒤에 숨겨주었다. 재를 마친 가족들이 법당 밖으로 나가 담배를 피우는 사이, 나는 한 번도 보지 못한 사람에게 절을 했다. 절을 하고 고개를 들어보니 쪽진 머리를 하고 한복을 입은 할머니의 얼굴이 사진 속에 들어 있었다. 얼른 귤 하나를 집어 법당 뒤로 숨었다. 거기 쪼그리고 앉아 귤을 까먹으면서, 지금까지 한 번도 장례식장에 가본 적이 없다는 사실을 생각해냈다.

귤을 먹었다고 했더니, 박 보살은 혹시 껍질도 먹었느냐고 물었다. 나는 귤껍질에 농약이 얼마나 많은지에 대해 설명을 했다. 게다가 껍질도 먹으라는 말은 해주지도 않았다고 항의를 했다. 박 보살은 컴퓨터를 켜더니 어딘가로 메일을 보냈다. 조금 후에, 절 이름과 가는 방법이 적힌 종이를 내게 건네주었다.

내일 그 절로 가봐. 명심해. 상에 오른 그 상태로 먹어야 해.

네, 알겠습니다. 그런데 이 절은 어떻게 아셨어요?

친구들한테 메일을 보냈더니 답이 왔어. 내가 전국에 아는 사람이 좀 많아.

늦은 나이에 겨우 얻은 외동아들의 사십구재였다. 유족들의 대화를 들어보니, 친구들과 바닷가로 놀러갔는데 친구들이 모두 자고 있는 사이에 홀로 바닷가로 걸어 들어갔다고 했다. 머리가 희끗희끗한 아버지가 아들 친구들의 멱살을 잡았다. 니들이 그런 거야. 니들이. 아들의 친구는 넘어지면서 상을 엎었다. 멀리서 사십구재를 훔쳐보던 나는 발을 동동 굴렀다. 결국 절 마당에서 문이 열린 법당을 향해 절을 했다. 그러고는 바닥에 굴러 떨어진 대추를 주워 먹었다.

이번에도 박 보살은 못마땅한 얼굴을 했다. 사실 주름이 너무 많아서 조금만 인상을 찌푸려도 금방 불만에 찬 얼굴로 보였다.

씨를 뱉었어, 안 뱉었어?

옆에서 할머니들이 물었다.

뱉었는데요.

내 말에 모두들 한숨을 쉬었다.

나는 다시 절을 찾아갔다. 이번에도 박 보살이 전국에 있는 친구들에게 이메일을 보냈고, H시에 있는 어느 절을 소개받았다. 절을 하다 말고 나는 나도 모르게 엉덩방아를 찧었다. 사진 속의 여자가 나와 너무나 닮아 있었다. 나는 남방의 단추가 제대로 채워져 있는지 살펴보았다. 그러고는 술을 한 잔 따라 올렸다. 나중에 봅시다. 나도 모르게 그런 말이 나왔다. 과일은 몇 개 없었다. 나는 사과와 배 앞에서 한참을 망설였다. 둘 다 씨가 너무 컸다. 결국 내가 선택한 것은 밤이었다. 껍질이 까져 있어서 약간 고민을 했지만, 박 보살은 채를 지낸 그 상태로 먹으면 된다고 했다. 나는 처마 밑에 앉아서 밤을 먹었다. 가슴에 얹힐 것 같아서 주먹으로 가슴을 몇 번 쳤다.

박 보살은 밤은 과일이 아니라고 우겼다. 할머니들은 밤은 과일이라고 우겼다. 나는 과일이건 과일이 아니건 상관없이 더 이상 남의 제사상에 절을 하지 않겠다고 선언했다. 결국 인터넷 검색에 밤은 과일인가요? 라는 질문을 쳤고 밤은 과일이라는 답변을 얻었다. 박 보살은 화가 났는지, 방에 들어가 나오지를 않았다. 우리는 문 밖에 서서 말했다.

죄송합니다. 이제 그만 집에 가겠습니다.

4

집을 비운 사이, 폭우가 가게 주변을 휩쓸었다. 커다란 바위가 길을 가로막았다. 매점에 있던 냉장고는 엎어져 있었고, 먹다 버린 막걸리 통은 바람에 날아가 하나도 보이지 않았다. 호수 바닥에는 물이 고여 있었다. 할머니들은 그게 모두 박 보살 덕이라고 했다. 나는 빗물이 고인 것뿐이라고, 내일이면 사라지고 없을 거라고 했다. 할머니들의 운동화가 붙어 있던 평상도 없어졌다. 새로 만들어드리겠다고 약속을 했다. 가게에서 늦은 점심을 먹다 말고 선글라스 할머니가 자꾸만 고개를 갸웃거렸다.

이상하게 몸이 오른쪽으로 기우는 것 같아.

나는 상 위에 펜을 올려놓았다. 펜이 굴러 바닥으로 떨어졌다. 고개를 들어 창밖을 보았다. 뒷문 창으로 보여야 할 나무가 보이지 않았다. 스카프 할머니가 달려가 뒷문을 열었다. 발을 한 발 내딛으려다, 재빨리 문고리를 잡고 멈추었다. 뒷마당이 없어졌다. 뒷마당이 빗물에 휩쓸려 사라지면서 가게를 지탱하고 있던 땅도 지반이 약해졌다. 할머니들은 네 발로 기어서 가게 밖으로 나왔다. 나는 방으로 가서 이불과 전기장판을 꺼냈다. 휴대용 가스레인지와 그릇들도 챙겨 나왔다. 부탄가스가 얼마 없어서 라면을 끓이다가 불이 꺼졌다. 할머니들은 덜 익은 면은 먹을 수가 없다고 했다. 뚜껑을 닫아놓고 10분 정도 있었더니 라면이 저절로 불었다. 선이 짧아서 장판은 전기를 연결할 수가 없었다.

생각보다 낭만적이네!

할머니들이 하늘에 떠 있는 별을 세면서 말했다. 부모님들이 나이 들면 꼭 이 할머니들처럼 될 것만 같았다.

　아침이 되자, 그 와중에도 할머니들은 운동하는 것을 멈추지 않았다. 나는 윗몸일으키기를 할 수 있도록 할머니들의 발을 잡아주었다. 호수에 고여 있던 빗물은 사라지고 없었다. 우리는 엎어진 냉장고를 다시 일으켜 세우고, 그 안에 있는 음료수를 세 병 꺼냈다. 손으로 나팔을 만든 다음 호수를 향해 말했다.

　잘 먹을게.
　네, 그럴게요.
　누군가가 우리의 뒤통수에 대고 대답했다. 뒤돌아보니 하얀색 캠핑카가 보였다. 운전석에 앉아 있는 아버지가 내게 손을 흔들었다. 어머니는 주근깨가 더 많아졌다. 전국을 떠돌면서 어머니는 주근깨를, 아버지는 치질을 얻었다. 캠핑카의 문이 열리더니 밀짚모자를 쓴 남자가 나왔다. 검은 양복을 입은 남자, 웨스턴부츠를 신은 남자, 키가 아주 작은 남자가 차례로 나왔다. 곧 이어 하품을 하면서 여자가 내렸다. 여자는 머리가 헝클어져 있었고 손으로 대충 빗어 머리를 정돈했다.

　세상에! 이 많은 사람들이 이 차에 다 탈 수가 있나?
　할머니들은 캠핑카 주변을 한 바퀴 돌았다. 그러고는 열려 있는 문으로 고개를 디밀고는 실내를 구경했다. 캠핑카 안에는 또 다른 여자가 의자에 비스듬히 누워 술을 마시고 있었다.

　놔둬! 지가 나오고 싶으면 나오겠지.
　하품을 하던 여자가 말했다. 캠핑카에서 나온 남자들이 마당에 무엇인가를 설치했다. 바비큐 그릴이었다. 한 남자가 숯불에 불을 지피고, 다른 남자는 돗자리를 펼쳐 상을 차리고, 또 다른 남자는 차에서 음식들을 나르고, 마지막 남자는 의자에 앉아 노래를 불렀다.

뭐 하시는 거예요?

파티 하는 거란다.

오늘이 무슨 날이에요?

니 생일.

지났는데요.

그럼 우리 생일.

아버지는 9월이고 어머니는 12월이잖아요.

그럼, 저기 있는 저 사람들 중 누군가의 생일.

부모님이 파티 준비를 하고 있는 사람들을 가리켰다. 낮부터 밤까지 돼지고기 삼겹살을 30인분이나 먹어치웠다. 차 안에서 술을 마시던 여자는 끝내 밖으로 나오질 않았다. 나는 고기를 구워 접시에 담았다. 여자에게 구운 고기를 가져다주려고 하자 누군가 말했다. 여자는 술안주로 오직 커피만 마신다는 거였다. 나는 커다란 잔에 커피믹스 두 개를 섞어 커피를 타주었다. 여자는 고맙다는 말을 하지 않았다. 마당에는 우리가 먹은 술병들이 쌓여갔다. 나는 술에 취한 김에 부모님에게 투정을 부렸다. 부모님이 집을 비우는 사이 벽에 붙여 놓은 지도를 보면서 혼자 얼마나 외로웠는지 아냐고. 그러자 부모님은 그 덕분에 내가 지리 과목은 누구보다 잘할 수 있었던 것이라고 대답했다. 할머니들은 나보다 술이 더 세다. 아니, 캠핑카를 타고 온 어느 남자들보다도 술이 세다. 남자들은 몹시 자존심이 상한 듯했다. 나는 아침마다 할머니들이 하는 운동에 대해 말해주었고, 남자들은 내일부터 자기들도 운동을 해야겠다고 호들갑을 떨었다.

나는 오래간만에 늦잠을 잤다. 할머니들도 나를 깨우지 않았다. 일어나 보니 가게가 마당 한가운데로 옮겨져 있었다. 어찌 된 일이냐고 물었더니, 남자들은 아침 운동을 했을 뿐이라고 했다.
　어떻게 옮겼는지 사실대로 말해주세요?
　사실, 우린 보이스카우트 출신입니다.
　남자들의 말이 끝나자마자, 어제부터 내내 헝클어진 머리를 하고 있던 여자가 말을 이었다.
　전, 걸스카우트 출신입니다.
　할머니들은 부모님의 캠핑카를 타고 전국 여행을 하고 싶다고 했다. 세계 여행은 해봤어도 전국 여행은 해본 적이 없다는 할머니들의 말을 모두들 믿어주었다. 나는 할머니들의 귀에 대고 이렇게 속삭였다. 솔직히 말해주세요. 제가 오기 전부터 호수는 말라 있었죠? 할머니들은 끝내 대답을 해주지 않았다. 아버지와 어머니는 오랫동안 나를 포옹해주었다.
　왜 내게는 소원이 무엇이냐고 한 번도 묻지 않았어요?
　우체통에 편지를 넣지 않았잖니. 그랬으면 우리가 읽어보았을 텐데.

　나는 가게 이름을 바꾸지 않았다. 아침이면 운동을 했고, 한 방향으로만 부는 바람을 맞으며 바닥을 드러낸 호수를 바라보았다. 가끔 길을 잘못 들어선 사람들이 찾아왔다. 그러면 나는 파전에 막걸리 한 잔을 대접했다. 물론, 술값은 꼭 받아냈다. 어느 날, 한 여자가 찾아왔다. 예전에 이 술집에서 하룻밤을 묵은 적이 있다고 했다. 그때 평상에 앉아 사과 하나를 먹었고 그 사과 씨를 마당에 파묻었다고. 그런데 어느 날 그 씨가 싹을 틔워 나무 한 그루를 만들어냈을 것만 같은 생각이 들었다고 여자는 말했다. 여자가 사과 씨를 심은 곳은 새로 가게를 옮긴 자리였다.

만약, 사과나무가 자란다면 이 가게 바닥을 뚫고 올라오겠네요.
네, 그렇게 되면 죽이지 말고 꼭 키워주세요.
여자는 호수 너머를 가리켰다.
거꾸로 된 무지개, 처음 봐요.
여자의 말대로 무지개는 색이 거꾸로 되어 있었다. 나는 손가락으로 무지개의 색을 아래부터 집어보았다. 빨, 주, 노, 초, 파, 남, 보. 빨간색이어야 할 맨 위가 보라색이었다. 색이 뒤집힌 무지개를 본 날, 나는 이런 꿈을 꾸었다.
아버지와 어머니는 손을 잡고 어딘가를 걷고 있었다. 백 원짜리 있어요? 아이스크림을 먹다 말고 아버지가 말했다. 어머니는 동전 몇 개를 꺼내 아버지의 손에 쥐어주었다. 두더지들이 구멍 밖으로 얼굴을 내밀었다. 망치를 내리칠 때마다 아버지의 몸이 흔들렸다. 나는, 말이죠, 눈물이, 날 때면, 이렇게, 두더지를, 잡아요. 망치를 휘두르며 아버지가 띄엄띄엄 말을 이어나갔다. 왼손에 들고 있던 아이스크림이 녹으면서 구두코로 떨어졌다. 왼쪽 가장 아래쪽에 있는 두더지의 머리 위로도 아이스크림이 흘러내렸다. 바이킹에서 한 여자가 높이 손을 들어 올리고는 소리를 질러댔다. 바이킹이 방향을 바꾸자, 한 남자가 두 손으로 얼굴을 감쌌다. 어머니는 몸을 숙여 아버지가 들고 있는 아이스크림을 혀로 핥았다. 게임기에서 요란한 음악 소리가 흘러나왔다. 음악 소리가 끝나기 전에 어머니가 재빨리 말했다. 우리 헤어져요. 신기록을 달성했다며 아버지가 자랑스럽게 웃었다. 그런데 뭐라고요? 바이킹이 멈추고 양쪽 끝에 앉아 있던 남녀가 자리에서 일어났다. 우리에게 남은 일은 바이킹의 이쪽 끝과 저쪽 끝에 앉아서 공포로 일그러지는 서로의 얼굴을 확인하는 것밖에 없어요. 어머니의 뱃속에서 내가 속삭였다. 아버지가 어머니에게 망치를 쥐어주었다. 한번 해봐요. 어머니는 두더지가 머리를 내밀 때마다 요것 봐라, 하고 중얼거리며 있는 힘껏 망치질을 했다.

정영문

브라운 부인

 **정영문** 1963년 경남 함양에서 태어나 서울대 심리학과를 졸업했다. 1996년 《작가세계》에 장편소설 《겨우 존재하는 인간》을 발표하며 등단했다. 주요 작품으로는 장편소설 《핏기 없는 독백》《달에 홀린 광대》, 소설집 《검은 이야기 사슬》《더없이 어렴풋한 일요일》《꿈》 등이 있다. 1999년 동서문학상을 수상했다.

브라운 부인은 최근 내가 알게 된 여자다. 그녀는 나와 같은 동양계로 나와 비슷한 시기에 미국으로 건너왔다. 그녀는 보통 키에 눈이 매력적이며 늘 입술에 엷은 미소를 머금고 있다. 브라운 부인은 담배를 피웠는데 얘기를 할 때면 가는 손가락 사이에 낀 담배가 타들어가는 것도 잊은 채로 얘기를 하곤 했다. 우리가 친해졌을 때 그녀가 들려준 어떤 이야기는 무척 흥미로웠다. 그 이야기는 다음과 같다.

　누군가가 브라운 씨 부부의 집 문을 노크한 것은 그들이 저녁식사를 끝낸 지 한참 후 거실에서 브라운 씨는 텔레비전을 보고 있고, 브라운 부인은 어떤 잡지를 읽고 있던 중이었다. 아무런 방문객을 기대하지 않았던 두 사람은 잠시 서로를 쳐다보았다. 브라운 씨는 다시 텔레비전으로 눈길을 돌렸고, 브라운 부인이 자리에서 일어나 현관으로 갔다. 브라운 씨는 아무 말 없이 현관으로 가는 그녀를 바라보았다. 그녀는 문에 달린 작은 구멍 사이로 바깥을 내다보았다. 바깥은 어두웠다. 현관에 어떤 남자가 서류가방처럼 보이는 가방을 들고 있었다.

"누구세요?"

"자동차가…고장이…나서요…혹시…전화를…사용할…수 있을까요?"

목소리는 무척 젊게 느껴졌다. 브라운 부인의 집 앞에 있는 길은 숲속에 나 있는 작은 길로 주변의 몇 채 되지 않는 집에 사는 사람들 외에는 이용하는 사람들이 거의 없었고, 가끔 어떤 사람들이 길을 잘못 들어오는 일이 있을 뿐이었다. 그녀는 약간 이상하다는 생각을 했지만 난처한 상황에 빠진 사람을 도와야 한다는 생각에 별생각 없이 문을 열어주었다. 그녀는 지금껏 한 번도 심각하게 위험한 상황에 빠진 적이 없었고, 그녀가 살고 있는 곳은 아주 안전하게 느껴졌다.

방문객은 무척 젊었고, 십 대 후반으로 보였다. 사내아이는 그녀를 쳐다보았지만 바로 말을 꺼내지 못했다. 대신 그는 집 안을 잠시 들여다본 후 들고 있던 서류가방에서 총을 한 자루 꺼냈다. 총은 아주 길었고, 그녀는 막연하게 그것이 영화에서나 보았던 총이라는 생각을 했다. 그리고 그것이 매그넘이라고 불리는 권총일지도 모른다는 생각을 했다. 그녀는 잠시 매그넘을 어떻게 알게 되었는지를 생각했다. 아마 영화에서 보고 알게 되었을 것이다. 한데 사내아이는 들고 다니기에는 너무 무거워 보이는 그 총을 마치 어떤 집을 방문한 보험회사 직원이 어떤 서류를, 또는 판촉 사원이 어떤 신상품을 꺼낼 때처럼 너무도 자연스럽게 꺼냈고, 그래서 그녀는 몹시 놀라거나 하지는 않았다. 그는 잠시 가방을 뒤진 후에야 그것을 꺼냈다.

"이 시각에…이곳에…올 사람은…없겠죠?" 사내아이가 집 안으로 발을 들여놓으며 말했다. 그녀는 무심코 고개를 끄덕였다. 그 시각에 올 사람은 아무도 없었다. 그들 부부의 집에는 손님이 찾아오는 일이 드물었다. 그녀는 자신이 실수를 했다는 사실을 곧 깨달았지만 이미 때는 늦은 상태였다. 그녀는 이미 집 안으로 들어선 사내아이를 따라 집 안으로 들어갔다.

아내가 총을 든 사내아이와 함께 거실로 들어오는 것을 본 남편은 몹시 놀란 표정을 지었다. 그는 사내아이를 바라보다가 켜져 있는 텔레비전을 보고는 그것을 꺼야 될지 말아야 될지를 고민하며 잠시 텔레비전을 쳐다보았다. 하지만 그는 텔레비전을 끄는 대신 자리에서 일어나며 두 손을 들었지만 곧 그럴 필요는 없다는 것을 깨닫고는 손을 내렸다. 아내는 그의 행동이 약간 우습게 느껴졌다.

사내아이는 두 사람을 소파에 앉게 했다. 브라운 부인은 남편이 자신을 쏘아보고 있는 것을 보았다. 그녀는 자신이 커다란 잘못을 저질렀다는 것을 깨달았다. 사내아이는 창가로 가 총구를 제대로 겨냥하지도 않은 채로 커튼 사이로 바깥을 내다보았다. 바깥은 어두웠고 호수와 숲이 희미하게 보였다. 그녀는 사내아이의 옆모습을 바라보았다. 사내아이는 어쩐지 사람을 해칠 사람은 아니라는 인상을 주었다. 그는 순진무구해 보였고, 더 나아가 어수룩해 보이기도 했다. 그런데 사람을 해칠 수도 있는 사람의 인상이라는 것이 있단 말인가? 그러한 판단은 믿을 만한 것이 못 되었다. 순진무구한 모습 뒤로 악랄함과 잔인함을 숨기고 있는지도 몰랐다. 어쩌면 영화에서나 본, 악몽 같은 인질극이 시작된 것인지도 몰랐다. 얼굴을 감추지 않은 것을 보면 끝내는 그들 부부를 죽일지도 몰랐다.

사내아이가 얼굴을 돌렸다. 그의 앞모습 또한 옆모습 이상으로 악해 보이지는 않았다. 사내아이는 자리에 앉거나 하지 않았다. 그는 초조한 듯 거실을 서성였다. 브라운 부인은 그가 마약을 했을 수도 있다는 생각을 했다. 하지만 그는 마약에 완전히 취해 환각상태에 빠진 것처럼 보이지는 않았다. 그는 말을 더듬기는 했지만 비교적 명료하게 말했다. 그는 약간 필요 이상으로 기분 좋은 상태에 있는 것처럼 보였다. 그녀는 텔레비전을 보았다. 텔레비전에서는 시시한 쇼를 하고 있었다. 그녀는 리모컨으로 텔레비전을 껐다. 갑자기 실내는 고요해졌고, 세 사람은 잠시 서로를 말없이 쳐다보았다.

"늘…이렇게…호수나…바다가…보이는…집에…살고…싶었어요." 사내아이가 말했다.

그 순간 그녀는 그가 말을 더듬는다는 사실을 깨달았다. 최근 들어 말을 더듬는 사람을 본 적이 드물었고, 그래서 그녀는 그가 말하는 방식이 약간 흥미롭게 여겨졌다. 남편이 그녀를 쳐다보았지만 그녀는 그의 시선을 외면했다.

"좋은…집이군요." 사내아이가 고개를 돌리며 말했다.

실제로 그들 부부의 집은 꽤 괜찮은 집이었다. 호수치고는 약간 작은 호수 가까이에 있는 그 집은 바깥 테라스를 동양풍으로 지어 멋진 모습을 하고 있었다. 지은 지 십 년이 넘었지만 아직 완공되지 않은 그 집의 이곳저곳을 남편은 아직도 손질하고 있었다.

그때 멀리서 무슨 소린가가 들려왔다. 그녀는 귀를 기울였다. 자동차가 지나가는 소리가 들렸다. 그런 다음 정적이 다시 찾아왔다. 그 정적 속에서 브라운 부인은 낮 동안 그녀가 들었던 소리를 떠올렸다. 호수 건너편 얕은 산 하나 너머로 미시시피 강의 지류인 강이 하나 있었는데 오후 내내 그곳에서 총소리가 들려왔었다. 오리사냥을 하는 소리였다. 이제 그 소리는 그쳐 있었다. 그녀는 오후 내내 그 총소리를 들으며 총

탄에 맞아 수면 위로 떨어지는 무수한 오리들을 상상했었다.

　남편 역시 한때 오리사냥을 즐긴 적이 있었다. 하지만 그녀가 뚜렷하지 않은 이유로 오리를 사냥하는 것에 반대하자 남편은 별로 항의를 하지 않고 사냥을 중단했다. 그리고 총 또한 처분했다. 문득 그녀는 남편이 들려준, 푸치니가 오리사냥 중독이었다는 얘기가 떠올랐다. 그리고 네브래스카 주에는 강에서 보트를 타고 오리를 사냥하는 것은 합법이지만 강 바깥에서 강에 있는 오리를 사냥하는 것은 불법이라는 이상한 법이 있다는 사실도 들은 기억이 났다. 그리고 네브래스카가 인디언 언어로 평평한 강이라는, 그 순간에는 어울리지 않는, 그리고 언젠가 그 의미를 떠올리려고 했지만 쉽게 떠오르지 않았던 기억이 떠올랐다.

　"이런…집에…사는…당신들이…부러워요. 그런데…이런…집은…얼마나…하죠?" 창밖을 보고 있던 사내아이가 말했다.

　"꽤 나가죠." 남편이 말했다.

　"얼마나요?"

　"백만 달러 이상 나가오. 특히 이 집은 저 아래 있는 호수 때문에 값이 더 나가오. 유지비도 많이 들고, 별도의 비용도 드오. 저 아래 있는 호수 때문이오. 호수에서 누군가가 빠져 죽을 경우 그것을 근처 주민들이 함께 보상해야 하는데 그 때문에 보험까지 들었소. 그런데 그 보험료가 장난이 아니오." 남편이 말했다. 그녀는 남편이 필요 이상의 얘기까지 하고 있다는 느낌이 들었다.

　"누군가가 빠져 죽을 경우 그것을 근처 주민들이 함께 보상해야 한다고요? 이해가 되지 않는군요."

　그것은 그녀로서도 이해가 되지 않는 것이었다. 미국에는 나이가 들어 유학 와 남편을 만난 후 그곳에 정착하게 된 그녀로서는 이해할 수 없는 법들이 너무도 많았다.

   사내아이가 거실 가운데로 왔다. 그는 얼굴이 소년 같았고, 사지도 가늘었다. 그가 총만 갖고 있지 않다면 상황은 얼마든지 역전될 수 있었다. 남편은 나이가 들긴 했지만 체격이 아주 좋았다. 그녀는 새삼 총의 위력을 실감했다. 그 단순한 사물이 그토록 큰 지배력을 갖게 해준다는 생각이 들자 총이 전혀 새롭게 보였다.

   하지만 사내아이는 총을 제대로 들고 있지도 않았다. 그는 보기에도 무거워 보이는 총이 실제로도 무거운 듯 한 손에서 다른 손으로 총을 옮기곤 했다. 그녀는 그가 과연 그 총을 다룰 줄이나 아는지 의심스러웠다. 문득 위험은 그가 총을 갖고 있다는 사실이 아니라 그가 그것을 제대로 다룰 줄 모른다는 사실에 있는 것처럼 느껴졌다. 사내아이는 우연히 총이 수중에 들어오게 되면서 강도가 된 것처럼 보였다.

   "뭐가…따뜻한…걸 마시고…싶은데…." 사내아이가 말했다.

   그다지 춥지 않은 날씨였지만 그는 약간 떨고 있는 것처럼 보였다. 그것이 추위 때문인지 아니면 긴장해서인지는 분명치 않았다. 사내아이는 두 사람을 자리에서 일어나게 했다. 브라운 부인이 앞장을 서 부엌으로 갔다. 남편은 휴식을 방해받은 사람처럼 화가 나 부엌으로 향했다. 그녀가 스토브 위에 물을 올렸고 두 남자는 그녀 옆에 서 있었다. 사내아이가 총을 들고 있는 것을 빼면 세 사람은 파티가 끝난 후 차를 한 잔 마실 준비를 하는 사람들처럼 보였다. 그녀는 자신이 그사이 이런 일을 겪게 되었을 때 당연히 느껴야 하는 공포를 거의 느끼지 않았다는 사실을 깨달았다. 그 이유는 분명치 않았지만 공포를 느껴야 하는 어떤 순간을, 혹은 기회를 그냥 지나쳐버렸고, 이제는 그것을 느끼기에 너무 늦은 것처럼 느껴졌다.

"그 얘기…알아요? 이곳…중서부…지역의…어딘가에서…누군가가…어떤 살인자가…숲에…들어가…숲에서…사슴사냥을…하고 있던…사냥꾼들을…총으로…쏘아 죽인…얘기요?" 그가 말했다. 그는 말을 더듬으며 다소 긴 얘기를 하는 데 어려움을 겪는 것처럼 보였고 브라운 부인은 그가 얘기를 하는 동안 약간 조마조마한 마음이 들었다.

"사냥꾼…세 명을…쏘아…죽였죠, 사슴…사냥을…하던. 실수로…그들을…쏘아 죽인 게…아니에요. 그는…사냥꾼도…아니었어요." 그가 손에 든 매그넘을 바라보며 미소를 지으며 말했다.

그가 그 장본인인지는 알 수 없었다. 그는 그 살인자가 다른 누구라고 하지 않았다. 하지만 자신이라고도 하지 않았다. 그는 다만 누군가라고만 했다. 하지만 그 누군가는 누구라도 될 수 있었다. 그리고 그가 그 이야기를 지어낸 것인지도 몰랐다. 하지만 그 이야기가 사실이라면 그것은 분명 인상적인 이야기였다.

그럼에도 그녀는 그 이야기도, 지금 그녀가 처한 상황도 실감이 나지 않았다. 모든 것이 너무도 일상적인 일로 여겨졌다. 그리고 그 순간 들린, 주전자의 물이 끓는 소리 역시 그런 느낌을 강화시켜 주었다. 그녀는 허브티를 세 잔 만들어 두 잔을 남편과 사내아이에게 건네주었다. 남편은 여전히 못마땅한 표정을 지은 채로 찻잔을 받은 후 다시 싱크대 위에 내려놓았다. 한데 사내아이에게 차를 건네주는 순간 뜨거운 차가 엎질러지며 그의 손에 쏟아졌다. 사내아이의 손등이 빨갛게 변했다. 그는 어색한 웃음을 지으며 별것 아니라는 표정을 지었다. 그녀는 사과를 했다. 누구의 잘못도 아니었지만 그녀는 진심으로 미안했다. 그녀와 사내아이는 선 채로 차를 마셨다.

"향이 좋군요." 사내아이가 말했다.

그 말은 사실이었다. 그녀는 차의 향기가 마음을 가라앉혀 주는 것을 느꼈다. 잠시 후 세 사람은 다시 거실로 나갔다. 부부는 다시 소파에 앉았지만 사내아이는 그대로 서 있었다. 거실 벽에 걸린 괘종의 희미한 초침 소리가 들렸다. 그 소리는 소리에 민감하게 만들었다. 멀리 고속도로의 소음이 아주 희미하게 들렸고, 경비행기가 날아가는 소리도 들렸다. 근처에 경비행장이 있었다. 그녀는 늘 경비행기를 몰아보고 싶었다. 평원이나 구릉 위를 낮게 날며 양 떼나 무리 지어 달리는 말들을 공중에서 바라보는 것은 근사한 일로 여겨졌다. 하지만 남편은 그것은 너무 위험하다며 만류했다. 하지만 그녀에게 경비행기 조종은 자동차 운전 이상으로 위험한 것으로는 여겨지지 않았다.

"원하는 게 뭐요?" 잠시 세 사람이 아무 말도 없자 남편이 초조하게 물었다.

사내아이는 금방 대답을 하지 못했다.

"원하는 게 있을 거 아니오?" 남편이 말했다.

"그게…그러니까…" 사내아이가 말했다.

"돈을 원하오? 돈을 원하면 돈을 주겠소." 남편이 말했다.

"돈은…" 사내아이가 말했다.

"얼마면 되겠소?" 남편이 말했다.

그녀는 남편의 말이 다그치는 사람의 말로 들렸다.

"그럼…혹시…지갑…속에…있는…돈을…꺼내…줄 수…있나요?" 사내아이가 말을 더듬으며 돈을 요구했다. 그녀는 자리에서 일어나 현관에 있는 옷장으로 가며 사내아이가 원하는 것이 돈이 아닐지도 모른다는 생각을 했다. 그리고 문득 집 안에 있는 금고 속의 돈이나 보석을 요구하는 대신 지갑 속의 돈을 달라고 한 사실을 상기하며 자신과 남편의 옷 속에 있는 지갑 안의 돈을 모두 꺼냈다. 모두 500달러가 조금 넘는 돈이었다. 그 돈을 건네주었지만 사내아이는 세어보지도 않고 자신의 호주머니 속에 집어넣었다. 그런 다음 그는 고맙다는 말을 했다. 그녀는 하마터면 천만에요, 라는 말을 할 뻔했다.

사내아이는 다시 창가로 가 호수를 내려다보았다. 그사이 산 위로 떠오른 달이 커튼 너머로 보였다. 사내아이는 어슴푸레하게 보이는 그 호수에 마음이 끌린 사람처럼 그곳을 응시했다. 부부는 서로를 쳐다보았다. 남편의 얼굴이 일그러져 있었다. 그녀는 남편의 표정이 어쩐지 마음에 들지 않았고 창밖을 바라보았다. 가끔 날씨가 좋은 날 밤 달이 뜰 때면 그녀는 바깥 테라스에 있는 의자에 앉아 호수를 바라보곤 했다. 어떤 날은 호수 위로 뛰어오르는 물고기도 볼 수 있었다.

그때 초인종 소리가 들렸다. 세 사람은 서로를 쳐다보았다. 하지만 사내아이는 태연한 표정이었다. 그가 현관으로 걸어갔다. 그 순간 그녀는 그가 약간 불편하게 걸음을 떼는 것을 보았지만 신체적인 이상이 있는 것처럼 보이지는 않았다. 사내아이가 문을 열어주었다. 부스스한 얼굴의 앳되어 보이는 여자아이가 들어왔다. 여자아이는 아마도 주변 숲속에 주차해 놓은 차에서 자고 온 듯 불편한 잠을 잔 사람처럼 보였다.

"왜…이렇게…늦었어?" 사내아이가 말했다.

"일어나는 게 힘이 들었어." 여자아이가 말했다.

여자아이는 눈을 비비며 약간 부끄러워하면서 브라운 씨 부부를 번갈아 가며 쳐다보았다. 브라운 부인은 그녀가 부끄러워하는 것이 그런 식으로 그들의 집을 침입해서인지 아니면 자고 일어난 후 얼굴을 제대로 고치지 않아서인지 분명치 않았다. 네 사람은 잠시 서로를 아무 말 없이 쳐다보았다.

"왜 묶어놓지 않았어?" 여자아이가 말했다.

"나는…사람을…묶거나…하지는…않아." 사내아이가 말했다.

"묶어놓지 않아도 될까?" 여자아이가 말했다.

"괜찮을 거야." 사내아이가 말했다.

브라운 부인은 두 아이가 그들 부부에 대해 하는 말을 들으며 그것이 어이없게 여겨지기보다는 그들이 딱하게 여겨졌다. 마치 자신이 어떤 조언이라도 해줘야 할 것처럼 여겨졌다. 그녀는 여자아이가 어딘가에서 본 적이 있는 것처럼 여겨졌다. 여자아이 역시 어수룩하게 보였다. 그런데 어쩐지 그 때문인지는 몰라도 둘은 잘 어울려 보였다. 어쨌든 최근 들어 서로 부쩍 서먹해진 브라운 부인 자신과 남편보다는 잘 어울려 보였다.

"이런 일을 전에도 한 적이 있나요?" 브라운 부인은 순전히 호기심에서 그런 질문을 했다.

"아뇨…, 처음이에요." 사내아이가 말했다.

"사실은 우리가 이런 일을 하게 될 줄은 몰랐어요." 여자아이가 말했다.

"그래, 해보니 어때요?" 브라운 부인이 물었다.

"잘 모르겠어요." 그녀의 말에 여자아이가 쑥스러운 듯 미소를 지으며 말했다.

악센트로 미루어보아 그들이 그 지역 출신이 아니라는 것은 알 수 있었지만 정확히 어디 출신인지는 알 수 없었다. 브라운 부인의 영어 실력은 사투리를 구분할 수 있을 정도로 좋지는 않았다. 그녀는 그들의 출신을 물어보고 싶었지만 그것은 예의가 아닌 일로 여겨졌다.

"당신들은 어디 출신이오?" 그 순간 그녀의 생각을 읽기라도 한 듯 남편이 물었다.

그들은 남편을 가만히 쳐다보았다.

"얘기해도 되지 않겠어?" 여자아이가 말했다.

사내아이는 가만히 있었다.

"그냥 고향을 묻는 것뿐이잖아." 여자아이가 말했다.

사내아이는 마치 조언을 구하듯 브라운 부인을 바라보았다.

"어디 얘기해봐요." 브라운 부인이 말했다.

"포틀랜드 출신이에요." 여자아이가 말했다.

"오리건 주 포틀랜드 출신이라고요?" 브라운 부인이 말했다.

"아뇨. 어딜 가나 우리가 포틀랜드 출신이라고 하면 다들 오리건 주 포틀랜드인 줄 알더군요. 그곳은 우리도 가보지 못했어요. 히피들이 많아 굉장히 자유로운 도시라는 얘기는 들었지만요. 한번 꼭 가보고 싶은 곳이긴 해요." 여자아이가 말했다.

"동북부…메인 주…포틀랜드…출신이에요. 우리…둘 다." 사내아이가 말했다.

동북부는 브라운 부인이 늘 가보고 싶었던 곳이다. 텔레비전에서 본 그곳은 미국보다는 유럽 같아 보였다. 그녀는 겨울을 제외하고는 나머지 계절 동안 지루하게 계속되는 중서부의 화창한 날씨가 싫었다. 그녀는 안개와 비가 빈번한 곳으로 가고 싶었다. 그리고 메인 주에서 더 북쪽에 있는 캐나다의 노바스코샤에 가고 싶었다. 노바스코샤는 그녀가 여행지를 떠올릴 때면 떠오르는 곳 중 하나였다. 새로운 스코틀랜드라는 의미의 그곳은 이름만으로도 근사하게 느껴졌다.

"포틀랜드 위쪽 프리포트라는 곳은 정말로 아름답죠. 그곳의 작은 포구에 내 할머니 집이 있는데 겨울에 안개가 끼면 너무도 황량한 느낌이 들죠. 그 때문에 그 집에 자주 가곤 했어요." 여자아이가 말했다.

"그 가까운…곳에서…스티븐 킹이…태어나기도…했죠." 사내아이가 말했다.

브라운 부인은 스티븐 킹이 그곳 중서부의 옥수수밭을 무대로 해 쓴 소설을 영화로 만든 것을 본 적이 있었지만 그 제목이 생각이 나지 않았다.

"포틀랜드 해안에는 2차세계대전 때 지은 요새들이 있죠. 독일군에 대항하기 위해서 지은 건데 독일군이 그곳까지 쳐들어온 적은 한 번도 없죠. 어릴 적, 전쟁이 끝난 지 한참이 지났지만 우리는 언젠가는 그곳으로 독일군이 쳐들어올 거라고 생각했고, 독일군에 대항해 싸우는 놀이를 하곤 했죠." 여자아이가 말했다.

"어릴 때…우리는…자주 그곳에…놀러가곤…했어요. 우리는…그곳에서…낚시도…했죠. 독일군이…쳐들어올지도…모른다는…생각을…하면서요." 사내아이가 말했다.

"포틀랜드에는 멋진 등대들이 많이 있죠." 여자아이가 말했다.

브라운 부인은 좀 더 얘기를 나누게 되면 그들이 자신을 포틀랜드로 초대할 수도 있을 거라는 생각을 했다. 그리고 그들 둘이 고향 포틀랜드를 떠날 작정이었다면 애초에 그곳 중서부 지역이 아닌 캘리포니아나 플로리다로 향했어야 했다는 생각을 했다. 그리고 그것은 자신 역시 마찬가지라는 생각이 들었다. 백인들의 세상인 보수적인 중서부는 숨이 막히는 곳이었다. 그녀는 언젠가 남편과 함께 로데오 경기장에 간 적이 있었다. 차로 몇 시간 거리에 있는 들판의 로데오 경기장에서 전국적인 규모의 로데오 경기가 열렸던 것이다. 경기장에 들어선 그녀는 소름이 끼쳤다. 로데오는 오로지 백인만의 경기였다. 그녀가 관중석에 들어간 순간 모두의 눈길이 아시아인인 그녀에게 쏠렸다. 그녀 외에 유일한 유색인종은 경기장에서 익살꾼으로 일하는 흑인 하나밖에 없었다. 그리고 그 흑인은 철저하게 웃음거리가 되고 있었다.

그녀는 문득 언젠가 남편과 함께 본 〈칼리포니아〉라는 영화를 떠올렸다. 그녀는 그 영화가 마음에 들었지만 남편은 좋아하지 않았다. 남편이 그녀보다 나이가 훨씬 많고 다소 늙었다는 사실로는 그가 그 영화를 좋아하지 않는 이유를 설명할 수 없었다. 남편은 그녀와는 많은 부분에서 취향이 달랐다.

그녀는 그들이 찾아온 곳이 중서부로 불리는 곳인지 알기나 하는지 궁금했다. 그들은 무엇보다도 지리에 대한 지식이 없는 것처럼 여겨졌다.

"이곳에는…토네이도는…불지…않나요?" 사내아이가 말했다. 어쩌면 그는 중서부에 대해 아는 것이라곤 그곳에 토네이도가 불어온다는 사실뿐인지도 몰랐다.

"사실은 며칠 전에 이곳에서 조금 떨어진 곳에 토네이도가 불어와 두 명이 죽었어요." 브라운 부인이 말했다.

"이곳에 오면서 꼭 보고 싶었던 혹은 경험하고 싶었던 것 하나가 있다면 그건 토네이도였어요." 여자아이가 말했다.

그것은 그녀 역시 마찬가지였다. 그녀는 그 지역으로 오면서 토네이도를 꼭 구경하고 싶었다. 언젠가 텔레비전에서 본, 토네이도가 있는 곳이면 달려가 그것을 촬영하고 연구하는 사람들에 관한 다큐멘터리는 무척 인상적이었다. 하지만 그곳은 토네이도가 지나가는 길목이 아니었고, 오래전 마지막으로 토네이도가 찾아온 것을 끝으로 더 이상은 그곳에 찾아오지 않았다.

잠시 거실에는 어색한 침묵이 흘렀다. 그녀는 이제 그들이 그 어색한 침묵을 견디지 못하고 가버릴 수도 있다는 생각이 들었다. 더 이상 그들이 그곳에서 할 수 있는, 그녀가 생각해낼 수 있는 일은 별로 없는 것처럼 여겨졌다. 그럼에도 그녀는 그들을 좀 더 붙들고 있고 싶은 마음이 들었다. 어쨌든 그녀는 그들 덕분에 자칫, 아니 거의 틀림없이 무료할 수도 있는 그날 저녁을 나름대로 유쾌하게 보내고 있었던 것이다.

그때 또다시 경비행기가 날아가는 소리가 들렸다. 그녀는 단 한 번 경비행기를 탄 적이 있었다. 하지만 직접 조종을 한 것은 아니었다. 2인승 단발 세스나였다. 숲 위를 스치듯 날아갔을 때 숲이 일렁이던 장면이 떠올랐다. 어쩌면 미시시피 강을 따라, 혹은 지류 중 하나를 따라 날아갈 수도 있을 것이었다. 미시시피 강 유역에는 그 강으로 흘러드는 수많은 지류가 있었는데 그 가운데는 볼가 강과 황하라는 이름의, 이름에 걸맞지 않게 작은 지류들도 있었다. 어쩌면 나일 강도 있는지도 몰랐다.

"이 친구가 어떤 살인자가 숲에 들어가 숲에서 사슴사냥을 하고 있던 사냥꾼들을 총으로 쏘아 죽인 얘기를 하던가요?" 여자아이가 말했다.

브라운 부인은 고개를 끄덕였다. 화장을 제대로 하지 않은 여자아이의 왼쪽 눈에 마스카라가 번져 있었다. 그녀는 자신의 화장품을 쓰게 하고 싶었다.

"이 친구는 그 얘기가 그렇게 재미있는지 만나는 사람들 모두에게 그 이야기를 하고 다니죠. 하긴 재미있긴 해요. 근사한 얘기 같아요." 여자아이가 말했다.

그녀는 서슴없이 얘기를 했고, 브라운 부인은 그녀의 부스스한 모습 아래로 아직 앳되지만 매력이 넘치는 얼굴을 보았고, 그래서 약간 질투를 느꼈다. 그녀의 젊음은 너무도 기분 좋게 느껴졌다. 브라운 부인은 문득 얼마 전 시내의 어떤 가게에서 속옷을 고르고 있던 여자아이의 매력적인 모습을 잠시 넋을 잃고 본 기억을 떠올렸다. 지금 옆에 있는 그 여자아이 또한 제대로 꾸미기만 한다면 가게에서 본 그 여자아이 못지않을 것이 분명했다. 브라운 부인은 그녀의 또 다른 모습을 상상하며 희미하게나마 미소를 지었다.

그때 남편이 그녀를 쏘아보았다. 그녀는 남편이 유연하지 못한 모습을 보이는 것이 실망스러웠다. 그는 자신이 처하게 된 상황을 자신의 것으로 받아들이는 데 무척 서툴렀다. 어쩌면 그는 유색인종이 아니라 자신과 같은 백인에게 그런 일을 당하고 있는 사실에 분개하고 있는지도 몰랐다. 아니면 이튿날 가게 될 출장 준비를 하지 못하고 있는 것에 화가 나 있는지도 몰랐다. 그는 이튿날 시카고에 가 초청연사로 강연을 해야 한다. 어쨌든 그녀는 그러한 위기의 순간에 남편의 소중함을 깨닫지 못하고 있다는 사실이 가장 실망스러웠다. 그럼에도 성격이 다소 급한 남편이 자제력을 잃어 화를 폭발시키지 않는 것이 그나마 다행이라면 다행이었다.

남편이 그녀에게 폭력을 휘두른 건 단 한 차례였다. 얼굴을 한 대 맞은 그녀는 의식을 잃었었다. 의식을 잃은 것은 오히려 잘된 일인지도 몰랐다. 그로 인해 의식이 돌아왔을 때 그녀는 극심한 모멸감이나 수치감을 느끼지 않을 수 있었고, 대신 그 일을 어느 정도 이해할 수 있는 일로 받아들일 수 있었다.

"그런데 사냥꾼이 몇 명이라고 하던가요? 세 명이라고 하던가요? 한데 본래는 두 명이었어요." 여자아이가 말했다.

"세 명이었어." 사내아이가 말했다.

"두 명이 확실해." 여자아이가 말했다.

그들이 하는 얘기만으로는 그 살인이 그들의 소행으로 여겨지기도 했지만 브라운 부인은 그들의 얘기를 들을수록 그것은 사실이 아닌 것으로 여겨졌다. 그들은 그런 일을 저지르기에는 너무도 순진해 보였다. 그 순간 사내아이가 그녀를 수줍게 쳐다보았다.

"저기…혹시…집에…치질약이…있나요?" 사내아이가 얼굴을 붉히며 말했다.

이제야 그녀는 사내아이가 계속해서 서 있었으며 불편하게 걸음을 떼던 이유를 알 수 있었다. 강도짓이 처음이라 긴장해서였기도 했지만 치질이 더 큰 이유인 것이 분명했다. 치질이 심해 자리에 앉거나 걷는 것이 고통스러운 게 분명했다. 그녀는 사내아이에게 연민을 느꼈다. 그리고 친밀감을 느꼈다. 그녀는 누군가에게 치질이 있다는 것을 안다는 사실이 대단한 친밀감을 준다는 사실을 깨달았다. 그것은 누군가에게 심장병이나 당뇨가 있다는 것을 알게 되는 것과는 다른 것이었다. 실제로 자신에게 치질이 있다는 사실을 털어놓는 것은 아주 가까운 사이에서나 가능한 일이었다.

"아마도 있을 거예요." 브라운 부인이 말했다.

그녀는 화장실 수납장 안에 남편의 치질약이 있다는 생각이 떠올랐다. 프레파레이션-H라는 흔히 쓰이는 치질약이었다. 그녀 또한 한두 번 그것을 사용한 적이 있었다. 그녀는 자리에서 일어났다. 그녀는 못마땅하다는 듯 자신을 쳐다보고 있는 남편을 보았지만 무시했다. 그녀는 그가 무척 기만적이며 옹졸한 사람처럼 여겨졌다. 그녀는 화장실에 가 수납장에서 치질약을 꺼내 와 약을 그에게 주었다. 그리고 그것은 인간이 인간에게 베풀 수 있는 진정한 의미의 호의처럼 여겨졌고, 그러한 호의를 베풀 수 있는 것에 기분이 좋았다.

사내아이는 총을 여자아이에게 쥐 들고 있게 한 다음 화장실로 들어갔다. 브라운 부인은 화장실에서 괴로워하며 항문 속에 치질약을 삽입하고 있을 사내아이를 생각하자 웃음이 나왔다. 그가 변을 보게 되면 기름덩어리가 잔뜩 나올 것이었다. 그녀는 부조리할 수도 있는 그 상황이 전혀 부조리하게 여겨지지 않았다. 그에 비하면 자연스런 일상의 어떤 부분들이 더욱 부조리하게 여겨졌다. 조금 후 화장실에서 나온 사내아이의 얼굴은 좀 더 편해 보였다. 네 사람은 한 부부와 그들을 오랜만에 찾은 그들의 아이들과 다르지 않게, 서로의 안부를 물은 후 더 이상 마땅히 할 말을 찾을 수 없는 사람들처럼 어색하게 앉아 있었다.

"혹시 배가…고프거나…하지 않나요? 원하면…피자를 시켜드릴…수도 있어요. 돈은 내가 지불할게요." 사내아이가 말했다.

그리고 브라운 부인은 이제 그가 눈에 띄게 말을 덜 더듬는 것을 알아차렸다. 그만큼 그가 덜 긴장하고 있는지도 몰랐다.

"이곳까지는 피자를 배달하지 않아요." 브라운 부인이 말했다.

그녀는 피자를 주문하는 핑계를 대 어딘가에 전화를 할 수도, 아니면 정말로 피자가게에 전화를 해 피자를 주문할 수도 있었다는 생각이 들었다. 그랬다면 상황이 달라졌을 수도 있었다. 그리고 실제로 피자가게에서 피자를 그곳까지 배달해주는지도 몰랐다. 그들 부부의 집은 시내에서 먼 곳에 있었고, 그래서 한 번도 그 집에서 피자를 주문한 적이 없었고, 그에 따라 당연히 배달이 되지 않는 것으로 생각했던 것이다.

"하지만 냉장고 안에 먹다 남은 피자가 있긴 해요. 그거라도 먹겠어요?" 브라운 부인이 말했다.

사내아이가 고개를 끄덕였다. 브라운 부인은 부엌으로 가 피자를 데

위 나왔다. 사내아이와 여자아이는 피자를 맛있게 먹었다. 그들은 저녁을 굶은 것이 분명했다. 사내아이는 브라운 씨 부부에게 피자를 권했지만 그들은 사양했다. 브라운 부인은 좀 더 맛있는 피자를 내놓지 못한 것이 미안했다. 여자아이가 텔레비전을 틀었고, 또 다른 시시한 쇼가 방영되고 있었다. 실제상황을 다루는 무척 엽기적인 쇼였지만 브라운 부인은 그것이 전혀 현실성이 없게 여겨졌다. 그리고 그들에게 벌어지고 있는 일에 비하면 그 쇼는 너무도 무미하게 여겨졌다. 사내아이는 피자를 먹으며 탁자 위에 놓여 있던 신문을 들어 어떤 면을 펼쳐 유심히 보았다. 그는 한참 동안 신문을 들여다보았다. 그의 시선은 움직이지 않았다. 한데 어떤 기사를 보는 것 같았지만 아무래도 너무 오래 걸리는 것 같았다. 뭔가를 진지하게 보기보다는 뭔가를 이해하려고 애를 쓰는 것처럼 보였다. 그녀는 그가 신문의 과학 기사나 예술 관련 기사를 보고 있을 거라는 생각을 했다. 하지만 그가 읽고 있는 것은 스포츠 기사였다. 아무래도 사내아이는 기사를 이해하는 데 어려움을 겪고 있는 것이 아니라 글을 읽는 데 어려움을 겪고 있는 것 같았다. 어쩌면 그는 중학교만 졸업했거나 고등학교를 중퇴했는지도 모른다.

"혹시 피아노를…칠 줄 아나요?" 피자를 다 먹은 사내아이가 기사에서 눈을 떼며 브라운 부인에게 물었다.

그녀는 고개를 끄덕였다. 그녀는 어린 시절 피아노를 배웠고, 가끔 시간이 날 때면 거실에 있는 피아노를 치곤 했다.

"한 가지…부탁이 있는데…드려도 될까요?" 사내아이가 주저하며 물었다.

그녀는 고개를 끄덕였다.

"나를 위해…피아노를 쳐줄 수 있나요?"

그것은 전혀 예상치 못한 부탁이었다. 그녀는 돈을 더 달라거나 갈아입을 옷을 빌려 달라거나 하는 부탁을 예상했었다. 남편은 어이가 없다는 듯 그녀를 쳐다보았다.

"도대체 원하는 게 뭐요? 돈을 가졌으면 그만 가도 되지 않소?" 남편이 말했다.

하지만 사내아이는 그의 말을 무시했다. 브라운 부인은 순순히 피아노 앞으로 가 앉았다. 그러면서 자신이 여전히 인질로 잡혀 있다는 사실을 스스로에게 주지시켰다. 그녀는 무슨 음악을 연주하는 것이 좋을지를 생각했다. 한데 그 순간 사내아이가 자신이 원하는 곡을 말했다. 그것은 모두가 아는 가곡이었다. 그녀는 〈산타루치아〉를 연주했다. 그런데 그 순간 놀랍게도 사내아이가 그 연주에 맞춰 노래를 부르기 시작했다. 노래를 하는 그는 성가대 소년처럼 보였다. 그는 노래 실력은 별로였지만 성의를 다해 불렀다. 그가 노래하는 동안 거실의 분위기는 사뭇 다르게 여겨졌다. 더 이상 강도가 침입한 집처럼 여겨지지 않았다.

사내아이는 곡이 끝나자 노래를 하고 싶은 사람이 없는지 물었고, 아무도 반응을 보이지 않자 다른 노래의 연주를 주문했다. 이번에는 〈올드랭사인〉이었다. 그녀는 최근 들어 피아노를 친 적이 거의 없었고, 그래서 어떤 부분에서는 음정이 틀리게 연주를 했고, 그 점이 신경이 쓰였지만 그냥 넘어갔다. 어쨌든 노래하는 사람이 그것은 알아차리지 못한 것처럼 보였다. 그런데 그가 부른 노래들은 그러한 상황에서 부르기에는 적절치 않은 노래들로 여겨졌다. 너무 감상적이거나 서정적인 것으로 들렸다. 그런데 그런 상황에 어울리는 노래가 따로 있단 말인가? 어쨌든 그가 자신이 부르기에는 너무 어려운 노래를 선곡하지 않은 것만으로도 다행이었다.

그녀는 그가 스스로 춤을 추거나 자신에게 춤을 추게 하지 않을까 생각했다. 하지만 사내아이는 그녀에게 춤을 추게 하지도 자신이 춤을 추지도 않았다. 그것은 무척 다행스런 일이었다. 만약 그 자리에서 누군가가 춤을 추었다면 그것은 지나친 어떤 것처럼, 어리석은 소극처럼 되었을 것이다. 그런 식으로 그는 두 곡을 더 불렀다. 사내아이는 모두를 대신해 하듯 모두 네 곡의 노래를 불렀다. 사내아이가 노래를 마치고 나자 사뭇 다르게 여겨졌던 상황이 다시 강도가 침입한 상황이라는 엄연한 상황으로 바뀌는 듯했다. 그럼에도 그사이에 뭔가가 달라진 것처럼 느껴졌고, 모두가 그것을 느끼고 있는 것처럼 보였다. 그들 넷은 이제 강도와 인질이라는 서로의 분명한 역할을 결정적으로 잃어버린 사람들처럼 보였다.

브라운 부인은 사내아이를 찬찬히 바라보았다. 그는 민망해하는 표정을 짓고 있었다. 그녀는 문득 사내아이가 노래를 하는 동안에는 전혀 말을 더듬지 않았다는 사실을 깨달았고, 어쩌면 노래를 통해 말더듬이를 치료할 수도 있을 거라는 엉뚱한 생각을 했지만 그 얘기를 하지는 않았다. 어쩌면 실제로 현실에서 그러한 치료법이 행해지고 있는지도 몰랐다.

"한 가지 질문이…있는데 물어도 될까요?" 사내아이가 물었다.

그녀는 고개를 끄덕였다.

"직업이 뭐죠?" 그가 남편을 향해 물었다.

"대학에서 하이드롤릭스를 가르치고 있죠." 남편이 말했다.

"하이드…롤릭스가 뭐죠?"

"물의 힘을 연구하는 학문이오. 물과 같은 유체의 역학을 응용하는 것을 연구하는 거요."

설명은 충분치 않았으나 사내아이는 더 이상 묻지 않았다. 그녀 역시 남편이 유체에 관한 학문을 가르치고 있다는 사실을 넘어서는 그가 하는 일과 관련해 아는 것이 별로 없었다. 언젠가 남편이 설명해준, 그들 부부가 새로 장만한 고급 자동차의 ABS에 하이드롤릭이 응용되어 있다는 것 정도밖에 몰랐다.

"멋진 일을 하고…있는 것 같군요. 당신은요?" 사내아이가 그녀에게 물었다.

"중학교 지리교사예요."

"멋진 일을 하고…있는 것 같군요." 사내아이가 말했다.

그녀는 자신이 하는 일이 그렇게까지 멋진 일로는 여겨지지 않았지만 그 일을 좋아하긴 했다. 그리고 지리교사를 하는 덕분에 생소하면서도 근사한 지명들을 많이 알고 있었다. 그녀가 마음속으로 즐겨 외는 것은 마추피추나 앙코르와트나 세렝게티나 바이칼 같은 유명한 곳이 아니라 사람들이 거의 모르는 곳이었다. 북극해의 영구빙의 한계 가까이 있는 젬랴프란차요제도나 세베르나야젬랴제도, 엑슬하이버그 섬 등이 그녀의 마음을 끌었다. 네 사람은 잠시 아무 말 없이 앉아 있었다. 다들 또 다른 경비행기가 날아가는 소리가 들리기를 기다리는 것처럼 보였다.

"한 가지 퀴즈를 내도 돼요?" 그녀가 말했다. 다소 황당할 수도 있는 그 얘기를 하고도 그녀는 왜 불쑥 그런 얘기를 하게 되었는지 알 수가 없었다. 어쩌면 그들의 밤을 침입한 그 낯선 젊은 친구들과 좀 더 친해지고 싶었는지도 몰랐다. 남편은 어이가 없다는 표정을 지었지만 그녀는 무시했다.

"뉴욕은 본래 영국의 요크라는 지명에서 비롯되었죠, 뉴햄프셔나 뉴

저지도 마찬가지죠. 그렇다면 뉴질랜드는 어디에서 비롯되었을까요? 질랜드라는 섬이 어디 있을까요?"

"영국에 있는 섬이 아닌가요?" 사내아이가 말했다.

"아니에요."

"질랜드라는 섬이 있긴 한 거야?" 남편이 필요 이상으로 큰 소리로 물었다.

잠시 나머지 세 사람이 일행과 어울리지 못하는 누군가를 쳐다볼 때처럼 그를 쳐다보았다.

"혹시 네덜란드에 있는 섬 아니에요?" 여자아이가 물었다.

"비슷하긴 한데 틀렸어요. 질랜드는 덴마크에서 제일 큰 섬이에요."

사내아이와 여자아이는 그 사실을 알게 된 것이 무척 기쁜 듯 웃음을 지었다.

"한 가지 질문이 있는데 물어도 될까요?" 사내아이가 물었다.

그녀는 고개를 끄덕였다.

"성이 뭐죠?" 그가 물었다.

"브라운이요." 그녀가 말했다.

사내아이는 고개를 끄덕였다. 그녀에게는 그가 그럴 줄 알았다는 듯 고개를 끄덕이는 것으로 보였다.

"영국계인가요?" 사내아이가 남편을 향해 물었다.

남편은 고개를 끄덕였다. 그는 영국계이기도 했지만 혈통이 대단히 복잡했다. 그럼에도 그는 순수한 백인이었다.

"독일인과 스칸디나비아인, 그리고 러시아인의 피가 섞여 있소." 남편이 말했다.

그녀는 자신의 남편에게 러시아인의 피까지 섞여 있다는 사실은 몰랐았다. 평소 그녀는 남편이 여러 피가 섞인 것이 몹시 부러웠다. 그녀는 순수한 한국인이었고, 그 사실이 떼어낼 수 없는 낙인처럼 부끄러웠다. 하지만 그녀는 남편의 성은 마음에 들지 않았다. 그녀는 무난하고 온화한 사람처럼 여겨지게 하는 브라운이라는 그 성을 한 번도 좋아한 적이 없었다. 그녀는 왜 성에 색깔 이름들이 있는지 이해할 수 없었다. 브라운, 화이트, 블랙, 그린, 그레이. 정녕 색의 이름을 성으로 사용해야 한다면 퍼플이나 주홍색을 의미하는 버밀리언이 괜찮을 것 같았다. 결혼하면서 그녀는 자신의 성을 고집했지만 남편은 양보를 하지 않았다. 그녀의 이름에는 브라운이라는 성이 어울리지 않았다. 문득 그녀는 자신이 브라운이라는 성을 가진 남자와 살고 있는 것이 이상하게 여겨졌고 어쩌면 자신이 남편을 떠나게 될지도 모른다는 생각을 했다.

　브라운 부인은 그 젊은 친구들이 자신들의 이름 또한 얘기할 수도 있을 걸로 생각했지만 그들은 그렇게 하지 않았다. 어쩐지 그들은 무척 흔한 이름에 낯선 성을 갖고 있는 것처럼 여겨졌다. 이제 자정이 가까워지고 있었고, 그녀는 조금 후면 사내아이와 여자아이를 위해 손님용 침실을 준비해야 할 것처럼 느껴졌다. 그들 집 이층에는 호수가 내려다보이는 멋진 손님용 침실이 있었다. 네 사람은 잠시 누군가가 먼저 양해를 구하며 자리에서 일어나 잠자리에 들기를 기다리는 사람처럼 잠자코 앉아 있었다. 조금 후 벽시계에서 자정을 알리는 종소리가 들렸다.

　"닭고기가 먹고 싶군." 그때 마치 벽시계의 종소리가 그의 식욕을 자극한 것처럼 갑자기 남편이 말했다.

　그는 배가 고픈 것이 분명했다. 그는 자주 그 시간에 간식을 먹곤 했다. 그는 저녁을 배불리 먹고도 늘 밤참을 다시 먹었다. 그는 사내아이의 눈치를 보았다. 사내아이는 그래도 좋다는 듯 고개를 끄덕였다. 그런 다음 그는 그녀를 따라 부엌으로 갔다. 그들은 거실에서 부엌으로, 부엌에서 거실로 함께 왔다 갔다 했고, 주인과 초대받은 손님처럼 보였다. 그녀는 저녁때 먹고 남은 닭고기가 든 냄비를 스토브 위에 올려놓았다.

"무슨 요리죠?"

"한국식 치킨 스튜로 아주 맵죠."

"나는 매운…음식은 잘 못 먹어요…당신은 한국 출신이군요. 나는 한국에…대해서는 아는 게 아무것도 없어요." 대단한 실례를 범한 사람처럼 사내아이가 말했다. 이번에도 그가 미안해하는 것이 매운 음식을 못 먹어서인지, 아니면 한국에 대해서는 아는 게 없어서인지 분명치 않았다.

그녀의 남편은 그녀처럼 매운 음식을 좋아했다. 그녀는 문득 그들 두 사람에게 공통적인 것은 매운 음식을 좋아한다는 사실밖에는 없는지도 모른다는 생각을 했다. 그녀는 다시 한 번 자신이 아마도 남편을 떠나게 될 것 같다는 생각을 했다. 그리고 다시 혼자가 되면 제일 먼저 경비행기 조종을 배워야겠다는 생각을 했다. 비행기를 조종할 줄 알게 되면 연료를 가득 채운 후 노바스코샤까지, 혹은 캐나다 해안을 따라 더 북쪽까지, 영구빙의 한계까지 혹은 그 너머 북극까지 날아갈 수 있을지도 몰랐다.

그녀는 사내아이와 단둘이 있게 된 그 순간 무슨 말인가를 하고 싶었다. 하지만 무슨 말을 해야 좋을지 알 수 없었다. 숲 속으로 들어간 살인자에 대해 더 아는 것은 없는지 물어보고 싶었지만 사내아이 역시 그것에 대해서는 더 아는 것이 없는 것처럼 보였다. 아니면, 헤어지게 되더라도 다시 만날 수 있기를 바란다는 말을 하고 싶기도 했다.

"당신은 참 좋은 사람 같아요." 사내아이가 말했다.

그녀는 대답 대신 미소를 지었다. 그들은 닭고기가 든 냄비가 끓을 동안 다시 부엌에서 거실로 나왔고, 네 사람은 잠시 아무 말 없이 자리에 앉아 있었다. 여자아이는 다시 졸린 것처럼 보였다. 사내아이는 피로해 보였다. 그 역시 졸음에 휩싸인 것처럼 보였다. 그때 그가 졸음을 이기려는 듯 들고 있던 총을 손가락을 방아쇠에 댄 채로 돌리기 시작했다. 브라운 부인은 그것이 무척 위험하게 느껴졌다. 그녀는 총에 탄환이 장전되어 있지 않기를 바랐다.

멀리 고속도로에서 육중한 차량들의 희미한 소음이 이따금 들려왔다. 대륙을 가로지르는 트레일러들에서 나는 소리였다. 그리고 가까이 부엌에서 닭고기가 든 냄비가 끓는 소리가 났고 그 냄새가 났다. 그녀는 자리에서 일어났다. 그런데 순간 또 다른 요란한 소리가 아주 가까이에서 들렸다. 그 순간 총이 발사된 것이다. 총탄이 사내아이의 허벅지를 관통한 듯 그의 다리에서 피가 샘솟았다. 허벅지에서 쏟아진 피가 카펫 위로 흘러내려 고이고 있었다. 빨간 물감을 쏟아놓은 것 같았다. 브라운 부인은 자신이 아끼는 자주색 카펫이 피로 더럽혀지고 있는 것에 마음이 쓰였지만 그 정도는 괜찮다는 생각을 했다. 카펫은 세탁을 하면 되었다. 그녀는 화장실로 달려가 구급약 상자를 가져와 사내아이의 허벅지에 압박붕대를 감아주었다. 그런 다음 벽 쪽으로 달려가 911에 연락했다.

십오 분쯤 지나 구급대원과 경찰이 도착했다. 그들이 도착했을 때 네 사람은 거실에 앉아 있었다. 탄 닭고기 요리 냄새가 거실에 가득했다. 그녀는 탄내와 매운맛이 섞인 그 냄새가 좋았다. 그래서 그 냄새를 일부러 맡으며 숲 속에 들어가 사슴을 사냥하던 사냥꾼들을 총으로 쏘아 죽인 살인자를 떠올렸다. 총을 들고 홀로 숲에 들어간 그가 무척 외로운 사람으로 여겨졌다.

브라운 부인과 나는 이곳 노바스코샤에 있는 경비행기조종학교에서 만났는데 유일한 동양계 학생이었던 우리 두 사람은 곧 친해졌다.
그녀는 집에 강도가 침입한 사건이 있은 지 얼마 후 남편과 이혼을 했고, 이곳 캐나다로 이주해왔으며, 그 사내아이와 여자아이는 두 번 다시 만나지 못했다. 사내아이는 돈을 요구하긴 했지만 그것은 그녀의 남편이 그에게 뭔가를 요구할 것을 요구한 후에야 요구한 것이었다. 사내아이가 요구한 것은 마실 것과 치질약과 네 곡의 연주뿐이었다.
브라운 부인과 나는 그 점에 대해 얘기를 나누었다. 그녀는, 그는 단지 노래를 부르고 싶었던 걸까요, 하고 물으며 미소를 지었다. 그들의 동기는 끝내 알 수 없었고, 우리는 거기에는 반드시 동기가 있어야 하는 것은 아니라는 결론을 내렸다. 어쩌면 그들은 스스로도 무엇을 원했는지 알 수 없었는지도 몰랐다. 그리고 그것은 숲 속으로 들어간 살인자 역시 마찬가지였는지도 모른다.
브라운 부인과 나는 얼마 후면 의무교육과정을 마치고 경비행기조종사자격증 취득시험을 치르게 될 것이다. 그리고 조종사자격증을 따면 우리는 함께 노바스코샤에서 북극을 향해 날아갈 수도 있을 것이다. 그리고 어쩌면 우리가 북극을 향해 날아가는 데도 아무런 동기 같은 것은 없을지도 모른다. 다만 우리는 좌표상의 한 지점을 향해 날아가는 것일 뿐이다.

조 선 희

김분녀의 일생

 **조선희** 1960년 강릉에서 태어나 고려대 독문과를 졸업했다. 1982년 연합통신, 1988년 《한겨레신문》을 거쳐 《씨네21》 편집장을 역임했다. 주요 작품으로는 장편소설 《열정과 불안》, 자전에세이 《정글에선 가끔 하이에나가 된다》가 있다.

"외할머니가 언제 돌아가셨지? 작년 요맘때인 거 같은데."
"으으응. 그래. 이맘때였지. 시월, 그러니까 십······."
"아니 세상에, 엄마는 자기 엄마 기일도 기억을 못 한단 말이야?"
"아니, 뭐 꼭 기억을 못 한다는 것도 아니고. 그러니까 그게 내일이거든."
"어마, 내일이란 말이야? 엄마는 알고 있었네. 근데 왜 얘기 안 했어?"
"그게 무슨 방송할 일도 아니고."
"그럼, 우리 내일 제사 지내?"
"뭐, 제사라기보다 간단히······."
"글쎄, 제사는 좀 뭐하고. 장모님 경우는, 소위, 그 뭐냐, 객사했다고 해서 원래 그런 거 안 모시는 걸로 알고 있는데."
"아니 여보. 객사했다고 제사 안 모신단 말은 또 첨 들어보네요. 객사하면 집에서 장례를 안 치른다는 얘긴 있어도."

"듣고 보니 그러네."

"사실 나도 제사 생각 안 한 건 아닌데, 어머니가 요양원에 계실 때 가톨릭으로 개종했거든. 돌아가시기 직전에 영세를 받았어. 그러니 우리가 제사 지내는 것도 좀 안 맞지. 어머니는 하느님 아멘, 그러고 돌아가셨는데 우리가 유세차, 하고 절하는 것도 영 번지수가 안 맞잖아."

"아, 맞아. 장모님이 가톨릭신자가 되셨다 했지? 그럼 당연히 제사 안 지내는 거지. 가톨릭신자한테 제사 올리는 것도 망자에 대한 예의가 아니고."

"어유. 엄마나 아빠나 똑같애. 제사 지내기 싫음 그냥 싫다고 해."

"쯧, 저 녀석 말버릇 좀 봐."

할머니에 대한 감상들이 엇갈리면서 모처럼 청명했던 아침 식탁에 비구름이 자욱이 끼어 버렸다. 느닷없이 후득후득 듣는 빗방울에 우산을 찾아 헤매는 사람들처럼 식구들 얼굴이 뒤숭숭해졌다. 모두들 밥공기를 절반도 못 비운 채 수저를 내려놓았다. 아침 식탁에 부적절한 화제를 제공한 장본인이지만 나도 입맛을 잃어버리긴 마찬가지였다. 내가 먼저 식탁 의자에서 일어섰다.

나는 방으로 들어와 컴퓨터 앞에 앉았다. 컴퓨터 모니터가 밝아지자 한 귀퉁이에 '졸업작품' 폴더가 떴다. 이미 여러 달 전에 '졸업작품' 간판을 걸고 입주했으나 아직 휑덩그레 비어 있는 방이었다. 대학원 4학기를 마치고도 1년 반이 지나도록 시나리오를 쓰지 못하고 있다. 몇 차례 아이디어가 떠올라 시납시스를 써보기도 했는데 번번이 절망만 깊어질 뿐이었다. 시납시스를 써놓고 보면 어딘가 표절의 냄새가 났다. 셀 수 없이 많은 영화의 장면들이 기억을 뒤섞으며 내 상상력을 조종하고 있었다. 그 무수한 영화들의 추적을 따돌리고 바로 나의 현실에서 출발하는 방법뿐이라고 거듭 다짐을 두어보지만 마음이 보챌수록 머리는 뻣뻣해졌다.

쓰다만 문서 끝에서 커서가 깜빡거렸다. 배고픈 문서가 먹을 걸 달라고 보채고 있었다. 머리가 실타래처럼 엉켜서 풀리지 않을 때 커서의 깜빡임은 다분히 협박조다. 시한폭탄의 초침처럼 일 초에 한 번씩 움직이며, 게다가 비상등처럼 명멸하는 탓일까. 커서가 내 마음에 잠겨 있는 불안감을 슬슬 건드렸다. 진도가 나가지 않는 시나리오에 대한 고민이 잦아들면서 내일로 잡혀 있는 수술에 대한 두려움이 부스스 들고일어났다. 병원에 다녀온 뒤 지난 일주일 동안 나의 내부는 폭격당한 마을처럼 내내 어수선했다. 당장 수술비가 큰 문제였다. 수술을 생각하자 마음이 삽시간에 전쟁터가 돼버렸다. 어디선가 폭발음이 들리는 듯했다.

갑자기 방문이 벌컥 열렸다. 엄마가 문간에 선 채 말했다.

"너 내일 바쁜 일 있니?"

"뭐, 조금. 그런데 왜?"

나는 속이 뜨끔해서 엄마를 쳐다보았다. "사실 네 이모하고는 미리 얘기가 됐던 건데. 내일 할머니 계시던 요양원에 가기로 했거든. 너도 바쁜 일 없으면 같이 가자고."

"오전엔 어디 좀 가야 되는데. 오후엔 갈 수 있어."

엄마가 고개를 끄덕이고는 문을 닫으려는 순간 나는 다급해졌다. 이 기회를 놓치면 끝이라는 절박감이 엉뚱한 얘기를 지어내고 있었다.

"나 운전학원 등록할래."

"등록금 얼만데?"

"잘 모르겠지만 한 30만 원쯤 하지 않을까 싶네."

"얘는? 제대로 알아보지도 않고서. 그리고 너, 졸업이나 빨리 해. 도

대체 학생이냐 실업자냐. 아주 헷갈려죽겠다."

입으로는 '헷갈려 죽겠다'고 말했지만 얼굴에는 '지겨워 죽겠다'는 표정이 뚜렷했다. 엄마가 운전학원 등록금에 대해 고민할 여지는 터럭만큼도 없어 보였다. 나는 의자를 팽 돌려 컴퓨터 쪽으로 돌아앉았다. 등 뒤에서 엄마의 말소리가 들리고 방문이 닫혔다. "나 수영하러 간다. 그리고 저녁엔 약속 있으니까 밥은 네가 알아서 해."

바깥에서 현관문 여닫히는 소리가 들렸다. 나는 다시 막막한 벽 앞에 선 기분이 되었다. 엄마에게 다 털어놓을까 생각하지 않은 건 아니었다. 하지만 결론은 '안 돼'였다. 그것도 단호하게 '안 돼!'였다. 엄마가 얼마나 충격을 받을지 눈에 선했다. 내가 대학을 남보다 2년 더 다니고 대학원을 남보다 오래 다니면서 동창생들이 모두 사회인이 된 뒤에도 학생으로 남아 지루하게 연장전에 연장전을 거듭하는 동안 엄마는 비교적 참을성 있는 관객으로 남아주었다. 하지만 그 너그러움은 남자문제나 결혼문제 앞에서는 셔터를 내려버렸다. 적어도 그 문제에 관한 한 엄마는 그 세대의 다른 여자들보다 몇 배는 더 보수적이었다. 나는 그런 엄마를 충분히 이해했다. 아니, 어린 시절의 상처가 얼마나 강력하게 한 사람의 일생을 지배하는지를 이해했다. 아버지 얼굴도 모르는 사생아로 자랐다면, 또 엄마가 이웃들에게서 화냥년이라 손가락질 받는 것을 보면서 자랐다면, 나라도 그렇게 될 수밖에 없었을 것이다.

나는 텅 비어버린 오전의 거실로 나왔다. 할머니가 기거하던 방의 문을 열어보았다. 1년 반이 지났는데도 할머니 냄새, 그 니코틴에 전 내가 벽지와 장판에서 괴괴하게 피어오르는 듯했다. 여러 해 동안 담배연기를 먹어댄 벽지와 장판이 갑자기 분내를 피우며 과거를 속일 수는 없을 것이다.

할머니는 소주 한잔 들어가면 담배를 뻑뻑 빨아대면서 곧잘 옛날 얘기를 했다. 국산 담배도 끊임없이 새로운 브랜드를 내놓았지만 할머니는 줄기차게 독하디독한 '솔'만 찾았다. 담배 피는 스타일도 독특했다. 할머니는 엄지와 검지로 몽당연필 잡듯 담배 필터 부분을 꼭 잡아들고 피웠다. 옛날 곰방대를 붙잡고 피던 습관인지도 몰랐다. 소파에 폭 파묻히면 한 줌으로 쪼그라드는 할머니가 옛날엔 기골이 장대했다는데 나로서는 쉽게 상상이 가지 않았다.

"천막학교가 섰는데 저녁답에 글 좀 배울라고 거길 갔다가 돌아와서 삽짝에 들어서는데, 아버지가 버선발로 홍두깨를 추켜들고 쫓아 나오는 거야. 다리몽댕이를 분질러놓는다고. 죽어라고 도망을 놓았지. 여자가 뻗대 없이 꺽다리라고 구박도 이루 말할 수 없었어. 발도 솥뚜껑만 한 기 공부까지 배우면 그 꼴불견을 누가 델고 가겠나. 아버지가 맨날 그랬어.

대동아전쟁 나고 동네에서 여자들이 잡혀가는 거야. 여자들도 군대 보낸대. 나중에 보니 그기 다 그 씹할놈들한테 밑구녕 대주라는 거였던 거라. 집에서 어른들이 군대 안 갈라면 시집보내는 수밖에 없다 그래. 어느 날 미아이하러 갔지. 나는 쓰개치마 뒤집어쓰고 소나무 뒤에 숨어 있고 아버지하고 중매쟁이가 남자를 데리고 지나갔지. 너무 멀어서 얼굴은 잘 보이지도 않았어. 한눈에 봐도 사람이 조막댕이만한 기 나보다도 훨씬 작아 보였어. 그때 내가 열세 살이었는데 벌써 아버지하고 키가 같앴거든.

시집은 시골 골탱이에서 그래도 방구깨나 뀐다는 집이라. 아래우로 대청이 둘 딸린 집에 백 마지기 논을 소작 놔 먹였으니. 밭도 스무 마지기에. 거기다 누에까지 쳤어. 시집살이 맵데. 고추당초 맵다더니 시집살이 더 맵더라. 나는 이름만 며느리지 머슴 중에 상머슴이라. 꼴 베러 다니고 논밭에 거름 푸고. 한겨울에 냇물에 가서 빨래하고 우물물 긷다가 손등이 다 얼어 터졌어. 그래도 게을러터졌다고 시엄니하고 시누이한테 툭 하면 뺨대기 등짝을 막 쎄려맞고. 내가 그냥 쳐다보기만 해도 덩치는 커다란 게 어디서 눈을 치켜뜨냐고 매가 날아와. 시조카들 조롱조롱, 머슴들까지 식솔이 우글우글. 매끼마다 삭정이 때서 한 솥씩 밥을 해대는데 어느 날엔 밥하기 하도 싫어서 삼십육계를 놔버렸지. 우물가에 물동이를 고대로 놔두고는 하루 진종일 접두록 걸어서 친정에 돌아왔잖아. 근데 친정서 갠신히 하룻밤 재워주고 동네 사람들 눈 무섭다고 다음 날 해뜨기 전에 쫓아내는 기라. 아침밥도 안 맥이고 식전에 내쫓는 기야.

다시 시집살이하는데 신랑인지 신발인지 맨날 바깥으로 싸돌고 도대체 낯짝 구경을 할 수 없는 기라. 염병할 놈, 마누라는 거름밭에 쳐박아 놓고 지는 마카오신사처럼 빼입고 다녀. 시집에서 내 별호가 뭔지 아나. 두억시니야. 귀신 중에서도 제일 무서운 상귀신이지. 저 떡대 같은 두억시니한테 어떤 남편이 붙어 있겠냐는 거라. 몸만 컸지 아직 어린 아가 뭘 알겠나. 소 죽은 영신으로 엎디어 있었지.

그런데 이놈의 신랑짜리가 어느 날 떡 허니 첩실을 꿰차고 나타난 기야. 얍실하게 생긴 게 어디 권번 기생이었다는데 왕후 상궁이 따로 없어. 나보다 낫살도 많아 보이는 기 완전 상전 노릇이라. 손끝에 풀물 안 들이고 남편 겨드랑에 딱 붙어살아. 그때는 겨울에 산골에는 눈이 참 많이 왔네. 내일이 설이면 오늘 낮에 떡살을 찧는데 마당에 싸락눈이 하얗게 덮였어. 맨발에 코고무신 신고 나 혼자 마당에 나와 떡살을 찧는데 눈물이 절구에 철철 흘러 떨어지는 기라. 내 한참을 멍하니 서서 먼 산을 보다가 절구공이를 마당에 패대기치고 바로 방으로 들어가서 보따리를 쌌네. 방바닥에서 놀고 있는 아 손목을 잡고 나오는데 시아버지짜리가 아를 확 채가면서 아는 어림없다는 거라. 아하고 같이 주질러앉을까 어쩔까 하다가 어금니 앙 물고 아는 떨궈놓고 돌아섰제. 눈이 펑펑 빠지는 길을 보퉁이 이고 오십 리길을 걸어서 친정에 왔는데 동네에 들어서니 벌써 깜깜한 밤이라. 식구들이 다 불 끄고 누웠다가 내가 삽짝에 들어서서 다 죽어가는 목소리로 엄마를 부르니 귀신인 줄 알고 식구들이 다 혼비백산인 거라. 벌건 대낮에 왔으면 그 자리에서 쫓겨났을 거야. 날도 어두운 데다 행색이 말이 아니시고 마당에 보릿자루처럼 푹 고꾸라지니 나를 집 안에 들인 거지."

이모네서 우리 집으로 그야말로 떠밀려온 뒤 할머니는 한동안 자주 심통을 부려 우리 세 식구에게 스트레스를 주었다. 겉으로는 평화롭던 우리 집에 전운이 감돌기 시작했다. 아빠의 짜증이 부쩍 늘었고 엄마와 이따금 말다툼도 했다. 할머니는 그런 가족들의 심기를 아는지 모르는지 엄마뿐 아니라 심심찮게 아빠에게도 구시렁구시렁 구박을 해댔다. "앞뒤 꽉 틀어막힌 게 진주꼽쟁이에 밴댕이소가지 같으니라구. 우리 집 첨 데려왔을 때 내 진즉에 알아봤다. 겨드랑이 찌달려 올라가는 우와기 입고 들어서는 꼴이라니."

나는 할머니가 그저 나에게 관심을 갖지 말아주기만을 바랄 뿐이었다. 나도 할머니가 싫고 불편했다. 내가 자라는 동안 엄마에게 들은 할머니 이야기는 아무리 기억을 되짚어봐도 긍정적이고 따뜻한 이미지라곤 손톱만큼도 없었다.

할머니가 우리 집에 들어와 방 하나를 차지하면서부터 집 안 전체가 퀴퀴하고 침침해졌다. 바깥에 나갔다가 집에 들어오면서 현관문을 열 때마다 나는 그 괴괴한 할머니 냄새 때문에 한번씩 진저리를 치곤했다.

할머니와 친해진 건 순전히 담배 때문이었다. 엄마는 내가 담배 피는 걸 끔찍이 싫어했다. 엄마의 담배 혐오증도 할머니와 관련이 있을 것이다. 어느 저녁의 일이었다. 저녁식사를 마치고 침대에 비스듬히 누워 책을 보는데 담배 생각이 간절했다. 한 번 담배 생각이 나자 책도 손에 잡히지 않았고, 앉아 있을 수도 서 있을 수도 없었다. 나는 가방에서 담배 한 갑을 꺼내 호주머니에 넣고 할머니 방으로 갔다. 할머니 방은 곰삭은 공기부터가 내게 늘 고문이었는데, 이날은 뜻밖에도 그 퀴퀴하고 눅눅한 방에 들어서는 순간 마음이 편안해졌다. 나는 일단 담배부터 꺼내 물고는 방바닥에 앉으면서 "할머니, 저 담배 좀 피워도 돼요?" 하고 물었다. 할머니는 그 괴기스런 눈매로 나를 노려보더니 중얼거렸다. "이마에 피도 안 마른 것이 못된 것부터 배워가지고." 그러고는 자신도 담뱃갑에서 담배 한 개비를 꺼내서 입에 무는 것이었다. 우리는 재떨이 하나를 앞에 두고 앉아 맞담배를 피웠다.

차츰 나는 할머니 방을 안전하게 이용하기 위해 할머니의 호감을 사는 요령도 터득하게 되었다. 소주 한 병, 솔 한 갑이면 할머니는 언제든 대환영이었다. 할머니가 소주잔을 입에 털어 넣는 동안 나는 소주를 병째 들고 홀짝거렸다. 할머니는 "저년도 앞날이 훤언하다"고 빈정대면서도 내가 술을 대작하는 것이 내심 싫지는 않은 눈치였다.

요양원으로 떠날 즈음 할머니는 치매기를 보였다. 이따금 대소변을 못 가려 이불을 버리기도 했다. 눈에서 총기를 앗아간 것이 치매인지 술인지, 여하튼 늘 취기에 젖어 있었고 눈빛이 흐릿했다. 또 갑자기 가족들을 낯설어했다. 방문 밖으로 한 번도 나오지 않는 날도 있었다. 자기 방 소파에 몸을 푹 묻고 앉아서 종일이라도 그대로 있었다. 대개의 치매노인들처럼 횡설수설하거나 악담을 하지는 않았고 오히려 그 반대였다. 거의 실어증에 가깝게 말수가 줄었다. 할머니가 쓰는 단어는 그저 몇 개였다. "술" "담배" "싫다" "엠병할……."

엄마는 처음에 몇 번 이불 빨래를 하며 툴툴대더니 파출부를 들였다. 엄마가 할머니를 요양원에 보내기로 마음먹은 것은 그때부터였을 것이다. 요양원을 알아봐 놓았다는 엄마의 이야기에 할머니는 아무 말도 하지 않았다. "싫다"고도 하지 않았고 "엠병할"이라고도 하지 않았다. 그 괴팍하고 퉁명스럽던 할머니는 어디 가고 모든 것을 체념한 듯 고분고분한 노인의 태도로 그렇게 할머니는 조용히 떠나갔다. 할머니는 요양원에 간 지 여섯 달 만에 세상을 떠났다.

"육이오 동란이 터졌는데 동네에서 자고 새면 누가 죽고 누가 의용군 나가고 누구네는 피란 떠나고 집들이 쑥대밭 되고 정신이 하나도 없는데 나는 마음이 붕 뜨고 이상한 기야. 구박댕이로 친정살이하는데 살아도 죽은 목숨, 죽는 건 하나도 겁 안 나데. 난리가 나니까 되레 동네 구박댕이인 나한테 아무도 신경 안 쓰는 거라. 손가락질 하는 사람도 없고 뒷구멍에서 수군대는 사람도 없고. 생사가 오락가락하고 매일 생난리에 생이별인데 내까짓 게 눈에나 들어오겠나. 친정 엄니가 말했어. 야야, 혼자 닥치는 게 난리지 다 같이 치르는 건 난리가 아니니라.

근데 그때 우리 동네에 서울 가서 고무공장 다닌다는 이가 있었는데 인민군으로 잡혀갔든지 의용군으로 나갔든지 좌우지간 며느리만 혼자 달랑 시집으로 피란 왔던 거라. 미장원 다니는 여자라 그랬든지, 난 또 그런 종자는 난생 첨 봤네. 이기 나하고 동갑인데 완전 서울 간나인 거라. 단발머리를 고대기로 말아서 굽슬굽슬했는데 내 생전에 시집가고도 머리쪽 안 진 여잔 첨 봤네. 앞가르마가 있는 둥 마는 둥하니까 당최 정신 산란해. 저 여편네는 머리를 저렇게 산발하고 부엌일 밭일은 어떻게 하나, 머리에서 이가 국솥으로 떨어지문 어떻게 하나. 겉보기에는 천상 서울깍쟁인데 성격은 또 털털해서 나중에 나하고 왕래하며 지내게 됐어. 이따금 그 집으로 마실 갔지. 유기그릇 닦을 거나 빨래 다듬이질할 거나 옷 꿰맬 거를 들고. 여자들 팔자라는 게 일감을 손에서 놓으면 헷단 데 맘이 팔려 큰 탈 나는 줄 알았으니까. 그런데 이 여자는 일하는 척하다가 배를 바닥에 착 깔고 엎드려서 책을 보는 거야. 얄팍한 책인데 얼마나 보고 또 봤는지 종잇장이 나달나달해. 지금 생각해보면 그게 잡지라는 거야. 사진이 많이 들어 있었는데 영화배우 얼굴을 난생 첨 봤네. 거기 보니까 서울은 자동차도 다니고 높은 건물도 있고 완전 딴 세상이라. 서울댁 얘기가 서울 남자들은 첩을 안 두고 산다는 거라. 배운 여자들은 학교 선생도 한다는 거야. 내가 얼매나 놀랬든지. 난 그때까정 여자 대학생이란 걸 본 적도 없었거든.

전쟁 끝나고 휴전협정이 난 다음 해에 나도 가을날 수숫대처럼 머릴 뭉청 잘랐어. 그러곤 소매 든 김에 춤춘다고 무작정 상경이란 걸 했겠지. 글 모르면 짐생이야. 내 서울 가서 공부 배우고 돌아와서 사람구실 하겠다고 하니 아버지가 풍기문란한 서울 간나하고 너나들이하더니 허파에 바람 들었다고 펄펄 뛰어. 내가 이놈의 까막눈깔, 쓸 데도 없는데 부젓가락으로 확 쑤셔버리겠다고 정지에서 부젓가락을 갖고 나와서 눈 쑤시는 시늉을 했지. 그 무서운 아버지가 글쎄 벌벌 떨면서 그냥 "저 눔의 지지바가 맥전에…맥전에…" 그 소리만 하드라니까.

서울역에 딱 내리니 진짜 휘번덕하데. 내가 진짜 우물안 개구리였구나 싶고. 근데 글을 깨치겠다고 서울에 오긴 왔는데 어디가 동쪽이고 어디가 서쪽인지도 모르겠는 거라. 서울역에서 제일 가까운 데로 서대문에 있는 국민학교를 찾아갔는데 나이가 많다고 안 받아주는 거야. 스물넷이었거든. 그때 얼마나 앞이 깜깜했든지. 우선 돈을 벌어야겠어서 미장원에서 시다도 하고 식당 일도 하고 양품점 점원도 했지. 월급이 어딨어. 그냥 먹여주고 재워주는 걸로 고만이야. 아무래도 안 되겠다 싶어서 어떤 부잣집에 식모로 들어갔어. 주인집 아들이 대학생이었는데 나한테 공부 갈쳐주는 대신 식모살이해주겠다고 했지. 대학생 아들이 나하고 동갑이었는데 인물도 훤하고 아주 아는 게 얼매나 많고 똑똑했는지 몰라. 내가 지금 공책에 이런 거 쓰는 건 다 그때 배운 거여."

"그래서 할머니, 그래서 어떻게 됐는데?" 하고 추임새를 넣으면 할머니는 지치지도 않고 이야기를 계속했다. 할머니 이야기를 들으면서 킬킬대다 보면 가끔 엄마가 별 시답잖은 일들로 날 불러내곤 했다. 처음엔 엄마가 나와 할머니 사이를 질투한다고 생각했다. 하지만 엄마는 곧 속내를 드러냈다. 엄마는 당치도 않게 내 인생에 할머니를 연루시키는 것이었다.

"가뜩이나 철없는 니가 갈피를 못 잡고 우왕좌왕하는데 할머니 얘기 자꾸 들어서 좋을 거 하나 없다. 너, 자꾸 학교 휴학하고 삐딱선 타고 하는 것도 다 어머니가 우리 집 오고 나서부터야. 내 엄마이긴 하지만 니 할머니한텐 나쁜 기가 흘러. 그 기가 무시무시하게 세다. 지금은 많이 삭았지만. 내 인생 끔찍했던 걸로 충분하다. 나도 알아. 불쌍한 분이지. 하지만 말이야, 불운이란 것도 전염돼. 심하게 불운한 사람 부근에 있으면 멀쩡했던 인생도 삐딱선을 타게 된단 말이다."
　이렇게 말할 때 엄마는 악몽의 기억을 떨치기라도 하려는 듯 고개를 절래절래 흔들었다.
　정말 그랬던 것일까. 할머니의 운명이 벌써 내 몸 안에 들어와 버린 걸까. 산부인과 진찰을 받고 난 뒤부터 언뜻언뜻 몸에서 어떤 이물감이 느껴졌다. 나는 그것이 생명이라고 생각해본 적 없다. 생경하고 께름칙한 이물질. 시간이 갈수록 점점 부풀어 오르는 어떤 것. 누군가 나를 골탕 먹이려고 내 외투 호주머니에 찔러 넣은 조그마한 그러나 위험한 시한폭탄. 낯선 식당에서 식사하는 잠깐 사이 내 엉덩이에 들러붙어 따라와버린 끈끈한 음식물 찌꺼기. 번지수를 잘못 찾은 우편물. 내일 오전이면 뚱뚱한 산부인과 의사의 손놀림 몇 번에 삭제돼버릴 정크 파일. 일종의 휴지통 비우기.
　문제는 병원 예약이 되어 있는 내일 오전까지 돈을 구하는 일이다. 나는 운전학원 얘기를 다행히도 잊지 않은 엄마가 혹시 전화를 해올지 모른다는 한 가닥 기대를 가지고 빈둥대다가 저녁때가 다 돼서야 남자친구에게 내키지 않는 전화를 했다.
　"너 돈 가진 거 있니?"
　"왜?"
　"나 내일 수술해야 돼."
　"무슨 수술?"
　"너 비난할 생각 없어. 돈만 있으면 돼."
　"무슨 소리야. 무슨 수술인데."
　"너 그렇게 눈치 없으니까 까르보 주인 언니가 널 싫어하는 거야. 무슨 수술이긴 무슨 수술이니. 낙태수술이지."

소심한 친구는 갑자기 잠잠해지더니 다 기어들어가는 목소리로 물었다.

"그런데……언제부터……그렇게 된 거야."

"그렇게 되다니? 말 참 재밌게 하네."

"그러니까 어느 날……거지?"

"몰라. 그런데 너 돈 있어?"

"지금 없어. 새 학기 책값 받은 건 다 썼고 용돈은 다음 주초가 돼야 받는데. 나 한 달 용돈 20만 원인데 그걸로 돼?"

이 애는 힘없이 전화를 끊었다. 그러더니 한 시간 뒤에 집 앞에 왔으니 나오라고 전화가 왔다. 이 주변머리 없는 애가 벌써 어디서 돈을 구한 걸까, 하는 과분한 몽상은 집 앞에서 그 애를 보는 순간 민들레 씨처럼 호로록 날아가 버렸다. 애는 어깨를 잔뜩 움츠리고 겁먹은 표정으로 아파트 정문 입구에 서 있다가 날 보더니 슬금슬금 내 시선을 피했다.

"너 죄인같이 왜 그래? 돈 못 구해서 그러는 거야, 임신시킨 것 땜에 그러는 거야?"

아파트 상가에 있는 레스토랑에서 커피를 시킨 뒤 내가 이렇게 물을 때까지도 그는 시선을 고정시키지 못하고 계속 안절부절못했다. 그런데 이상하게도 이 애는 어느 날의 일이 임신을 가져왔는지에 끈질기게 관심을 보였다.

"내 생일이라고 누나가 우리 학교에 놀러왔을 때야?"라고 하더니 "아니, 그날은 아닐 거 같아. 왠지, 느낌이. 아니면 우리 메가박스에서 영화 본 날이야?" 하고는 고개를 숙이고 "그 날인가" 하고 중얼거렸다.

"누나가 집 나와서 이틀 동안 여관에서 잤잖아. 그때일 가능성이 높겠다."

호기심은 지칠 줄 몰랐다.

"누나도 감 같은 게 있지 않아? 딱, 그 담날부터 기분이 좀 이상했다거나, 그런 식으로."

수술비를 내놓으라고 하는 건 아이에게 몹쓸 짓이라는 생각이 든 나는 "저녁이나 먹고 가"라고 말했다. 저녁식사를 마치고 아파트 정문 앞까지 따라온 이 아이는 내 손을 한번 잡아주고는 돌아서려다가 말고는 다시 내게 몸을 돌렸다.

"정말 모르겠어? 그게 언제인지?"

내가 소리를 빽 질렀다.

"모른다고 했잖아."

아이도 짜증냈다.

"모르면 됐지 왜 소릴 질러? 그냥 궁금해서 물어보는 건데."

"얘가 정말! 나 내일 아침에 수술해. 의사 말로 수술할 때 전신마취한대. 나 솔직히 굉장히 겁나. 그리고 당장 수술비도 없어. 그런데 넌 도대체 뭘 알고 싶은 거야? 너 아이 낳고 나하고 결혼해서 살고 싶은 거야?"

나는 목에 핏대를 세우며 소리쳤다. 호기심 많은 소년은 다시 입을 다물고 고개를 떨구었다. 우리는 잠시 말없이 그대로 서 있었다. 한참 뒤에 소년은 입을 열었다. 풀 죽은 목소리였다.

"오늘 말해놓고……. 좀 일찍 얘기했으면 내가 엄마한테 돈을 타낼 수도 있었을 텐데. 또 용돈을 아껴서 모을 수도 있었잖아."

나보다 키가 한 뼘은 큰 이 아이는 데이트할 때 근사한 남자였다. 나보다 두 살 어리지만 결코 어리광쟁이였던 적은 없다. 각종 학자금·공과금을 빼돌려 밥값 술값 여관비를 번갈아 내면서 내 앞에선 애써 품위를 유지했다. 길을 걸을 때도 손을 잡기보다 다정하게 팔짱을 끼거나 내 어깨에 팔을 두르기 좋아했다. 어른 남자답게 처신하려고 나름대로 연구를 많이 한 셈이다. 하지만 비상사태가 발생하자 이 어른 남자는 순식간에 어린 소년의 실체로 돌아가 버리고 말았다. 나는 놀라서 당황한 소년의 손을 끌어당겨 꼭 잡아주었다. 그러고는 이렇게 나지막이 속삭였다.

"그러니까 앞으론 다른 여자하고 할 때 반드시 콘돔을 껴. 알았지?"

소년과 헤어져 집으로 돌아왔을 때 뜻밖에도 엄마가 먼저 와 있었다. 엄마는 외출복을 입은 채 식탁에 앉아 라면을 먹고 있었다. 엄마는 내가 들어오는 소리를 듣고도 뒤도 돌아보지 않은 채 라면 먹는 데 열중했다.

"엄마, 저녁 약속 있댔잖아?"

"응."

"그런데 왜? 왜 혼자 라면 먹고 있어?"

나는 '청승맞게'라는 말이 튀어나오는 걸 참았다. 대답 없이 젓가락으로 라면발을 건져 올리는 엄마가 오늘따라 어깨도 팔도 축 늘어져 보였다. 이윽고 엄마가 젓가락을 내려놓더니 길게 한숨을 내쉬었다.

"가끔씩 이럴 때가 있어. 오늘 친구 하나가 정경화 바이올린 독주회를 보여줬거든. 공연 끝나고 그 친구가 저녁도 낸다는데 나는 속 안 좋다 그러고 들어와 버렸어. 학교 다닐 땐 내가 공부도 더 잘했는데 이게 뭐니? 걔는 요즘 아주 잘나가나 봐. 하기야 걘 원래부터 악착같은 데가 있었어. 그러니 뭐라도 됐지. 니 할머니가 남자한테 넘어가서 재산을 홀랑 날리지 않았으면 나도 뭐가 달라졌을까. 미국 유학도 가고 인생이 달라졌을지도 모르지. 하기야 엄마 탓할 것도 없어. 기껏 대학까지 나와서 다 접고 결혼한 것도 내 선택이니까. 엄마가 억척 떨면서 험하게 사는 게 딱 싫어서 내 딴에는 요조숙녀 되겠다고 작정한 거니까 뭐 목표달성한 거네."

엄마는 냄비 속의 라면을 젓가락으로 휘적거렸다.

"정경화가 나보다 네 살 많거든. 근데 내가 사 년 뒤에 그렇게 될 수 있을까?"

엄마가 딱해 보였다. 하지만 그 터무니없는 불평을 그냥 들어줄 수만은 없는 일이었다.

"엄마, 정경화는 지금 엄마 나이에도 벌써 세계적인 스타였어. 아니 20대부터 그랬어."

엄마는 나를 한번 흘낏 쳐다보더니 라면 냄비에 얼굴을 떨구고는 다시 부지런히 라면을 먹기 시작했다. 나 역시 외출복을 벗을 생각도 못하고 거실 소파에 주저앉아 엄마를 바라보았다. 엄마의 모습이 낯설어 보였다. 거기에는, 돌아가기엔 이미 너무 먼 길을 와버린, 그러나 마음을 비우고 걷기에도 만만찮게 먼 길을 남겨두고 있는, 그렇게 어중간하게 나이 들어가는 한 여성이 앉아 있었다.

사람이란 마음으로 지은 집이다. 그 누구도 철근콘크리트처럼 내내 견고할 수만은 없다. 오늘 엄마는 모래로 지은 집 같다. 지붕 위에 작은 돌멩이 하나만 얹어도 무너지고 말 것이다. 수술 얘길 꺼내는 건 그 지붕에 커다란 돌을 던지는 격이다. 소파에서 일어나 방으로 들어오려는데, 식사를 마친 엄마가 내게 한마디 던졌다. 싱크대로 라면 냄비를 들고 가는 엄마는 조금 전에 신세타령하던 그 청승맞은 여자는 누구냐는 식으로 이미 씻은 듯 멀쩡한 표정이었다.

"근데 아까 그 남자 누구야?"

"그 남자라니?"

"내가 집에 들어오다 보니까 너 어떤 머스마하고 서 있던데? 내가 어마, 뜨거라 하고 비켜줬지."

"응, 전에 사귀던 애."

더 이상의 대화는 거부한다는 뜻을 분명히 하기 위해 나는 엄마의 시선을 피하면서 재빨리 방에 들어와 버렸다. 침대에 비스듬히 누워 있으려니 어떤 멜로디를 흥얼거리는 엄마의 목소리가 들려왔다. 어쩌면 오늘 연주회에서 들은 바이올린 곡의 일부일지도 몰랐다. 정경화에 대한 콤플렉스는 황당했던 만치 금세 소멸했음이 틀림없었다.

나는 아랫배에 손을 올려놓았다. 가만히 계산을 맞춰보니 할머니가 서울서 임신해서 고향에 돌아온 것도 스물여섯 살 때였다.

"서울 간 지 이태 만에 배불러 돌아오니 집안이 난리도 아니었지. 애비도 모르는 아를 덜컥 임신했으니 동네 부끄러워서 아버지는 얼굴을 들고 다닐 수 없대. 나중에 아를 낳고 나니까 친정엄마 한다는 말이 새까만둥이 나올까 봐 혼겁했다 하네. 그때 서울에 미군이 많았으니까 친정 부모는 그 걱정부터 했던 거지. 몸 풀고 한 달도 안 됐는데 아버지가 날 내쫓는 거야. 시장 통에 벌써 사글세방 하나를 얻어 놓았더라구. 젖맥이 하나 데리고 나앉았는데 목구멍은 포도청이지, 당장 먹고 살아야 하는데 방법이 있나. 서울서 배우고 싶었던 공부는 못 배워도 먹고살자고 이것저것 닥치는 대로 했던 게 또 도움이 되더라고. 남의 식당에서 부엌일 하다가 젖맥이 들쳐 업고 행상을 나섰지. 장사에도 이력이 붙어서 이젠 모녀가 길거리에서 죽어 나자빠지지는 않겠구나 싶어지니 고마 시집에 놓고 온 딸이 생각나는 거라. 수소문을 해보니 아 애비라는 작자는 첩실 꿰차고 집 나간 지 오래고 딸자식 하나 딸랑 남아 부엌데기 신세가 됐다는구마. 인제 나도 옛날의 나가 아닌 거라. 내 열셋에 시집가서 시어미 시애비 앞에서 죄인처럼 벌벌 떨며 시집살이했지만 내가 말하자면 인제 서울물도 먹고 시장 통에서 굴러 그악해진 거지. 시집에 딱 찾아가서 딸 데려가겠다고 했지. 근데 이 사람들이 절대 못 내놓는다고 땍땍거리는 거야. 내가 두고 보라고 시아버지 면전에 종주먹을 들이대고는 돌아 나와서 바로 법원을 찾아가서 소송을 걸었잖아. 몰라, 그때 법으로 딸을 찾아올 수 있었을지. 아마 십중팔구는 못 찾아왔을 거야. 그런데 이 시골 노인네들이 소송이 딱 걸려오니까 완전히 기가 질려서 그만 당장 아를 데려가라고 항복하고 나오는 거야.

그때부터 내 딸 둘 데리고 먹고살라고 시장 통에서 생선장사 과일장사 밥장사 술장사 안 한 장사가 없어. 내 무슨 짓을 해서라도 돈을 모아서 딸들을 미국 보내겠다고 결심했어. 이놈의 시골탱이에서 여자는 개, 소, 돼지만도 못한 기야. 내 서울 살면서 소견이 트였는데 여자는 미국에 가야 사람대접 받는다는 기지. 내 미국 영화도 보고 소문도 듣고 그랬는데 미국은 완전 딴 세상이여. 내 인생은 물 건너갔어도 딸들은 미국 물 맥일 수 있을 거라, 그때 나는 철천지 그렇게 믿었어. 나야 한글도 모르는데 영어는 택도 없는 얘기지. 그러니 차례 멀은 거여, 내 인생은……. 미국 문턱이나 구경할라나."

산부인과 예약은 오전 11시였다. 아침에 욕실에서 샤워하면서 할머니 생각을 하다가 나는 잊고 있던 사실 하나를 퍼뜩 떠올렸다. 부리나케 몸을 헹구고는 방에 들어와서 책상 서랍을 열었다. 서랍 안에 무질서하게 섞여 있는 물건들 숲에서 나는 조그만 헝겊주머니 하나를 찾아냈다. 주머니는 묵직했다. 그 안에는 1년 반 전 모습 그대로 금팔찌가 들어 있었다.

요양원으로 떠나기 전날 할머니는 내게 이 주머니를 건네주었다.
"미국에 가면 한국 돈은 아무짝에도 쓸 데가 없대. 그저 금이야. 금은 어디나 다 통하거든. 내가 시장 통에서 장사할 때 금을 좀 모아뒀지. 나중에 딸들 미국 보낼 때 쓸라고. 지금은 이것밖에 안 남았지만. 금이란 게 말이야. 그게 신주단지라, 사람이 모시면 사람을 지켜줘. 그때 은행 통장도 다 날아가고 집문서도 날아갔는데 금은 끄떡도 않은 거 봐라."

그 비원의 금팔찌를 팔아 낙태수술비로 쓴다는 걸 알면 할머니는 이렇게 툴툴대지 않을까.

"소갈머리 없는 지즈바. 싹수없는 짓만 골라 한다."

나는 아침식사를 뜨는 둥 마는 둥하고 일어섰다. 병원에 가기 전에 보석상부터 들러야 하고, 마음이 바빴다. 엄마는 오후 2시에 이모와 만난다고 했다. 엄마가 아침 식탁을 치우는데 안방 쪽에서 아빠가 소리쳤다.

"내 속옷 좀 꺼내줘."

아빠가 샤워하러 들어가는 참인 모양이었다. 매일 아침 되풀이되는 익숙한 절차, 익숙한 대사였다. 하지만 오늘 엄마는 짜증을 냈다.

"속옷 같은 건 당신이 좀 꺼내 입어요."

"아니, 갑자기 왜 그래? 나 원 참."

아빠가 뭐라 궁시렁댔다. 설거지를 하던 엄마가 빨간 고무장갑을 벗어서 개수대 난간에 탁 소리 나게 걸쳐 두고는 안방으로 들어갔다.

"당신 어딜 뒤지는 거야? 자기 속옷이 어디 있는지도 모르고. 놔둬. 내가 찾아줄 테니. 아이고 내 팔자야."

"이녀러 팔자가 기박해. 죽어라고 쌀독을 채워놓으면 독이 깨지고. 어디서 돌멩이 하나가 날아와도 꼭 우리 집 창에 떨어진단 말시. 시장 통에서 장사하면서 나 험한 욕 많이 들어 먹었어. 조신하게 지나가는 날보고 화냥년이라고 삿대질도 하고 우리 딸들을 애비 없는 호래자식 들이라고 손가락질하는 것들도 있어. 내가 그악스럽게 장사하고 악착 같이 돈을 불리니까 시기하는 것들도 있고 나 때문에 손해 보는 장사치 들은 억하심정도 있는 거지. 어떤 새끼들은 멀쩡히 국밥 시켜 먹고는 돈 떼먹고 나가면서 욕을 해대는 거야. 그런데 내가 참을 사람이 아니야. 뭐? 화냥년이라고? 그러는 너는 어느 화냥년의 씹구녕에서 나왔냐. 그렇게 나가면 이 남자들이 입을 딱 벌리고 부들부들 떨어. 그리고 말은 못 하고 주먹이 먼저 나와. 그럼 나는 피하지 않고 일단 한 대 맞아주지. 그러고는 옳다구나 잘됐다 니가 먼저 나를 쳤겠다 하고는 맘 놓고 발길질도 하고 닥치는 대로 손에 잡히는 거 아무거나 가지고 두들겨 패는 거야. 나 떡대라고 어릴 적부터 설움도 설움같이 받았지만 여자 혼자 험한 장사하면서는 그 덕을 많이 봤지. 짐 싣고 부리고 하는 데는 힘깨나 쓴다는 웬만한 남자 저리 가라였으니깐. 나중엔 워낙 드센 년이라고 소문이 짜하게 나서 아무도 날 안 갈구드라고. 그렇게 해서 내가 딱 마흔 살이 되던 해에 보니 시장 통에 2층짜리 건물이 하나 생겼고 은행통장에 제법 짱짱하게 쌓였어. 내가 알부자라고 소문나니까 똥덩어리에 쇠파리 달려들 듯 남자들이 꼬여. 그런데 어쩜 하나같이 기생오래비 같이 생겼냐. 기름종지 뒤집어쓴 듯기 반질반질한 것들이 자꾸 기웃거려. 어림없지. 이제 딸 둘이 다 고등학생됐어. 큰딸이 그놈의 시집서 부엌데기 하느라 학교가 늦었거덩. 딸 둘을 대학 보내고 미국 유학도 보낼 참이지. 아이고, 지금 생각해도 내 눈구녕 내가 찔러버리고 싶어. 내가 미쳤지. 도둑이 들라면 개도 안 짖는다고 생떼같이 번 돈 날리라고 아주 삼신할미가 내 눈에 콩꺼풀을 씌웠던가 봐. 맨날 식당 문 닫을 때 와서 남는 밥 얻어먹는 놈이 있었거든. 입성도 추레하고 아주 거렁뱅이가 따로 없었지. 내 이놈의 처지가 가련해서 일부러 한 상 제대로 채려주곤 했어. 짐승도 꼬박꼬박 챙겨 먹이면 의리가 생기는 법이라 이 작자도 밥 얻어먹으면 궤짝 하나라도 옮겨주고 밥값 하려고 애쓰는 기라. 그게 가상해서 내가 거둬들여 머슴처럼 부렸지. 이 작자가 식당하고 집 안팎에 허드렛일을 도맡아 했어. 그런데 인간이 싹싹하고 눈치가 있어. 나중엔 집안 살림하고 돈 관리도 맡겼어. 그런 사내붙이 하나 생기니 맘이 아주 든든해지더라고. 나도 독수공방 신세라 밤에 심심하면 안방에 불러들였어. 그렇게 한 3년을 살고선 아무래도 살림을 제대로 채려야겠다 싶어서 번듯한 주택 하나를 사기로 했지. 큰 아는 예비고사에서 계속 미끄러져서 대학을 포기했고 작은 아가 이제 대학생이니 미국 보내는 것도 시간 여유가 좀 있었다고 봤지. 주택 잔금 치르러 가는 날인데 내가 식당이 바빠서 그치를 혼자 보냈지. 몰라, 그게 첨부터 계략을 꾸민 건지. 수중에 돈을 넣으니 갑자기 흑심이 생긴 건지. 여하튼 그놈이 그걸 갖고 튀었어. 내 팔자가 박복해서 앞이 깜깜해지는 일을 한두 번 치른 게 아니지만 그땐 진짜로 하늘이 무너지는 것 같은 게 방에서 그 얘길 듣고 일어서는데 무릎이 팍 꺾여서 도통 일어날 수가 없더라니까. 집만 날아간 게 아니야. 창졸간에 빚더미에 덜렁 올라앉아버렸지. 그리고, 그리고, 그치가 그래도 나한테는 처음으로 남자 냄새 나는 사내였거든. 열셋에 시집가서 딸 낳고 살면서도 한 번도 겪어보지 못한 부부의 정을 처음 느꼈었다니까. 콱 죽어버리겠다고 남대천에 뛰어들었어. 자식들도 거진 다 키워놨고 나도 살 만큼 살았고 이

승에 미련도 없었어. 또 더 살아서 이제 무슨 험한 꼴을 볼까 겁도 났어. 근데 남대천 물이 코앞에 다가드는데 부지불식간에 살려달라고 고함이 터져 나오는 거라. 얼마나 고함소리가 컸는지 나도 깜짝 놀랐다니까. 그때 다리 위에 누가 지나다가 나를 봤대. 그래서 모진 목숨이 다시 살았지. 한 삼 년 지났나. 이놈이 완전 알거지가 돼서 다시 나타난 거야. 첨에 우리 식당에 왔을 때처럼 꿰줴꿰한 몰골로 말이지. 벼룩이도 낯짝이 있다고 이놈이 궁시렁거리고 무슨 사연을 늘어놓는 거야. 뭐 본처가 있었고 애도 딸려 있었는데 나한테서 후려간 돈은 다 사기당해서 털렸고 어쩌고. 머리에 불길이 확 일드라구. 나는 바로 그놈의 뺨따구를 몇 차례 올려붙이고는 멱살을 잡고 길바닥에 매다꽂었어. 그 다음은 나도 거의 정신이 나가서 어떻게 했는지 잘 몰라. 여하튼 이놈을 도랑물에 처박았지. 나도 도랑에 들어가서 그놈을 질근질근 밟고 있는데 경찰이 와서 나를 끌어냈어. 그놈은 나중에 병원에 실려 갔는데 뼈가 몇 군데 금 가고 갈빗대가 두 대 부러지고 얼굴이 엉망이 됐대. 경찰에서 나보고 피해자한테 병원비하고 위자료를 주고 합의하면 바로 풀어줄 수 있다고 하는데 나는 싫다 했어. 누구한테 위자료를 주라고? 그 자식이 나한테 위자료를 줘야지. 내가 20년 가까이 모은 돈을 몽땅 한 아구리에 처넣고 그리고 배탈 나서 죽어 넘어간다고 내가 약 닳여줘야 하냐고. 그때 꼬박 두 달을 감옥 살았어. 아이고 몸서리야. 그 놈의 새끼, 꿈에 보이기만 하면 다음 날은 재수 없어. 다음 날이 뭐야. 한 사흘씩 재수 옴 붙어. 난 벌써 그때 죽은 목숨이여. 심장만 벌렁대지 혼은 반쯤 나갔으니 허깨비여."

산부인과의 그 이상한 의자에 앉아서 손등에 링거 바늘을 꽂은 뒤 의

사가 호흡맞춰용이라는 고깔을 내 얼굴에 씌웠을 때 나는 이상한 기분이 들었다. 몸 안에 어떤 정체불명의 생명체가 곧 제거된다는 생각을 하니 섬뜩한 느낌이 일었다.

의사의 지시대로 나는 숫자를 세기 시작했다. 하나. 둘…… 배가 불룩한 식모살이 여자가 부엌 곁에 딸린 좁은 방에서 문고리를 걸어 잠근 채 자기 몸을 학대하고 있었다. 다섯 여섯 일곱…… 간장을 한 사발 들이키기도 하고 숟가락을 아래로 넣어서 휘저어 보기도 하고 젓가락으로 찔러 보기도 하고. 아홉 열…… 빨랫줄로 아랫배를 칭칭 동여매곤 며칠이 지나니 밥 먹은 게 내려가지도 않고 나중에는 숨도 못 쉬겠는 거라. 열넷 열다섯…… 그래도 배는 점점 불러오고. 아이고, 저것이 다 살라고 환장하는구나. 저건 살 목숨이구나. 그래서 주인댁한테 사실대로 말하고 집을 나왔어. 열여덟 열아홉 스물…… 엿가락처럼 늘어지는 내 목소리가 들려왔다. 곧 내 귀도 더 이상 아무것도 들을 수 없게 되었다.

정신이 들었을 때 나는 여전히 다리를 벌린 채 의자에 앉아 있었다. 간호사가 다가왔다.

"깨셨어요? 이제 내려오세요. 좀 어지러울 거예요."

간호사가 의자에서 내려오는 나를 부축했다. 간호사가 팔짱을 끼었는데도 나는 걸어가면서 자꾸 몸이 휘청거렸다. 회복실이라는 곳으로 들어간 나는 침대에 누운 채 침대 가장자리에 매달린 링거 병에서 포도당액이 한 방울씩 떨어지는 것을 올려다보았다. 포도당액이 다 들어가려면 삼십 분쯤 걸릴 것이라고 했다. 가방에서 핸드폰을 꺼냈다. 부재중전화 메시지가 여러 개 떠 있었다. 엄마에게서 전화가 한 번 걸려온 것으로 되어 있었다. 나머지 세 개는 소년의 것이었다. 나는 소년에게 짤막하게 문자메시지를 보냈다. "상황 끝."

머리가 지끈거렸다. 전신마취의 후유증인지도 몰랐다. 마취상태에서 본 환각인지 깨기 전에 꾼 꿈인지 어떤 영상이 자꾸 떠올랐다. 연못 같기도 하고 개울 같기도 한 곳에서 커다란 물고기가 헤엄을 쳤다. 내가 쇠꼬챙이를 들고 물고기를 잡겠다고 쫓아다녔는데 이리로 가면 물고기는 저리로 도망치고 저리로 가면 이리로 가고 늪처럼 푹푹 빠지는데 첨벙대느라 나는 기진맥진했다. 물고기는 커다란 눈을 쌈뻥쌈뻥 하면서 그래도 살겠다고 계속 물 위로 아가미를 빼고 뻐끔거렸다.

엄마에게선 더 이상 전화가 걸려오지 않았다. 나를 포기하고 이모와 함께 요양원으로 떠난 모양이었다. 나는 링거 병을 올려다보았다. 포도당액이 한 방울씩 천천히 떨어지고 있었다. 나는 링거 줄에 매달려 있는 조임쇠를 느슨하게 풀었다. 포도당액 떨어지는 속도가 빨라졌다.

병원을 나설 때 휴대폰 벨소리가 울렸다. 발신자가 소년이었다. 나는 휴대폰을 가방 안에 집어넣었다. 나는 편의점에서 삼각 김밥과 우유를 샀다. 버스에 오른 뒤 김밥과 우유를 꺼내서 먹기 시작했다. 우유는 얼음처럼 차가왔다. 적어도 오늘만큼은 우유를 따뜻하게 데워서 가져왔어야 했다는 생각이 들었지만 이미 소용없는 일이었다. 김밥을 입에 넣고 씹는데 밥알이 모래알갱이처럼 입속을 굴러다녔다. 나는 먹다 만 김밥을 도로 비닐에 싸서는 가방에 집어넣었다. 배가 고팠다. 하지만 허기가 위장에서 올라오는 것인지 자궁에서 올라오는 것인지 알 수 없었다.

버스정류장에 내렸을 때 나는 어지럼증을 느꼈다. 잠시 길가에 가만히 서 있었다. 늦가을의 산이 초록을 다 떨군 채 성성한 맨몸을 드러내기 시작했다. 공기는 투명했다. 나는 나무가 내뿜은 산소로 몸속을 헹군다는 기분으로 심호흡을 했다. 그러고는 시멘트 포장이 돼 있는 언덕

길을 따라 걸어 올라가기 시작했다.

일년 전의 그날이 생각났다. 할머니의 관은 영정도 조화도 없이 트럭에 실려 이 길을 내려왔다. 신부가 와서 간단한 기도회를 하고는 벽제로 갔다. 우리 가족과 이모네 승용차 두 대가 트럭을 뒤따랐다.

할머니는 요양원에 온 뒤 치매가 부쩍 심해졌다고 했다. 어느 날 해질 무렵 할머니는 "미국에 간다"면서 나갔다 한다. 같은 방의 노인네가 그 말을 무심코 듣고 흘려버렸다 했다. 할머니는 그날 밤 요양원에서 5킬로미터쯤 떨어진 국도 변에서 차에 치인 채 발견됐다. 나중에 요양원 원장에게서 할머니가 미국 간다고 했다는 얘길 들었을 때 엄마와 나는 어리둥절해서 서로 마주보았다. 그리고 곧 엄마가 울기 시작했다.

할머니는 일생에 몇 차례 가출을 감행했다. 그것이 마지막 가출이었던 셈이다. 하지만 할머니는 가출에 성공하기엔 너무 늦은 시간에, 또 너무 늦은 나이에 길을 나섰다. 목적지도 지나치게 멀었다. 긴 여행을 하기엔 짐도 터무니없이 적었다. 국도 변에서 발견되었을 때 할머니는 달랑 낡은 손가방 하나를 지니고 있었고 손가방 안에는 신분증 외에 천원짜리 몇 장이 들어 있었다.

요양원에 거의 다 왔을 무렵 나는 언덕길을 내려오는 엄마와 마주쳤다. 먼저 엄마가 손짓을 했다. 엄마는 왜 늦었냐고 묻지 않았다. 엄마는 이모와 할머니 얘기를 하고 있었다. 나는 한두 걸음 뒤처져서 걸었다. 엄마와 이모가 이야기하는 할머니의 기행은 한도 끝도 없었다.

이모는 조부모 슬하에서 살던 시절에 할머니가 처음 찾아왔던 날 이야기를 했다. 어느 날 머리 모양도 옷차림도 이상한 데다 우락부락하게 생긴 아줌마가 쳐들어와서는 사랑방에서 할아버지하고 대판 싸웠다. 그 아줌마가 내 딸을 내놓으라고 고래고래 소리를 지를 때 이모는 뒤곁에 숨어 있었다. 학교 안 가고 부엌대기 해도 좋으니 제발 저 아줌마 따라가지만 않았으면 좋겠다고 생각했다는 얘길 하면서 이모는 큰 소리로 웃었다. 시장 통에 있는 할머니네 단칸방으로 오던 첫날 이모는 할머니와 한이불 밑에 누워서는 벌벌 떨면서 잠을 못 이뤘다 한다. 할머니에게 온 뒤 이모는 생부의 얼굴을 단 한 번도 보지 못했다고 말했다. 이모 이야기 끝에 엄마가 불쑥 물었다.

"근데 난 아버지가 누구지? 언니는 혹시 짚이는 거 없어?"

이모는 뒤따라오는 나를 힐끔 돌아보면서 오른손 끝으로 슬쩍 엄마 옆구리를 찔렀다. 엄마는 날 돌아보지도 않고 태연하게 대꾸했다.

"괜찮아. 쟤 이제 어린애 아냐. 다 컸어. 알 건 알아야지."

이모는 한참 뜸을 들인 뒤에야 말문을 열었다.

"엄마가 서울 살 때 어느 부잣집에서 식모 살았잖아. 그 집 아들 얘길 가끔 했거든. 눈치를 보니 둘이 좋아한 것 같아. 모르지. 엄마 혼자 짝사랑한 건지도. 그 대학생하고 같이 〈로마의 휴일〉 본 얘기를 자랑삼아 한 적도 있거든. 관계가 깊어졌을 수도 있지. 한순간의 실수로 넘지 말아야 할 선을 넘었을 수도 있고. 같은 집에 사니까. 나이도 동갑이랬고. 또 한창때였잖아. 그런데 그 집 부모들이 그걸 놔뒀겠어? 당장 엄마를 내쫓았겠지?"

"글쎄. 내 짐작도 그래. 엄마가 아버지 얘길 꺼내면 불같이 화를 냈으니까 제대로 물어볼 수도 없었지만 나도 짐작은 했지. 그래도 엄마는 제법 로맨스가 있었네."

엄마는 오늘 처음 이모에게 아버지에 관해 물은 모양이지만 진즉에 어떤 확신을 갖고 있었던 듯했다. 이모에게 추인받는 것으로 아버지에 관한 궁금증은 영원히 봉인할 작정인 모양이었다.

할머니도 엄마의 태생에 관한 이야기는 좀처럼 입 밖에 내지 않았다. 심하게 취한 어느 날 거의 혀가 풀리다시피 한 채 할머니는 그 유명한 〈로마의 휴일〉 이야기를 했었다.

"나는 미국 영화를 난생 첨 봤다. 담벼락하고 전봇대에 붙어 있는 포스터는 많이 봤지만서두. 지금도 〈로마의 휴일〉 장면들은 처음부터 끝까지 다 기억난다. 암튼지 그때부터 내가 미국병에 걸렸으니까. 그 사람은 나한테 정말 잘해줬다. 공부도 아주 열심으로 가르쳤고 세상 돌아가는 이야기도 많이 해줬다. 좌우지간 난생 처음, 이런 게 인간 대접이라는 거구나, 하는 생각이 들었으니까. 그런데 그 집 주인남자는 부자지간인데도 어떻게 그렇게 영판 다르냐. 하늘과 땅 차이가 그런 걸기라. 그 아버지란 작자는 첩이 몇인지도 모른다. 전쟁 통에 우리 고향에 피란 내려왔던 서울 여자는 이제 도시는 첩이 없어진 개명천지라고 했는데 그게 아니더라. 좀 산다는 집들은 다 첩실을 거느리고 있는 거라. 그 주인남자는 멧돼지처럼 배가 나오고 살이 뒤룩뒤룩 쪄서 걸을 때도 팔자걸음을 걸었는데 뭘 해서 그렇게 벼락부자가 됐는지 몰라. 무슨 거래를 해서 물건을 가져다 판다는데 난 들어도 무슨 소린지 모르겠드라. 한눈에 봐도 심술궂은 개놈의 자식인데. 천하에 불한당 같은 놈! 도척 같은 놈! 지금은 안 뒈졌나 몰라. 뒈졌겠지. 나보다 서른 살은 더 처먹었으니까. 나 말고도 식모살이들을 여럿 건들었을 거야. 내가 처음이 아닌 눈치더라고. 어디서 비럭질이나 해 처먹으면 딱인 놈들이 부자랍시고 유세 떨고 있어. 아이구, 남의 팔자 조져놓고. 곱게 뒈지지 못했을 거야. 아이구, 호래자식 새끼. 옘병할."

이모는 여전히 할머니 이야기를 하고 있다.

"길거리에서 엄마가 멱살 잡고 고래고래 소리 지르며 싸우는 걸 본

게 한두 번이 아니야. 학교 갔다 오다가 엄마가 싸우는 걸 보면 슬그머니 옆 골목으로 빠졌어. 옆에 우리 반 아이들도 있는데 얼마나 창피한지. 애들도 우리 엄마인 거 다 알아. 시장 통에서 워낙 유명했으니까. 왜 한번은 이씨 아저씨를 두들겨 패서 동네 사람들이 구름 떼처럼 몰려들고 경찰이 오고 난리 났었잖아."

엄마는 심드렁하게 대꾸했다.

"진짜 볼만했지. 엄마는 힘도 좋았어. 몸집도 컸잖아. 그런데 언니나 나는 그런 건 엄마를 하나도 안 닮은 거 같아. 아니, 솔직히 말하자면 안 닮으려고 애쓴 거지."

잠시 말을 멈췄던 엄마는 이모를 어깨로 툭 치면서 이렇게 말했다.

"그런데 내가 가만히 보니까 쟤가 좀 엄마 핏줄이 있는 것 같아. 격세유전이란 말 있잖아. 글쎄 어제 어떤 남자애하고 집 앞에서 싸우는데 옛날 우리 엄마 생각이 나더라니까."

나는 걸음을 멈추고서 엄마와 이모가 멀어져가는 모습을 바라보았다. 나는 언덕길에 가만히 서서 하늘을 올려다보았다. 구름 한 점 걸리지 않은 깔끔한 하늘이었다. 갑자기, 재미있는 시나리오 아이디어가 떠올랐다. 제목도 생각났다.

'김분녀의 일생'

할머니 이름이 김분녀(金糞女)라는 걸 나는 벽제화장터에서 처음 알았다. 할머니 관이 화구로 들어간 뒤 전광판에 할머니 이름이 떴다. 김분녀. 육신이 소멸되는 시각에야 할머니 이름을 알았다는 건 아이러니였다.

시나리오에서는 할머니가 소원대로 미국에 가는 걸로 해줄까. 결단코 미국에 갔든 끝내 못 가고 말았든 나는 할머니에게 좀 근사한 이름을 붙여주고 싶었다.

'당대 최고의 페미니스트, 김분녀의 일생'

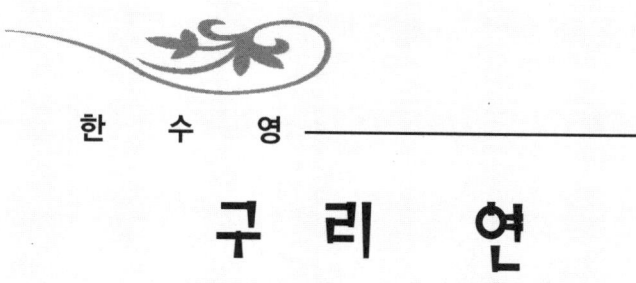

한 수 영

구 리 연

 **한수영** 1967년 전북 임실에서 태어나 덕성여대 약학과를 졸업했다. 2002년 단편소설 〈나비〉로 중앙일보 신인문학상을 수상하며 등단했다. 주요 작품으로는 소설집 《그녀의 나무 핑궈리》가 있다. 2004년 장편소설 《공허의 1/4》로 오늘의 작가상을 수상했다.

나는 연이다. 구리선으로 만든 가오리연이다. 넓은 지느러미로 물을 밀어내며 긴 꼬리로 방향을 잡아 나아가는 가오리. 가창오리나 청둥오리처럼, 나는 하늘을 헤엄치는 가오리다. 남자는 심해 속의 가오리를 하늘에 풀어놓으려 했다.

남자와 나는 지금 맨홀 속에 있다. 직사각형 모양의 작은 통신용 맨홀이다. 맨홀의 대부분은 복잡하게 얽힌 통신용 케이블이 차지하고 있다. 케이블 중 하나는 방수피복이 벗겨져 있다. 바닥에서 30센티미터 정도 높이에는 물띠 자국이 선명하게 나 있다. 물에 잠겼던 흔적이다. 근처 하수도나 수도관에서 새어 나온 물이 맨홀로 스며들었을 것이다.

리시버를 귀에 꽂은 남자는 동그랗게 몸을 말고 맨홀 구석에 박혀 있다. 바닥에는 빈 소주병 두 개와 끌칼 그리고 색색의 구리선 다발이 놓여 있다. 통신용 케이블로 쓰는 구리선이다. 색색의 구리선 다발 옆에 등황색 구리선 뭉치도 있다. 남자는 무언가를 꼭 쥐고 있다. 바로 나다.

나를 꼭 쥔 채 잠이 든 남자의 얼굴은 평화로워 보인다.

조금 전까지 남자는 구리선을 수직과 수평으로 교직해가며 내 몸을 만들었다. 나를 만들어가는 중간 중간에 남자는 가볍게 몸을 떨기도 했다. 몸을 뒤치며 하늘 높이 날아오르는 내 모습이 떠올랐기 때문이다. 내 몸에 닿아 비늘처럼 부서지는 햇빛 때문에 남자는 잠시 눈을 감기도 했다. 마름모의 2분의 1 지점까지 구리선은 촘촘히 교차했다. 그 지점을 지나면서 남자는 졸기 시작했다. 선의 간격이 성글어졌다. 바람은 그 성글어진 틈으로 불어 갈 것이다.

남자는 나를 다 완성하지 못했다. 지금껏 남자가 시작해서 끝을 보지 못한 작품은 없었다. 남자의 손가락이 구리선 두 개를 얽는 순간 이미 완성된 것이나 다름없었다. 하지만 이번에는 달랐다. 내 몸을 이루는 마름모의 아랫부분이 다 채워지지 않았다. 구리선이 몇 차례 더 수직과 수평을 이루며 지나간다면 내 몸은 완성될 것이다. 몸체가 완성되지 못했으니 당연히 세 개의 꼬리도 달지 못했다. 남자는 졸음을 견딜 수 없었다. 잠들면 안 돼, 하는 남자의 생각까지 잠의 검은 자락에 덮이고 말았다.

남자가 잠든 순간 무엇인가가 조금씩 남자의 몸을 빠져나와 내 몸으로 흘러들어 왔다. 조금은 따뜻하고 아릿하고 가벼운 어떤 것이었다. 나는 우리 둘이 서로 통하게 되었다는 것을 느꼈다. 내 몸이 통신용 구리선으로 만들어져서 가능한 일이었다. 남자와 관계되는 일이라면 나는 뭐든지 알 수 있게 되었다. 내 몸을 이루는 구리선이 땅속 깊은 곳의 암석 속에서 다른 여러 가지 것들과 섞인 채 볼품이라고는 전혀 없는 구리 파편으로 뒹굴던 시절까지도 나는 기억할 수 있다. 아래서부터 네 번째 가로줄을 이루는 구리선은 섭씨 천 도가 넘는 용광로에서 부글거리며 끓어오를 때의 뜨거움을 잘 기억하고 있다. 그런 기억들은 때때로 나를 피곤하게 만들기도 한다.

  세로로 늘어진 구리선을 또 다른 선으로 가로지르다 남자는 이제 막 잠이 들었다. 남자는 나를 꼭 쥔 채 얼어갈 것이다.

  2월의 저녁 6시. 하늘에서부터 시작된 어둠이 거리에 내려앉고 있었다. 빛에서 어두움을 향해 가는 시간의 걸음걸이를 또렷하게 가늠할 수 있었다. 농밀하게 밀려드는 어둠에 땅 위의 것들은 제 윤곽을 조금씩 허물어뜨리기 시작했다. 그러다 어느 순간, 어둠이 완전히 내려앉기 직전 모든 것들의 윤곽이 뚜렷해졌다. 너무 짧은 순간이어서 알아챌 수 없을 정도였다. 그 시간대의 세상 모든 것들은 제각기 다른 중량의 침묵에 침윤되어 있어 사물들은 어둠이 아니라 거대한 침묵 속으로 빠져드는 것처럼 보였다. 그 순간이 지나면 사물들의 윤곽은 참수당한 것처럼 어둠 쪽으로 뚝 떨어지고 말았다.

  남자는 골목 입구에 서 있었다. 4차선을 사이에 두고 건너편 꽃가게가 마주 보이는 곳이었다. 남자는 붙박인 듯이 서서 가게를 바라보았다. 가게 앞 한편에 빈 화분이 쌓여 있었다. 봉오리 두서너 개를 달고 있는 양란 화분 몇 개와 꽤 큰 관상수 몇 개가 전부였다. 장미도, 안개꽃도, 터키 도라지도 보이지 않았다. 실내가 침침해서인지 멀리서도 나무들은 부실해 보였다. 입구 쪽에 앉아 있는 중년의 여자는 전화 통화 중이었다.

  남자의 몇 발짝 앞에 맨홀이 있었다. 여전히 전화기를 붙들고 있는 그 여자가 예전의 주인 여자인지 아닌지 남자는 알 수 없었다. 남자는 꽃집 간판을 바라보았다. 간판의 한쪽 끝이 거무스름하게 타들어가 있었다. 그 부분을 밝혀야 할 형광등 하나가 불규칙하게 점멸했다. 간판에 적힌 전화번호는 오 년 전 그대로였다.

갑자기 밀어닥친 추위로 다행히 거리에는 인적이 없었다. 남자는 맨홀로 다가갔다. 맨홀 뚜껑 손잡이는 녹슬어 있었다. 남자는 배낭에서 끌칼을 꺼내 들었다. 케이블의 고무피복을 벗길 때나 구리선 뭉치를 자를 때 쓰는 연장이었다. 남자는 끌칼로 맨홀 양쪽의 손잡이를 들어 올린 다음 자신의 몸이 들어갈 수 있을 만큼만 뚜껑을 열고 맨홀 안을 들여다보았다. 팔뚝 굵기만한 케이블 가닥이 얼기설기 얽힌 채 어둠 속으로 뻗어 들어가 있는 것이 보였다. 오랫동안 열리지 않았던 모양인지 아래에서 매캐한 냄새가 올라왔다. 숨을 쉬지 못할 정도는 아니었다. 바닥에 물은 고여 있지 않았다.

남자는 배낭을 벗어놓고 구멍 속으로 다리를 밀어 넣었다. 발바닥으로 케이블을 더듬더듬 밟고 내려선 다음 남자는 배낭을 끌어내려 발치께에 놓았다. 배낭 속 소주병이 바닥에 닿으며 맑은 소리를 냈다. 맨홀 바닥에 내려선 남자는 구석구석을 살펴보았다. 남자는 어느 봄날 이 맨홀에서 며칠 동안 일한 적이 있었다. 전화회선을 연결하고 연결된 회선들을 방수피복으로 싸는 작업이었다. 벽에 생긴 물띠만 빼면 맨홀 안은 오 년 전 그대로였다.

남자는 꿈쩍도 않고 서서 열린 맨홀 뚜껑 사이로 하늘을 올려다보았다. 하늘에는 2월 초저녁의 잔광이 아직 남아 있었다. 보랏빛이었다. 그 보랏빛 한 귀퉁이가 조금씩 짙어져 갔다. 남자의 얼굴에 잔광이 묻어났다. 얼굴 아랫부분이 맨홀 속 어둠에 잠겼다. 남자는 더 어두워지기 전에 맨홀 뚜껑을 닫아야 한다고 생각했다. 완전히 어두워진 하늘을 눈에 담아두고 싶지는 않았다. 남자는 발밑에 놓인 배낭을 밟고 올라섰다.

배낭 속 소주병이 한쪽으로 미끄러졌다. 남자는 팔을 뻗어 맨홀 뚜껑의 끝을 잡고 끌어당기기 시작했다. 뚜껑은 여간해서 움직이지 않았다. 남자는 이를 악물고 다시 끌어당겼다. 뚜껑은 조금씩 끌리면서 여자가 내던 숨소리를 냈다. 뚜껑이 움직인 거리에 비해 그것이 내는 마찰음은 길고 질겼다. 남자의 얼굴이 일그러졌다. 뚜껑을 당기는 남자의 팔목 힘줄이 툭툭 불거졌다. 뚜껑이 끌려와 덜컹, 홈에 들어맞았다. 하늘이 완전히 사라졌다. 일시에 진공상태에 빠져든 것처럼 남자에게 귀울음이 찾아왔다. 거기에 질기고 긴 여자의 숨소리가 끼어들었다. 귀울음과 여자의 숨소리가 맹렬하게 이어졌다. 남자는 두 손으로 귀를 누르며 무릎을 꿇었다.

맨홀 안의 어둠은 실오라기만한 틈도 보여주지 않는다. 깜깜하다. 바닥에 꿇어앉은 남자도 케이블도 맨홀 벽의 물때도 보이지 않는다. 남자의 숨소리도 들리지 않는다. 모든 것이 사라진 자리에 터질 듯 부풀어 오른 어둠이 자리 잡는다. 어둠의 질감과 양감이 생생하게 느껴진다. 완벽한 어두움은 분명 육체를 가지고 있다. 내 몸이 녹아 어둠 속으로 스며들어 버릴 것 같다. 어두움은 시간까지 빨아들여 버려 시간이 얼마나 흘렀는지 알 수 없다. 어둠 속에서 몇 만 년의 시간이 녹아 끓고 있는 것 같기도 하고 단 일 초도 흐르지 않은 것도 같다. 부스럭거리는 소리가 들리더니 손전등이 켜진다. 맨홀 벽에 둥그런 빛의 테두리가 그려지고 어두움이 맨홀 구석으로 빠르게 몰려간다. 맨홀 안이 둥그렇게 보인다. 케이블만 아니라면 맨홀 속이 아니라 커다란 항아리 속 같기도 하다.

손전등을 손에 든 채 남자는 여전히 무릎을 꿇고 있다. 남자 옆에는 낡은 배낭이 놓여 있다. 배낭 속에는 남자가 일할 때 쓰는 몇 가지 연장과 소주 두 병 그리고 색색의 구리선이 가득 들어 있다. 배낭 주둥이로 구리선 몇 가닥이 흘러나와 있다. 남자의 눈꺼풀에 미세한 경련이 인다. 남자는 손전등을 내려놓고 배낭 속 구리선 다발을 끄집어내기 시작한다. 남자의 머릿속에 내가 떠오른 것이다. 남자는 어린 시절 이후 연을 만들어본 적이 없다. 연을 만드는 방법도 잊었다. 왜 갑자기 내가 생각난 것인지 남자는 알 수 없다. 맨홀 벽을 멍하니 바라보는 남자의 눈앞으로 하늘 높이 날아오르는 내 모습이 자꾸만 아른거린다. 나는 쥐불타오르는 벌판을 넘어 얼어붙은 산맥 위로 날아오르고 있다. 등황색의 내 몸이 창공에서 수천, 수만 빛깔로 빛을 낸다.

남자 앞에는 색색의 구리선이 쌓여 있다. 불빛이 어두워 구리선은 제 색을 잃었지만 여전히 화려하다. 백, 적, 흑, 황, 자, 청, 등, 녹, 갈, 회. 직경 0.5밀리미터의 통신용 구리선은 각각 열 가지 색 비닐로 피복되어 있다. 남자는 손톱으로 비닐피복을 훑어내린다. 색색의 비닐을 벗겨내고 온전한 구리선만으로 나를 만들고 싶은 것이다. 피복을 벗기는 일은 쉽지 않다. 남자의 엄지와 검지 손톱 끝이 짓뭉개진다. 그 손톱 밑으로 색색의 비닐 입자가 끼어든다. 피복이 벗겨진 구리선이 등황색 광택을 내며 빛을 낸다. 그런 빛깔을 처음 보는 사람처럼 남자는 한참 동안 구리선을 본다. 바닥과 벽에서 빠져나온 냉기가 남자의 몸속으로 파고든다.

카지노 안은 온통 원색투성이였다. 빨강, 하양, 노랑, 초록, 분홍, 자주색이 뒤섞여 소용돌이치며 맴돌았다. 게임장 안을 떠도는 온갖 루머처럼 사람들은 출렁이는 색깔과 숫자 속에서 해파리처럼 부유하고 있었다. 이곳에서는 갖가지 색깔과 아라비아 숫자만으로 모든 것이 통했다. 사람들은 돈이 아니라 온갖 숫자와 색깔의 아귀에서 풀려나지 못하고 있었다. 카지노 입구에 들어선 남자는 순간적으로 귀를 막았다. 카지노 안은 거대한 잠수함의 기관실 같았다. 온갖 기계 소리가 윙윙대었다. 남자는 멀미가 나는 것 같아 입술을 깨물었다. 원색에 피폭된 것처럼 움직이고 있는 사람들 속에서 여자를 찾기란 쉽지 않았다. 남자는 선뜻 안으로 들어서지 못하고 입구에서 두리번거렸다.

여자는 룰렛 게임판 근처에 있었다. 테이블 가운데에서 수레바퀴 모양의 회전판이 돌고 있었다. 회전판은 서른여덟 개의 작은 칸으로 나뉘어 있었고 각각의 칸은 검정과 빨강으로 칠해졌다. 칸에는 1에서 36까지의 숫자가 적혀 있었다. 0과 00은 녹색 칸에 있었다. 수레바퀴처럼 쉬지 않고 돌아가는 회전판을 보며 사람들은 돈을 걸었다. 자기가 찍은 숫자를 배팅판에서 찾아 그 위에 칩을 올려놓으면 되었다. 배팅판 위가 금세 색색의 칩으로 덮였다.

여자의 머리칼은 엉겨 붙었고 옷은 형편없이 구겨져 있었다. 여자가 이곳에 온 지 일주일이 넘었다. 하지만 여자는 자신이 이곳에 온 지 얼마나 되었는지 알지 못했다. 지금이 여름인지 겨울인지, 낮인지 밤인지도 알지 못했다. 이 안에서는 오직 숫자와 색깔만을 기억하면 되었다. 며칠 사이에 여자의 돈은 모두 회전판 속 어딘가로 흘러들어 가버렸다. 객장 앞 로비에 포진해 있는 카드 할인업자들에게 카드를 넘긴 지도 며칠 되었다. 담보로 잡힐 수 있는 것은 모두 잡혔다. 그래도 잭폿이든 빙고든 하나만 터져주면 다시 다 찾을 수 있다고, 그때까지 버티면 된다고 여자는 생각했다. 여자는 게임판 주위를 어슬렁거리며 돈을 얻어냈다. 처음에는 입이 떨어지지 않았지만 이제 이력이 붙었다. 게임판 옆에서 지켜보고 있다가 배팅에 성공한 사람에게 접근했다. 집에 갈 차비가 떨어졌다고 하면 기분에 취해 만 원짜리나 오천 원짜리를 집어주었다. 카지노 생리에 어두운 초짜들에게는 대부분 통했다. 그렇게 얻은 돈을 동전으로 바꿔 슬롯머신에 밀어 넣었다. 여자는 슬롯머신을 보험쯤으로 생각했다. 며칠 전, 잭폿이 거의 터지지 않는 '마녀'라는 별명이 붙은 슬롯머신에서 여자는 잭폿을 터뜨렸다. 만 원을 털어 넣고 일어서려는데 쇠구슬이 쉬지 않고 쏟아졌다. 여자는 자신의 온몸 구석구석에서 발포정이 터지는 것처럼 소리를 질렀다. 백만 원이 넘는 돈을 땄다. 그 돈을 모두 룰렛판에 흘려 넣었다. 여자는 '마녀'의 핸들을 잡아당길 때 저릿하게 팔을 타고 번져오르던 손맛을 잊지 못했다.

여자는 룰렛판 하나를 찍었다. 사내 혼자 앉아 있는 곳이었다. 그 앞에 쌓여 있는 칩이 어림잡아 백 개가 넘어 보였다. 모두 만 원권 칩이었다. 여자는 사내 옆에 가 앉았다. 회전판이 돌아가고 있었다. 회전판 속으로 뛰어들기라도 할 것처럼 여자는 뚫어지게 바라보았다. 여자의 눈동자 속에서 알록달록한 회전판이 돌아갔다. 사내가 신중한 손동작으로 배팅판의 숫자 23 위에 열 개의 칩을 올려놓았다. 딜러가 굴린 볼이 회전판의 23에 들어가면 사내는 서른다섯 배에 해당하는 금액을 받게 될 것이었다. 시계 반대 방향으로 돌아가고 있는 회전판에 딜러가 흰색 구슬을 굴려 넣었다. 딜러의 손을 떠난 구슬이 회전판과 반대 방향으로 돌기 시작했다. 여자의 눈이 구슬을 쫓았다.

남자는 입구 쪽부터 훑으며 안쪽으로 들어오고 있었다. 여자를 찾고 있었지만 막상 여자의 얼굴이 떠오르지 않았다. 사람들이 원색에 피폭된 것처럼 이런저런 색깔로만 보였다. 남자와 여자는 50미터 남짓 떨어져 있었다. 게임 테이블 몇 개만 건너오면 만나게 되었다. 잭폿이 나왔는지 중간쯤에 위치한 슬롯머신 앞에서 환호성이 터졌다. 카지노 안의 모든 시선이 일제히 그쪽으로 쏠렸다. 기계 한 대가 번쩍거리고 있었다. 기계를 치장한 온갖 색깔들이 한꺼번에 터져 나오는 것 같았다. 배팅 중이던 사내도 몸을 틀어 그쪽을 바라보았다. 사내 앞의 칩은 반절이 넘게 줄어 있었다. 순간, 여자가 칩 두 개를 슬쩍 집어갔다. 여자와 눈이 마주친 딜러가 눈을 내리깔았다.

이미 자제력을 잃은 사내는 남은 칩을 모두 짝수에 걸었다. 사내의 배팅을 확인한 딜러의 눈이 재빨리 회전판 위의 숫자를 훑었다. 사내의 배팅이 성공할 확률은 2분의 1이었다. 딜러가 성냥을 긋듯 구슬을 회전판에 그으며 밀어 넣었다. 사내의 눈 속에서 화악, 불꽃이 일었다. 그 옆에서 주먹을 꼭 쥔 여자는 중얼대고 있었다. 빨리, 더 빨리. 구슬은 숫자 17이 적힌 홈으로 들어갔다. 룰렛 회전판처럼 카지노 전체가 빙글빙글 도는 것 같아 여자는 눈을 감았다 떴다. 딜러 앞에는 어느새 다른 사람들이 앉아 있었다. 발이 부어 구두 뒤축을 꺾어 신고 여자는 환전 창구 쪽으로 걸어갔다. 여자의 다리가 휘청거렸다.

카지노 안을 돌던 남자의 눈이 슬롯머신 앞의 한 여자에게 가 멈추었다. 눈에 익은 뒷모습이었다. 여자는 슬롯머신의 핸들을 잡아당기고 있었다. 룰렛판에서 훔친 칩을 동전으로 바꾸어 잭폿을 노리는 중이었다. 릴이 회전할 때마다 여자의 얼굴이 환해지다가 어두워졌다. 여자의 좁은 어깨가 기계 속으로 빨려들어 갈 것만 같았다. 눈에 익은 그 어깨가 그 순간 남자에게 몹시 낯설어졌다. 남자는 여자의 이름을 부를 수 없었다. 여기서 그만 돌아가도 좋겠다는 생각이 들었다. 하지만 남자의 손은 어느새 여자의 어깨를 움켜잡고 있었다. 여자의 눈동자가 남자를 올려다보았다. 아무것도 담겨 있지 않은 그 눈이 남자의 얼굴

위에 잠깐 머물렀다. 그저 그뿐, 여자의 눈은 남자의 등 뒤 어딘가에서 풀어졌다.

가자, 남자가 말했다. 여자는 대답하지 않았다. 가자고. 여자의 윗옷을 움켜잡은 남자가 여자를 잡아끌었다. 여자는 슬롯머신의 핸들을 꼭 잡고 떨어지지 않으려고 했다. 잭폿이 터졌을 때처럼 카지노 안의 시선들이 두 사람에게 쏠렸다. 여자의 옷 솔기가 뜯어져 나갔다. 여자에게서 바닥으로 동전들이 떨어져 굴렀다. 그 속에 훔친 칩도 끼어 있었다. 하나는 남겨두었던 것이다. 여자의 눈이 그 칩에 가 박혔다. 여자가 남자의 팔목을 깨물었다. 남자가 여자를 놓친 사이에 여자는 바닥의 칩을 움켜쥐었다. 남자가 다시 여자의 팔목을 잡아챘다. 여자는 뒤로 버팅기면서 끌려왔다. 여자의 구두 한 짝이 벗겨져 나갔다. 카지노 안에서 종종 벌어지는 일이라 쏠린 눈들은 이내 제자리로 돌아갔다. 남자에게 끌려 출구를 빠져나오기 직전 여자는 질끈 눈을 감았다. 카지노에서 흘러나온 불빛이 여자의 얼굴 위로 어지럽게 번졌다. 감은 눈 속에서 색깔과 숫자들이 뭉개지며 녹아내렸다. 여자는 피가 나도록 입술을 물었다. 시계 반대 방향으로 돌아가는 룰렛판처럼 모든 것을 거꾸로 돌리고 싶었다. 온몸에 숭숭 구멍이 뚫려 그리로 모든 색깔들이 빠져나가는 느낌에 여자는 부르르 떨었다.

가자, 가자. 중얼거리는 남자의 등 뒤로 진눈깨비가 날리고 있었다. 여자는 더 이상 버팅기지 않았다. 어디로 가야 하는지 남자는 알 수 없었다. 여자의 팔목을 잡아끈 채 무작정 걸을 뿐이었다. 여자는 자꾸 뒤를 돌아다보았다. 카지노가 조금씩 뒤로 물러나고 있었다. 한바탕 꿈을 꾸고 있는 것 같았다. 석탄처럼 까만 빈집들이 드문드문 이어지다 사라졌다. 구두 한 짝이 벗겨진 줄도 모르는 여자의 맨발이 날카로운 돌에

찢겼다. 발바닥에서부터 날카로운 통증이 타고 올라왔다. 진눈깨비가 얼굴을 때리며 뒤로 물러났다. 여자는 남자의 손을 뿌리치고 길옆 어둠 속으로 뛰기 시작했다. 그때까지도 꼭 쥐고 있던 칩이 손금을 파고들도록 여자는 주먹을 쥐었다. 여자가 달려가는 방향에는 더 깊은 어두움이 진을 치고 있었다. 여자는 그 어둠에 홀린 듯 달려들어 갔다. 나머지 한 짝의 구두마저 벗겨져 나갔다.

아무것도 보이지 않았다. 여자의 맨발만 어둠 속에서 희끗거렸다. 석탄 가루처럼 검은 진눈깨비가 날리고 있었다.

남자의 손끝에서 구리선이 수직과 수평을 이루며 얽히고 있다. 내 몸이 만들어지기 시작한 것이다. 옹이가 박힌 남자의 손가락이 빠르게 움직인다.

나는 남자를 올려다본다. 비죽비죽 자란 턱수염이 보이고 거스러미가 인 입술이 보인다. 좀 더 자세히 들여다보면 말라붙은 눈물 자국도 보일 것이다. 남자의 눈 속은 고요하다. 어젯밤, 남자의 눈 속으로 지나가던 진눈깨비 같은 것은 사라지고 없다. 일에 몰두해 있을 때 남자는 저런 눈빛을 한다.

남자의 손에서 여자의 체취가 느껴진다. 그 밤, 사방의 어둠이 너무 짙어 아무것도 보이지 않았다. 어둠 속에서, 여자의 맨발을 따라간 남자의 흐느끼는 소리만 들려왔다. 어둠처럼 남자의 울음은 시작도 끝도 없이 이어졌다. 진눈깨비가 그쪽으로 몰려갔다.

남자는 쉬지 않고 내 몸을 만들어나간다. 지금 구리선은 뾰족하게 빛나는 내 정수리 부분을 지나고 있다.

서울을 출발한 기차는 세 시간째 달리고 있었다. 기차 안은 한산했다. 출발한 지 얼마 지나지 않아 승객들 대부분은 잠들었다. 홍익회 밀차도 두어 번 지나간 뒤로 오지 않았다. 굴곡이 많은 지형이라 기차는 자주 덜컹거렸다. 그때마다 승객 중 누군가가 깨어났다가 곧 잠이 들었다. 마을의 불빛은 보이지 않았다. 기차는 협곡을 통과하는 중이었다. 검정색 천을 가르듯 가차는 협곡에 괸 어둠을 가르며 달렸다. 협곡을 지나면 터널이 이어졌다. 어둠이 차창에 악착같이 따라붙었다. 남자는 중간쯤에 앉아 있었다.

남자는 차창 밖을 보고 있었다. 여전히 창밖은 깜깜했다. 어쩌다가 어둠 속에서 불빛이 보이면 남자는 그 불빛이 보이지 않을 때까지 바라보곤 했다. 불빛이 끊어진 지 한참 되었다. 침목처럼 검은 어둠만 펼쳐지고 있었다. 기차가 이 어둠 속을 백 년도 넘게 달려온 것 같았다. 백 년을 더 달려도 어둠은 끝이 나지 않을 것 같았다.

차창에 남자의 얼굴이 비쳤다. 남자는 어둠 속에 부표처럼 떠 있는 자신의 얼굴을 들여다보았다. 눈자위가 움푹 팬 낯선 사내가 거기에 있었다. 사내의 광대뼈는 끝도 없이 이어지는 어둠과 포개져 경계를 찾을 수 없었다. 기차는 점점 더 깊은 갱도 속으로 들어가고 있는 것 같았다. 남자는 차창에 흩어진 얼굴을 쓸어내렸다.

정차역 도착 예정 시각을 알리는 안내 방송이 흘렀다. 한 시간 후면 목적지에 닿을 것이었다. 그곳이 갱도의 끝일 것이라고 남자는 생각했다. 바람 없는 날에도 공기 중에 탄진이 떠도는 곳, 아침에 갱도 속으로 들어간 사내들이 저녁 무렵 석탄처럼 까매져서 살아오거나 아니면 거기에 묻혀 석탄이 되는 곳. 높아진 고도 때문인지 귓속이 조여지는 느낌이 들었다. 남자는 마른침을 삼켰다.

깊숙이 들어온 갱도의 끝, 소읍은 어둠에 잠겨 있었다. 소읍 전체가 깊은 갱도 속에 들어앉은 것 같았다. 목탄으로 칠해 놓은 것처럼 주변의 모든 것이 검었다. 별도 검은지 별 하나 보이지 않았다. 올 때마다 이곳의 어둠에 남자는 당황했다. 남자는 역 귀퉁이에 산처럼 쌓인 검은 덩어리를 일별했다. 석탄이었다. 소읍을 채운 어둠이 거기에서 흘러나오고 있었다. 플랫폼을 빠져나온 남자는 어깨에 멘 배낭끈을 다잡았다. 카지노는 어디 박혀 있는지 불빛도 보이지 않았다. 진눈깨비라도 내릴 것 같았다.

나를 만들어가는 중간 중간에 남자는 가볍게 몸을 떤다. 몸을 뒤치며 하늘 높이 날아오르는 내 모습이 떠올랐기 때문이다. 내 몸에 와 비늘처럼 부서지는 햇빛을 떠올리는 것만으로도 남자는 눈이 부시다. 너무 눈이 부셔 남자는 잠시 눈을 감기도 한다. 눈을 감고도 남자의 손은 쉬지 않고 움직인다.

남자의 손은 무엇이든지 만들어낼 줄 안다. 빨강과 초록의 구리선으로 장미를 만들기도 했고 검정과 회색의 구리선을 모아 매미도 만들었다. 점심 식사 후 잠깐 쉬는 시간에, 동료들이 화투 패를 돌리는 밤에도 남자는 끊임없이 무언가를 만들었다. 구리선을 쥔 남자의 손가락은 가는 구리선만큼이나 섬세하게 움직인다. 연필꽂이, 냄비 받침, 복조리, 메모지 꽂이, 비둘기, 돛단배……. 연필꽂이든 비둘기든 돛단배든 처음부터 작정하고 만드는 것은 아니다. 손이 제 나름대로 움직여 물건을 만들어낸다. 물건의 형상이 반쯤 드러났을 때에야 자신의 손이 만들고 있는 것이 무엇인지 알게 될 때도 있다. 동료들의 집에는 남자가 만든 물건이 한두 개씩은 있다. 그놈의 케이블 지겹지도 않아? 동료들은 끊임없이 손을 놀리는 남자에게 한마디씩 한다. 그러면서도 작업하고 남은 구리선을 모아 남자에게 가져다준다. 동료들은 구리선 자투리가 남자의 손끝에서 가지각색의 물건으로 새로 태어나는 것을 신기해한다. 재게 움직이는 남자의 손을 보다가 색색의 구리선이 남자의 손가락 끝에서 생명을 가진 무엇처럼 자라 나오는 착각에 빠져들기도 한다. 누군가 숨을 불어넣어 준다면 남자가 만든 비둘기가 날아오르고 바람이 불어준다면 돛단배가 두둥실 떠나갈 것 같았다. 손이 무언가를 만들고 있는 동안만큼은 귀울음도 잠잠해졌다.

맨홀 안의 온도는 점점 더 내려가고 있다. 남자의 발가락 끝 감각이 무뎌지고 있다. 그래도 남자의 손은 멈추지 않는다. 정수리부터 타고 내려온 구리선은 지금 내 콧등 부분을 지나고 있다. 잠시 후면 내 얼굴이 완성될 것이다.

집은 비어 있었다. 십오 일 만에 돌아온 집이었다. 한잔 걸치고 가자는 동료들을 뒤로 하고 남자는 곧장 집으로 왔다. 어쩌면 그사이에 여자가 돌아와 있을지도 모른다는 생각을 했다. 그렇기만 하다면 며칠간의 부재에 대해 아무것도 묻지 않겠다고 스스로에게 다짐했다.

방 안 전체에 엷은 먼지가 깔려 있었다. 서랍장 위의 전화기에도 마찬가지였다. 방은 맨홀 속처럼 어둑했다. 여자는 없었다. 남자는 자신의 몸 안에서 케이블 하나가 툭 끊어져 나가는 느낌을 받았다. 남자의 귀에서 버저가 울리기 시작했다.

남자가 하는 일은 전화회선을 새로 가설하고 증설하는 일이었다. 맨홀 속, 아니면 전신주 위가 남자의 일터였다. 겨울이 시작되면서 서울에서는 일찌감치 일감이 끊겼다. 날이 풀릴 때까지 몇 달을 공치는 수밖에 없었다. 다행히 수완 좋은 팀장이 보름치 일을 따냈다. 지방이지만 상관없었다. 일을 할 수만 있으면 되었다. 꽤 큰 아파트 단지가 들어서는 공사 현장이었다. 관할 전화국과 새로 형성되는 아파트 단지 사이에는 무수히 많은 맨홀이 있었다. 맨홀은 지하에 묻힌 케이블 가닥들이 몰려들었다 몰려나가는 중간 기착지였다. 그 안에 통신 교착점이 있었다. 남자와 그 동료들의 임무는 전화국과 가입자 사이의 신호 전달이 제대로 되게 하는 것이었다. 작업은 아침 7시부터 시작되었다. 아침마다 몇 가지 장비를 챙겨 맨홀 속으로 내려가 남자가 제일 먼저 하는 일은 끌칼로 케이블의 두꺼운 고무피복을 벗겨내는 것이다. 고무를 벗기고 나면 그 안에서 구리선 묶음이 나타났다. 남자는 색색의 깨끗한 구리선이 드러나는 그 순간을 좋아했다. 백, 적, 흑, 황, 자, 청, 등, 녹, 갈, 회. 다채로운 색의 다발은 빛의 다발로도 보였다. 어둡고 냄새 나는 맨홀 속으로 그렇게 환한 색의 광맥이 흐르고 있다는 사실을 아는 사람은 별로 없을 것이다.

　접속 기계 옆에 쭈그리고 앉아 회선을 찾고 연결해 나가다 보면 하루가 갔다. 하루에 한 사람당 2400회선을 연결하는 것은 기본이었다. 기술이 좋으면 3600회선까지도 연결할 수 있었다. 새로운 회선들이 제대로 연결되었는지 확인하는 일이 작업의 마무리였다. 각각의 회선마다 버저를 갖다 대며 확인해야 한다. 3600번의 버저가 제대로 울리면 3600개, 새로운 말의 길이 열리는 것이다. 뚜우우……. 마지막 버저가 울리면 온몸에서 힘이 빠졌다. 하루 열 시간 남짓 머물던 맨홀에서 지상으로 귀환하는 순간은 해저로부터의 부상만큼이나 아찔했다. 머리를 내민 순간 잔뜩 팽창해 있던 공간이 일시에 내리찍는 것 같았다. 남자와 그의 동료들은 대부분 귀울음을 달고 산다.

　냉장고는 텅 비어 있었다. 냉장고의 빈 속을 보자 잊고 있던 허기가 몰려들었다. 보온밥솥에 누렇게 말라붙은 밥에 물을 부었다. 남자는 밥솥째 그러안고 먹기 시작했다. 자꾸 목이 메었다. 어차피 삶은 맨홀 속 아니면 전신주 위에서 끝장나게 되어 있었다. 남자는 딱딱하게 굳은 밥알을 하나도 남기지 않고 다 먹었다. 바닥에 남은 물까지 깨끗이 비웠다. 물을 다 마시고도 남자는 밥솥을 내려놓지 않았다. 한참 동안 그 속에 얼굴을 묻고 있었다.

잠을 청해보았지만 남자는 깊이 잠들지 못했다. 잠은 남자를 시커먼 갱도의 입구에 데려다 놓곤 했다. 갱도 안에서 어둠이 먹물처럼 풀려나오고 있었다. 남자는 알 수 없는 힘에 끌려 한 발짝씩 안으로 들어갔다. 천장에서 떨어지는 물방울 소리가 갱도 안의 어둠을 흔들었다. 자신의 발소리에 놀라 남자는 자주 뒤돌아보았다. 너무 깊이 들어와 입구가 보이지 않았다. 갱도 끝에 구근처럼 동그랗게 몸을 말고 있는 사람이 보였다. 여자였다. 어느 꿈에서는 자신이 몸을 말고 있기도 했다. 갱도 천정에서 떨어진 물이 등을 타고 흐르는 느낌에 남자는 눈을 떴다. 선득했다.

갱도의 입구에서 서성이다 남자는 전화벨 소리를 들었다. 김의 전화였다. 전화기에 질주하는 차 소리가 잡혔다. 식기 부딪치는 소리도 들렸다. 남자의 물음에 김은 고속도로 휴게실이라고 대답했다. 엿 됐슴다. 한나절 만에 친구 놈 두 장 반, 나 두어 장 아주 쪽 빨렸어요. 카드 긁은 거 막으려면 이거, 젠장……. 김은 말하는 중간 중간에 이를 쑤셨다. 쑤셔놓은 잇새를 혀로 훑는 소리가 의자 끄는 소리와 함께 들려왔다. 구리선은 어떻게 그런 것까지 잡아낼 수 있어요? 여자라면 그렇게 물었을 것이다. 근데 형……. 김의 목소리 끝이 슬쩍 가라앉았다. 이거 함부로 주둥아리 놀릴 일이 아닌데……. 나 거기서 형수랑 비슷한 여

잘 봤어요. 뭐, 확실한 건 아니고……. 이쑤시개 부러지는 소리가 전화선을 타고 넘어왔다.

　맨홀 뚜껑이 덜컹거린다. 자동차 바퀴가 맨홀 뚜껑을 누르고 멈춘 모양이다. 손전등 불빛이 잠깐, 흔들린다. 머리 위가 무거워지는 느낌이다. 남자도 나처럼 느꼈는지 위를 쳐다본다. 추위에 언 남자의 얼굴이 파리하다. 차에서 내린 사람이 차 문을 잠그고 골목 안으로 사라진다. 맨홀 안 공기가 갑자기 줄어드는 것 같다.
　남자는 배낭을 뒤져 소주병을 꺼낸다. 폭주족 무리가 지나가는지 오토바이가 내는 굉음이 한참 동안 이어진다. 그 진동음으로 맨홀 속이 울린다. 맨홀이 통째로 굴러가는 것 같다. 굉음이 멀어지자 맨홀 안은 다시 고요해진다. 남자는 끌칼로 뚜껑을 따 소주를 한 모금 마신다. 얼어가고 있는 남자의 발가락이 풀릴지도 모른다.
　남자는 다시 소주 한 모금을 마신다. 취기가 빨리 돈다. 소주가 뇌주름 속으로 흘러들어 오는 것 같다고 남자는 생각한다. 남자가 자신의 무릎 위에 있는 나를 내려다본다. 맨홀로 내려선 순간 왜 내가 떠올랐는지 남자는 아직도 알 수 없다. 날아가기에는 내 몸이 너무 무겁다는 사실은 남자도 잘 알고 있다.
　맨홀 안 공기가 점점 희박해지고 있다. 오래된 시멘트 냄새와 물때에서 나는 곰팡내까지 더해 조금씩 숨쉬기가 곤란해진다.

　남자는 화투판에서 조금 떨어져 구석진 자리에 앉아 있었다. 남자의 동료들은 컨테이너 한가운데 둘러앉아 고스톱을 치고 있었다. 그들이 피워대는 담배 연기로 컨테이너 안이 자욱했다. 술 한잔씩 걸치며 치는 화투는 유일한 오락이었다. 술이 들어가야 조금씩 사람들의 말문이 열렸다. 화투라도 쳐야 눈앞에서 어룽대는 구리선을 지울 수 있었다. 하루 종일 꽃 볼 일이 어딨어? 화투짝이라도 만져야 꽃을 보지. 누군가 목단 패를 던지며 말했다.

화투판에 끼어 있던 김이 남자 쪽을 힐끗거렸다. 오후 작업 도중 남자는 몇 번이나 접속 불량을 냈다. 남자와 한 팀인 김이 의아해했다. 이런 적이 없었다. 집중이 되지 않아 남자는 작업하다 자주 쉬었다. 남자의 뒤쪽 맨홀에 들어가 있던 김이 몇 번이나 남자에게 달려왔다. 틈만 나면 전화선 가지고 장난치는 김이 그렇게 달려온 걸 보면 걱정이 된 모양이었다. 김은 케이블 중 하나를 골라잡아 전화 내용을 엿듣고는 했다. 몇 건만 따고 들어가서 들으면 그날 뉴스를 다 알 수 있다니깐요. 사회, 정치, 경제, 문화, 스포츠. 종류별로 골고루 다 들어 있어요. 아줌마들 전화통에 불이 났다 하면 백화점 세일 기간이 시작된 거고 스포츠 신문 톱기사에 나온 연예인은 그날 하루 전화통 속에서 수십 번 죽어나는 거죠. 김은 변심한 여자 친구의 전화를 미리 엿듣지 못한 것을 안타까워했다. 그랬다면 갑자기 뒤통수 맞는 일은 없었을 것이라고 했다.

남자는 몇 번 망설이다 다시 휴대폰을 집어 들었다. 신호음이 울리는 동안 남자는 바짝 마른 입술을 핥으며 눈을 감았다. 눈만 감으면 이 집 저 집으로 흘러 들어가는 케이블 가닥이 보였다. 일 년의 대부분을 맨홀 속에서 보내는 남자에게는 지상의 길보다 지하로 연결되는 길의 가닥이 더 환했다.

02-456-74**. 자신이 누른 숫자가 전기 신호로 바뀌어 케이블을 타고 달린다. 신호는 눈 깜짝할 사이에 수많은 맨홀 속의 케이블을 거쳐 집 앞 전신주 단자함에 도달한다. 그것은 조금도 멈칫거리지 않고 여러 가

지 선이 복잡하게 얽혀 있는 다세대주택 반지하의 어느 방을 찾아간다. 전화기는 맨 아래 칸 손잡이가 떨어져 나간 서랍장 위에 놓여 있다. 아무도 전화를 받지 않는다. 벨 소리에 서랍장 위의 엷은 먼지가 가볍게 날린다.

자신의 빈집에서 울리는 벨 소리가 수백 킬로미터 떨어진 이곳까지 들리는 것 같았다. 여자는 며칠째 전화를 받지 않았다. 핸드폰도 꺼져 있었다. 무리를 하면 집에 다녀올 수 있겠지만 남자는 그렇게 하지 않았다. 여자의 병이 또 도진 것은 분명해 보였다. 분명한 사실을 굳이 올라가 확인할 필요까지는 없었다. 남자는 케이블 속으로 직접 달려갔다 돌아오기라도 한 것처럼 피곤해 보였다.

화투판은 계속 돌고 있었다. 흐미, 예쁜 것. 사쿠라처럼 한번 펴봤으면 좋겠다. 3자 홍단 패를 집어가며 누군가 말했다. 화투판 옆에서 술을 홀짝이던 김이 끼어들었다. 에이, 꽃은 무슨? 사쿠라는 꽃도 아니죠. 진짜 꽃이 뭔 줄 아세요들? 김은 잠시 뜸을 들였다. 잭폿이에요, 잭폿. 그거 한 번만 터지면 꽃이 아니라 아주 꽃밭이라니까요. 이번 일이 끝나면 정선으로 원정을 떠날 계획이라고 김이 말했다. 지금까지 거기 들이부은 돈에 이자까지 쳐서 찾아오려구요.

남자는 구리선 다발을 가져왔다. 무엇이든 만들어야 했다. 하지만 무얼 만들어야 할지, 구리선을 어떻게 엮어나가고 어디서 매듭을 지으며 돌려 나가야 하는지 생각나지 않았다. 문득 연필꽂이와 냄비 받침과 비둘기와 돛단배가 지겨워졌다. 새로운 것을 만들고 싶었다. 아무 생각도 할 수 없을 만큼 자신을 지치게 하고 싶었다. 남자는 구리선을 한 가닥씩 양손에 든 채로 멍하니 있었다. 광을 팔고 물러난 김이 술을 따라 남자에게 다가왔다. 에이, 형, 무슨 일인데 그래요? 술잔을 건네며 김이 작은 소리로 물었다. 남자는 술잔을 단숨에 비웠다. 김이 남자의 얼굴을 빤히 쳐다보았다. 어이, 뭘 만들어볼까? 꽃밭 하나 만들어줘? 남자가 희미하게 웃으며 덧붙였다. 궁금하겠지만 니 특기로도 알 도리가 없는 일이다.

색색의 구리선이 한 덩어리로 엉겨 붙는 것 같았다. 귀울음은 여전했다.

나는 연이다. 구리선으로 만든 가오리연이다. 나는 아직 다 완성되지 않았다. 그래도 나는 가오리연이다. 내 몸은 잘 닦아놓은 동경(銅鏡)처럼 빛이 날 것이다. 나는 가만히 눈을 감고 하늘을 나는 내 모습을 그려본다.

허공의 바람이 내 몸을 경계로 나누어진다. 내 등 위로 차고 빠른 바람이 불어가고 배 아래로는 좀 수굿해진 바람이 흘러간다. 그 미세한 바람결의 속도 차이로 등황빛을 띤 나는 떠오를 수 있을 것이다. 지느러미로 물을 밀어내듯 나는 온몸으로 바람을 밀어내며 날아오른다. 흰 종이를 구겨놓은 것 같은 눈 덮인 산맥의 주름들이 아래로 보인다. 산이 낮아지는 곳에 몇몇 집들이 어린 시절 남자의 머리에 나던 부스럼 딱지처럼 붙어 있다. 먼 곳에 눈이 내리는지 산맥과 들판의 경계가 흐릿하다. 얼레에 감긴 실이 빠른 속도로 풀려 나온다. 내가 날아오르는 것이 아니라 얼레를 쥔, 어린 시절의 남자가 날아오르는 것 같다. 슬그머니 얼레에서 빠져나온 나는 더, 좀 더 위로 날아오른다. 나를 향해 뻗은 남자의 손이 수초처럼 흔들린다. 남자는 점점 작아지다가 가뭇없이 사라지고 만다.

손전등이 만들어내는 동그란 불빛이 점점 약해져간다. 푸른 하늘과 흰 구름 대신 남자의 이마와 헝클어진 머리칼이 내게 들어와 비친다. 머리칼 너머로 자욱이 진눈깨비가 날려 이마의 배경이 어둡다. 밤이 깊어갈수록 맨홀 안 온도는 더 내려간다. 손가락이 곱아 남자의 손놀림이 더뎌진다.

여자는 남자가 맨홀 속에서 하는 일을 잘 이해하지 못했다. 남자가 몇 번이나 설명해주었지만 어떻게 그 가는 구리선이 사람들의 목소리를 먼 곳까지 전달하는지 알 수 없어 했다. 소리가 어떻게 전기신호로 바뀌는 것인지, 수신자의 전화기에서 그 전기신호는 또 어떻게 다시 목소리로 환원되는지 알 수 없다고 했다. 그러니까, 내 목소리가 어떻게 멀리 있는 당신한테 가 닿게 되는 거죠?
여자에게는 남자가 만든 연필꽂이와 냄비 받침을 이해하는 것이 훨씬 쉬웠다. 여자는 남자가 만든 비둘기와 돛단배와 꽃병을 사랑했다. 그러니까 이게 그 구리선이라는 거죠? 어떻게 이 속으로 목소리가 왔다 갔다 하지? 구리 꽃병을 돌려가며 여자는 물었다. 구리선처럼 등황색의 배냇머리를 한 아이가 태어났다. 남자는 모빌을 만들었다. 색색의 구리선 끝에 꽃과 나비와 잠자리가 달린 모빌이었다. 아이의 작고 통통한 손이 제 머리 위에서 움직이는 꽃을 잡으려고 옴지락거렸다. 남자는 아이가 더 자라면 작은 그네도 만들겠다고 말했다. 색색의 구리선으로 만들어진 그네는 세상에 하나뿐일 거라며 여자는 좋아했다. 맨홀 안에서는 종종 사고가 일어났다. 맨홀 가스에 누군가 질식하기도 했고 누군가는 맨홀에 갇히기도 했다.
남자의 맨홀은 엉뚱한 곳에서 무너졌다. 국도 위였다. 여자와 아이를 태운 남자의 트럭이 빗길에 미끄러졌다. 브레이크를 밟았지만 이미 가드레일을 타 넘은 트럭은 비탈로 미끄러져 내리고 있었다. 비에 젖은 풀밭이 솟아올라 트럭 유리창으로 돌진해왔다. 비탈에 선 나무에 트럭은 옆으로 뒤집어진 채 걸렸다. 그물처럼 조각난 앞 유리로 조각난 하늘과 튕겨 나간 여자와 아이가 보였다. 이제 막 걷기 시작한 아이의 검은 머리칼이 비에 젖고 있었다.

  몇 년이 지났지만 여자는 그 비탈 근처를 빠져나오지 못했다. 밥을 먹다가, 잠을 자다가, 머리를 감다가도 트럭은 무시로 굴러내렸고 아이의 머리칼이 젖고 있었다. 옹알이를 하고 배밀이를 하고 막 걷던 아이가 어디로 사라져버린 것인지 알 수 없었다. 아이가 죽을 수도 있는지, 그렇게 작은 몸에 어떻게 죽음이 덮칠 수 있는지 이해할 수 없었다. 자신들의 삶으로 떨어진 운석이 파놓은 구덩이가 너무 깊어 남자는 올라설 엄두가 나지 않았다. 여자는 하루 종일 잠만 잤다.

  자주 이사를 해야 했다. 여자는 죽은 아이와 같은 또래 아이만 보면 무조건 집으로 데려왔다. 엄마 품에 안겨 있는 아이를 낚아챈 적도 있었다. 경찰서에서 걸려온 전화를 받고 남자가 가보면 여자는 대기실 구석에 멍하니 앉아 있었다. 아이를 기르는 이웃들은 여자를 무서워했다. 한곳에서 오래 살 수 없었다. 아이의 물건을 모두 버렸지만 어쩌다 남아 있던 물건들이 이삿짐을 쌀 때마다 한 가지씩 나왔다. 젖내 나는 턱받이 수건과 삭아버린 노리개 젖꼭지, 아이의 겨드랑이와 엉덩이에 바르던 땀띠분. 잘 싸서 넣어둔 모빌이 옷장 구석에서 나왔을 때 여자는 모빌로 자신의 목을 졸랐다. 목에 생긴 반흔이 오래갔다. 반흔이 사라질 즈음 여자는 더 이상 으르렁거리지 않았다.

  여자는 룰렛이나, 블랙 잭, 슬롯머신 앞에 있으면 아무런 생각이 들지 않는다고 했다. 손에 들고 있는 칩들이 자신을 아주 다른 세상으로 데려다 준다고 말했다. 젖은 국도가 없는 곳, 비탈이 없는 곳으로 갈 수 있는 방법은 그것밖에 없다고 했다. 수레바퀴처럼 돌아가는 룰렛판 앞에서 술에 취한 여자는 딜러에게 외쳤다. 빨리, 더 빨리 돌려.

돈이 떨어지면 테이블 사이를 퀭한 눈으로 돌아다니다 여자는 누군가의 제보로 몇 번이나 남자에게 붙잡혀 왔다. 제발, 제발 부탁이야. 더 이상은 안 돼. 다시 또 이런 일이 생긴다면 그땐 함께 죽는 거야. 남자는 여자에게 사정하고 뺨을 때리고 면도칼로 자신의 팔목을 그어 들이밀었다.

손전등 빛이 더 약해진다. 맨홀 안이 점점 좁아진다. 밖에서 들려오던 차 소리도 완전히 끊겼다. 내 몸에 맨홀 안 풍경이 희미하게 비친다. 남자 앞에는 아직도 구리선 다발이 많이 놓여 있다. 남자는 발가락 끝을 잔뜩 오므려본다. 아무런 감각이 없다. 가로선을 타고 넘던 구리선이 멈추어 선다. 남자의 손이 곱아 펴지지 않는다. 남자는 소주병을 당겨와 밑바닥에 남아 있던 것을 마신다. 남자의 눈앞으로 자꾸만 여자의 맨발이 스친다.

남자는 배낭 속에서 이어폰 모양의 리시버를 꺼내고 바닥에 있던 끌칼을 쥔다. 끌칼로 벽에 붙은 케이블의 방수피복을 찍는다. 손이 곱아 말을 듣지 않는다. 몇 차례 어긋난 끌칼이 남자의 왼손에 상처를 낸다. 상처가 깊지 않은지 피는 곧 멈춘다. 피복 속에서 촘촘히 연결된 구리 회선이 드러난다. 남자는 그중 하나에 리시버를 갖다 댄다. 아무 소리도 들리지 않는다. 죽은 선이었다. 옆의 선으로 넘어간다. 여자 둘이 통화 중이다. 한 여자는 비스킷을 먹고 있는지 말끝에 바삭거리는 소리가 묻어 있다. 문득, 전화선 너머의 그 따뜻한 곳으로 가고 싶어진다. 남자는 여자들의 대화 속으로 들어간다. 아내의 맨발이 자꾸 눈앞에 떠오른다고, 탄진처럼 진눈깨비가 날리고 있었다고. 여자들은 혼선이라며 서둘러 전화를 끊는다. 남자는 통화가 끝난 전화선에 대고 한참 동안 중얼거린다. 자신의 손이 여자의 목을 누르고 있었다고, 어둠 속에서 크게 벌어진 여자의 눈이 처음 만나던 날처럼 순했다고, 여자의 끊어진 숨보다 맨발이 이렇게 마음 아프게 한다고, 탄진처럼 자꾸만, 자꾸만 진눈깨비가 날렸다고.

색색의 꽃들이 봄볕을 쬐고 있었다. 꽃가게에서 내놓은 화분들은 가게 앞 인도를 반이나 넘게 차지하고 있었다. 물뿌리개를 든 여자가 안에서 나왔다. 공사 첫날, 남자는 근처 식당에서 점심을 먹고 오다 여자를 보았다. 남자가 뒤에 서 있는 줄도 모르고 여자는 꽃 이름을 하나하나 부르며 물을 뿌렸다. 떨어지는 물방울에 햇빛이 닿아 눈이 부셨다. 여자는 어느새 안으로 들어가고 없었다. 남자는 허리를 구부려 꽃들을 보았다. 팬지, 데이지, 로즈메리, 아기별꽃, 라벤더, 프리뮬러……. 화분 한쪽에 작은 이름표가 붙어 있었다. 남자는 여자가 그랬던 것처럼 그 이름들을 작게 불러보았다. 여자는 꽃가게 점원이었다.

꽃가게는 남자가 일하는 맨홀에서 정면으로 보이는 곳에 있었다. 그날 점심 이후 남자는 맨홀 바깥으로 자주 고개를 내밀었다. 그러다가 여자가 맨홀 쪽을 바라보면 남자는 얼른 밑으로 가라앉았다. 여자는 주인이 자리를 비우면 가끔 친구에게 전화를 걸어 수다를 떨었다. 꽃가게 간판에 적혀 있는 전화번호로 가게 전화선을 찾아내는 것은 식은 죽 먹기였다. 남자는 느긋하게 리시버를 찾아 꽂고 벽에 기대어 앉았다. 봄날이었다. 맨홀 위로 보이는 하늘은 옥빛이었다. 그늘이 져 올려다보면 맨홀 위로 흰 구름이 건너가고 있었다. 구름이 지나가고 나면 다시 맨홀 속이 환해졌다.

꽃가게 주인이 화장품 가게에 자주 가는 이유는 새로운 샘플을 얻기 위해서였다. 지난주에는 저 위쪽에 있는 초등학교 환경미화 작업으로 철쭉이랑 군자란 화분이 많이 나갔다. 가게 앞에 내놓은 파리지옥이나 끈끈이주걱 같은 식충식물은 아이들에게 인기가 많았다. 아이들은 제 엄마를 졸라 어떻게든 그것들을 손에 넣었다. 요즈음이 졸업식 시즌보다 매상이 더 좋다. 여자는 장미를 섞지 않고 안개꽃만 한 아름 받아보았으면 좋겠다. 안개꽃을 보면 자꾸 웃음이 터져. 누군가 내 겨드랑이에 간지럼을 태우는 것 같아. 여자는 터키 도라지꽃 같은 치마를 입어보고 싶었다. 무릎까지 오는 걸로. 치마 끝이 꼭 그 꽃만큼만 하늘거렸으면 좋겠어.

여자의 전화를 엿듣고 있으면 여자와 오래전부터 알고 지낸 사이처럼 느껴졌다. 맨홀 작업을 철수하던 날 남자는 꽃가게로 찾아갔다. 조금 유치한 방법이기는 했지만 남자는 안개꽃 한 다발을 사 여자에게 안겼다. 얼굴이 붉어진 여자가 간지러운지 안개꽃처럼 잘게 웃었다. 꽃 피는 봄날이었다.

세로로 늘어진 구리선을 또 다른 선으로 가로지르려다 남자는 잠이 든다. 내 몸은 결국 완성되지 못했다. 사람들은 이런 내가 누구인지 알지 못할 것이다. 만들다 만 냄비받침이나 네모난 꽃병의 아랫부분쯤으로 보일 것이다. 아직도 구리선은 충분하다. 목이 말라. 잠들기 전 남자가 중얼거렸다. 남자의 잠은 조금씩 깊어져간다. 영하의 날씨가 며칠째 계속되고 있다. 남자의 피돌기는 점점 느려지고 있다. 나를 쥔 손아귀의 힘이 조금씩 약해져간다.

  남자의 잠 속에서 눈이 내리기 시작한다. 목화송이만한 눈들이 치어 떼처럼 어딘가로 몰려가고 있다. 잠 속에서 남자는 여러 겹의 껍질을 가진 구근이 되었다가 색색의 구리선으로 만든 돛단배가 되었다가 모빌 끝에 달려 있던 잠자리가 되기도 한다. 남자의 잠이 깊어진다. 여자의 맨발이 보인다. 남자의 굽어버린 발가락이 움찔하다 만다. 목화송이만한 눈이 여자의 발을 덮는다. 내 몸에서 지느러미가 생겨나고 꼬리가 자라 나온다. 나는 눈에 덮인 여자의 맨발 위로 날아오른다. 얼어붙은 벌판을 넘어 강을 넘어 날아오른다. 여자는 물뿌리개를 들고 서 있다. 물뿌리개에서 뿌려지는 물방울이 햇빛에 반짝인다. 여자의 맨발에 햇빛이 부서진다. 잠 속에서도 눈이 부신지 남자의 입가에 미소가 물린다.

  손전등이 꺼진다. 아무것도 보이지 않는다. 그래도 나는 연이다. 어둠 속에서도 등황의 빛을 뿜으며 하늘의 물을 밀고 나가는, 나는 가오리연이다.

| 기수상작가 자선작 |

정 이 현

위험한 독신녀

 **정이현** 1972년 서울에서 태어나 성신여대 정치외교학과와 서울예대 문예창작과를 졸업했다. 2002년 '문학과 사회' 신인상에 〈낭만적 사랑과 사회〉로 당선하여 등단했다. 주요 작품으로는 소설집 《낭만적 사랑과 사회》가 있다. 2004년 제5회 이효석문학상을 수상했다.

그녀는 변한 것이 없었다.

어깨를 덮는 긴 생머리를 찰랑거리며 약속장소에 나타난 그녀는 나에게 다가와 방긋 미소 지었다.

"현주 맞지? 어쩜, 세상에. 얼굴 너무 많이 상했다. 못 알아볼 뻔했잖아."

나는 넋을 잃고 그녀를 바라보았다. 품이 헐렁한 청재킷과 청치마, 드라이어로 한껏 세운 뒤 헤어스프레이를 뿌려 닭 벼슬처럼 빳빳하게 고정시킨 앞머리, 발목까지 올라오는 흰색 캔버스천의 농구화까지. 양채린은 우리가 마지막으로 만났던 1989년의 모습 그대로, 내 앞에 나타났다.

1

그녀에게서 전화가 걸려온 것은 며칠 전 저녁 무렵이었다. 처음에 나는 그녀의 목소리를 알아듣지 못했다. 당연한 일이었다. 대학을 졸업한 지 십오 년째였다. 그리고 같은 고등학교와 같은 대학을 다녔을 뿐, 학창 시절에도 우리는 개인적인 통화를 나눌 만큼 가까운 사이가 아니었다.

"섭섭하네. 정말 내 목소리 모르겠어?"

끝이 길게 늘어지는 말투에서 어리광이 잔뜩 배어났다. 퇴근길의 지하철 2호선 안이었다. 중년 사내 하나가 등 뒤에 바짝 붙어선 채로 신문을 펼쳐 읽고 있었다. 나는 무례한 사람들을 좋아하지 않았다. 새로 산 트렌치코트의 옷깃을 단정히 여미면서 핸드폰에 대고 속삭이듯 말했다.

"미안합니다. 전화가 잘 안 들리네요. 나중에 다시 걸어주시겠어요?"

"어머, 여보세요. 현주야, 이현주!"

전화를 끊으려는 찰나 저쪽에서 다급하게 내 이름을 불렀다.

"나, 채린이야. 좀 이따 다시 걸게. 꼭 받아줘야 해!"

잠시 멍해졌다. 채린이라면, 그 양채린밖에, 나는 다른 누구도 알지 못했다.

지하철역에서 아파트 단지 입구까지는 긴 산책로로 이어져 있었다. 삼십여 분이 지났지만 자신을 양채린이라고 밝힌 여자는 다시 전화를 걸어오지 않았다. 좀 망설이다가 나는 핸드폰의 통화 버튼을 눌렀다. 신호음이 한 번 울리자마자 누군가 전화를 받았다.

"네에, 여보세요."

나보다 한 옥타브는 높은, 여중생 같은 목소리였다. 나라는 것을 확인하자, 그녀는 꺄아, 호들갑스런 탄성을 뱉어냈다.

"어머어머, 현주야! 채린이 여기 있는 걸 어떻게 알았어?"

스스로를 '채린이'라고 칭하는 유아스런 말버릇이라니. 송화기 너머의 여자는 양채린이 분명했다.

"네가 좀 전에 나한테 걸었었잖아. 그 전화번호가 휴대폰에 찍혀 있으니까."

"어머, 웬일이니. 그런 게 다 있어? 역시 우리나라가 최고야. 귀국하니까 다들 전화기 하나씩 들고 다니는 것도 정말 신기하던데. 암튼 현주야, 너무너무 반가워."

채린이 브라질 교포와 결혼하여 리우데자네이루인지 어딘지에 정착했다는 소문은 오래전에 전해 들었다. 그녀에 대한 풍문이 대개 그렇듯 발원지가 어디인지는 정확하지 않았지만, 어쨌든 십여 년 전부터 한국에 머물고 있지 않았던 것만은 확실했다. 한국에 있었다면, 그동안 누구의 눈에도 뜨이지 않고 이렇게 조용히 숨어 있을 수는 없었을 것이다. 양채린은 그런 존재였다.

"그래, 반갑다. 너 이민 갔다는 얘긴 들었어. 한국엔 꽤 오랜만에 나온 거지?"

"어우, 아니야. 또 소문이 이상하게 났나 보네. 채린이, 그냥, 잠깐 갔다 온 거야. 한 일 년? 거기 나 아니면 죽는다는 남자가 하나 있었거든. 불쌍해서 웬만하면 잘해볼까 했는데, 근데, 좀 겪어보니까 이건 정말 아닌 거야. 채린이랑 너무너무 안 맞더라고. 그래서 그냥 나와버렸지, 뭐."

묻지 않아도 재잘재잘 작은 새처럼 지저귀는 그 버릇도 여전했다. 채린이 밝히는 자신의 근황은, 내가 주워들었던 소식과는 많이 달랐다. 아마 한국에 들어오게 된 구구한 사연을 설명하고 싶지 않은 모양이었다. 하긴 원래 복잡한 것이라면 질색하는 아이였다. 이혼이라도 했다는 건지, 자식은 없는지, 파편적인 호기심이 들었지만 더 이상은 묻지 않았다. 진실이 무엇이든 어차피 나에게는 별로 중요한 것도 아니었다.
"그런데 내 연락처는 어떻게 알았어?"
"학생수첩에 적어놨었지. 너희 집에 했더니 어머니가 받으셔서 이 번호 알려주시더라. 근데 너무너무 이상한 거 있지? 글쎄 그 많은 동창들 중에 전화 연결되는 애가 하나도 없는 거야. 다들 전화를 안 받거나, 그런 사람 안 산다고 하더라."
새삼스러울 것도 없었다. 십수 년 전과 똑같은 곳에서 그대로, 붙박이장처럼 늙어가는 여자가 나 말고 또 있으리라고는 믿어지지 않았다.
"나랑 친했던 미진이 알지? 걔네 집에 전화했더니 글쎄 미진이가 그새 시집을 갔다네? 남편 따라서 중국 가서 산대. 아우, 정말 황당해서 죽는 줄 알았어. 어쩜 나한테는 연락도 안 하고."
채린이 말하는 것은, 서양화과의 윤미진인 것 같았다. 스물아홉 즈음에, 회사로 보내온 윤미진의 청첩장을 받은 기억이 났다. 예식시간이 당직과 겹쳤고 굳이 무리하여 참석할 만한 사이도 아니었으므로, 참석하는 다른 동창 편에 축의금만 보냈었다. 그때만 해도 아직 한 계절에 한두 번씩은 동창들의 청첩이 날아오곤 하던 무렵이었다. 기념사진 찍는데 친구가 몇 없어 시집 측으로부터 흉을 잡혔다는 신부의 얘기를 듣고는, 보험이나 투자 차원에서 초대받은 결혼식마다 열심히 얼굴을 내밀던 시절이었다. 쓴웃음이 났다. 이제 어쩌면 나와는 영원히 상관없을지도 모르는, 막막하고 먼 세계의 질서였다. 채린이 더없이 애틋한 음성으로 나를 불렀다.
"현주야, 진짜진짜 보고 싶다. 우리 언제 만날까?"
슬슬 피곤해지고 있었다. 어느새 집 앞이었다. 어서 이 뜬금없는 통화를 끝내고 싶어서 나는 자분자분, 그러나 단호히 말했다.

"……그래, 언제 한번 보자."

"정말? 채린이는 내일도 좋고, 모레도 좋아. 그 다음 날도 괜찮고. 참, 현주는 직장에 다니니까 일요일이 제일 편하겠구나, 그렇지? 흐음, 이번 주 일요일에는 성당에 한번 나가볼까 했는데, 괜찮아, 그 다음주부터 가지 뭐. 이번 주엔 그냥 너랑 만나서 맛있는 거 먹을래."

난감했다. 언제 한번 보자, 라는 문장은 이를테면 언어적 관습이었다. 그것은 Good-bye의 이음동의어인 동시에 See you later의 번역어였다. 피차 부담 없이, 부드럽게 전화를 끊기 위한 선의의 거짓말인 것이다. 일요일 오후는 안 된다고 둘러댈 만한 어떤 핑계거리도 준비해두지 않았으므로 나는 채린의 제의에 얼결에 동의했다. 일요일 오후라면 어차피 아무런 약속도 없었다. 약속장소를 정하는데 핀트가 자꾸만 어긋났다.

"현주야, 우리 그럼 명동 클라라에서 만나자. P은행 본점 옆에. 알지?"

클라라라는 카페는 십여 년 전에 사라졌고, P은행이 다른 은행과 통폐합되어 시중에 존재하지 않게 된 것은 이미 1990년대 후반의 일이었다. 내가 말하는 스타벅스나 커피빈 같은 상호를 그녀는 아예 처음 듣는 눈치였다. 브라질이라고 저런 다국적 브랜드가 진출하지 않았을 리 없을 텐데, 좀 의아했다.

"이상하다. 나 명동 되게 잘 아는데…… 아, 역시 서울은 너무 빨리 변한다니까."

채린이 풀 죽은 음성으로 중얼거리다 말고, 갑자기 의기양양하게 소리쳤다.

"백화점! 백화점은 그대로 있는 거지?"

우리는 결국 명동 L백화점 정문 앞을 약속장소로 정했다.

2

이십 대와 삼십 대를 통틀어, 육 개월이 넘도록 지속적인 데이트를 하고 딥키스 이상의 육체적 관계를 가진 상대는 총 셋이었다. 한 명은 나보다 입학 점수가 낮은 학교의 졸업생이어서, 또 한 명은 누이만 넷을 둔 외아들이어서, 그리고 다른 한 명은 아버지의 외도로 부모가 이혼한 가정 출신이라는 이유로, 엄마는 그들을 몹시 싫어했다. 엄마는 딸의 남편감으로 흠이 없는 청년을 바랐을 것이다. 어떤 불운과 악행의 가능성도 지니지 않은 남자. 그런 남자가 현실에 존재한다면 말이다. 나는 그들 중 누구와도 섹스를 하지 않았다. 결혼이 늦은 것을 제외하고는, 나는 내가 비교적 평범한 삶을 살아왔다고 생각한다. 한글은 여섯 살에 깨우쳤고 초등학교에 입학한 다음부터는 항상 상위권 성적을 유지했다. 고등학교를 졸업하면 대학에 가고 대학을 졸업하면 취직을 하는 것처럼, 생의 전체 주기에서 결혼을 매우 주요한 사건으로 취급하는 사회 일반의 관습에 대해, 삐딱하거나 반항적인 견해를 품은 적도 없었다.

본격적으로 맞선시장에 진출한 건 서른두 번째 생일이 지나면서부터였다. 끝이 나지 않는 지루한 게임은 벌써 몇 해 동안 쉼 없이 이어져오고 있었다. 서른아홉 살이며, 외국계 생명보험회사의 영업사원이라는 오늘의 파트너는 이미 R호텔 로비라운지에 도착해 있었다. 웨이트리스가 나를 자리로 안내해주었다. 반 발짝 앞서 걷는 웨이트리스의 허리가 중국인형처럼 잘록했다. 노숙해 보이는 연회색 투피스를 선택한 것이 좀 후회되었다. 의자에서 벌떡 일어선 남자는 족히 190센티미터는 넘어

보이는 장신이었다. 목에 매달린 빨간 넥타이가 아동복 사이즈의 그것처럼 앙증맞았다. 남자는 체구에 어울리지 않게 수다스러운 편에 속했다. 자신의 회사생활과 최근에 관람한 액션영화, 좋아하는 술안주 취향에 이르기까지 화제를 종횡무진 가로지르며 끊임없이 떠들어댔다. 가벼운 고갯짓과 사려 깊은 미소로 대응하면서 나는 앞자리의 남자를 찬찬히 관찰했다. 1.5초의 첫인상으로 가부를 판단하는 것은 지극히 위험한 일이라고, 엄마는 누누이 강조하곤 했다.

어묵꼬치처럼 매듭 없이 긴 손가락, 깨알 같은 블랙헤드로 뒤덮인 콧잔등, 크게 웃을 때마다 보였다 안 보였다 하는 황금 재질의 어금니. 그래도 쌍꺼풀 없이 큰 눈은 제법 어글어글하고, 둥근 턱 선이 선량한 느낌을 주는 얼굴이었다. 중매쟁이의 말에 의하면 남자는 막내아들인 데다 연봉도 적지 않다고 했다. 결혼이 늦어진 것은 단지 때를 놓쳤기 때문이라는 것이다. 남자는 자신이 담배도 술도 좋아하지 않으며 신실한 장로교 신자이므로 일요일에는 꼭 아침예배에 참석한다고 강조했다.

"현주 씨는 종교가 없다고 들었습니다만, 저는 하나님 안에서 하나 되는 가정을 만들고 싶습니다. 교회에 다닐 의향이 있으십니까?"

나는 엉겁결에 고개를 끄덕였다. 남자가 나에게 일정 수준 이상의 호감을 품은 것처럼 보였으므로 마음이 한결 여유로워졌다. 이 남자 정도면 현재 내가 선택할 수 있는 최선의 카드일지도 몰랐다. 저희들끼리 있을 때면 저 나이에 멀쩡한 총각이 가당키나 하냐고 수군거릴 게 틀림없는 기혼녀 친구들이, 내가 불과 한 살 연상의 미혼남과 결혼한다는 소식을 전하면 어떤 반응을 보일 것인지 궁금했다. 그러나 헤어질 때, 남자는 애프터에 대한 언질을 하지 않았다.

"처음 만나서는 함께 밥을 먹는 게 아니라더군요. 시장하실 테니 그만 들어가 보시죠."

뒤돌아 걸어가는 남자의 완강한 등짝을 바라보면서 그제야 나는 아직 저녁을 먹지 못했다는 사실을 깨달았다. 명치가 묵직하게 저려왔다.

3

거실은 종유동굴처럼 컴컴했다. 전등 스위치를 올리는 것과 동시에 살짝 열린 안방 문틈으로 중년 여자들의 흐드러진 웃음소리가 흘러나왔다. 밤 여덟시 사십오분. 엄마가 한참 일일연속극에 몰입해 있을 시간이었다. 엄마의 일과는 드라마와 함께 진행되었다. 아름다운 이혼녀가 몰락한 전남편과 능력 있는 새 애인 사이에서 방황하는 아침드라마로 하루를 출발하여, 낮 동안에는 지나간 드라마들을 재탕해주는 케이블 방송에 채널을 고정시켜 두었다. 딸부잣집 다섯 딸들의 좌충우돌 로맨스를 그린 삼 년 전의 주말연속극, 출생의 비밀을 모른 채 사랑을 나누는 이복남매의 비련을 다룬 오 년 전의 미니시리즈를, 환자용 침대에 비스듬히 누워 온종일 보고 또 보았다. 때로는 여자 주인공의 대사를 한 템포 빨리 줄줄 읊어대기도 했다. 100킬로그램에 육박하는 육중한 몸으로 김희선과 최지우의 목소리를 재현하는 엄마. 긴 백발을 아무렇게나 틀어 올리고 하루에 두 번씩 제 검지 끝을 바늘로 찔러 혈당검사를 하는 엄마. 당뇨에 좋다는 누에고치 가루와 다디단 초콜릿 케이크를 동시에 입 속에 처넣는 엄마. 새끼발가락 끝부터 서서히 썩어들어 가고 있는 엄마. 나는 그 여자가 끔찍하게 지겨웠다.

식탁의 냄비 안에는 도가니탕으로 추정되는 희뿌연 뼛국물이 담겨져 있었다. 한 숟갈 떠먹어 보았다. 차가운 국물에서는 누리고 비린 맛이 났다. 가스레인지의 불을 켜고 냄비를 데웠다. 밥을 말아 김치도 없이 깔깔한 입 안으로 떠 넣고 있는데 엄마가 다리를 절룩이며 부엌으로 나왔다. 드라마가 끝나고 아홉시 뉴스가 시작된 모양이었다.

"밥도 못 얻어먹고 들어왔나?"

나는 못 들은 척 숟가락질에 열중했다. 씹히지도 않은 밥알들이 목구멍 속으로 후루룩 넘어갔다.

"말 좀 해봐라. 이번엔 또 어떤 놈이 나왔는데?"

호기심 어린 눈동자를 굴리는 엄마에겐, 딸이 '백 번 선본 여자' 따위의 제목을 단 드라마의 노처녀 여주인공으로 보일지도 몰랐다.

"뻔하다. 그런 놈, 만날 것도 없다. 여자는 자존심이 제일이야. 아무리 사내가 없어도 그렇지, 어디 밥도 안 사 먹이는 놈을 만나냐. 아, 이년아. 좀 천천히 먹어."

혼자 북 치고 장구 치고 다 하면서, 엄마는 냉장고에서 김치보시기를 꺼내어 국그릇 옆으로 밀어놓았다. 물기 없이 말라비틀어진 김치꽁다리들을 보자 입맛이 확 달아났다.

"착각하지 말아요. 그 사람이 미쳤다고 날 만나준대요?"

"아니. 니가 어디가 어때서?"

"진짜 몰라서 그러는 거예요? 마흔이 코앞인 데다……"

더 이상의 말은 속으로 삼켰다. 뱉어내 봐야 엄마의 히스테리만 유발할 뿐 아무 소용도 없는 것이다. 독한 년, 엄마가 어떻게 되든 아무 상관도 없는 년, 손자 하나 못 안겨주는 주제에 조동이만 살아 있는 년. 끝도 없는 그런 넋두리라면 이제 지긋지긋했다. 나는 맥없이 밥숟가락을 움직였다.

"참, 내가 말 안 했나? 어제 누가 너 찾는 전화 했었는데…… 양채린이라면, 옛날에 걔 아니냐. 미술 선생, 가정 깨뜨린 애."

"엄마!"

"걔도 아직 시집 안 갔냐? 하긴 아주 야들야들 살랑살랑, 둔갑한 구미호 같은 목소릴 들으니까, 못 해도 서너 번은 갔다 왔을 것 같더라. 그런 애랑은 멀리하는 게 상책이야. 지 버릇 남 주는 거 아니거든. 왜, 그때 그 미술 선생댁은 약까지 먹었다고 소문이 자자했지 않냐."

썩지 않는 방부제라도 복용하는 사람처럼 엄마는 시간의 저편으로 흘러가버린 예전의 일들을 머릿속에 소상히 저장해두고 있었다. 이십 년 가까이 된 일이었다. 오드리 헵번의 열렬한 팬이던 사십 대의 미술 선생이 채린에게 리틀 오드리라는 별명을 지어주고, 방과 후면 미술실로 불러 초상화의 모델로 삼았던 것은 여고 2학년 즈음이었다. 당시를 풍미했던 루머대로, 둘이 정말로 모종의 관계였는지는 분명치 않았다. "귀찮아 죽겠는데 선생님이 자꾸 미술실로 오라고 그러는 거 있지? 그 선생님, 꼭 무슨 예술가처럼 한 시간 동안 구도만 잡는 거야. 날더러 움직이지 말라고 하고." 채린은 그렇게 투덜댔었다. 채린과 단 오 분이라도 같이 있어본 사람이라면 누구나, 그녀가 거짓말을 하지 못하는 아이라는 것을 알았다. 그 예쁘고 착한 소녀의 비극은 다만 머리가 나쁘다는 것뿐이었다. 나는 엄마가 맹신하는 기억 저장고의 오류를 살짝 바로잡아주었다.

"그 선생님이 이혼한 건 우리 졸업하고 한참 지난 다음이에요."

엄마가 코웃음을 쳤다.

"순진한 소리 마라. 너는 세상을 너무 몰라. 그러니 아직까지 이 모양이지."

그래, 그럴지도 모른다. 나는 조용히 일어나 국그릇의 건더기를 개수대에 쏟아 부었다.

4

그녀는 변한 것이 없었다.

어깨를 덮는 긴 생머리를 찰랑거리며 약속장소에 나타난 그녀는 나에게 다가와 방긋 미소 지었다.

"현주 맞지? 어쩜, 세상에. 얼굴 너무 많이 상했다. 못 알아볼 뻔했잖아."

나는 넋을 잃고 그녀를 바라보았다. 품이 헐렁한 청재킷과 청치마, 드라이어로 한껏 세운 뒤 헤어스프레이를 뿌려 닭 벼슬처럼 빳빳하게 고정시킨 앞머리, 발목까지 올라오는 흰색 캔버스천의 농구화까지. 양채린은 우리가 마지막으로 만났던 1989년의 모습 그대로, 내 앞에 나타났다. 지금이 2004년 늦가을이라는 사실이 믿어지지 않았다.

"너무너무 반갑다, 그치?"

다감하게 내 팔짱을 끼며 그녀가 활짝 웃었다. 근처의 음식점에 마주 앉고 나서야 비로소 채린의 얼굴을 제대로 뜯어볼 수 있었다. 내 기억 속의 그녀는 복숭앗빛이 도는 통통한 뺨과 삶은 메추리알의 껍질을 벗겨 놓은 것처럼 잡티 하나 없이 보들보들한 피부를 가지고 있었다. 지금 테이블 맞은편에 다리를 꼬고 앉아 우동 면발을 젓가락에 말아 올리고 있는 서른여덟 살의 양채린. 예전처럼 자르르 윤기가 흐르지는 않았지만 해말간 낯빛은 여전했고, 귀염성 있게 반듯반듯한 이목구비도 그대로였다. 세월의 잔인한 흔적이 채린만 슬쩍 비껴간 것 같았다. 아무리 예리한 눈썰미를 가진 사람이라도, 내후년에 사십 줄에 들어서는 그녀의 나이를 명확히 판단하기는 어려울 것이다. 혹시 저 시대착오적인 머리 모양과 우스꽝스런 옷차림 덕분일까? 문득 어지러웠다. 그녀는 제 몫의 튀김우동을 맛깔스럽게 먹는 틈틈이 나와 눈을 맞추어가며 자꾸 배시시 웃었다.

"왜 그렇게 웃어?"

"그냥. 너를 이렇게 다시 만나니까 참 좋다."

눈가에 부채꼴 모양의 주름을 만들며 눈웃음을 치는 모습이 그때나 지금이나 똑같았다. 찻집에서 채린은 파르페를 먹고 싶어 했지만, 아르바이트생이 고개를 가로저었으므로 아쉬움이 역력한 표정으로 아이스크림을 선택했다. 나는 얼음이 가득 든 차가운 녹차를 시켰다. 왠지 심한 갈증이 났다. 채린은 연신 사방을 두리번거렸다.

"여기 좀 이상하지 않아? 실내가 아니라 꼭 환한 공원 한가운데 나앉은 것 같아."

"요즘에는 어디나 다 이렇던데."

"그래도 카페가 좀 아늑하고 어두컴컴하고 그래야 되는 거 아니야?"

"옛날에나 그랬지. 요새 애들은 답답한 거 질색하잖아."

대화가 뚝 끊겼다. 딱히 둘 사이에 공유되는 화제가 있는 게 아니었으니 당연했다. 아직 십 대로 보이는 옆자리의 소녀들이 살벌하게 직각으로 올려붙인 채린의 앞머리를 흘끗거리며 노골적으로 킥킥댔다.

"우리 엄마는 내가 창피하대."

채린이 아이스크림 스푼을 핥으면서 불쑥 말했다.

"그래서 그런지 나를 자꾸만 피해. 하긴 나도 이해는 해. 남자 따라서 그 멀리까지 갔다 왔으니. 날 보면 얼마나 한심하고 답답하겠어? 그때 울 엄마가 되게 말렸거든. 엄마 말 들을걸, 바보처럼. 돌아와 봤더니 그새 우리 엄마 많이 늙었더라. 별로 오래 있지도 않았는데 말이야."

그러더니 어깨를 으쓱 올렸다 내리면서 중얼거렸다.

"그래도 생활비는 보내줘. 참, 나 요즘 따로 나와 살거든. 엄마도 그러라고 하고, 또……"

그녀는 말끝을 흐렸다.

"결혼 안 한 아가씨가 집 나와서 따로 사는 게 남의 눈에 이상하게 보인다는 건 나도 알아. 하지만 이제 그 정도 컨트롤은 나 혼자 알아서 해야지."

채린은 마치 제가 스물댓 살 먹은 씩씩한 처녀라도 되는 양 얘기하고 있었다. 나는 뭐라고 대꾸해야 할지 도저히 감이 잡히지 않았다.

"그럼 앞으로는 한국에 쭉 머물 거야?"

"응. 안 그래도 직장 알아보고 있어. 너도 알다시피 내가 온실 속의 화초처럼 컸잖아. 지금 생각하면 참 부끄러워. 대학 때 아빠 돌아가시고, 울 엄마 하시던 일도 예전에 접으셨거든. 얼른 자립해서 엄마 짐 덜어드려야 하는데 진짜 걱정되는 거 있지?"

그녀는 혀를 쏙 내밀면서 애교 있게 덧붙였다.

"솔직히 대학원 가볼까도 했는데, 너도 알다시피 내가 공부 쪽에는 영 젬병이잖아, 히히."

뭐가 뭔지 점점 더 알 수 없었다. 일찌감치 결혼한 동창들은 벌써 중학생 아이를 두고 있었다. 온실 속의 화초라거나, 자립 따위의 단어는, 자식들에 관한 얘기를 할 때나 사용하는 것이었다. 이를테면, 우리 애를 온실 속의 화초로 키워서 걱정이야, 자립정신이 부족할까 봐서, 라고 해야 어울리는 나이인 것이다. 관자놀이가 지끈지끈거렸다.

"현주야, 채린이 지금 진짜로 행복하다. 나 예전부터 너랑 친해지고 싶었거든. 너는 공부도 잘하고 모범생이고. 또 기댈 수 있는 언니 같아서 같이 있으면 맘이 되게 푸근해져. 참, 너, 남자친구 있어?"

결혼했느냐는 질문이 아니라, 남자친구가 있느냐는 질문을 받은 것은 꽤 오랜만이었으므로 좀 당황스러웠다. 나는 어설프게 고개를 가로저었다. 채린이 손뼉까지 치며 반색했다.

"어머, 잘됐네. 내 남자친구한테 너 소개팅 시켜주라고 할게. 나 요즘 사귀는 사람, 되게 멋지다, 히힛."

천진난만하게 입술을 움직거리는 채린과 헤어져 집에 돌아오는데, 어릴 적, 놀이공원 유령의 집에서 친구 손을 뿌리치고 도망쳐 나왔을 때처럼 뒤통수가 영 찜찜했다.

5

고1과 고2 때 같은 반이었고, 같은 대학에 진학해서도 동문회 등을 통해 꾸준히 만나기는 했으나 나는 한 번도 채린을 친한 친구라고 생각해 본 적이 없었다. 여자아이들이 많이 모인 집단에서는 어디나, 함께 몰려 다니며 도시락을 먹고 여가시간을 보내는 소집단들이 생긴다. 하지만 내가 아는 한, 양채린은 여고 삼 년 내내 어떤 소그룹에도 속하지 않았다. 어떤 소그룹에서도 채린을 자신들의 멤버로 받아들이지 않았다.

W여자고등학교의 신입생 입학식에서부터 채린은 한눈에 확 뜨일 만큼 예쁜 아이였다. 교복자율화 시대였다. 꽃샘바람이 횡횡 불어대는 운동장, 목까지 올라오는 털스웨터와 겨울 점퍼를 입은 고만고만한 단발머리들 틈에서 진회색 모직 스커트 정장을 갖춰 입은 소녀의 우아한 자태는 단연 돋보이는 것이었다. 재킷 속에 받쳐 입은, 나팔꽃처럼 둥글고 넓은 칼라의 흰색 블라우스는 여학생 잡지 속 하이틴 모델들이 즐겨 입는 아이템이었다. 오래지 않아 그녀가 별의 딸이라는 소문이 쫙 퍼졌다. 아버지는 투 스타인지 쓰리 스타인지 아무튼 육사 출신의 촉망받는 장군이며, 어머니는 신문에도 몇 번 난 적이 있는 패션 디자이너라고

했다. 청소년 드라마에나 등장할 만한 근사한 조합의 부모였다. 한 반에 두어 명씩은 기본적으로 존재하는 이현주, 김은정, 박선영이 아니라 이름마저 독특한 양채린이었다. 공주가 될 만한 요건을 완벽히 갖춘 그녀는, 그러나 퍽 의외의 성격을 소유하고 있었다. 새침하지도 않았고 내숭을 떨지도 않았다. 아무에게나 스스럼없이 재재거리고 누구한테나 무람없이 구는 채린은 오히려 푼수에 가까웠다. 많은 아이들이 채린의 주변에 몰려들었다.

선거 대신 자신의 재량으로 학급임원을 임명하면서, 담임은 나를 부반장으로 그녀를 총무로 지목했다. 총무는 반장과 부반장 다음인, 반의 세 번째 서열이었다.

"연합고사 점수 순이다. 아직은 서로를 잘 모를 테니까. 불만 없지?"

학급의 구성원 누구도 그에 대해 이의를 제기하지 않았다. 채린은 반을 위해 열성적으로 봉사했다. 학기 초에 시행하는 반 대항 환경미화대회를 위하여 며칠 동안이나 밤늦게까지 교실에 남아 일했고, 연보라색 레이스가 달린 교탁보와 전신거울을 자비로 장만하기도 했다. 채린의 아버지는 교내 육성회장 자리를 흔쾌히 수락하였다. 이상한 징후가 전혀 없었던 것은 아니다. 영어 교사는 사범대학을 졸업하고 막 부임한 젊은 남자였는데, 정의로운 세상을 향한 열정적인 의지를 틈틈이 아이들 앞에 드러내곤 했다. 그가 별안간 채린을 일으켜 세워 교과서를 읽어보라고 시켰을 때, 나는 그 선생이 채린의 이름을 알고 있다는 데 대해 질투를 느꼈다. 어렵지 않은 문장이었다. 중학교 2학년 수준이면 유창하게 발음할 수 있는 영어 문장을 더듬더듬 제대로 읽어내지 못하는 채린을 보면서, 교실 안에는 잔잔한 파문이 일었다.

"그만! 됐다, 양채린. 다음엔 예습 좀 해와라. 그런데 너 오늘 아침에

학교까지 어떻게 왔지?"

영어 선생의 느닷없는 질문에 채린은 대답을 하지 못하고 자동인형처럼 눈만 깜빡깜빡거렸다. 그가 한 말은 딱 한마디였다.

"학생이면 학생답게 버스를 타고 다녀야지."

채린이 검은 세단의 뒷자리에 앉아 등교하는 광경을 목격한 사람이 나뿐만은 아닌 모양이었다. 채린의 얼굴이 석류처럼 붉게 변했으나, 그 아이는 울음을 터뜨리거나 적의를 표현하는 대신 온순하고 고분고분한 음성으로, 네, 라고 대답했다. 그것이 채린이었다.

채린과 관련된 본격적인 소문은 2학기가 시작되고 얼마 후, 교실 뒤쪽에서부터 은밀하게 퍼지기 시작했다. 담임의 책상을 청소하던 한 아이가, 1학기 기말고사의 학급 등수가 적힌 교사용 성적표를 몰래 훔쳐보았다고 했다. 입학 때부터 일이 등을 다투었던 반장과 내가 나란히 일이 등을 나누어가졌고, 그리고, 삼 등은 양채린이 아닌 다른 아이라고 했다. 채린의 이름은 십 등 안에도 들어 있지 않았다. 그것만이 아니었다. 학급 정원 예순두 명 중에 양채린은, 육십이 등이라고 했다.

"그렇게 잘난 척하더니 결국 이런 거였어?"

"우리 반 일 등부터 꼴등까지 한 줄로 세우면 양채린 뒤에는 대걸레랑 주전자밖에 없겠네."

채린의 별명은 졸지에 대걸레가 되었다. 그 별명은 그 후로도 줄곧 채린의 뒤를 따라다녔다. 오랫동안 그것은 공공연하게 중의적 의미로 사용되었다.

6

그날의 맞선남이 연락을 해올 줄은 미처 몰랐다. 가진 것 중에서 가장 높은 하이힐을 신고 나갔는데도 내 키는 남자의 어깨에 겨우 닿을락 말락 했다. 남자는 본격적인 탐색 모드를 가동하기 시작한 눈치였다. 홀어머니가 계시다고 들었는데 건강하신가요? 혈당이 좀 높으세요. 그래요? 당뇨는 유전이 아니던가요? 저희 집엔 그런 사람이 한 명도 없어서 말입니다. 그럼 생활은 전적으로 현주 씨 월급으로 하는 건가요? 전부는 아니에요. 아버지가 남기신 작은 건물에서 월세가 들어와요. 어머니가 공무원으로 퇴직하셨기 때문에 연금도 나오고요. 오호, 그럼 저축액이 상당하시겠군요. 나중에, 어머니가 돌아가신 뒤에 그 연금은 자식에게 승계되는 건가요? 끝이 두려워지는 문답이었다. 그러나 결혼 경력이 없는 서른아홉 살의 총각이 흔한 것은 아니었다. 현실을 냉정히 받아들여야 한다는 것을 나는 이미 알고 있었기 때문에 그렇게 괴롭지는 않았다.

채린은 수시로 전화를 걸어왔다.

"현주야, 뭐 해?"

"지금 좀 바쁜데."

"어머나, 미안해. 이따가 다시 할게."

황급히 물러났다가도, 두어 시간만 지나면 언제 그랬냐는 듯 또 전화를 했다. 스토커가 따로 없었다. 통화가 되지 않으면 휴대전화 사서함에 음성메시지를 남겨놓았다.

"아아, 여보세요, 아아, 이거 녹음되는 건가? 현주야, 우리 언제 볼까? 나는 내일, 모레, 글피 다 좋은데. 현주야, 네가 회사 일이 많이 바쁘면 채린이가 회사 앞으로 놀러 갈까?"

정말로 채린은 회사 앞으로 나를 찾아왔다. 공교롭게도 키다리 남자와의 데이트가 있는 날이었다. 이번에는 헤어스프레이를 덜 뿌렸는지 앞머리가 좀 죽어 있었다. 어쨌든 보기에 한결 나았다. 어깨에 패드가 들어간 큼지막한 연노란색 재킷은, 어디서 많이 본 듯한 옷이었다.
"어쩌지? 오늘은 다른 약속이 있어서 가봐야 하는데."
"아냐, 괜찮아. 괜히 귀찮게 해서 미안해. 나는 그냥, 너 보고 싶어서, 그래서, 한번 와본 거야."
"같이…… 갈래?"
힘없이 돌아서는 채린을 왜 다시 불러 세웠는지 나도 모르겠다. 뒤돌아 걸어가는 그녀의 조붓한 어깨에서 치명적인 것을 잃어버린 어린 동물의 위태로움을 느꼈다는 것 말고는.
남자는 별로 싫어하는 기색이 아니었다. 친구 사이인데 많이 다르시네요, 라고 코멘트했을 뿐 나와 채린의 관계에 대해 꼬치꼬치 캐묻지도 않았다. 그가 화장실에 간 사이 채린이 내 귀에 대고 속삭였다.
"현주야. 너 진짜, 저 아저씨랑 사귀는 건 아니지?"
대답 대신 나는 맥주를 들이켰다. 채린과 같이 있으면 이상하게 목이 바짝바짝 탔다.
"솔직히, 나도 옛날에 이런 연애 해봤거든. 근데 나중에 여자만 너무 힘들게 돼."
이번에는 제법 걱정 어린 말투였다. 도통 무슨 소리를 하는지 알 수가 없었다. 채린을 이리 데려온 데 대해 이미 스멀스멀 후회의 감정이 밀려오는 중이었다. 막상 남자가 자리에 돌아오자 채린은 제가 언제 그런 내색을 했냐는 듯 여성스럽고 살갑게 굴었다. 오징어도 먹기 좋게 찢어놓고, 낙지 소면의 사리도 젓가락을 들고 직접 비볐다. 남자가 재미없는 농담을 할 때마다 한 손을 입에 대고 과장되게 즐거워하는 채린의 태도에는 수줍음과 아양이 묘하게 뒤섞여 있었는데, 의도적인 것이라기보다는 자연스레 몸에 밴 자세 같았다. 생각보다 채린은 술이 세고, 남자는 약했다. 맥주 두어 잔에 벌겋게 취기가 오른 남자는 했던 말을 두어 번씩 되풀이했다. 뭔가 불안하다고 느낀 순간, 내 전화기가 요란하게 진동했다.

"어디냐?"

엄마가 다짜고짜 소리를 질렀다. 나는 수화음의 볼륨을 최소한으로 줄이고 자리에서 일어섰다.

"잠깐만요."

나를 쳐다보지 않고, 남자는 혀가 꼬이는 발음으로 보험사기의 비하인드 스토리를 떠들어대었다.

"그러니까 그 여자가 남편을 죽인 거예요. 차로 완전히 짓뭉개고 지나간 거죠."

"어머나, 세상에."

채린이 양손으로 얼굴을 가리고 놀라는 시늉을 했다. 떨떠름한 기분을 가누지 못하면서 나는 전화기를 들고 밖으로 나왔다.

"무슨 일이에요?"

"왜 아직 안 들어오냐?"

"오늘 늦을 거예요. 약속이 있단 말이에요."

"선보는 날도 아닌데 무슨 약속이 있어? 누구 만나는데?"

엄마는 마치 여학생을 단속하는 기숙사 사감처럼 집요하게 캐물었다. 나는 수화기를 귀에서 떼고 입술을 깨물었다.

"너 혹시 그 밥도 안 먹이고 들여보낸 보험회사 놈 만나는 거 아니냐? 그런 쓸데없는 놈 만나고 다니려거든 얼른 들어와서 혼자 있는 엄마 저녁이나 챙길 것이지. 천하에 이기적인 것 같으니라고."

나는 더 견디지 못했다.

"내가 그 남자 만나는 거 엄마가 봤어요? 그리고 지금 아무 남자나, 나 만나준다 그러면 고마워서 춤출 일이지. 엄마는 지금 내가 몇 살인지 몰라요?"

"아니, 이년이 말대꾸하는 것 좀 봐. 지가 못나서 남들 다 가는 시집도 못 가놓고 왜 나한테 소리를 질러?"

"엄마가 언제 그런 걱정했어요? 나를 못 잡아둬서 안달이면서."

"네가 아주 그 보험쟁이한테 정신이 나갔구나. 아이구, 저 순진한 년. 그놈이 보험 들어달라고 수작 부리는 건지도 모르고."

"내 사생활이에요. 더 이상 간섭하지 말아요."

"아니, 이게 미쳤나. 아이구, 혈당 올라간다. 아이구, 죽겠다."

전화기 폴더를 힘껏 닫아버리고 나는 화장실로 달려갔다. 조도가 낮은 형광등, 지저분한 거울 속에서도 뺨의 기미 자국과 눈 밑의 그늘이 선명해 보였다.

테이블에 돌아와 보니 아수라장이 벌어져 있었다. 맥주거품을 뒤집어쓴 남자가 황망하게 입을 벌린 채로 앉아 있었다. 머리에서 뚝뚝 맥줏물이 떨어졌다. 흡사 비눗물에 빠진 기린의 몰골이었다. 채린 앞에 놓인 오백 시시 잔은 텅 비어 있었다. 불안스레 눈동자를 굴려대던 채린이 엄마 닭을 만난 병아리처럼 내 등 뒤로 얼른 숨었다.

"현주야. 나, 안 그러려고 했는데. 이 아저씨가, 자꾸 나를 만지려고 해서. 나는 너 때문에."

가쁜 호흡 때문에 알아듣기 힘들었다.

"아니, '이 여자가 무슨 소리 하는 거야? 아줌마가 먼저 살살 눈웃음 쳤잖아!"

정신을 좀 차렸는지 남자가 벌떡 일어섰다. 그는 제 앞의 술잔을 사납게 움켜쥐었다. 미처 말릴 틈도 없었다. 벽에 부딪친 유리잔은 단번에 박살이 났다. 아아악! 채린의 비명이 비현실적으로 울려 퍼졌다. 벽을 타고 흘러내린 액체가 나무 바닥을 흥건히 적셨다. 차가운 맥줏방울이 내 울 스웨터에도 적잖이 튀었다. 물빨래도 불가능한 옷이었다. 직원 몇이 달려와 우리 테이블을 에워쌌다. 그중 가장 체격이 큰 남자 직원을 향해 나는 또박또박 부탁했다.

"죄송하지만 경찰을 불러주시겠어요?"

"이것들이 아주 쌍으로 미쳤군."

남자가 재수 옴 붙었다는 표정으로 쌩하니 도망가버린 다음에도 오래도록 채린은 내 어깨에 이마를 묻고 있었다. 거리를 걸으면서도 연신 용서를 구했다.

"미안해, 현주야. 진짜 미안해."

"할 수 없지, 뭐."

무뚝뚝한 대답이었지만 그녀는 꽤나 감격한 눈치였다.

"이해해줘서 고마워. 그리고 다시는 저런 느끼한 아저씨 만나지 마. 우리 스물다섯 살이잖아. 그렇게 급한 나이도 아니야."

도로 위는 전조등을 밝힌 자동차들로 뒤엉켜 있었다. 나는 걸음을 멈추고 마른침을 삼켰다.

"방금 뭐라고 했어? 우리가 몇 살이라고?"

"스물다섯 살."

뭐가 잘못되었느냐는 시선으로 그녀가 나를 바라보았다. 티 하나 없이 무구한 눈망울이었다.

"그럼 올해가, 올해가 몇 년도야?"

"천구백구십일년이잖아."

세상에서 제일 쉬운 대답을 했다는 듯 채린이 아무렇지도 않게 씩 웃었다.

7

대학 졸업앨범은 뽀얀 먼지를 뒤집어쓴 채 책꽂이에 아무렇게나 꽂혀 있었다. 채린은 도예과 졸업생이었다. 입학 점수의 커트라인이 서울 시내에서 다섯 손가락 안에 드는 사립대학에 채린도 함께 합격했다는 사실을 알았을 때 나는 할 말을 잃었었다. 학교 이사장과 먼 친척이라는 둥, 스쿨버스를 몇 대 새로 뽑아주었다는 둥 그 아이의 부정입학을 확신하는 소문이 여고 동창생들 사이에 들끓었다. 풍문을 아는지 모르는지 그녀는 누구보다 발랄한 걸음으로 캠퍼스를 활보했고, 동문회에도 빠지지 않고 참석하여 끝까지 자리를 지켰다. 학생식당이나 복도 등지에서 나와 마주칠 때면 유난히 반가워하며 어깨를 끌어안곤 했다. 나는 남의 눈에 가혹해 보이지 않을 정도로만 살짝 웃어주었다.

내가 다닌 인문대학에도 그녀를 점찍은 남학생들이 많았다. 몇몇은 나를 찾아와 다리를 놓아달라는 부탁을 하기도 했다. 그들 중 가장 키가 작고 여드름 많은, 깡촌 출신 남학생에게만 채린의 연락처를 가르쳐주었다. 예상과 달리 데이트에 성공했는지 그는 고맙다며 내게 자판기 커피 한 잔을 뽑아주었다. 그리고 한 학기가 지날 무렵, 국문과 촌놈 강철수가 미대 퀸카 양채린을 따먹었는데 별거 아니라더라, 는 내용의 소문이 복학생들을 중심으로 학교 안팎에 널리 퍼졌다. 조금 미안했지만 나로서도 불가항력의 일이었다.

졸업사진 속의 채린은 목련꽃처럼 방싯거리고 있었다. 그날 입고 나온 병아리 색 재킷 차림이었다. 앨범 뒤편의 주소록에서 그녀의 본가 전화번호를 찾았다. 번호를 눌러야 하는지 말아야 하는지 나는 선뜻 결정을 내릴 수 없었다. 남의 일에 어느 정도까지 개입하는 것이 옳은가. 무엇이 상식적인 태도인가. 상식이란, 무엇인가. 모든 것이 혼란스러웠다.

전화를 받은 젊은 여자는 놀라는 기미가 역력했다. 수화기 너머 아기가 칭얼대는 소리가 들렸다.

여자는, 언니가 이곳에 살지 않는다고 말했다.

"알고 있어요. 하지만 걱정이 되어서요. 음, 그러니까 채린이가, 좀 아픈 것 같아서요."

내 변명 같은 말투가 어쩐지 채린과 꼭 닮아 있었다. 나는 혀로 윗입술을 축였다. 채린의 여동생은 크게 한 번 숨을 들이마셨다. 그리고 담담하게 말했다.

"언니에 관해서라면, 자세한 건 저도 잘 몰라요. 영구 귀국한 건 맞아요. 그곳에는 아마 다시 가지 않을 거예요. 거기서 무슨 일이 있었는지 모르지만, 아무튼 그 시간들이 통째로 사라진 것처럼 굴어요. 하지만 뭐, 저러다 금방 멀쩡해지겠죠."

"저, 혹시 병원에라도 가봐야 하는 게 아닌가요?"

나는 용기를 짜내어 말해보았다. 잠시 침묵이 흘렀다.

"사실…… 우리 언니가 남한테 피해를 주는 건 아니잖아요? 일상생활을 못 하는 것도 아니고요. 그리고 지금은 경황이 없어요. 엄마도 아프시고, 저도 산후조리를 하는 중이거든요. 언니랑 동창이라면 더 잘 아시겠지만, 채린 언니가 워낙에 별로 또릿또릿한 사람은 못 되잖아요?"

그녀의 여동생은, 리우데자네이루에 채린의 딸이 있다고 했다. 열 살이라고 했다.

8

낡은 국산 지프의 조수석 창밖으로 채린이 커다랗게 손을 흔들었다.
"현주야, 얼른 타."
차의 뒷좌석은 싸구려 휴지상자, 꼬질꼬질 때가 탄 레이스 쿠션, 먹다 버린 음료수 캔 같은 잡동사니들로 가득했다. 나는 그 틈새에 엉거주춤 엉덩이를 걸친 채로, 운전석의 남자와 어색한 인사를 나누었다.
"처음 뵙겠습니다. 서진호라고 합니다."
주황색이 감도는 반투명 선글라스를 쓴 남자는 살쾡이처럼 하관이 빨았다. 한눈에도 건실해 보이는 인상은 아니었다.
"현주야, 운명이라는 건 원래 따로 정해져 있나 봐."
과거의 소공녀답게 품위 있는 칼질로 스테이크를 썰면서 채린은 서진호와의 첫 만남을 상기했다. 운명의 그날. 독립적인 여성으로 거듭나기 위해 무엇보다 전공을 살린 일자리를 구하는 게 급선무라는 결론을 내린 채린은 자필 이력서와 자기소개서를 각각 열다섯 부씩 작성하여 택시를 타고 무작정 화랑의 거리 인사동으로 갔다고 한다. 인사동 역시, 자신이 서울을 떠나 있던 일 년 사이에 크게 변화된 모습이었는데, 골목골목 화랑의 숫자가 늘어난 것은 틀림없었으므로 예상보다 쉽게 직장을 구할 수 있겠다는 희망이 움텄다고 한다. 하지만 부푼 기대와 달리, 문을 열고 들어간 갤러리마다 오너의 얼굴은 하나도 구경하지 못했고, 안내 데스크에 앉은 직원들은 그녀가 쭈뼛대며 내미는 서류봉투를 보고 당황하는 안색을 감추지 않았다.
"그냥 가려다가 이번이 마지막이라고 생각하고 한 군데 더 들어갔어. 거기서, 오빠를 만난 거야. 나한테 의자를 권하고 커피를 줬지."
"절친한 선배가 운영하는 갤러리예요. 공교롭게도 그 시간에 제가 잠깐 대신 봐주고 있었지요. 아마도 우리 채린과 인연이 닿으려고 그랬나 봐요."

남자가 꽤나 자연스런 동작으로 그녀의 목덜미를 쓰다듬었다. 내가 묻지도 않았는데 그는 자신이 곧 화랑 오픈을 앞두고 있다고 강조했다.

"지금 한국의 미술품 매매 시스템은 상상을 초월할 정도로 후진적이에요. 재능 있는 젊은 예술가들이 다른 고민 없이 마음껏 재능을 펼칠 수 있도록 대안 공간을 만들 예정이에요. 특별히 일반인들을 주주로 참여시켜서 말이지요."

일반인들, 이라는 단어에 유달리 힘이 들어갔다. 너무 열정적이어서 불안한 남자. 서진호는 새로 벌일 화랑 사업에 대한 얘기만 주구장창 늘어놓았다. 나는 어떤 태도로 남자를 대해야 하는지 알 수 없었다. 이력서와 자기소개서까지 읽었다면 채린의 저 괴이쩍은 정신상태에 대해 모를 리 없을 터였다. '미친 여자'에게 순수한 목적으로 접근하는 남자가 과연 존재할 것인가.

"실례지만, 몇 년생이세요?"

서진호는 나의 시선을 피하지 않았다. 오렌지 빛 안경 너머 가느다란 눈 속에 스친 곤혹을 숨기려 애쓰지도 않았다. 그는 천천히 대답했다.

"우리나라 나이로, 서른두 살입니다."

채린이 화장실에 간 사이 나는 단도직입적으로 물었다.

"왜죠?"

"무슨 말씀입니까."

"저 아이의 상태를, 모른다고 할 셈인가요."

서진호가 포크와 나이프를 접시 위에 내려놓았다. 두 손을 냅킨으로 닦은 다음, 깍지 껴 테이블 위에 올려놓았다. 거칠고 야무진 손등이었다.

"그 얘기라면, 알고 있습니다. 하지만 그게 어쨌다는 거지요?"

"그녀는 환자예요. 올바른 판단을 내릴 수 없는. 이런 상황은 공정하지 않아요."

"……매사를 그런 식으로 생각합니까. 우리는 사랑하는 사이입니다. 제삼자가 간섭할 수 없는 우리만의 방식이 있는 겁니다."

나는 고기 대신 실수로 혀끝을 씹었다. 아야, 비명을 지르는 대신 핏빛 와인을 들이켰다.

"귀엽고 아름다운 여잡니다. 내가 돌봐주고 싶어요. 진심입니다."

잊었다는 듯 남자가 나직하게 덧붙였다.

"저 사람이 어떤 세계에 살고 있건 행복하면 되는 거 아닙니까. 어떤 인간도 결국 자기가 믿는 대로 살아갈 뿐이니까."

그때 채린이 방글방글 웃으며 돌아왔다. 서진호가 그녀의 잘록한 허리를 팔로 감싸 안고는 보란 듯이 꾹꾹 주무르기 시작했다.

"아이, 오빠. 왜 그래요. 현주가 보잖아."

채린이 아기고양이처럼 소리 내어 웃었다. 스테이크 삼 인분과 포도주 값은 그녀가 현금으로 계산했다. 계산대 앞에서 남자가 잠시 주춤거리는 사이 그녀가 얼른 제 지갑을 꺼냈다. 나는 슬며시 고개를 돌렸다. 모든 것이 자명했다.

9

다음 날부터 나는 핸드폰으로 걸려오는 채린의 전화를 피했다. 처음에는 하루에 한 통씩 부재중 전화를 남기던 그녀는, 열흘이 넘도록 나와 통화가 되지 않자 삼십 분 간격으로 전화를 걸어왔다. 끈기 하나는 세계 챔피언 급이었다. 여러 차례 음성메시지를 남기기도 했다.

"무슨 일 생긴 건 아니지? 혹시 나쁜 일 있는 건 아니지? 채린이가 기다릴게. 나, 사실, 너한테 할 말도 있어. 전화 꼭 해줘야 해."

나는 아예 휴대전화기의 전원을 꺼버렸다. 언니한테 내색을 하지 말아달라는 채린 여동생의 부탁 때문은 아니었다. 그녀를 당장 격리와 구금이 필요한 중증 정신병자라고 생각해서 그런 것도 아니었다. 내후년이면 마흔이었다. 나는, 나를 감당하기에도 벅찼다. 그녀는 나에게 그저 수많은 동창생들 중 하나일 뿐이었다.

"언제는 남자에 환장한 것처럼 굴더니 왜 또 변덕이냐."

아내를 자궁암으로 잃었다는 마흔두 살 의사와의 맞선을 거절하자, 엄마는 단박에 비아냥댔다.

"하긴 아무리 급해도 그렇지. 한 번 결혼했던 남자는 나도 영 안 내킨다."

엄마는 오해했다. 그가 상처(喪妻)한 남자라 싫은 게 아니라, 상처(傷處)를 가지고 있어서 싫었다.

회사에서는 자잘한 실수를 반복해 직속상사에게 질책을 들었다.

"왜 이렇게 부주의한 거야? 정신을 어따 팔고 다니는 거지? 쯧쯧, 하여튼 나이 든 여자들이란."

상사가 대놓고 혀를 찼다. 그의 질타가 내 잘못보다 과도하다고 느꼈지만, 평소와 달리 화가 나지 않았다. 와사비가 많이 들어간 초밥을 무심코 입에 넣은 것처럼 코끝이 확 아려왔을 따름이다. 주말 오후에는 두어 달 전부터 예정되었던 동창 모임에 참석했다. 신도시의 사십 평형대 아파트를 새로 장만한 친구의 집들이를 겸한 자리였다. 거실 벽 한복판에는 진경산수화를 모사한 그림이 걸려 있었다. 로코코 풍의 화려한 가죽소파와 안 어울렸다. 몇 달째 보합세인 수도권 아파트의 가격

동향, 포장이사업체 일꾼들의 불친절과 발 고린내, 인기가수와 여배우 커플의 파경 소식 등등이 두서없이 도마에 올랐다. 언제나 그렇듯 좌중의 화제는 결국 교육 문제로 귀결되었다.

"정말 세상이 어떻게 되려고 이러는 거니. 기본만 시켜도 가계 경제가 휘청한다니까."

그 집의 안주인이며 반도체회사 중간간부의 와이프가 엄살을 떨자, 중앙일간지 정치부 차장의 와이프가 심드렁하게 받았다.

"어디 어제오늘 얘기여야지. 너도 내년에 큰애 학교 넣어보면 알 거야. 돈 들인 애랑 안 들인 애랑 얼마만큼 차이가 나는지, 아마 깜짝 놀랄 거다."

"다 부모의 저속한 욕심일 뿐이야."

똑 부러지게 의사를 표명하고 나선 것은 한국에서 제일 큰 법무법인 소속 변호사의 와이프였다. 전업주부인 다른 동창들과 달리 그녀는 심심찮게 언론에 등장하는 환경운동가이며 동시에 모교의 전임강사로 일하고 있었다.

"나는 우리 슬기한테 아무것도 바라지 않아. 반듯하고 건강하게 자라주는 것만으로도 큰 축복이고 감사해야 할 일이잖아."

교육방송 프로그램의 출연자 같은 그녀의 말에 좌중의 여자들이 제각각 묘한 표정을 지었다. 변호사와 환경운동가 부부가 그 외동딸의 조기유학을 위해 보스턴의 유명한 사립초등학교와 옥스퍼드의 유서 깊은 귀족학교를 놓고 저울질 중이라는 소문은 이미 파다하게 퍼져 있었다.

"우리 친정엄마가 슬기를 키워주셨듯이, 나도 나중에 슬기가 낳은 아이를 꼭 내 손으로 키워줄 거야. 그게 여자가 여자에 대해, 세상에 대해, 갚아야 할 빚 아니겠어?"

늦은 점심이 체한 것인지 아까부터 계속 속이 불편했다. 참으려고 노력했지만 나는 작게 트림을 했다. 환경운동가가 내 쪽을 흘끗 돌아보았다.

"현주야. 그래도 네가 우리 중에 제일 팔자 편한 줄이나 알아. 구질구질하게 얽매인 데 없이 너 한 몸 가뿐하잖아. 참, 최근에는 소개받은 남자 없어?"

"어머, 너 아직도 선보니?"

그때까지 한마디도 없이 가만히 있던 은행원의 와이프가 눈을 동그랗게 떴다. 그 부부는 겉으로 '아이 없는 쿨한 삶'을 표방하는 것과 달리 남편이 무정자증이라는 소문에 끊임없이 시달리고 있었다.

"꼭 결혼을 해야 한다는 조바심을 버려. 독신의 삶도 나쁠 것 없잖아."

"그래, 오십까지는 괜찮아. 앞으로는 폐경도 늦출 수 있을 거라던데."

"참, 다들 그 소식 들었니?"

내가 적절한 대답을 찾지 못해 어물어물하는 사이 정치부 기자의 와이프가 빠르게 화제를 낚아챘다.

"……양채린 말이야."

갑자기 주변이 조용해졌다.

"그 양채린이, 이혼했대."

"어머어머, 정말이야?"

"그래. 교포사회에는 진즉에 짜하게 퍼졌다더라. 걔가 워낙 개념이 없잖니. 위자료는커녕 몸만 간신히 빠져나왔다나 봐."

"치정 문제?"

"여기서 놀던 가락이 있는데 뻔하지 않겠어. 근데 이 경우는, 몰라, 맞바람이라는 설도 있고 남편이 자기가 먼저 잘못해놓고 애한테 뒤집어썼웠다는 소문도 있고. 복잡한가 봐."

"그 남편도 보통은 아니라던데? 왜, 몇 년 전인가는 채린이를 테니스챈가 골프챈가로 두들겨 팼다가 이웃한테 신고당했다는 소문도 돌았잖아."

금시초문이었다. 나는 고개를 숙이고 찻잔받침에 그려진 장미꽃잎의 개수를 셌다.

"그래도 꽤 오래 살았네?"

"하긴 채린이 옛날에 사귀던 남자들이랑 비교해보면 그 남편 되게 오래 참은 셈이긴 하지. 옛날 남자들은 죄다 몇 개월을 못 버티고 줄행랑을 쳤었잖아. 여자 얼굴 반반한 거 잠깐이지. 그렇게 맹한 애랑 어떻게 길게 사귀겠어."

한국에 들어온 채린은 아직 아무에게도 목격되지 않은 모양이었다. 하지만 결국 시간문제일 뿐이라는 것을 나는 잘 알고 있었다.

"지가 먼저 우리한테 연락하지도 않겠지만, 그래도 혹시 어떻게 끈이 닿더라도 절대 모르는 척해야 돼. 걔 이제 거칠 게 없는 몸인데, 한번 엮이면 또 누구한테 엎어질지 어떻게 아니."

"어머, 너 지금 남편 걱정하는 거야?"

모두들 까르르 웃었다.

"아무튼 친구는 사는 게 비슷비슷해야 해."

내가 갑자기 핸드백을 챙겨 일어서자, 다들 어리둥절한 표정을 지었다. 다급한 용무가 떠올랐다는 내 말은, 내 귀에조차 거짓말처럼 들렸다. 그러나 거짓말은 아니었다.

10

 벽에 붙은 선풍기가 후텁지근한 바람을 뿜어내며 천천히 돌아가고 있었다. 그해 팔월 한복판. 그 중국집의 긴 복도에서는 들큼하고 시큼한 냄새가 마구 뒤섞여 풍겨왔다. 복도 양옆으로 정사각형의 방들이 다닥다닥 붙어 있었다. 가족동반 친척 모임이었을 것이다. 남자 어른들은 바지를 척척 걷어 올린 채 두껍게 튀긴 돼지고기와 눈물이 쏙 빠지도록 매운 짬뽕국물을 안주 삼아 고량주를 마셨다. 여자 어른들은 녹말 범벅의 해산물과 군만두를 앞에 놓고 끝도 없이 지루한 수다를 나누었다. 따라온 아이들은 채 열 살도 되지 않는 꼬마들이었다. 여고생인 내가 그 자리에 끼어 앉아 있다는 것만으로도 얼굴이 달아오르는 일이었다. 고기튀김을 두어 점 집어 오물거리고 나니 할 게 없었다.
 복도의 다른 방들을 기웃거린 것은 열일곱 살짜리의 자연스런 호기심이었다. 홀에서 제일 먼, 안쪽 방.
 "나 이제 정말 싫다니까요."
 여자가 신경질을 부리고 있었다. 붉은 주렴 너머 들려오는 그 목소리가 어쩐지 귀에 익었다. 나는 숨을 멈추었다.
 "몇 번이나 말했잖아요. 너무 힘들어서 안 되겠어. 공부도 해야 하고."
 구슬발 사이로, 채린의 옆모습이 보였다. 민소매 블라우스 아래로 드러난 어깨가 동그랗고 하얗다. 옆자리의 남자는 나무탁자에 얼굴을 처박고 있었다. 우는 모양이었다. 먹다 놓은 요리그릇 위에 파리가 앵, 날아와 앉는 것까지 나는 놓치지 않고 보았다. 이윽고 남자가 고개를 들었다.
 "내가 더 잘할게. 제발 헤어지자는 말만 하지 마."
 그는, 영어 선생이었다. 언젠가 수업시간에 채린에게 면박을 준 적이 있는 그 젊은 영어 교사의 눈에 눈물이 그렁그렁했다. 그가 채린의 맨 어깨에 얼굴을 묻었다. 한숨을 내쉬면서 채린은 손을 올려 선생의 등을 토닥였다. 하나로 묶은 채린의 머리칼이 천천히 흔들거렸다.

부정에는 어떤 방식으로든 응징이 따르게 마련이다. 그녀가 예순두 명 중에 육십이 등이라는 것은 내가 말하지 않았어도 언제든 알려질 비밀이었다. 그 소문이 산불처럼 번지는 데 대해 나는 별다른 죄책감을 느끼지 않았다. 그러나 그녀에게 대걸레라는 별명을 붙인 것은 내가 아니었다. 나는 그저, 채린의 뒤에 대걸레와 주전자밖에 없잖아, 라고 커다랗게 말했을 따름이다. 그 말 속에 들어 있던 악의를 부인하지는 않겠다. 하지만 단정하고 규범적인 소녀라면 누구나 그녀에 대해 그만큼의 악의는 품고 있었을 것이다. 존재 자체만으로도 타인의 심기를 건드리는 인간은 어디에나 있다. 채린에게 어디서부터 사과해야 할지 막막했다.

11

그녀는 집에 있었다. 그녀답지 않게 물기가 쭉 빠진 뻣뻣한 목소리로 전화를 받았다. 순간 가슴이 덜컥 내려앉았다. 혹시 그녀가, 정상으로, 돌아온 것일까. 꿈에서 깨어난 것일까. 나는 아랫입술을 잘근거렸다.

"현주야, 나 그 사람과 헤어졌어. 그래서 너한테 전화 많이 했었는데. 네 목소리 듣고 싶어서. 울고 싶어서."

더 이상의 말은 묻지 않았다. 혹시 남자가 투자라는 명목으로 돈을 빌려가지 않았느냐는 따위의 질문도 하지 않았다.

"……괜찮은 거야?"

"괜찮지 않으면 어쩌겠어?"

그녀가 야무지게 반문했다.
"돌이킬 수 없을 때 후회하는 것보다는 낫잖아."
한참 동안 우리는 아무 말도 하지 않았다.
"그래. ……우리는, 아직, 스물다섯 살이니까."
내 음성이 너무 작아서, 수화기 너머의 그녀에게까지 들렸는지는 잘 모르겠다.

롤빗으로 앞머리를 둥글게 말고, 그 위에 헤어드라이어를 가져다 댄다. 뜨거운 열이 이마 위로 쏟아진다. 높이 세워진 머리칼을 손가락으로 살살 빗어 넘기면서 헤어스프레이를 힘껏 뿌린다. 옷장에 걸린 옷들 중에서 어깨에 사각의 커다란 패드가 들어간 구형 재킷과, 항아리 모양의 모직 스커트를 어렵게 찾아낸다. 1990년 2월, 대학 졸업을 기념하여 구입한 정장이다. 재킷 소매에서 희미하게 좀약 냄새가 난다. 나는, 거울을 보지는 않는다.
엄마는 텔레비전 앞에서 꾸벅꾸벅 졸고 있다. 조선시대 궁녀로 분장한 젊은 여배우가 화면 속에서 희고 가지런한 치아를 드러내며 웃고 있다. 자다 깬 엄마가 내 모습을 보고 손등으로 눈을 비빈다.
"너, 그 꼴을 하고 나가게?"
대답 대신 나는 조금 웃어 보인다. 내 미소가 딱딱하게 보이지는 않았으면 좋겠다.
유행을 무시하며 살 수는 없을 줄 알았다. 지금은 그렇게 생각하지 않는다. 삶은 유행보다 더디게 지나간다. 채린과 나는 얼마나 더 이곳을 견딜 수 있을까. 하지만 위험하지 않은 길은 어디에도 없을 것이다. 이제 나는, 그녀에게 간다.

수상소감
심사평
정지아의 작품세계

| 수상소감 |

　맹수류는 시야가 좁다. 먹이를 사냥하고 추적해야 하기 때문이다. 정확하게 보고 단숨에 달려들어 적의 숨통을 끊는 맹수와 같이, 내가 던져진 세상이라는 것의 숨통을 찾는 일이 문학의 소임이라 믿었던 적이 있었다. 원대했으나 어리석었던, 비현실적이었으나 아름다웠던 청춘의 믿음이 사라진 자리에 불신이 자리한 것은 아니다. 서른 중반 이후에 나는 서툰 날갯짓을 배우기 시작했다. 조금씩 오르고 보니 시야는 넓어졌으나 그 무엇도 뚜렷하지 않다. 어디가 산이고 어디가 강인지, 그 어디로 사람들 흘러 다니는 길이 났는지 보이지 않는다. 이러다 아예 깃털처럼 가벼워져 다시는 사람 사는 땅에 내려앉지 못하게 되는 것은 아닌지, 더 오르는 일이 두려워진다.
　나는 아마 더 올라야 하고, 돋보기를 쓰든 망원경을 들이대든 인간이든 길이든 똑똑히 보는 법도 배워야 할 것이다. 살수록 모르겠는 인간 혹은 삶이라는 괴물을 제대로 보는 법이라…… 아직은 막막하다.

마흔 둘의 내 나이를 젊다고 해야 할지 먹을 만큼 먹었다고 해야 할지 모르겠지만 어쨌든 한 해 두 해 세월이 흘러가며 좋은 것은 길을 잃어도 예전처럼 세상이 끝난 듯 절망하지 않는다는 것. 길이 없으면 또 어떠랴. 예서 주저앉아 흘러가는 구름이나 발밑의 개미를 친구 삼아 시간과 희롱하면 그뿐이다. 그러다 지치면 사붓사붓 무성한 숲길 헤치며 새 길을 찾아 나아가볼 수도 있으리라…… 하면서 실상은 제자리에 선 채로 흘러가는 시간을 구경이나 하고 있다.
　그것도 나름 재미있다. 이것은 마흔둘, 꽃은 피고 새는 우짖고, 황사는 그치고 하늘은 맑고, 게다가 뜻밖의 수상 소식까지 전해진 기분 좋은 봄날의 내 심경이다. 위층 남자의 코 고는 소리에 잠을 설치는, 게다가 황사 냄새 가득한 봄밤이면 인생도 문학도 아득해진다. 문학의 위기라는 시대에, 자본의 썩은 냄새 진동하는 시대에 글을 쓰는 행위가 무슨 의미가 있을 것인지, 제 앞길조차 가늠하지 못해 비틀거리는 주제에 감히 무엇을 내 것입네 세상에 들이밀 수 있는 것인지, 민망하고 부끄럽다 못해 내 뻔뻔함에 박수를 보내고 싶은 심정이 된다. 그러면서도 언젠가는, 기어코는, 쓴다. 쓰고야 만다. 그것밖에는 할 줄 아는 게 없는 까닭이다. 농부가 때가 되면 씨를 뿌리듯, 목수가 나무를 보면 연장을 꺼내들 듯. 농부가 가을이 되면 적든 많든 곡식을 거두듯 쓰다 보면 언젠가는 거둘 날이 있겠지 기대한다. 서툰 목수의 작품이라도 여염집 어느 공간에서 나름대로 제자리를 차지하고 제 소임을 다하듯 내 소설이 누군가에게 작은 울림이나마 남길 수 있다면 얼마나 좋으랴. 그 누군가가 큰길에서 벗어난 작고 슬프고 아픈 영혼이라면 더욱 행복하리라.
　어떤 종류든 상이란 영예이자 굴레이며 채찍질이라고 믿는다. 영예는 크게 기대한 적이 없으니 평생 글을 쓰고 살라는 굴레이자 더 높이 날아올라 더 정확하게 보라는 채찍질로 생각하겠다. 아직은 젊으니 그럴 수 있으리라 믿고 싶다. 헛된 믿음일지언정 그래야 한 발이나마 전진할 수 있을 터이니.

  천성이 무뚝뚝하여 단 한 번도 부모님께 내 감정을 전하지 못했다. 부모님이 아직 맨정신일 때, 죽음 같은 고통도 견뎌냈던 빨치산의 의지가 아직 남아 있을 때, 당신들을 부모님으로 만난 이번 생이 괴롭고 외롭기도 하였으나 실은 가장 큰 축복이었다고 말하고 싶다. 분에 넘치게 나를 사랑해준 많은 선생님들, 선배들, 친구들, 후배들, 제자들에게도 감사를 전한다. 그분들의 다정함과 때로는 남보다 더 무서운 채찍질이 큰 힘이 되었다. 너무 의례적이라 식상하긴 하지만 부족한 작품을 선택해주신 심사위원 분들께도 감사드린다. 적어도 여기서 멈추지는 않겠다는 결심이 그분들의 노고에 대한 유일한 보답이리라.

2006년 여름
정지아

| 심사평 |

화해와 포용, 그리고 승화

　면밀한 예심을 거쳐 올라온 소설들은 한결같이 작품성이 뛰어났다. 우리 소설의 진수를 보여준다는 점에서, 이 상의 엄정한 예심이 새삼 돋보였다. 예심은, 어느 작품이 수상작이 되어도 무방하다는 선을 의식하고 있어야 하는 것이다.
　후보작들이 하나하나 거론되다가 마지막으로 〈풍경〉과 〈구리 연〉이 떠올랐다. 다소 의외라 할지 모르는 일이었다. 하지만 이 두 작품의 새로운 기운은 문학 본연의 자세를 다시금 돌아보게 해주었다. 군더더기 없이 의젓하고 수긋하게 구절구절을 이끌어간 〈풍경〉은 단순한 '풍경'에 머물지 않고 가슴 응어리를 풀어지게 하는 힘으로 승화되었고, 산뜻한 염결성으로 빛나는 〈구리 연〉은 기다려온 신예의 모습을 충분히 보여주었다.

또다시 다른 작품들을 되짚어 살펴보기도 했으나, 결론은 역시 두 작품으로 모아졌고, 그리고 마침내 〈풍경〉이었다. 수사학적인 만장일치가 아니라, 아예 이견이 없었다. 〈빨치산의 딸〉이라는 작품으로 각인된 작가가 드디어 이렇게 차안(此岸)과 피안(彼岸)을 상쇄하며, 아니, 포용하며 웅숭깊은 세계를 지향해갔구나, 함께 찬사를 보냈다. 어느덧 능청스럽도록 무르익은 솜씨 또한 일품이었다. 이것이야말로 문학이 가야 할 진실의 길, 화해와 승화의 길이라고 이구동성으로 말이 오갔다.

오랜 시간 불굴의 정신으로 소설의 등걸불을 지키며 외롭게 밤길을 걸어온 작가의 앞날에 더욱 영광 있기를 비는 마음이, 숙연했다.

심사위원
박완서, 김화영, 윤후명

| 정지아의 작품세계 |

연민과 긍정의 풍경

고인환(문학평론가)

빨치산

대학은 축제가 한창이다. 젊음의 열기가 후끈하게 달아오른다. 푸르른 신록과 따사로운 햇살, 시원한 바람은, 밝고 경쾌한 리듬에 맞추어 분주하게 움직이는 젊은이들의 발랄한 몸짓과 썩 잘 어울리는 듯하다.

연구실 한 귀퉁이에 앉아 정지아의 《풍경》을 뒤적이다, 머리도 식힐 겸 창가에 기대, 흥겨운 축제의 한 자락을 끌어당겨 본다. 문득, '과연 저들은 행복할까?' 라는 의문이 솟는다. 그러면 정지아의 소설을 붙잡고 궁싯거리고 있는 나는?

정지아의 소설은 늘 주변의 풍경을 낯설게 둘러보게 한다. 이 시선은 외부 세계를 에둘러 내면으로 되돌아오곤 한다. 이렇듯, 그의 소설은 세계와 자아를 공명(共鳴)하며 진한 여운을 남긴다.

《빨치산의 딸》을 다시 읽었다. 처음 접했을 때의 충격이 새록새록 되살아나며, 마음 한 귀퉁이에 차곡차곡 쌓였다. 주지하듯, 《빨치산의 딸》은 빨치산이었던 부모님의 삶을 다룬 자전소설이다. 정지아가 스물다섯에 쓴 작품이다. 1990년 첫선을 보였으나, 발간 직후 이적 표현물로 규정되어 판금조치 당하고, 2005년 새롭게 출판되었다. 15여 년 만에 다시 빛을 본 것이다.

《빨치산의 딸》은 정지아의 삶과 문학이 해방 이후 우리 근·현대사의 뿌리와 얼굴을 맞대고 있다는 사실을 웅변한다. 이렇듯, 개인의 삶과 근·현대사가 포개지는 상황은 작가에게 행복한 경험일까 불행한 경험일까? 단정적으로 판단하기에는 무리가 따르지만, 소설가 정지아에게 《빨치산의 딸》은 보듬고 넘어서야 할 거대한 산맥으로 기능하고 있다는 점은 부인하기 어렵다.

우선, 이 작품이 체험과 증언에 젖줄을 대고 있다는 사실을 지적할 수 있겠다. "한동안 그늘에 감춰진 채로 사장될 뻔했던 우리의 과거사를 다시 들여다보는" 계기를 마련했다는 평가, 즉 《빨치산의 딸》이 지닌 역사성(소설적 형식을 띤 역사물)은, 작가의 자의식에 커다란 부담감으로 작용했으리라 짐작할 수 있다. 그가 1996년 〈고욤나무〉를 통해 신춘문예로 등단한 사실은 이를 잘 보여주는 예다. 이 1990년에서 1996년에 이르는 시기야말로 역사와 문학, 운동가와 소설가, 이념과 일상, 집단과 개인 사이에서 존재의 무게중심을 서서히 이동시키는 암중모색의 시기가 아니었을까. 자의반 타의반으로 주어진 이 침묵의 시기를 이념이 스러져간 절망의 시대 견디기, 역사와 인간을 문학화하기, 거대담론 내면화하기, 부모님의 삶 객관화하기 등으로 점철된 통과제의의 시기라 할 수는 없을까.

다음으로, 의식적이든 그렇지 않든, 부모님의 삶은 그에게 '역사와 인간이라는 화두'를 부여잡게 하는 동력이었다는 사실에 주목할 수 있겠다. 부모님의 삶을 거부하든, 받아들이든 작가는, 그들의 삶을 관통하고 있는 역사와 인간이라는 담론을 회피할 수 없기 때문이다. 이는 "버리고 싶었던 짐들이 나이 들수록 고맙고 반갑다"는 고백에도 드러나듯이, 작가를 삶과 역사에 굳건히 발 디딜 수 있도록 강제하고 있다.

그렇다면, 《빨치산의 딸》을 준비하고 발표하던 시기와, '지금 여기'의 시간적 간극을 견주어보는 일이야말로 정지아 문학의 진경을 탐색하는 열쇠가 될 수 있을 터이다. 즉 국가사회주의의 붕괴 이후 변모된 현실을 그가 어떻게 감당하고 있는지가 관건일 것이다. 이것이야말로 《빨치산의 딸》 이후 정지아의 소설이 현실에 응전해온 방식이 아니겠는가?

행복

정지아는 2004년 단편집 《행복》을 출간한다. "묵직한 주제의식과 섬세한 감수성"이라는 평가를 받았다. 그는 한 잡지와의 인터뷰에서 "지금 제 소설의 풍경이 《빨치산의 딸》과 비교할 수 없이 달라졌다고 해도 저와 제 소설의 뿌리는 여전히 변함이 없습니다. 그것을 부정할 수는 없지요. 그럴 생각도 없구요"라고 말한다. 다만, 세상에서 한 발자국 물러나 제 자신과 세상을 객관적으로 바라볼 수 있었다고 고백한다.

이를테면, 1980년대에는 시대의 폭압성으로 말미암아 개인의 삶과 역사를 깊이 있게 성찰하고 숙고할 여유가 없었다는 것이다. 개인의 실존이 배제된 추상적 구호가 앞섰다. 이에 역사와 개인을 성찰함으로써 지난 시대의 상처와 화해하는 과정이 선행되어야 한다는 것이다. 그는 성찰과 화해의 기제로 '연민'을 꼽는다.

이제 그는 "개인 속에 각인된 역사의 모순을 탐색하는 한편, 삶의 배후에 깃든 삭막함을 따스하게 감싸 안"기에 이른다.

《행복》에 실린 소설들의 표정을 한 평론가는 "그것은 좌절된 정치적 꿈에 대한 저린 상실감이자 희망 없는 현재의 삶에 대한 낯선 두려움이며, 그래도 어떻게든 살아갈 수밖에 없는 현실 앞에서 갖게 되는 잔혹한 슬픔"이라고 규정했다.

표제작 〈행복〉은 '저린 상실감'과 '낯선 두려움' 그리고 '잔혹한 슬픔'이 절묘하게 직조된 작품이다. 부모님의 삶은 여전히 '지금 여기'의 '나'를 되비추는 거울이다. 이 거울에는 부모님의 건조한 삶에, 촉촉한 물기를 드리우는 과정이 눈물겹도록 아름답게 구조화되어 있다.

아버지를 알아보게 한 것은 뒷모습이었다. 아버지의 뒷모습은 유분이 적어 갈라터지기 시작한 황갈색의 유화 같았다. 조금의 윤기도 없이 푸석푸석한 아버지의 등은 자칫 손이라도 대면 한 줌의 먼지로 내려앉고 말 것 같았다. 아버지, 하고 다소 물기 젖은 음성으로 불렀을 때 아버지는 8·15 특사로 출감하던 이십 년 전의 그날처럼 멀뚱한 얼굴로 나를 일별하고는 내려놓았던 짐을 집어 들었다. 뒷모습보다도 더 건조한 표정이었다. 아버지의 표정은 늘 그랬다.(〈행복〉, 강조는 필자)

아버지의 모습은 건조함을 상징하는 이미지로 가득 차 있다. 화자 또한 아버지/어머니의 삶을 섬뜩할 정도로 건조하게 관찰한다. 하지만 이

관찰의 이면에 '물기 젖은 음성'이 드리우고 있다는 사실에 주목하자. 부모님의 삶을 바라보는 화자의 시선은 냉소와 연민 사이 그 어딘가를 응시하고 있다. 한없이 낯설고 멀게 느껴지다가도, 문득 그들 방식의 삶에 스며드는 그런 식이다. 그들의 삶을 이해하나 인정하지는 못하는 태도라 할 수 있겠다.

습기 적시기는 이념에 비낀 일상의 모습을 포착하는 작업에서 시작된다. 이를테면, "남편도 돈도 없이 심지어는 세상의 작은 동정도 없이 혼잣몸으로 어린 자식을 그러안고 십 년 세월을 꼿꼿이 버텨냈던" '그 독한 어머니'가 낙엽 지는 모습을 보고 눈시울을 적시는 모습을 떠올리는 장면이나, '늙은이 내'를 풍기는 가난하고 볼품없는 늙은이로 전락한 부모님의 모습을 발견하는 대목 등이다.

그들 대화의 출발점이자 귀착점은 항상 빨치산 시절이지만, 그들이 변화된 현실에서 할 수 있는 일이란 고작 세상의 변화에 귀를 기울이는 것이나, "쓰레기를 함부로 버리면 되느냐, 고등학생이 담배를 피느냐, 새치기를 하면 되느냐" 등 꼬장꼬장한 어르신의 모습을 통해 세상의 '불의'에 개입하는 정도다. 냉혹한 현실에서 아무것도 할 수 없다는 암흑보다 더한 절망, 즉 '슬픔을 넘어선 잔혹'을 견디는 부모님들의 모습을 정직하게 응시하고, 거기에서 다시 시작하는 것이야말로 정지아 소설의 한 매듭에 해당한다.

소설이 진행됨에 따라 부모에게로 향했던 시선은 어느덧 자신에게로 되돌아온다. 여기에서 부모 넘어서기가 자신 넘어서기와 포개진다. 자신의 내면을 정직하게 응시하는 모습은 〈행복〉의 또 다른 진경이다.

뜨거운 불덩이를 식힌 것은 어쩌면 대상이 내 부모여서 무시나 경멸이 담겨 있지 않을 뿐 남과 다르지 않은 내 시선이었는지도 몰랐다. 영웅까지는 아니어도 시대의 고통을 외면하지 않았던 아름다운 인간으로 내 부모를 바라보았던 적도 있었다. 이상을 위해 목숨도 내걸었던 부모님은 내 삶의 지표였고, 고난에 찬 두 분의 인생은 감히 나로서는 상상조차 할 수 없는 위대한 것이었다.(《행복》)

심지어, 철학과를 가고 싶어 했으나 부모의 등에 떠밀려 법대에 진학한 제자를 보고 "너 자신을 믿고 거친 숲길을 두려워하지 말라는 말을, 녀석이 기대하고 있을 그 말"을 해주지 못한다. 아무도 알아주지 않는 길을 평생 걷는다는 것이 얼마나 무서운지 일찍이 깨달았기 때문이다. 젊은 시절의 화자는 아무도 가지 않는 길의 아름다움에 취해, 그 길의 끝에 '허방'이 기다릴 수도 있다는 사실을 미처 깨닫지 못했다. 부모의 모습에 담긴 자신의 젊은 날의 초상은 물론, 나아가 부모와 자신의 과거를 송두리째 무시·경멸하는 현재의 속물적 태도는 더더욱 견딜 수 없다. '가족사진'을 감옥 같은 분위기로 만든 데는, 가슴에 아무것도 담을 수 없었던 자신 역시 한몫 거들었음을 인정하지 않을 수 없다.
이렇듯, 부모와 자신을 냉정하게 응시하는 시선에는 냉혹한 현실논리를 고통스럽게 수용하는 과정이 전제되어 있다.
이러한 과정을 거쳐, 화자와 부모를 넘어선 타자들의 삶이 눈에 들어오기 시작한다. 일상 속에서 조그마한 행복을 찾는 사람들이나 이념의 그늘에 가려졌던 구체적 일상의 무늬가 소설 속에 담긴다. 하지만 어느 것 하나 쉽게 껴안지 못한다. "빛바랜 사진 몇 장"으로 "박제된 행복"에 눈시울을 적시는 남편의 모습을 보며 감동하기도 하지만, 동시에 뭔가가 서걱거리며 무너져 내리는 내면의 소리를 듣는다.

다음으로, "돈이나 간판 없이는 행세할 수 없는 냉정한 현실"이 그려진다. 이를테면, "분단의 벽을 조금이나마 허문 것은 평생 혁명가로 살아온 아버지가 아니라 대기업의 자본"이라는 진술이나, "부모님의 삶을 지리산에 가둔 것은 남한의 독재체제가 아니라 어쩌면 당신들이 그토록 신뢰했던 역사라는, 도무지 정체를 알 수 없는 저 비정한 괴물이었는지도 모른다"는 뼈아픈 자책은 "여전히 역사를 신뢰하는, 청춘의 꿈을 신뢰하는 부모님의 순정"과 길항(拮抗)하며 '지금 여기'의 '비정한 역사'를 심문하는 데 기여한다.

이러한 과정을 거쳐 부모님의 삶을 껴안기에 이른다. 어느덧 부모님의 삶을 바라보는 화자의 시선에 촉촉한 물기가 스며 있다.

부모님에게 소망이란 애초에 도달 불가능한 유토피아이며, 그들의 인생이란 배신과 실패마저 제 심장과 동맥으로 삼아 앞으로든 뒤로든 뛰든 기든 여하튼 나아가지 않으면 안 되는, 유토피아를 향한 멈출 수 없는 마라톤 같은 게 아니었을까. 도대체 내게는 그런 소망이 있기나 한 것인지.(〈행복〉)

"도달 불가능한 유토피아"를 향한 "멈출 수 없는 마라톤"이야말로 이 땅을 살아가는 근대인들 모두가 짊어진 시시포스의 고역이 아닐까? 진흙 속에서도 어떻게든 나아가야 하는 것이다. 부모님의 방식은 다양한 나아감의 갈래 중 하나일 뿐이다. 물론 작가의 방식은 이와 다를 것이다. 중요한 것은 지향하는 방식과 태도가 다를지라도 함께 나아갈 수 있다는 점을 인정하는 것이다.

근대의 논리를 거스르는 부모님의 마라톤은, 냉혹한 현실의 논리에

노출된 화자로서는 인정하기 힘든 레이스다. '지금 여기'를 살아가는 자들이 과거의 삶(이념/신념)에 영원히 붙잡혀 있을 수는 없는 것이다. 하지만 그 삶을 공감하고 한걸음 다가설 수는 있다. 이렇게 다른 삶을 이해하고 따스한 손을 내미는 고즈넉한 행위를, '행복의 손짓'이라 부를 수는 없을까.

풍경

'빨치산'의 산맥을 가까스로 타고 넘은 그의 후예 앞에 두 갈래의 길이 놓인 듯하다. 첫째, 이념의 아우라를 삶의 본질에 대한 탐색으로 심화·확장하는 방식이다. 이는 속악한 근대적 삶과 거리를 두는 방식에 해당하는데, 개인적 욕망이나 소망을 다스리는 것으로 드러난다.

둘째, '지금 여기'의 삶(근대적 일상)을 구체적으로 파헤치는 길이다. 이는 이념과 의식적으로 거리를 두는 행위에 해당할 터인데, 개인의 내밀한 욕망을 집요하게 추적하는 작업과 동궤에 놓인다.

물론, 이 두 길은 야누스처럼 맞서 있다. 〈풍경〉은 '근대 너머 혹은 근대 밖의 풍경'을 긍정함으로써, 근대인의 욕망을 되비추는 데 성공하고 있다는 점에서 첫 번째 방식의 한 성취를 보여주는 작품이다.

〈풍경〉은 '기억의 현상학'을 펼쳐 보인다. 여기 "백 살을 바라보는 노망든 할망구와 벌써 환갑을 지난, 세상과 섞여본 일 없는 늙다리 아들"이 "낡아 부스러질 듯한 두 개의 기둥처럼" "세월을 버티고" 있다.

먼저, "기억을 쌓아가는 것이 아니라 잃어가는 시간"을 버티고 있는 어머니를 따라가 보자. 그녀는 기억을 버림으로써 과거를 전유하고 있다. 어머니가 맨 처음으로 잃은 기억은 "홀로 남은 어미를 끝내 버리지 못한" 아들이다. 이는 현재 지우기 혹은 거부하기에 해당한다. 기억을 잃음으로써 '과거의 시간'을 살 수 있는 것이다. 이를테면, 지난겨울 내내 어머니는 '강된장'에만 밥을 비벼 먹었다. 모든 기억을 다 버린 뒤에도 어머니의 몸은 '강된장'의 그 맛만은 잊어버리지 못한다. 하여, 어머니는 '강된장'에 꽁보리밥을 비벼 먹던 그 시간을 살고 있다. 화자에 대한 기억을 잃어버린 어머니는 걸핏하면 그를 "여수 14연대를 따라 입산한 큰형이나 작은형"으로 착각하곤 했다. 이제 그 몸의 기억마저 놓아버린다.

마지막까지 버리지 못했던 먹을 것에 대한 탐도, 배설의 본능도 어머니는 잊었다. 그런 어머니의 목숨 줄을 질기게 붙들고 있는 것이 대체 무엇인지 그는 때로 궁금하기도 하였다. 어쩌면 그것은 하나의 습관이리라. 먹고 싸는 본능마저 사라진 후에조차 버릴 수 없는, 기다림이라는, 평생의 서러운 습관. 노망든 어머니의 삼십 년은 기억을 쌓아가는 시간이 아니라 잃어가는 시간이었다. 먹고 자고 싸는 몸의 습관을 모두 잃은 어머니는 기다림이라는, 마음의 습관마저 모두 버린 어느 날, 비로소 이승의 문턱을 넘어 한생 빌려 입은 고단한 육신을 편히 누일 수 있을 터였다.(〈풍경〉)

이러한 어머니의 삶에, "기억을 먹으며 늙어가고 있"는 아들의 삶이 포개진다. 그는 "다섯 명의 누이와 세 명의 형들"이 떠난, "마을에서 근 십 리나 떨어진 외딴 산집"에서 "죽음 같은 시간의 강을 건너는 중"이다. "여인의 손길 한 번 닿은 적 없는 순결한, 제 안으로 욕망을 삼키고 이제 그 서푼어치의 욕망마저 잃어버린, 순결하다 하여 두고 볼 것도 없는, 그저 어쩔 수 없는 세월을 견뎌온, 고목처럼 볼품없는 몸"을 입고 있다. "다른 사람과 똑같은 시간을 보냈으나 그의 시간을 압축하면 고작 몇 줄에 불과할 것"인 늙은 아들은 "먹고 자고 농사를 짓는 것 외에 다른 삶을 알지 못"한다. 그날이 그날 같은 세월이 육십 년, 살았달 것도 없는 인생이다. 다만, "순환하는 사계 속에서 기억만이 계절의 순환을 이탈하여 저 홀로 종유석처럼 자라"날 뿐이다.

세상과 고립되고 단절된 삶의 풍경은 다음과 같이 그려져 있다.

    집 앞 상수리 숲이 큰 바람을 껴안고 요동칠 때 질경이는 땅바닥에 납작 엎드려 죽은 듯 바람을 피했고, 키 큰 포플러가 환희에 들떠 온몸으로 햇살을 튕겨낼 때 민들레는 한 줌의 햇살로 그 빛을 담은 샛노란 꽃을 피워냈다. 길바닥의 질경이도, 키 큰 주목도, 아름드리 느티나무도 꼭 저만큼의 바람과 햇볕과 비를 끌어안고 태어나 죽는 것이다. 어머니와 반평생을 마루에 나앉아 그가 본 것은 세상이 아니라 그런 것이었다.(〈풍경〉)

질경이, 주목, 느티나무처럼 필요한 만큼의 "바람과 햇볕과 비를 끌어안고" 세월을 버텨온 것이다. 이러한 생을 두고 어머니는 "내 새끼, 그래 한 시상 재미났는가?" 아들에게 묻는다. 아니, 아들의 마음이 물었는지도 모를 일이다. 대답은 이렇다.

    아궁이 속의 불길에 홀린 듯한 세상이 훨훨 날았으니, 재미있었다고 할 수 있을 것인가. 정신을 차리고 본 어머니는 언제나처럼 가면 같은 얼굴이었고, 좀 전의 기이한 미소는 흔적조차 남아 있지 않았다.
  그는 담요 한 장을 어머니의 어깨에 덮어주었다. 얇은 담요조차 이 겨낼까 싶게 어머니의 어깨는 앙상했다. 그림자는 시시각각 짙어지는데 그는 밥할 생각도 잊고 어머니 곁에 다시 앉았다. 노망든 어머니가 하루 빨리 가기를 바란 적도 없었고, 오래 살기를 바란 적도 없었다. 해가 뜨면 새로 주어진 하루를 살아내듯 곁에 있는 어머니와 함께 살아왔을 뿐이다. 어머니는 어머니였고 세상이었으며 유일한 동무였다.(〈풍경〉)

  세월을 버티고 선 모자의 쓸쓸한 풍경이, 냉혹한 근대의 논리와 맞서 묘한 긴장감을 유발하고 있다. 이를 반근대 혹은 전근대의 풍경이라 지칭할 수도 있겠다. 하지만, '근대 미달'의 그것이라 단정할 수는 없을 듯하다. 자본의 논리가 지배하는 시대라 해서, 근대적 삶의 양식만이 바람직하다고 볼 수는 없다. 〈풍경〉에는 '전근대→근대→탈근대'의 선형적 논리로 재단할 수 없는, 아니 이를 가로지르는 삶의 도도한 기품이 흐르고 있다.
  세월(시간)에 대한 긍정이, 자신에 대한 긍정으로 나아가, 마침내 타자(세상/어머니)에 대한 긍정으로 이어지는 장면이 잔잔한 감동의 물결을 일으킨다. 이 파장은 체념과 깨달음 사이 그 어딘가에서 발원하는 듯하다. 그래서 현실 도피 혹은 근대 초월의 냄새를 풍길 수도 있겠다. 이러한 냄새를 어떻게 요리하는가가 앞으로 주어진 과제일 터이다.